品味人生

伏来旺◎著

人民出版社

作者简介

伏来旺，男，蒙古族，1949 年 10 月生，内蒙古土默特右旗人，1976 年 4 月入党，1968 年 9 月参加工作，研究生学历。历任旗委副书记、副旗长、县长、县委书记、盟委副书记、书记，中共内蒙古自治区党委常委、统战部部长、内蒙古自治区政协副主席，第九、十、十一届全国政协委员，中国统战理论研究会副会长、顾问。现为中国作家协会会员、中国书法家协会会员、内蒙古敕勒川文化研究会会长。出版有《转移战略论》《思路与出路》《统战与和谐》《漫谈文化统战》《我看内蒙古》《漫画敕勒川》，诗集《思绪与诗绪》《清风漫吟》，诗词书法集《墨韵诗魂——伏来旺百首诗书合璧》等著作。主编出版《乌兰夫纪念诗词》《呼伦贝尔诗赞》《敕勒川文化丛书》（共 13 册 400 万字）。

自 序

时光荏苒，转眼已近古稀之年。回首往事，酸甜苦辣，有滋有味。一日，偶发诗兴，作了一首七律《品味人生》。

> 嫩叶鲜枝故土生，
> 源头活水润心灵。
> 识人练事积学问，
> 立业博知聚智能。
> 施政勤廉襄盛世，
> 齐家孝悌树和风。
> 养生有道身心乐，
> 灯火万家旺气升。

八句诗词，有八层含义，反映了人生八个方面的阅历与感悟。

一棵大树离不开落地生根的沃土，"树高千丈，落叶归根"。人走千里，忘不了生养自己的家乡，那里有童年的记忆、成长的轨迹，还有父老乡亲的一片深情。

心智的开启离不开源头活水的滋润，心灵的圣洁需要"半亩方塘"的净化，远大的理想总有一盏明灯指引。博闻强识才能奠定"天生我材必有用"的根基。

识人练事是人生成熟的标志，也是做人的难题，其中有很多学问需要一辈子研究探讨。面对亲情、友情、乡情、爱情、同志之情，重在大度、宽容，还需识别"君子"与"小人"。

人的一生要有所作为，就要具备知识和智慧，"十有五而志于学，三十而立，四十而不惑，五十而知天命，六十而耳顺，七十而从心所欲……"是立身创业的轨迹。

人生若选择从政，心中应装着社稷、民生。封建社会的官员尚懂得"公生明，廉生威"，人民公仆更要牢记"为人民服务"的宗旨，为官一任、造福一方。

家庭是社会的细胞，"齐家"是"治国"的根基。兄宽弟忍两尽美，父慈子孝一家人，将孝、悌思想衍及子孙，方能树起家和之风。家和万事兴，社会和谐天下平。

身体是人生之本，创业之本，业绩之本。儒家主张"乐天安命"，道家追求"长生不老"，佛家期盼解脱生死。注重修养、加强锻炼，虽然万寿无疆不可能，但长命百岁不是梦。

一滴水融于江河湖海才能永远不干涸，一盏孤灯融于万家灯火才能相映成辉，一个人只有融于民众之中，才能有所作为，实现人生价值。人的成长需要自身的努力，还需广采博集从外部环境中获取营养，将万千养分内化于心，才能使身体康健、生活多彩，事业旺气升腾。

注毕八句诗意，仍觉言犹未尽，于是以每句诗文为标题，展开叙说，形成了这部论著，涵盖了人生的出生与成长、学习与励志、处事与做人、工作与创业、从政与为官、家教与家风、养生与保健、自然与人生等各个方面。

毛泽东主席诗词有"子在川上曰，逝者如斯夫"的诗句，指的是孔子感慨人生短暂，曰："逝者如斯，不舍昼夜。"说的是孔子站在河岸边，望着远去的流水，感慨地说："原来是这样的"。水是这样的，时光是这样的，人的一生也是这样的，一去不复返啊！每个人的阅历不尽相同，但回首往事都是丰富多彩的。细细品味，认真总结，都有经验与教训。将这些感受告知家人、朋友、同志和晚辈，或许对他们有点益处。

目　录

自　序 / 001

一、嫩叶鲜枝敬老根

（一）人之初 / 003　（二）养必教 / 007　（三）尊恩师 / 012

（四）思神童 / 016　（五）忆知青 / 020　（六）崇大学 / 024

（七）故乡情 / 028

二、源头活水润心灵

（一）求知有道 / 035　（二）读书有方 / 039　（三）以文强基 / 043

（四）以文化人 / 049　（五）和合生谐 / 054　（六）诗词情怀 / 058

（七）诗坛偶像 / 064　（八）书法奥妙 / 069　（九）书城启示 / 073

三、识人练事积学问

（一）人之四气 / 079　（二）处事之方 / 084　（三）人有差别 / 089

（四）字如其人 / 092　（五）四地之悟 / 095　（六）一生五员 / 098

（七）德与荣耻 / 102　（八）珍重晚节 / 105

四、立业博知聚智能

（一）领袖风采 / 111　（二）治政风范 / 120　（三）文明遐思 / 123

（四）传统承辉 / 127　（五）调查研究 / 132　（六）素质生能 / 137

（七）改革创新 / 140　（八）把握适度 / 144

五、施政勤廉襄盛世

（一）思路与出路 / 151　　（二）"椅子"与"担子" / 157

（三）识人与用人 / 161　　（四）廉政与勤政 / 166

（五）发展与规律 / 171　　（六）文化与和谐 / 176

（七）老年与社会 / 180　　（八）退位与退休 / 183

六、齐家孝悌树和风

（一）家教树家风 / 191　　（二）家和万事兴 / 197

（三）祖孙隔代情 / 201　　（四）探亲继传统 / 204

（五）清明祀先祖 / 208　　（六）端阳祭诗人 / 212

（七）中秋话团圆 / 215　　（八）藏书宜子孙 / 219

七、养生有道身心乐

（一）生与卫 / 225　　（二）防与治 / 230　　（三）膳与食 / 235

（四）快与慢 / 238　　（五）生与死 / 242　　（六）乐享幸福 / 246

（七）文化益寿 / 251

八、灯火万家旺气升

（一）自然与人生 / 259　　（二）岁月与节日 / 262

（三）茶含人生韵 / 268　　（四）酒藏人间情 / 274

（五）领悟羊文化 / 281　　（六）弘扬驼精神 / 293

（七）善识千里马 / 300　　（八）甘为孺子牛 / 311

一、嫩叶鲜枝敬老根

（一）人之初

《三字经》开篇云："人之初，性本善，性相近，习相远"。说的是人出生之时，天性是善的。大家的本性都相近，而由于后天环境、生活习惯等因素拉开了距离，互相离远了。人的本性是善还是恶，历来有争论。先秦儒家学派就有三种说法：孔子没有直接说人性是善还是恶，讲"性相近，习相远"是强调外部环境对人的影响。孟子认为"人之初，性本善"并以大量理由证明他的"性善论"观点。孟子在儒家学派中的影响仅次于孔子，被称为"亚圣"，因此人们大多尊崇他的观点。而儒家学派中另一位很有影响的思想家荀子则认为：人之初，性是恶的，善是后天环境和教化的结果。当时的法家也认为"人之初"性是恶的，需要严肃法规与制度来约束，用规范的教义来教化。其实，人性是善、是恶很难说清。要我说：人之初，本性自由。自由是个中性词，无善恶之分。曾有位革命者就义前吟诗："生命诚可贵，爱情价更高。若为自由故，二者皆可抛"。道出了人生为自由奋斗的真谛。追求自由，是人的本真，也是人的本能。这一点在儿童时期显现得最为充分。

研究儿童的学者认为：儿童发展有一个"胚胎期"，一个敏感期，并分为几个阶段。胚胎期分出生前与出生后两段。前一段是所有动物都具有的，后一段是人类所特有的，与动物之间有了很大的区别。出生前后分别为生理和心理两个胚胎期，心理胚胎期从出生后开始，它是儿童通过无意识地吸收外界刺激而形成的各种心理活动的能力。胎儿在母体内发育的阶段，和他出生后心里胚胎期的成长变化，对孩子的未来发展，都具有关键性的影响。

儿童发展总体上有三个阶段。第一阶段从出生到 6 岁，是儿童各种心

理功能形成期。其中从出生到 3 岁属"心理胚胎期",这一时期儿童的思维活动,逐步地从无意识转化为有意识,慢慢产生记忆、理解和思维能力,并逐渐有了各种心理活动,形成最初的个性心理特征,突出地体现为"自由"。第二阶段是 6 岁至 12 岁,这个阶段是儿童心理相对平稳期。第三阶段 12 岁至 18 岁,儿童进入少年时期,其身心发生巨大变化并走向成熟。这三个阶段,儿童的特点截然不同,需用不同的方法加以对待。儿童出生后的第一年,又可以分为几个阶段,每一个阶段必须给予特别关注。父母应该仔细观察和研究儿童,了解儿童的内心世界,发现"童年的秘密"。既要呵护儿童成长,又要尊重儿童的个性,使儿童的身体、智力和精神得到健康发展。

"胚胎期"的儿童,不具有自立的行为能力。从简单地做抓握动作,到摸、爬、滚、翻身、坐立,需要成人扶助。学会走路,对儿童来说是一次飞跃,身体从不能自助到行为积极主动。成功迈出第一步,是儿童正常发展的主要标志之一。鲁迅先生曾说过:孩子在初学步的时候,在成年人看来是十分幼稚可笑的,但不论怎样的愚妇人,都渴望迈出这可喜的一步。这个过程是由扶助为主,转为主动为主,父母不必过分担心孩子摔跤,有意识让他摔倒了,自己爬起来。儿童的手不仅能展示心灵,而且能使人与环境建立了特殊的关系。婴儿一生下来手就会抓,这是先天的本能,正是由于这一点,人类"靠手征服了环境"。儿童虽然没有多大本事,但十分喜欢独立地完成一件事,并且干得非常卖力。他不想受到约束,更愿意在一个与他的年龄相适合的环境中,通过个人的努力成长起来,这是儿童特有的心理。当儿童在能够使他充分自由地活动的环境中时,他的潜能会尽情发挥。在与孩子玩积木时,成人会发现,儿童要求自由地选择材料、自由地确定摆放位置,摆弄得非常投入,专心致志,而且一遍又一遍地反复进行,堆起来推倒,再堆起来,如果大人插手,他会烦躁。因此,父母要尊重儿童这种自由,不必什么都帮着干,尽量培养儿童不依赖成人,发展自己的个性,有益于儿童的成长。

"敏感期"的儿童,对一切都充满活力和激情,对各种事物的名称与作用十分好奇,主动地问这问那,十分轻松地学会了很多东西,这些东西也自然成为孩子的老师。儿童有一种与生俱来的"内在生命力"，家长的任务就是激发和引导儿童"内在潜力"的发挥，使其按自身规律获得自由的发展。儿童不是成人进行灌注的容器和任意塑造的蜡泥和木块，也不是父母培植的花木或饲养的动物，而是一个生命力旺盛、能动的、发展着的人。如果受到了成年人的压抑，会影响儿童正常地发育和成长。只有在相适合的环境中，他的身心才会自然健康地发展。孩子掌握的知识不完全是通过教育得到的，更多的是通过儿童在特定环境中吸取经验而得来的。在与儿童打交道的过程中，成年人往往会变得自私自负，或以自我为中心，只从自己的角度出发来教育孩子，结果与孩子之间的代沟越积越多。父母对儿童要进行科学的观察，细致的研究，找出其自由特性的规律。

语言是彼此交流的纽带，可以超越民族、种族和国界，把人们紧密地联系在一起。从无到有地学习一种语言需要一种特殊的心理能力，儿童学习语言的智慧能力比成人强，但需要成人指点、矫正、引导。其方法是提供一个良好的语言环境，注意发音准确、咬字清晰并引导孩子讲文明礼貌用语，不讲脏话。

儿童的模仿能力很强，大人与孩子接触要注意自己的形象，为孩子提供正确的动作、姿态和习惯，不要让孩子把成人的恶习看在眼里。不要强制孩子去干不愿干的事情，家长在孩子面前应尽力表现得十全十美，自然起到榜样的力量。父母亲对新生儿也不应太怜爱，而应把这个小生命的心灵看成一个无法完全了解的神秘世界，除给予精心照料之外，还应该关注他的心理需求。儿童的精神生活、心理个性与成人的差距甚远，不仅仅是程度上的差异，更是一种本质上的差异。成年人应该努力去理解儿童的需求，关注儿童最微小的细节。

当儿童能自由地选择物体，并在使用中保持高度的注意力时，他自身能明显地体验到一种愉快，自觉地进行操作。这种练习对儿童身体的各个器官有益，父母亲应顺其自然，合理引导，培养儿童的兴趣。如果强制他背诵一堆课文，勉强他去做不愿做的事情，会妨碍孩子自己做出的选择，不利于他的成长。要尊重孩子的自由，学会耐心等待，不要太急切地去纠正孩子的错误、缺失和缺陷，那样会事与愿违。儿童做事没有规律，往往是因为成人曾经随意地强制他们有规律地去做事；儿童懒惰，往往是因为曾经被强制去进行工作；儿童不听话，往往是因为以前曾经被强制听话。父母若能重视培养儿童的想象力，用建立在事实基础之上的知识、经验来丰富儿童的头脑，让他们自由发展，儿童想象的翅膀就可以从更高的基点起飞，他们的智能也能被很自然地引向创造之路。

（二）养必教

《三字经》第五到第八句讲"苟不教，性乃迁，教之道，贵以专。"意思是：如果不教育，善良的本性就会改变，人性中的恶就会影响、控制人，而教育应包括道德与知识教育。《三字经》重在强调德育教育，即在学知识之前，先要学习做人。接下来又讲："养不教，父之过。教不严，师之惰"，这是对教育的责任人讲的。人们把这句话分为两段，前一段是父之教，后一段是师之教。我认为前段、后段均指父之教，因为幼儿时期父母就是孩子的老师。父母与老师的双重身份决定了父母养下孩子就得教，不能犯不教的错误。教就要认真教，不能犯懒惰的错误。"养不教，父之过"这句话有个严重的缺陷，只有父，没有母，这是儒家男尊女卑思想的显现。我们今天不能只讲父不讲母，因为对幼儿教育的职责是父母双方共同的职责，不可推卸。

当今社会做父亲的，大多对儿子、女儿幼儿时期的内心世界了解不深，因生活、工作、事业压力大，无暇与儿子、女儿一起多处。偶有时间与孩子玩玩，威严有余、亲昵不足，孩子尚有畏惧，不敢"放肆、造次"，很难看出儿童有多少"特点"。做了爷爷、姥爷，辈分升高了，却与孙子、外孙的关系拉近了。原因是自认为下一代的教育责任是他们的父母，自己与孙子、外孙的关系应是"朋友"，于是放下架子、平等相交，爷爷骂孙子"臭小子"，得到的回复是"臭爷爷"，宽松的氛围使孙子的个性得到充分展示。

孩子刚出生时非常柔弱，自己不能寻找食物，要等待妈妈的喂养；体温调节能力很弱，需要父母抚触和呵护；不会用语言，只能通过哭来表达需要。哭是孩子的先天本领，无师自通，一降生第一个表现就是哭，而且十分响亮，在学会语言之前，大多需求都表现为哭。这个阶段孩子的心目中，能够满足他需求的人是最重要的人，若需求得不得满足，会对周围的环境产生怀疑。父母尽可能在第一时间满足孩子的需要，拥抱、抚摸、温柔的眼神，都能使孩子建立信任感。给奶吃第一重要，"吃得都能哄哭的"。到了两三岁，孩子要自己吃饭、自己走路、自己拿玩具，甚至希望探索周围的事物。父母要帮孩子割断"心理脐带"，若事事都帮他做，孩子可能变得黏人，离不开父母，独立能力差。此时对孩子而言，最大的安全感是爸爸妈妈的关系稳定，整个家庭关系和谐。若夫妻天天争吵不休，家庭矛盾重重，孩子就会对家庭产生极大的不信任感和恐惧感。2 至 4 岁时，孩子的肌肉运动与语言能力发展较快，喜欢跑、跳、骑小车等运动，对周围的环境充满好奇。要让他们有更多机会去自由活动，还要耐心解答他们提出的各种问题，充分给予肯定和赞美，使孩子获得心理营养。孩子若得不到认同，则会认为自己是笨拙的、不被父母喜欢的，进而产生内疚与失败感。到 4 至 5 岁，爸爸给予孩子的赞美、肯定、认同的重要性一定程度大于母亲。父亲需要关爱孩子，使孩子发自内心地充满自信。在进入学校生活前，父母是孩子的第一任教师，这个时期的孩子需要有一个榜样，父母的身教胜于言教。

人之初不论性善、性恶，都需要加强教育、引导。家长的教育理念不同，方法不同，会使幼儿之间产生差距。父母长辈都是疼爱后代的，但是这种疼爱有时适得其反，方法不对，可能造成孩子的人生悲剧。儿童教育源于点滴小事，越是细节的地方越体现教育的作用。人们都希望自己的孩子成为政治家、文学家、艺术家、企业家，成为歌星、影星、高考状元、社会名流等等，希望孩子出人头地，孩子还没上小学就开始"上班"，拼音班、汉字班、数学班、绘画班等。名目繁多的"兴趣班"填满了孩子的童年生活。幼儿园里多采用知识性的灌输，功利化的"小红花"评比，造成孩子大脑思维的片面与单一，限制了儿童的想象力和创造力的发展。究其根源是中国人崇尚人上人文化。

民间流传一个"甘罗十二为宰相"的故事。说有一天，皇帝做了一个梦，梦见山峰崩塌，海水枯竭，鲜花落瓣，华灯熄灭。醒来心惊肉跳，觉得是个不祥之兆。次日早朝，让众文臣给他圆梦，大家面面相觑，都说不出子、丑、寅、卯。皇帝厉声向身为宰相的甘罗的父亲下旨，命他召集能臣，三日内破解梦的征兆，否则罢免宰相之职。眼看时过三日，众臣都不能解梦兆所指。十二岁的甘罗看到父亲独自在厅堂叹息，便关切地问出了何事，这般伤感？宰相向儿子述说了原委。儿子听后，十分轻松地说，这点小事还难倒了父相，待我明早向皇帝说清。第二天早朝，宰相启奏自己的儿子甘罗可以圆梦。皇帝宣甘罗上殿，一看是个孩子，很不高兴，不耐烦地说："你能说清梦兆吗？"甘罗不慌不忙地说："恭喜万岁，吾皇有大喜了！"皇帝急问："喜从何来？"甘罗慢条斯理地说："山崩世界平（天下太平），海枯显真龙（真龙天子将出世），花落生贵子（后宫有喜事），灯灭无烟尘（世间没有战争，从此国泰民安）。"正在此时，黄门官禀报：皇后娘娘生下贵子。皇帝龙颜大悦，随口而出："小小年纪，不愧有上卿之才"，殿下甘罗立马双膝下脆，口称"谢主龙恩"。封建社会，皇帝为"真龙天子"，皇帝口中无空言，上卿即宰相之职，甘罗不愧上卿，就相当于当朝宰相了。这个故事在正史中无查到记载，而在民间广泛流传，反映出人们希望少儿成才的共同心愿。

历史上曾把人分成三、六、九等，有什么上九流、中九流、下九流。人们崇尚上九流，"一流举子、二流医、三流风水、四流批、五流丹青、六流画、七僧、八道、九琴棋"。其实每个孩子的智商、情商、心理素质各有不同，都去追求一个目标不现实。学前教育应重点放在培养孩子的好性格、好情感、好习惯，以及积极的兴趣、探究的热情和主动性、责任感。民间有"三岁看大，七岁看老"的古谚，意为从儿童三岁时显现出的智商、行为特点，可看出长大成人有无出息，到七岁则可看出其一生的长进。这是一种信息预测，也是人类的千年总结，有一定道理，但不完全准确。

有一个部戏剧，名叫《状元与乞丐》，讲得是一位算命先生为两个儿童算命：一个算为将来中状元，一个算下将来当乞丐。被算为状元的孩子有了心理暗示，认为不管怎样，自己将来是状元，凡事不去努力，结果穷困潦倒做了乞丐。被算为乞丐的孩子不信邪，立志改变命运，结果中了状

元。怎么看孩子的长进，有一点是可以肯定的，若儿时聪颖，有可塑性，早期教育及时，后期培养跟上，则有望成才。但是，忽视儿童正在长身体的关键时期，过早地给予太重的压力，揠苗助长，适得其反。近年来，为适应年轻父母望子成龙心切和提早入托的心理需求，社会有关方面大力炒作儿童早期的"潜能激发"、"智力开发"。不少高档托儿所、幼儿园相继建立，各种儿童市场日渐繁荣，早教机构五花八门。但是幼师缺乏，懂儿童教育的管理者缺乏，校舍豪华、饭菜高档、学费昂贵，而教学质量平平。还有诸多乱象不断显现，伤害幼儿的行为也屡见不鲜。

我们注意到，西方人对孩子的期望较低，他们从培养孩子学会健康开始，要孩子学会玩耍，在野地里跑，在沙滩上奔，适应各种环境。他们让孩子与不同性格的孩子和谐相处，在玩的过程中因势利导，慢慢地承担一点事情、承担一点责任，寓教于玩、寓教于乐，而不是着急地去让孩子学这学那，强行灌输。

儿童 6 岁之前的教育，主要责任是父母。6 岁到 12 岁，主要责任在老师。怎么教育学龄前的孩子，要研究孩子的生理、心理素质。孩子的天性是玩，如何在玩的过程中潜移默化地灌输智慧与知识是一个重要课题。父母除保障孩子健康茁壮成长外，要因势利导，因材施教，既不可过度，又不宜放任自流。中华词汇中有个"自由散漫"，自由与散漫常常连在一起，太过自由必然散漫。有一位美国爱家协会主席叫杜布森的博士说："没有堤岸的河流是一片泥沼"。孩子如果没有起码的敬畏，天不怕，地不怕，太过随意，则可能导致"一片泥沼"。清朝康熙年间的李毓秀依据孔子教诲，历数弟子在家、外出、学习、待人接物等方面应遵守的规范，修订成《弟子规》，全文 360 句，1080 字，对孩子的语言、行动、举止、待人等方面提出了要求。虽然有一些封建主义的思想，但其中包含很多中华传统文化精华，值得学习借鉴。让孩子从小养成懂规矩、守规矩的好习惯，在注意发挥孩子自由天性的同时，注重孩子的道德规范和准则的教育，才能更好地发挥孩子的聪明才智，长大才能成为对社会有用的人才。因此，家长对孩子还需有一定的引导、约束，甚至适度的惩戒，使孩子从小养成良好的习惯，对此做父母的应把握好度。

　　家长的行为重在为孩子做出示范，在与孩子相处时，父母要为孩子做出表率，不要把陋习传授给孩子。如父母在公众场合大声说话，随地吐痰，横穿马路，公共场所吸烟，公交车上不让座，高空抛物，景区古迹上刻画，践踏草坪，让宠物随地大小便，抽烟不止，饮酒过量……必然影响到孩子，使孩子也沾上这些恶习。尤其是孩子撒谎，多数源于父母。父母上班累了，回家后想休息，来了一个电话，便十分随意地告诉孩子："接一下电话，要是找我，就说我不在家。"这个细节便是孩子说假话的开端。

　　父母要为孩子创造良好的发展环境，"昔孟母，择邻舍"为后人树立了榜样。孟母原与一家屠夫相邻，孟轲出生刚懂事时，不自觉地模仿杀猪。于是孟母搬了家，与一家吹鼓手相邻，孟轲又学吹鼓手的姿态。孟母再次搬家，与一位秀才为邻。由于每日看到秀才读书的情景，孟轲自觉不自觉地效仿，时间一长，爱上了读书。孩子的模仿能力强，因此榜样的力量是无穷的。根据孩子的生理特点和发展规律，入托儿所进行学前教育是必要的，但要重视两个问题：一是选择什么样的托儿所十分重要，不能只看校舍豪华，要看老师水平，不能只看饭菜档次、舒适程度，更要看办托理念、教育质量。二是交给托儿所后，不能推脱家教责任，孩子正式入学前，应以家教为主，因为孩子尚不具备"交出去"的条件。父母亲要重点关注孩子的特点和规律，首先要促进孩子身心健康发展，养成良好的生活习惯，提高对周围环境的适应能力；其次要学会阅读、倾听与表达、听懂大人的话、看懂儿童的书，善于把听到的、看到的表达出来，会与人交流；三是学会与他人相处，懂得尊重长辈，热爱集体活动，乐与小朋友们和睦相处；四是激发孩子广泛的兴趣，鼓励探索与追求，同时注意观察孩子的天赋，理性引导，展其所长。人们常说，"十年树木，百年树人"，树高千丈，根基最重要，基础打好了"七岁看老"也是有道理的。

（三）尊恩师

　　教师一词由来已久，东汉许慎《说文解字》释"教"为"上所施，下所效也，从攴从孝，凡教之属皆从教。"意为将"上"的政令或知识施加给"下"，使其效法或模仿。"攴"的本义为"小击也"，即轻微的敲打，意在施教过程中可以轻微地警诫或惩罚。《说文解字》释"师"为"二千五百人为师"，指的是古代军队一个师的建制，担任教学任务的都是统率军队的将领，称为"师帅"。后来人们把"教"和"师"合起来，称为"教师"。而最初的教师一词应用范围有限，仅用于乐坊、梨园和手工业界。随着社会的进步和发展，"教师"的含义拓展为教书育人的先生了。"老师"一词的出现是指传授学问的德高望重的老人。到明清，科举中又把座主和学官称为"老师"。后来"老师"作为"教师"的尊称，被固定下来，"老"者为尊，是对教师地位的肯定。这个崇高的称谓，历来受到各界人士的尊崇，被人们誉为"人类灵魂的工程师"。鲁迅先生说，老师"吃的是草，挤出来的是牛奶和血"。著名教育家陶行知说："先生之最大的快乐是创造出自己崇拜的学生"。也有批评老师的，说"教不严，师之惰"，"师不高，弟子拙"。而不严、不高之师毕竟是老师群体中的个别行为，丝毫不影响老师的光荣称号。

　　历史上，人们对中国人在行业、技术行当中的师傅有些争议。社会上流传一个故事：说老虎拜猫为师学艺，当老虎自认为学会了本事，要把猫吃掉自己称王，而猫一跃跳到树上，老虎探不上，才发现猫在传授技艺时留了一手。人们庆幸猫留的这手绝技，救了它一命，因此有了"教会徒弟，饿死师傅"的说法。曾听一位朋友讲了一个笑话：说一个铁匠师傅收了一个徒弟，三年后该出徒了，但他想到自己身边无人帮助，影响他的收入，于是对徒弟说：我还有一个绝招未传授与你，你再学三年吧，徒弟应诺。三年后，徒弟问，三年过了，您那个绝招该教我了吧。师傅说："烧红、打黑、千万不要用手捏。"这种心胸狭小的手艺师傅社会上是有的，而传道、授业、解惑的老师从未听说有类似非议。

古人称学生为"桃李"，出自汉代韩婴《韩诗外传》：春秋时期，魏文侯当政时，大臣子质获罪逃到北方，遇见一位叫简子的人。子质对简子说，我过去得势时，提携了不少人，可自己遇难时却无人帮助。简子听后说：春天种下桃树、李树，夏天可以乘凉，秋天可以食果。而春天种下蒺藜，不但不能采叶、食果，还需防它利刺伤人。君子培养人才，如同种树一样，必选好苗子。后来，人们把培养人才叫作"树人"，而优秀人才被称为"桃李"。孔夫子为老师树立了光辉形象，他有"三千弟子，七十二贤"，可谓桃李满天下。历代的老师都以孔子为表率，涌现出不少名师，他们的事迹感人至深。中国共产党内有四老：徐老、董老、林老、谢老，他们都从老师的角度赢得此尊称。毛泽东主席的老师徐特立，为人师表、品德高尚，学术造诣颇深。他藏书两万册，一生读书勤奋，而且十分注重读书方法，"定量"、"有恒"，不贪多图快，注重实效。《说文解字》这部分析字形与考究字源的字典，部首540个字，为篆籀古文，难读难记，徐老每天只学两个字，用了一年时间全部熟记。徐老43岁到法国勤工俭学，有人怀疑他年纪大能否学好法文，他说："我从今年学起，到50岁还有七年，一天学一字，一年可学365字，七年可学2555字，到50岁时，岂不是一个通了的人吗？"靠每日学一个生词的方法，徐老掌握了法文、德文和俄文。他还提出"不动笔墨不读书"，常常边读书边做读书笔记，把一些新术语抄在小本上、放在口袋中随时拿出来阅读。他反对死读书，强调要"联系实际，有的放矢"，"择我要用的东西"而读。"有的放矢、联系实际"的读书方法对毛泽东主席有很大影响，他把老师的学习方法成功地运用到军事、政治和工作之中。1937年2月1日是徐特立的六十寿辰，毛泽东写了一封感情真挚的信给徐老，信中说："**你是我二十年前的先生，你现在仍然是我的先生，你将来必定还是我的先生……你是懂得很多而时刻以为不足，而在有些人本来只有'半桶水'却偏要'淌得很'……愿你**

成为一切革命党人与全体人民的模范。"鲁迅先生的恩师寿镜吾不仅学富五车，知识渊博，而且情怀刚烈，愤世嫉俗，对青少年时的鲁迅影响极大。到大革命时期，鲁迅成为当时热血青年的老师，他们的文学作品，像利剑刺向黑暗腐朽的旧社会，引领中国革命青年走向光明。鲁迅先生"横眉冷对千夫指，俯首甘为孺子牛"的硬骨头精神，与老师的感染与熏陶分不开。

人是学而知之，学然后知不足。宋人郭茂倩编著的《乐府诗集·相和歌辞·平调曲》中有一首《长歌行》："**青青园中葵，朝露待日晞。阳春布德泽，万物生光辉。常恐秋节至，焜黄华叶衰。百川东到海，何时复西归？少壮不努力，老大徒伤悲。**"园中之葵需要太阳的光辉，而枝繁叶茂之时要想到花叶焜黄之时。青春少年强壮之时，要想到年老体弱之时。少壮若不努力，老大必徒伤悲，因此要注重学习。学海无涯、学无止境，活到老，学到老，博学多才、满腹经纶，才能成就大业。人的一生中有很多方面的老师，特别是少年时期的老师，有的品德高尚，有的学识渊博，有的为人慈善，有的只一句衷言、一件常事，使人终身难忘。

一位年近古稀的老人，十分怀念他少年时期的两位尊师。一位是淳朴善良的农民，幼年读了几天私塾，是他们这个村庄唯一识字的人。他常给村里人说评书，讲述《三国演义》《水浒传》《封神演义》等故事和民间传说，在村里人心目中是一位大文化人。他还是村里的针灸大夫，谁家大人小孩有个头疼脑热都请他，主要医术是十指放血，用艾针灸、拔火罐，在新中国成立初期农村缺医少药的情况下，他就是村里的"华佗"。他为人忠厚、善良、有爱心，为村民服务，除留在家里吃顿饭，分文不取。他家有一位先祖曾读过私塾，家传留下30多本线装古书。"文化大革命"中私藏这些"四旧"之书，有着政治上的风险，而老人偷偷地将这些禁书让一个"黑七类"学生去读，为防泄露，读完一本交回，再给一本。这个初中生毕业，掌着一盏小油灯，凭借一本古汉语词典，夜以继日把30多本禁书偷偷读完，由此对古汉语文学产生了浓厚兴趣。后来，有了上大学的机会，他选择了汉语言文学专业，着重攻读古汉语。参加工作后，他就能够通读《资治通鉴》，用他的话说："这些都得益于那位村师的指导和30本线装古书的启迪"。

另一位小学老师由于家境贫困，读了一年高中就回乡教书了。从小学教师、教导主任到校长。"文化大革命"前亲手筹办建起一座地区中学，而在"文化大革命"中挨整受害，身心受到极大摧残。"文化大革命"后期担任了这所中学的主要领导，为学校的发展呕心沥血、昼夜操劳，为这个地区培养了大批有用人才。后来担任了旗（县）教育局长，把全部精力贡献于教育事业。这位老师很有学识、很有才干，但一生中官至正科级干部退休。在学生的心目中，他的形象是高大的，在地区老百姓眼里，他是老师的楷模，几十年后，他的言行仍在学生中相传。前不久，众多学生们为这位老师筹办八十华诞庆贺，古稀老人赋诗一首，对他的尊师给予高度的评价。

《尊师八十华诞贺》

耄耋烛红客满堂，
霞光沐浴颂祺祥。
诚浇桃李芳园苑，
勤育贤良茂梓桑。
智极才鸿心地善，
风清气正口碑香。
老牛尝尽耕耘苦，
暮景昇辉福寿长。

（四）思神童

民间流传着很多智力过人、才华横溢的儿童故事，如"融四岁能让梨"，"安安七岁能崇米"，"甘罗十二为宰相"，"刘秀十二走南阳"，"左连城十二岁告御状"。还有"曹冲称象"、"司马光砸缸"等。特别是有一位神童，名叫汪珠。他 8 岁时到乡间孔庙朝拜，看到庙堂年久失修，破烂不堪，庙顶烂开一个窟窿，孔夫子塑像的头部被雨水淋伤，孔子大弟子颜回的塑像可以透过房顶破孔观到天象。汪珠心想：历代卿、相、州官、县令都是读孔子的书而入仕为官，为什么没有人拿出钱来修一下孔庙？于是在墙壁上写了一首诗："颜回日日观天象，夫子朝朝雨打头。万代公卿从此出，谁人肯将奉钱修。"一日，当地县令带着一班人去拜孔庙，看到此诗，便以当地出了神奇少年向皇帝禀报。于是皇上召见汪珠，当见到这位天庭饱满、地阁方圆、唇红齿白、眉清目秀的少年时，龙颜大喜，封为神童。

小小年纪能写出这样的上乘佳句，是他的才华，而诗中所讲的深奥道理，应该说是封建伦理道德教化的结果，这一点给我们今天的教育家以很大的启示。在漫长的封建社会里，儒家思想在不同的阶层、不同的职业、不同年龄段的人群中都留下了深刻的烙印。人们把孔子捧为圣人，是天下最高层次的老师。孔子的"三纲五常""三从四德""入仕出仕""修身、齐家、治国、平天下"以及"有教无类"等思想深入人心，老百姓都会背诵。中国人都以孔子三千弟子、七十二贤为表率，效法孔子教书的方法，教化自己的子孙。正是有这样的社会教育基础，才会有汪珠这样的神童出现。

查阅孔子身世，早年并非伟人而是凡人，他曾当过吹鼓手，替人办丧事，在鲁国仅做过一个中小等级的官员。他认真总结历史、社会经验，形成了自己"克己复礼为仁"思想，然后周游列国，劝化各国君王。然而四处碰壁，无人采纳，晚年回返家乡，办起私塾学堂，广收门徒弟子，成为一代先师。他的思想在当时并无多少建树，而在他死后，得到历代文人和帝王推崇，影响了中华 2000 多年。以孟子为代表的众多弟子，将孔子的语录辑为《论语》，深入阐释，形成儒家学说。历代帝王称帝后便去朝拜孔庙，拜一次，封一次，最后尊称为"大成至圣先师文宣王""大成""至圣""先师"的称谓在中华词汇中都是无以伦比的。孔府、孔庙均以黄色琉璃瓦盖顶，上嵌龙凤，与皇帝的等级相同。2000 年清明节，我与几位朋友来到曲阜祭拜孔府、孔庙、孔陵。当地领导介绍说：日本人侵华时，天皇下令，中国唯有孔府、孔庙不准轰炸。"文化大革命"中，红卫兵前来造反，周恩来总理直接指示，保护好孔府、孔庙。现在孔府后面的孔陵内安睡着 10 万孔子的后裔，全中国孔氏后代 200 万人，全世界共有 400 万。曲阜虽是一个小县城，但为世界公认的"东方圣城"，因为这里诞生了圣人。我在这里整整停留了一天，参观了"三孔"每一处陈设，细阅了每一张图片和文字说明。临行前作了一首诗以作纪念：

《谒孔庙》

曲阜名城谒圣堂，

帝王府邸伴书房。

三千弟子崇天下，

七十贤良茂梓桑。

至圣先师名世界，

大成鸿儒耀宇疆。

修身励志垂青史，

治国齐家万古芳。

孔子后半生的职业是老师，他的功绩主要体现在教育上。孔子说："我十有五而志于学，三十而立，四十而不惑，五十而知天命令，六十耳

顺、七十从心所欲，不逾矩"是从伦理观念的角度讲的。而立、不惑、知天命，指的是人生观、价值观、世界观的形成过程。"而立"讲的是人生观的确立，经过不困惑阶段，到"知天命"为成熟。耳顺应该是耳熟能详，从心所欲大概是应用自如了。而后人的阐述将其政治化了，阐字本来有个门字，而今越出了门框，超越了本意。当然伦理道德与政治有着必然的联系，有些说法是合情合理的。而有人解释"耳顺"是你说什么我听什么，"从心所欲"是想干什么就干什么，这就阐得海边无堰了。这里发现一个问题："吾十有五而志于学"，那么"十有五"之前的"吾"，孔子未说，也就是说15岁之前的少年儿童该怎么学，应懂得些什么，孔老夫子给后人留下了空间，我们当代的教育家应该填充这个空间。

在近现代百年历史中，孔子的教育思想被淡忘了，较长时间受到批判。革命年代打倒孔家店可以理解，要推翻一个旧政权，孔子思想确实无用，但要治理好国家，特别是搞好教育，孔子的理论管用。"文化大革命"批林时，连带批孔，又影射当代大儒是极其错误的。教育的目的是使受教育者在德、智、体诸方面得到全面发展，德育是第一位的，而且必须从孩子抓起，使之从小树立正确的思想观念。教育的规律本是一个金字塔，其特点是底盘子大尖子高，如果出现中空，则根基不稳。小学的基础不牢，则会影响后续教育，假使学校一个劲儿升格，中专升大专、大专升本科，学院升大学，中等技术学校被取消的话，金字塔的腰部就中空了。若学生都去应付高考，千军万马挤独木桥，上了大学又不想去干中专生应干的活儿，社会上操作性的行当就无人干了，教育与生产劳动相结合就会成为一句空话。教育部门若眼睛就盯着高考，中学教育、小学教育、幼儿教育在教育的天平上的位置就微弱了。现在中学生学习时间超过12个小时，体育锻炼被挤丢了，学生体质在一天天下降。教育的理念若忽视德育，忘却了国学、伦理，轻视五千年文明古国的优良传统，必然走向反面。大家都说青年人的理想信念淡漠了，其实少年时就松懈了。为此，全社会应大声疾呼，高度重视青少年教育，特别是德育。

毛泽东讲"我们的教育方针应该使受教育者在德、智、体、美、劳诸方面都得到发展，成为有社会主义觉悟的、有文化的劳动者。"劳动者的前提是有社会主义觉悟，三方面都应得到发展，尤其是德育。时下党中央提出对各级干部进行国学教育，并编辑发行了国家教育教材，这是一个重要的导向。学国学能了解我们的悠久历史，学国学能知道为什么叫文明古国，学国学方能懂得何为传统文化，学国学才能增强文化自信，克服崇洋媚外。教育者应认真研究如何使中华传统文化在教育领域发挥作用，特别是在青少年身上发挥巨大作用。

国学中的孝、悌、忠、信、礼、义、廉、耻是中华文化的优良传统，应该有选择地吸收在大、中、小学的教程之中。只有这样，才能使中国的青少年教育健康发展，才能培养出千百万个"小神童"。

（五）忆知青

　　读罢郝永明先生的小说《回乡知青》，勾起了一段往事的回忆。这部小说叙说了 20 世纪 60 年代末，塞外草原、黄河岸边一个蒙、汉民族杂居的小村庄，有三位血气方刚的中学生积极响应国家号召，离开青山县第一中学，满怀豪情回到自己家乡，立志改变乡村面貌。小说以主人公孟厚和为主线，讲述了三位青年学生与该村各类人物的友谊、情结、矛盾、纠葛和冲突。塑造了孟厚和从一个青年学生到突击队长再到生产大队主任的成长过程。他带领全村人大胆推行联产承包责任制，把一个年年吃"返销粮"的穷村，变成"粮食上纲要"的先进大队。通过这个小村庄几个家庭相依为命、互相帮助的故事，宣扬了乡村人"行善积德"的传统美德。与此同时，以辛辣犀利的笔锋抨击了公社革委会主任的极"左"思想，民兵连长对回乡知识青年的排挤和打击，村里封建迷信活动和赌博之风给家庭带来的危害，以及个别人流氓成性、好吃懒做的恶劣行为。作者将当地流行的漫瀚调情歌、山曲儿、高跷、秧歌等地方传统艺术，包括串话、顺口流、歇后语等语言文学，以及婚、丧、嫁、娶等民间习俗，巧妙地糅合在故事情节之中，真实地反映了当地的现实生活和"风搅雪"的语言文化特色。故事情节错综复杂、起伏跌宕，叙说内容生动逼真，思想积极上进，人物个性鲜明，语言朴实无华，乡土气息浓郁。深刻反映了"文化大革命"期间祖国北疆农村的实景真情，赞扬了一代知识青年在复杂的环境中不懈努力、坚持正义、抵制邪恶、顽强拼搏的精神，歌颂了蒙汉民族几代人团结、互助、和睦、相融的风尚。

　　读完这部书，使我回想起当年知识青年下山下乡的情景。知识青年，简称"知青"，是我国特定时期、特定人群的代名词。1955 年毛泽东主席提出"农村是一个广阔的天地，在那里是可以大有作为的"。同年 8 月，北京 60 名青年志愿垦荒队奔赴北大荒，时任团中央书记胡耀邦为他们饯行。之后涌现出邢燕子、董加耕、侯隽等一批扎根农村、为民服务的先进人物，为我国的新农村建设发挥了积极作用。1966 年"文化大革命"开始，大、中学校停课闹革命，到 1968 年，大部分中学毕业生无法进入大学，工作又无法安排。毛主席发出了"知识青年到农村去，接受贫下中农的再教育，很有必要……"的指示，《人民日报》发表《我们也有两只手，不在城里吃闲饭》的文章。轰轰烈烈的知识青年上山下乡运动兴起，成千上万的中学生在锣鼓声中披红挂绿奔赴农村和生产建设兵团。有关资料记载：1966—1968 年"老三届"初、高中在校学生，总共约 1600 万，大部分集体上山下乡，少部分学生回到原籍农村，他们被通称为"知识青年"，在广阔的天地经受了锻炼与考验，也品味了农村生活的"酸甜苦辣"，这一壮举可歌可泣。客观地讲，这批知识青年下乡时并非很有知识，因为他们毕竟还未步入大学之门，没有受过高等教育，而他们在山上乡下这个"社会大学"中增长了不少知识。他们亲眼看到，当时中国的农村多么贫穷，城乡之间存在巨大差别，地域之间的发展很不平衡。中国的农民勤劳、淳朴、善良、节俭，在他们身上有很多值得学习的长处，同时又有祖祖辈辈延袭下来的禁锢、保守等消极因素。他们深深体会到毛泽东主席"接受贫下中农再教育很有必要"和"严重的问题在于教育农民"的深刻含义。在当时农村极其艰苦的条件下，知识青年自觉地养成自力更生、艰苦奋斗、勤俭节约的作风；不甘落后，不甘沉沦，奋发进取的信念；体察国情、关注民生、为民服务的品格；不唯上、不唯书、只唯实地看待事物和处理问题的思想，从而增强了一代青年的责任感、使命感。事物总有二重性，十几岁的青年人正是学文化、长知识的时期，中断了他们的学业去锻炼实在有点可惜。同时使国家的科学教育发展受到损失，使知识、科技人才断了档，减少了一批博士、院士和科学家。但是这批学生确实经受了锻炼，有不少成为"文革"后期了解社会、熟悉民情、立场坚定的政治家和优秀管理人才，有的脱颖而出，成为国之栋梁。

改革开放以后，一批反映知识青年的文学艺术作品陆续问世，在人们

的文化生活中产生很大反响，如小说《雪城》《知青心中的周恩来》《蹉跎岁月》《血色黄昏》《狼图腾》，影视剧《我们的田野》《血色浪漫》《北风那个吹》等。这些作品大多反映的是城市青年下到农村牧区的故事，郝永明的《回乡知青》反映了农村青年到城市上学又回到农村，在他们父辈身边务农的恩、怨、情、愁和矛盾纠葛。不同的去向，表现方式不同，却有着相同的经历和命运。我们今天60岁左右的人大概都有这么个经历，回想起来历历在目。

今天的青年学生很幸运，初中毕业、高中毕业不需要上山下乡去锻炼了，不需要到艰苦地方去接受再教育了。而出现的另种新情况：不停地考试，让青年学生背着沉重的书包，超负荷地趴在桌子上、电脑旁，忘记了身体锻炼，远离社会实际，与老百姓疏远了，思想上产生了诸多困惑。学校名义上在讲素质教育，而实际安排上都在"应试"。教育部门考核的项目、标准、入学率的排序自然引导学校以分数挂帅。而分数高说明不了素质高，95分与85分并无多少区别，高分低能者比比皆是。但没有分数升不了高中，上不了大学，班级无奖励，学校不评优，校长无光彩。与此相伴的问题接踵而来，近年来青少年体质出现明显下降的趋势，突出表现为肥胖率日趋增长，超过"安全临界点"；心肺功能下降，运动能力趋低；胸围越来越宽，肺活量却越来越小；身体越来越高，跑得却越来越慢；体重越来越重，力量却越来越小。特别是视力不良且不断攀升，位居世界前列。片面追求分数和升学率形成的应试教育现状，以牺牲青少年体质为代价，这种状况如得不到根本改变，将成为民族之忧、民生之痛、国家之患。一个人18岁之前，应在德、智、体三方面得到全面发展，忽视了德育教育，会给年轻人带来后遗症，这个问题是教育的大问题，应该引起全社会关注。在当前社会转型的关键时期，如何加强对新一代年轻人艰苦奋斗教育、革命传统教育和实践出真知的教育，可以从知青生活中得到一些启示。

首先要教育学生，"吃自己的饭，流自己的汗，自己的事情自己干，靠爹靠娘靠他人不是好汉"。树立自立意识，靠自己的智慧与能力在社会上站住脚，开拓自己的美好前景。古人云"不吃苦中苦，难为人上人"，知识青年上山下乡，使这批青年失去了在校读书的良机，而他们在农村、牧区受到的锻炼，与广大农牧民建立的情感，使他们了解社会，懂得了人民，对后来的工作特别是领导与管理工作，都起到了很好的作用。万事有苦才有甜，"台上一分钟，台下十年功"。一个人"若想人前显贵，背后就要吃苦"。

二是要善于在逆境中求进。回顾知识青年的生活，艰苦的环境对每个人是相同的，而每个人的收获是不尽相同的。面对逆境，有的依然不懈努力，见缝插针，加强学习，几年后出现新的机遇考入北大、清华。有的陷入苦闷与彷徨，万念俱灰，不思进取，意志衰退了，身体搞垮了。生活对每个人都是一种考验，遇顺境，要抓住机遇，乘势而上。遇逆境，志向不倒，锐气不减，沉着应对。这一点，当年的大多数知识青年为今天的年轻人树立了榜样。

三是不忘身体是革命和建设的本钱。"少年强则国强"，增强青少年体质健康既是百年大计，也是当务之急。回望历史，"东亚病夫"的记忆刻骨铭心；面向未来，务必多一些忧患意识，多一些长远谋划，让我们的民族健康茁壮地走向未来。

（六）崇大学

凡 20 世纪 50、60 十年代出生的人，多数对大学有一种敬畏之情。敬是渴望，畏是无奈，因为大部分人上不了大学，只能想想、说说、羡慕他人上大学而已。当今的年轻人，大部分都有上大学的希望，只是考试成绩优良，学校相对理想，考试成绩差一些，学校档次低一些，当年考不上，来年复考，总是能够成为大学生。而进校之前心切，夜以继日苦读，电灯照、电脑烤，一天十几个小时爬在书桌上熬。拿到大学通知书时，人瘦得变了形。当踏进大学校门后，反倒不想学习了，不少大学生四年光荫，虚度年华。过去，学界常讲："风声雨声读书声声声入耳，家事国事天下事事事关心。"而今有的大学生心目中"家事国事天下事与我何事，风声雨声读书声我不作声。"这是一种情感上的冷漠，认知上的偏颇，毅志上的缺失，应当引起关注。

在漫长的封建社会里，我国男子一生有三次较大的形象变化，一是"圆岁"，二是加冠，三是留须。中国古代以天干地支纪年，"甲乙丙丁戊己庚辛壬癸"为"天干"，"子丑寅卯辰巳午未申酉戌亥"为"地支"。十天干与十二地支互见一面是一个大轮回，为六十年，十二地支为一个小轮回。一个人的一个大轮回称为花甲，一个小轮回称为"圆岁"。圆岁是人一生中第一次较大的变化，有三重意义：一是经过了一个纪年的小轮回，进入又一个小轮回，表明儿童转为少年；二是度过了一个生命的危险期。古时候经济发展滞后，科技水平低，医疗条件不备，小孩在 12 岁前常有夭折现象。人们创造发明了"金锁""银锁"，给孩子戴在脖子上，以求平安。到 12 岁时，认为危险期已过，举行一个"解锁"的小仪式，自此再不带"锁"了，民间把解锁称为"圆锁"。孩子出生后的发型是随意的，解锁之后在头顶打一个发髻，成为少年的发型；人的第二次形象变化是"加冠"。中原地区的大户人家为孩子"加冠"十分隆重，家庭全体成员在祠堂举行一个仪式，由族长亲自将一顶帽子戴在孩子的头上，并有一番训示与教诲，祝福孩子奋发努力、光宗耀祖。有的地方将此举称为"加冕"，有些不妥，因为冕是天子、诸侯、卿大夫戴的是礼帽，后来专指帝王礼帽。望子成龙心切可以理解，但触犯龙颜很危险，还是叫"加冠"比较确切。这一举动表明，少年已进入青年；人的第三次形象变化是28岁，从此开始，男子留起了胡须，古人称"二十八须"，有了胡须表明男子已进入成熟期，这与孔夫子的"三十而立"相近。时至今日，民间尚有一句民谚："嘴上没毛，说话办事不牢"，意为没有胡须的人尚未成熟、说话办事不牢靠。新中国建立后，中国共产党人明确倡导不留胡须，改变了留须习俗。

古人的上述三举，唯有12岁的"圆锁"仍在民间流行，但已去掉了"解锁"的内容，流传的范围也越缩越小。随着城镇化的推进，这些民俗逐步消失，但其文化理念是永存的。因为"三举"告知人们，12、18、28岁是人生最重要的三个年龄点，形式可以去，内容不能丢。当今社会这三个期间正是人生由小学、中学、大学、研究生、博士后而进入社会开始工作的阶段，必须高度重视，认真把握。如果说中、小学是一种铺垫，硕、博士是一种延伸，那么大学是人生成才的重要殿堂。

大学教育的功绩用"桃李满天下，栋梁遍神州"形容，一点也不过分，历来大学校园人才密度大，知识层面高，学科分布广，资源潜力深。是高素质人才的源头，传播文化知识的殿堂，人类受教育的基地，先进生产力的载体，人类美好明天的希望。当今社会，实现小康和四个现代化依靠科技，科技靠人才，人才靠教育。现在的发展靠在岗的干部员工，而未来的发展依靠现在高校学生。教育的目标和全部归宿是学生问题，大学生既是十年后的主力军，也是现代化事业的接班人，其质量问题至关重要。企业生产强调正品，严格把关不出次品和废品，方可在市场竞争中取胜。学校培养的学生要更加注重品学兼优，也要防止出"次品""废品"，更要防止"危险品"，思想政治工作一定要跟上。大学生要在德育、智育、体育几方面得到全面发展，思想要红，业务要专，体魄要强，才能接好班。学校的问题是校长的问题和校领导班子的问题，如何把握社会主义方向，搞好管理，调动教师积极性，引导学生奋发向上，报效祖国人民，关键在学校领导。教师以"传道、授业、解惑"为己任，教育的问题是教师问题。中国出了一位好老师，影响社会发展两千多年，这个人就是孔子。孔子开办私学先河，三千弟子七十二贤，传播了中华文化，成为文明古国的"大成至圣先师"。当今大学老师应以孔子为表率，当好教师，为人师表。而能否成才，关键还是学生自己。要想成为一名对社会有用的人才，大学生要解决四个思想认识上的问题。

一是珍惜今日的好时光，珍惜自己的好年华。前面讲到，人的一生有三个重要的年龄段，受大学教育期间又是三个年龄段中的重中之重。这个年龄段是掌握知识、技能最佳时期，切不可虚度年华。上一代人没有今天年轻人的福气，大部分进不了大学的殿堂。今天的年轻人赶上了好时光，连续20年不断扩大招生数额，使更多的青年有了上大学的机会；学校建设日新月异，规模、设备争创一流，学习的环境明显改善；老师水平不断提高，硕士、博士不断增加，不少学科处在前沿领先地位，获得了不少科研成果。大学四年的生活无忧无虑，可以说"神仙"般的生活，大学生不应身在福中不知福。

二是树立远大的理想，看到前途和希望。大学生应当有理想、有抱负、胸怀大志。要树立祖国、人民需要我，社会、家庭需要我，"天生我材必有用"的思想。人才选拔的规律是"出类拔萃"，要想让人拔萃，自己必须出类，所谓出类就是"冒尖"，就是高人一节，棋高一筹。下象棋棋局对奕中，走一步看一步是新手，走一步看两步是老手，走一步看三步才是高手，要向前看，往远看。社会三百六十行，行行出状元，十年后，各行各业的骨干力量都要从现在的大学生中产生，大学生是后备力量，未来的精英，要树立竞争意识，勇于创优争先。

三是树立读书有用论。了解从前，认识今天，才能筹划未来。前人替我们做了很多实验，总结了很多经验，读书就是享受前人的成果。读书有三性：一是心性。阅读有别于物质占有，它是一种精神的享受，一种意趣层面的、灵性层面的满足。有人爱书成癖，惜书如命，是对书的一种神化。二是知性。是针对实践的，也是解决实际问题的。古人云"书中自有黄金屋，书中自有颜如玉"，表明读书有最实际的收获。三是理性。古人说，开卷有益，从某种意义讲，书无所谓好坏，只要你认真读下去，剔除糟粕，去粗取精，去伪存真，都可能找到需要的营养。培养大家阅读的习惯，自觉地追求读书的乐趣，可以引导整个社会风气，振奋民族精神，以崭新的姿态屹立于世界民族之林。当然，读书毕竟是一件辛苦的事情，做学问需要耐得住寂寞、经得起艰辛。明星是热烈的，学者则是凝重的，进入大学就必须选择读书，它是一种兴趣、一种追求。要把读书当作一种精神满足，"精神贵族"才能无怨无悔，不枉大学走一回。

四是克服浮躁心理，适应社会现实。不可否认，现在的大学生也有不少苦衷，一是每进一步必考试，一个公务员之职有 800 多人考场竞争；二是考试不能定终身，大学毕业解决不了工作问题，拿着文凭到处求人；三是所学专业与从事职业不能对口，学非所用；四是因社会风气不正，好学生找不到好职业。基于上述情况，有的大学生心灰意冷，不求进取。殊不知这种以消极的心态看待社会，属于"一叶障目，不见森林"。人类社会的发展总是前进的，社会发展需要人才，物竞天择，适者生存，不适者淘汰。古往今来，大浪淘沙，留存下来的是勇者。当今社会"知识改变命运，科技创造财富"只有具备知识和技能的人，才能为生存奠定坚实的基础，才能创造光辉的人生价值。因此，大学生要坚定信心，勇于拼搏，创造美好人生。

（七）故乡情

　　人们常说："美不美，家乡水，亲不亲，故乡人"，"老乡见老乡，两眼泪汪汪"。朴实的语言，道出了乡情之深厚。故乡之情是几代人和睦相处、朝夕相伴结下的情缘，是共同的地域、共同的生活习俗，留下共同的记忆与眷恋。这种情缘与眷恋，一生中挥不去、抹不掉、梦绕魂牵，就如同著名诗人贺敬之的《回延安》中"几回回梦里回延安，双手搂定宝塔山。……手抓黄土我不放，紧紧贴在心窝上"一样。产生了思念的共鸣。一个地区因独特的地理环境、乡土人情、方言俗语，形成一种独具特色的心理文化素质。一方水土养一方人，一方人都有一种恋乡之情。这些恋情包含着父辈宗祖之恋、茅屋寒舍之恋、乡友邻里之恋和一方热土之恋。

　　故乡的茅屋寒舍，对每一个远走他乡的人都有很强的召唤力。上世纪五六十年代的农村，头脑里留下清晰的踪影。一处农家小院，20平方的土房，"尺八的炉台，二尺的炕，圪扭子放在窗台上"。每到晚上，一家八九口人，一盏小油灯，子女们簇拥在父母身旁。瞌睡了，上下"打蹬脚"，挤在不足8、9平方米的火炕上，深切地体会到父母的温馨，兄弟姊妹间的"手足"之情。从这间土坯房里，走出去几名国家干部，而父母亲仍生活在茅屋之中。每逢回家团聚，香喷喷的烩菜、热腾腾的油糕，共尝农家风情。当母亲掌着勺头把一锅的饭菜一勺一勺地乘到每个人碗中之时，勾起少儿时的情景。饭后父亲坐在炕头正中，四周围坐了几十名儿女孙甥，老人家呼叫着每个人的乳名，他讲完旧社会的苦难，欣喜地诉说新中国解放后，翻身的农民创办互助组、合作社，由初级社、高级社到人民公社，人们政治地位的变化，生活水平的提高。他讲到一场"文化大革命"给农村带来的灾难，"文化大革命"的烈火也烧到这个茅屋草舍之中。

当时的农村只抓阶级斗争，农业经济受到很大冲击，劳动一天二毛钱的分红。穿衣凭布票，缝补凭线票，每人口粮"够不够，三百六，吃得不够再研究"。突然一天，老人被列入专政对象，生在新社会、长在红旗下的青年被戴上"黑七类"帽子。然而酸甜苦辣的生活，使一家人都经受了锻炼。后来，拨乱反正、平反昭雪，使无辜受害者重见光明，重温了阳光雨露的温馨。老人作了新旧社会的对比，告诉儿孙们，"还是共产党好"。

幼年的发小之恋，魂牵梦绕。回想当年那个几十户人家的小村庄里，有一群光着屁股，活泼天真的小朋友。这群无忧无虑的顽童，一会儿爬墙上树，一会儿嬉戏池塘，一会儿人模狗样，一会儿小鸡落汤。一会儿折枝为箭，假扮梁山好汉，一会儿"击鼓""吹号"模仿猪八戒娶妻。上午还玩着请人摆家一番热闹，下午又相互撕打，这边傻笑那边哭闹。但都无心无肺，无尊无卑，似车渠壕的稀泥，辗开了又合回去。长大了各奔一方，工作繁忙，顾不上看望，而睡梦中常常相聚，仍然是那样意切情长。这种质朴的少年之情，相伴着每个成年人的一生。

乡友邻里之恋，常常萦绕心头。人们常说："远亲不如近邻，近邻不如对门"，50年代的小村庄，邻里之间，视同家人，不分彼此。出门走几天，把钥匙放在邻居家，吃一顿好饭，端一碗送给隔壁分享。农家一年四季养两口猪，一口卖供销社，有了一年的零花钱，一口养到入冬大雪、小雪两季之间，自杀自食并备用过大年。杀猪当日要请村里人来吃杀猪菜。各家各户，不论谁家盖新房，都要请全村扶梁吃糕。遇到困难互相帮助，自留地的农活，今天我帮你，明天你帮我。"你有初一，我有十五"，这是乡村邻里之间的真实写照。乡民中有"好汉护三村，好狗护三邻"之民谚，凡村里有作为的人自然承担起照顾乡友的重任，同时也得到父老乡亲的尊重。

故乡的热土更值得眷恋。记得当年初中毕业回到村里，天天跟着老农学农活儿。春耕时"老牛拉犁走田间，手执木柄又扬鞭"；夏锄时"糜锄点点、谷锄针，高粱锄得一耳心"；秋收日"赤日当空汗浃背，腰弯腿弓手挥镰"；待到马嘶车铃响，庄禾上了打谷场，跟着老农"抓起耙，抢扫帚，放下筛子转碌轴"，场收碾打结束后，将来年余粮藏地窖，过冬口粮存凉房。入冬前后，自推碾子自围磨，家家吃上当年的新米面。一年三季十分繁忙，而冬季三个月进入农闲。村民们常常聚在一家热炕上，讲故事说笑话，天南地北拉家常。讲到乐时不想散去，各拿"份子""打平伙"，相当于现在的AA制聚餐。这种悠闲自得的农家生活，至今萦绕心房。就在故乡这块热土上，我了解了农村，熟悉了农业，懂得了农民。每当田间干活时总是一遍又一遍地默念"锄禾日当午，汗滴禾下土。谁知盘中餐，粒粒皆辛苦。"一次与生产队和一起耕地时偶发诗兴，作了一首古风：

《犁田》

相伴黄牛踏垄田，

左牵缰绳右扬鞭。

老犁铧翻起新天地，

稚手掀开幸福园。

秦汉耘方已定制

先民耕技仍传延。

面朝黄土陪星月，

专利流传两千年。

当时我向队长解释诗意，耕地的老犁是在秦汉时期发明的，流传两千多年，至今还在使用，可谓历史久远。可惜当年的发明者连一笔"技术专利"费也未领，使子孙万代衍袭，造福人民，我们应倍加感谢先人的恩惠。

常言道"树高千丈，落叶归根"。枝繁叶茂是根的功劳，没有根深蒂固，不会有参天大树。中华民族崇尚根祖文化，游离海外的赤子都思念故土，怀念炎黄先祖。先祖大多埋藏于故土，祖上的传统与精神激励着后代子孙。祖宗虽远，祭祀不可不诚。一个人，不论财有多富、官居多高，若忘记了家乡就是忘了本。人们常说"儿不嫌母丑，狗不嫌家贫"，由农村走进城市是一种进步，但乡间的淳朴民风并不落后，应当大力提倡与传承。父老乡亲总希望他们的后代走向更美好的地方，同时又有一种殷切的期盼，不论走到哪里，不要忘记故乡，即使到外面当了"龙王"，也不要忘记回家乡下滴雨。我们应当时刻牢记故乡的父老乡亲，牢记"胡子里长满故事，憨笑中埋着乡音……小米饭把我养大，风雨中教我做人……"家乡人常说一句话："秋风凉，想亲娘"。今日正值农历秋风季节，昨夜风大，晨起小楼前落下一层黄叶，不免思念起家乡，随作律诗一首：

《思故乡》

一夜秋风满地金，

身居闹市恋乡村。

田园粒满风摇灿，

畦畔枝垂雨裹珍。

火炕毡蓆偏艳目，

草堂老酒最黏人。

树高千丈凭苗壮，

落叶归根润自身。

二、源头活水润心灵

（一）求知有道

一个人不管选择了什么职业，首要的任务是学习，因为人是"学而知之"，不是"生而知之"。工人说，机器不擦要生锈，人不学习要落后；农民说，磨刀不误砍柴工，学习不误做营生（营生为西部方言，意为工作）；干部说，学习是工作中的充电器，前进路上的加油站。《名贤集》中有一句："书中自有黄金屋，书中自有颜如玉"。进入新世纪，中共中央提出要建立学习型社会、学习型机关和终身学习制度。可见，对于学习，从中央到地方，从领导到民众，认识都是深刻的。

从政多年，深深地感觉到，作为一名党政干部必须重视学习。中国辉煌文明几千年，从隋唐以来就有科举考试制度，这项制度实际上就是一项文官选拔制度，"仕而优则学，学而优则仕"。我们现在虽然不搞科举制度了，但"公务员考录"、"一推双考"已逐步形成制度。目前，大学生、研究生想进入公务员的行列，没有考试是进不去的。有一些公职领导岗位，不考试也是当不了"官"的，所以不是一个好学员，也当不了好官员。

当代企业家都十分重视学习。改革开放以来，很多企业从小到大，由弱变强，摸爬滚打二三十年，深深体会到：搞好一个小企业一需有一定的资本，二需有吃苦耐劳的精神，三需敢想敢拼，敢冒风险的意识。但是，当企业做大之后，企业没有文化，老板没有学识，这个企业肯定会垮台。因为市场千变万化，知识在不断地更新，竞争对手日益强大，企业家如果不能适应这种势态，就会被淘汰。因此，一些做得较大的企业家，不惜花重金到清华、北大和国内一流名牌大学学习企业管理、市场营销等学科。过去许多的民营老板，现在不少人有了研究生学历。

教师更应该重视学习。"要当人民的先生，先当人民的学生"，不当学生是当不了先生的。孔夫子讲，"温故而知新，可以为师矣"；曾子讲，"吾日三省吾身，为人谋而不忠乎，与朋友交而不信乎，传不习乎。""传不习乎"就是说，把温习知识作为一个人每日的三件要事之一。老师的职责是"传道、授业、解惑"，自己没有"道"、缺少"业"，就完不成传、授、解的任务。

学生的任务就是学习，研究生又多了一层"研究"。怎么学习，怎么研究，是当今老师和学生共同探讨的一个课题。我们今天的大学生非常幸运，高中毕业进大学，大学毕业上研究生，一鼓作气完成了学业。60岁左右的这一代人就没那么幸运，他们经历了"文化大革命"。初中刚毕业就失去了继续上学的机会，回乡当了农民，不少人成为"黑七类"（地、富、反、坏、右、叛徒、特务、走资派等）子女。后来赶上了高考，成绩合格了，但是政治审查不合格也不行。有的参加工作几年后才遇见一个去读大专的机遇，又过了几年去读本科，直到50岁左右才完成了研究生的学业。学习不连贯、不系统、支离破碎，属于"杂学"。唐代书法大家颜真卿，官至吏部尚书、太子太师，一身坚持勤奋学习。他有一首名诗《劝学》："三更灯火五更鸡，正是男儿读书时。黑发不知勤学早，白首方悔读书迟。"劝导青少年黑发时坚持读书，免得白首时悔之晚矣。人总是对失去的东西更珍惜，年轻时失去了学习机会，工作后更加热爱学习，但总不如在学校系统地学习掌握的知识多。不同的年龄，不同的岗位与职业，学习的方法有所不同，但有些共性的东西，方法大体是相同的。

学习首先要读书，"读书破万卷，下笔如有神"。我的几位朋友都有一个共同爱好，就是酷爱书。他们自参加工作，一发工资，第一件事就是去新华书店买书。而且逐年藏书，每个人大约都有近万册。这些书的来源大概有六个途径：一是花钱买的，二是单位发的，三是别人送的，四是向朋友要的，五是向同志借的，六是将别人看的书悄悄拿来，"偷"看的。如果总结读书的效果，发书不如送书，送书不如要书，要书不如买书，买书不如借书，借书不如"偷书"。大脑里记忆最深的是"偷看"的书，其次是借来的书，然后是买来的书，再次是要来的书，至于发的书、送的书，大部分都记忆不深。有些人书架上摆着那么多的书，大多是撑门面、摆样子的。书多是好事，而读不读是更重要的事。读书的方法因人而异，首要的是坚持不懈，把读书作为一种生活必须，与吃饭一样重要，方可见到成效。我的这几位朋友都坚持常年读书。他们给自己规定，一年365天，不论在家或外出，每日坚持有一定的时间读书或者每周必挤出半天时间，排除一切干扰去读书或学习文件，不管工作多么紧张，做为任务来完成。一个人不论干哪一行，必须有理论与学识的支撑。掌握理论、运用知识、吃透政策精神，懂得业务常识，才能克服盲目性，使工作见到成效。

其次，学习要入脑入心。就是把所学知识印在脑子里，记在心坎上。我有一位朋友的读书方法比较独特，他最初向一位中医学教授学习，用卡片法：把感兴趣的知识、文章、词句摘录在卡片上。后来采用笔记本法：他当县长时，将工作涉及的农、牧、林、水、电，科、教、文、卫、体，工、交、财、贸、行、公、检、法、治、安等众多部门、单位和各个乡镇，分门别类各有一个笔记本，把涉及每一个行业的理论、政策、基本情况、问题及历次决定的要事，分别记到笔记本上。到哪局开会，就拿上哪个局的笔记本，有时候一上午两个会，就拿2个笔记本，一天有4个会就拿4个笔记本。后来出门多了，　拿就是十几个，感觉这个办法不方便了，于是，改为活页纸法：按照经济、政治、文化、社会、生态、城建、教育、卫生、民俗风情等分类，共有九个活页本。出去开会、基层调研带一个本子出去，回来后第一时间把记录的内容分到各个本子里面，这样既可以把相关情况与知识随时记下来，又能随时分类，用时一翻就见，十分方便。时下有了笔记本电脑，记录知识更加方便了，但有不少人过分依赖电脑，被称为"电脑知识分子"。打开电脑，古今中外、天上人间，无所不知。而关上电脑，就一问三不知了。很多东西如果不印在脑子里，就不能融会贯通。古人云"熟读唐诗三百首，不会作诗也会吟"。只有将大量的知识、信息储存在大脑里而不是电脑中，才能有分析、判断，有归纳、总结，有推理、演绎，才能根据形势，随机应变，作出正确的抉择。现代领导人常常随时随地回答四方的求问，各界的咨询，当摄像机镜头对着你发问时，你说我回去查电脑，岂不成了笑话。

第三，注重向身边的同志学习。孔夫子说，"三人行，必有我师焉"，自己的老师、学生，周围的同志、朋友，都有值得学习的地方。开会讨论时，把同志们的发言精华以及汇报材料中的妙言警句，摘录下来都是知识，都能充实完善自我。酒席上，是一个知识密集之处，朋友们坐到一起，从天上谈到地下，从历史谈到现在，从工作谈到生活。人们常说："酒后吐真言"，酒后能把沉淀在大脑深处的东西激发出来，酒至半酣，话讲得比平时更好。酒席间留意把那些有用的经验、朴实的道理、鲜活的知识记下来，有时胜过读书所获。

第四，在实践中学习。到基层去调研，到外地去考察，不论是工作还是旅游，带上相关的书籍和资料，边走边学，把书本中的知识与现实中的情况对照，加深印象。所谓知识，"知"是知道了。"识"有两层含义，一是理解了，二是认识了。人们常说，"秀才不出门，便知天下闻"。这个"闻"是前人对事物的总结，是书本上的知识。读者只能做到"知道了"，而知道未见过，认识就不深刻，可称为"知道分子"。指从书本上了解，停留在知道这个概念，与到实地亲眼所见，感受不一样，理解程度不一样，有时得出的结论也不一样。只有把知道的知识与现实结合，才能成为真正的知识分子。毛泽东主席曾讲过："读书是学习，使用也是学习，而且是更重要的学习"。学习的目的，在于运用，再好的理论与知识，如果停留在口头上，运用不到实际中，也是无用。因此要善于把所学知识用于实践，同时不断总结实践中的经验，上升为理论再返过来指导实践。为此要学习古人"读万卷书，行万里路"，活到老，学到老，坚持不懈，永不停步。

（二）读书有方

宋代学者黄庭坚说："**士大夫三日不读书，则义理不交于胸中，对镜觉面目可憎，向人亦语言无味**"，以此奉劝封建官员多读书。而读书的目的是学以致用，不能为读书而读书。古代不少学者都有一些很好的读书方法，大体上可归纳为读、批、思、记、悟、问、联。

一是读。学习必须读书，古人有"读书破万卷，下笔如有神"，"书读千遍，其义自现"，"熟读唐诗三百首，不会作诗也会吟"等名言名句。人们普遍认识到，读书不仅要读与自己事业相关的书，还要博览群书。历史上"刘项原来不读书"、"半部论语治天下"的年代已经过去了。我们现在处于知识型社会的年代，无论个人、家庭、单位，必须具备知识方能适应社会发展潮流。而读书需注重方法，片面肤浅的阅读方式，无法真正掌握知识，只有认真系统地阅读，做到古人赞誉的"学富五车"才会有真知灼见。

二是批，即批注、评点。韩愈有"记事者必提其要，纂言者必钩其玄"。批有横批、眉批、读点、画线、勾重点。一部《三国演义》，有毛批、御批、各家批；一部《红楼梦》，由众多的红学家来批。把书里有分量的地方认真地画出重点、点出要点、摘出警句，讲明自己的理解，用这种方法来读书，对书的领悟更加深刻。不少名人读过的书，字里行间、眉首卷底都有批注，值得效仿。若走马观花把书念一遍、浏览一遍，肯定记忆不深，领会肤浅。一边读，一边批、评，必然能学到更多的知识。

三是思，就是思考。古人讲"学而不思则罔，思而不学则殆"。中国的词语至少有两个意思，一个是本义，一个是引申义，一层意思有多个表达方式，如果不去思考，就搞不清、听不懂，不去思考就不解其义。有的词汇除原义、内涵之外，常常还有个弦外之音。一些风趣幽默的话，不在其本身的意思，而是在弦外之音。因此，我们需要勤思、善思、细思、慎思，辩证地思。对一个问题的思考有正向思维、逆向思维，还有双向思维，如果能从不同的角度思考，则考虑得更加全面。诚如朱熹所言："读书，始读，未知有疑；其次，则渐渐有疑；中则节节是疑。过了这一番，疑渐渐释，以至融会贯通，都无所疑，方始是学"。

四是记，即记忆。增强记忆的方法有摘、记、背等。"摘"，即摘录书中重点与名句。一本书的容量浩瀚，不可能尽收于心，有部分耀眼章句，为其精华所在，留于胸中，可久不忘怀。有些名句是古往今来、千锤百炼的精言，好比数学家代入公式，化学家引入方程，既能一语道破，又不必加以解释，且朗朗上口，产生言简意赅的良好效果。读书时按己之需，摘其要句，存留活页笔记，对增长学问大有益处。但要学会摘，善于存，否则就失去"摘"的本意。记，就是记录。人们常说，"好记性不如烂笔头"。重要的内容作为记录留存，到时就能派上用场。背就是背诵，记在脑子里，而不是记在电脑里。大量地背诵，不仅增加了知识的容量，更重要的是可在大脑里融会贯通。

五是悟，就是领悟、觉悟、醒悟。"觉"和"悟"原为佛教用语，后融入中华词汇之中。《西游记》中唐僧有三个弟子，沙僧的"僧"是和尚之意，猪八戒的"戒"，内含了佛教当中的清规戒律，比"僧"高了一个层次，"悟"和"空"则是佛教的最高境界。因此，三个弟子，按其含义层次排序，悟空是老大，八戒是老二，沙僧是老三，这个位次不能颠倒。一个和尚观察农民在稻田里插秧，写了一首禅诗："手把秧苗插满田，低头便见水中天，六根清静是为道，后退原来是向前"。意思是，手把秧苗一株一株插进稻田，低下头从水里倒影看到上面的蓝天，稻子的六个根被水涮干净了，他领悟到六根清净是为道，插秧人倒着走，实际上是在向前进。这里充满了辩证，向下看，看到了上面的天，稻苗的根联想到佛学上讲的慧根静、六根正，后退想到向前，由农民插秧领悟出深刻的哲理。在现实生活中，同样一件事情，有的人可以领悟到其中的内涵，而有的人总是思不到位，看不到事物的本质。大家同样都在学习，但因悟性的差别，有的理解深刻、有的认识肤浅、有的甚至走向了反面。在历史上称作"家"的，是能把复杂问题简单化的人。政治家倡导一种主义，如社会主义、共产主义、中国特色社会主义。理论浓缩了一系列道理，言简意赅，便于运用，指导实践，实际管用。数学家的成果是一个公式，陈景润一辈子研究的成果是 1 加 1 不等于 2；物理学家、化学家研究的是一个方程、定律，牛顿、爱因斯坦等莫不如此。而上述成果的取得，都是凝聚了各家学者一辈子的心血，字里行间都闪烁着光辉。读书学习要深刻领悟，纸上得来终觉浅，心中悟通始知深。

六是问。如果说读、批、思、记、悟是属于自身的，那么"问"是要借助外力。学问，学问，不问就没有学问。孔夫子讲"敏而好学，不耻下问"，向谁问呢？应该是"上问"、"下问"、"互相问"。在行政工作中，上问叫请示汇报，下问叫调查研究，互相问是开研讨会，互相启发。在学界，上问是学生问老师，下问是老师问学生，互相问是教学相长。同样的问题每个人站的角度不同，得出的结论不同。苏东坡有诗："横看成岭侧成峰，远近高低各不同。不识庐山真面目，只缘身在此山中。"要学会兼听则明，不懂就问，当领导的要多问问群众，因为领导属于公仆，公仆是为人民服务的。

七是联，即联系实际。首先，每个人都生活在一个大环境中，自然要联系大环境的实际，生活在内蒙古就要了解内蒙古，懂得内蒙古，联系内蒙古的实际。其次，每个人都生活在一个部门、单位、社区或学校，要联系隶属团体的实际。如学校的实际不同于社会，主要任务一是教，二是学，师范大学的任务是培养各学科的老师，属于老师的老师。老师要为人师表，要传道、授业、解惑，负有教化的职责。老师的教化作用能使学生将知识吸收、消化。学生的主要任务是学习，扩大知识面。研究生更要深层次的研究，对研究学科有自己独到的见解，并将所研究的理论运用到实践当中去，成为经世致用之才。每个人的实际各有不同，而共性的实际是各有所长，各有所短。对自己既要看到长处，也要知道不足，学会发挥优势，树立自信心。毛泽东主席说"自信人生二百年，会当水击三千里"。拿破仑将军说，"不想当将军的士兵不是好士兵"。诗仙李白说。"天生我

才必有用"，《名贤集》中有"寒门生贵子，白屋出公卿""将相本无种，男儿当自强"。豫剧《花木兰》中唱道，"谁说女子不如男"。军事家说，"狭路相逢勇者胜"，"置之死地而后生"。这些都是一种自信，是成功的前提。只有自信才能产生动力，有动力才能产生勇气，勇气十足才能促使成功。与此同时，还要看到自己的不足，人常说，"金无足赤、人无完人"，经济学当中有个木桶原理，说的是一个木桶能装多少水，不是取决于木桶中最长的木板，而是取决于最短的那块木板。一个人的成长，短处往往对人的影响最大。人们各有各的缺点，也有一些是共性的，比如：欲望的强烈、耐不住寂寞、遭遇逆境时心绪烦躁、爱与同事比高低等等，学习中要联系实际，扬长避短，善于学习别人的长处，克服自身的缺点，增加相容性，克服排他性，互相学习、共同进步。

（三）以文强基

文化建设的首要任务是提高国民文化素质，提高文化素质的前提是加深对文化内涵的理解。讲到文化，众多学者基本从两个方面阐释，一是广义的文化，二是狭义的文化。我体会文化有三个层面，一是浅层文化，二是中层文化，三是顶层文化。

1.浅层文化

浅层文化是人类直接感知的文化，即人们常说的衣食住行文化，是看得见、摸得着、司空见惯的文化。物质本身没有文化，而人类与之接触时产生一种"去、取、好、恶"之情。去，拿去；取，拿来；好，喜欢；恶，厌恶。有此四情，就产生了文化。

日常生活中，来了客人，先是茶，后是酒，酒罢了用饭。北方人喝茶之初，并未意识到其中有多少文化，主要是为解渴、消食而饮用的。随着生活水平的提高，饮茶品种增加，以茶交友的场合频繁出现，逐渐领悟出茶的文化深厚。"茶"字上面有"草"，下面有"木"，中间有"人"，表明人在草木之间，体现了人与自然的和谐相处。茶有红的、绿的、黄的、白的、黑的，每一种颜色都有一种说道。茶产于中国，流传到日本、韩国，在异国他乡产生了茶道，又返回到了中国，人们从茶中提炼出"清、静、和、美"等文化内涵。

喝酒，会喝的能分出酱香、浓香、清香、米香、凤香、芝麻香、豉香、特香，不会喝的感觉都是辣的。酒当作饮料时，没有体会到有文化，当它用来待客、祭祖、敬神的时候，就产生了文化的概念。一位啤酒厂的老总对我说：好啤酒有四种味道：涩、酸、苦、甜，涩在舌尖，酸在两边，苦在中间，甜在舌根，这种"苦尽甜来"的感觉，就是一种文化。李白有"举杯邀明月，对影成三人"的诗句，一个人喝酒，邀请月亮对饮，朦胧中看到自己的身影，当作三人同饮，多有诗意！曹操煮酒论英雄，"对酒当歌，人生几何"；霍去病因征战匈奴有功，汉武帝赐他一坛御酒，他将酒倒入泉水之中，让将士们趴在泉溪边共饮，以此来宣扬皇恩浩荡，激励将士，由此产生了甘肃省"酒泉"的地名；诸葛亮用人七道中有"醉之以酒而观其性"，就是有意让你开怀畅饮，看看喝醉酒以后显露的本性，以此作为考核人才的方法之一；宋祖赵匡胤"杯酒释兵权"的故事流传千年，成为民间佳话。这些酒中文化，含义深刻。

吃饭有文化。宾主入座，位次的安排就体现出文明大国的礼仪。当一条鱼端上餐桌时，主人给客人夹一个眼睛，说"高看你一眼"；夹个背，叫"倍感亲切"；腹部叫"推心置腹"；尾部叫"伟大友谊"。每一道菜的名称、制作工艺都有文化内含，吃饭的过程就是一种文化熏陶。

穿衣服有文化。长、短、宽、窄，都有个说法，上大下小叫作"萝卜裤"，上小下大叫"喇叭裤"。满族最早设计了旗袍，之后各民族效仿，现在风靡全世界。民国初年，孙中山先生创新一种服饰，被称为"中山装"。这个中山装立翻领，立翻领表示"严谨治国"；四个兜表示"国之四维：礼、义、廉、耻"；兜上之盖形如倒过来的"山"，又似一个笔架，暗示以文治国。袖上的三个扣表示"三民主义"，即"民族、民权、民生"；后面整幅表示"国家和平统一不分裂"；前胸五个扣表示立法、行政、司法、考试、监察五权并立。到民国十八年，国民党把中山服定为文官就职时的统一着装。当今之时装，在中式的基础上加入了西式，由对称到不对称，接受了西方文化的影响。

住房也有文化。中国人讲究住大正房，主要理念是为了采光。太阳从东方升起，到西方落下，大正房整整12个小时都可享受太阳的光辉。人的生存三大要素：阳光、空气、水，采光是三大要素之一。高楼林立，若终年见不上太阳，再豪华的居所也是一种缺憾。草原上的蒙古包是一个圆形，在几何图形里，圆的面积最大，在风力较大的北方草原上，圆的阻力最小，圆形体现了"天似穹庐、笼盖四野"的文化理念。

人在与动物打交道的过程中，惊喜的发现马有三大优点，第一，英勇精干，在枪林弹雨中毫不畏惧。第二，有惊人的记忆力，"老马识途"。第三，对主人的忠贞不二。马尽管是牲畜，但"马不欺母"，具备了人的道德伦理观念。这些优良的品格，使马与人结为伙伴。在冷兵器时代，兵贵神速，马的速度加上工具，成为当时的先进生产力。乐器中的马头琴是一个中西结合的艺术品，与二胡、四胡不同，马头琴的弓和弦是分离的，琴上端的马头，显示出蒙古族的元素和符号，蒙古族舞蹈大部分都带有马元素的痕迹。文学当中马的成语有"龙马精神""马到成功""汗马功劳"等等。人们还体会到羊更有文化。羊随人类从远古走来，人吃的、穿的、用的、戴的，都离不开羊。在饥寒交迫的年代，一领大皮袄集皮、毛、绒于一身，近代工业化分工越来越细，皮剥四层，毛绒分离，绒被誉为"软黄金"。汉语词汇中，羊部首的字有36个，最美好的几个字："美"、"善"、"祥"、"义"、"鲜"等都有个"羊"。古往今来，羊大为美。"善"中有个羊。古时候的"羊"和"祥"是通假字，"羊"就是"祥"，"祥"就是"羊"。"我"字头上一个羊，叫作"義"。食品讲究鲜，左边一个"鱼"，右边一个"羊"，合而为"鲜"。古代游牧民族的称谓不少与羊有关，比如史书中的"五胡"，即匈奴、鲜卑、羯、羝、羌，鲜卑的"鲜"右边有个羊；"羯"左边有个羊；古时"氐"写作"羝"；"羌"上边有个羊，这些表明游牧民族对羊的崇尚。

以上事例表明，文化并非高深莫测、高不可攀，人们身边司空见惯的东西都有文化。可以说，文化充满时空，无时不在，无处不有，文化并不遥远，就在我们身边。一个东西初看时没有文化，细细端详，就悟出了文化。各类书籍中有文化，工作实践中也有文化，党政干部接触社会领域较宽，工作中遇到的自然、生产、生活现象都包含着文化。

2. 中层文化

中层文化是在浅层文化基础上提炼出来的文化，包括风俗、制度、法律、文学、艺术、宗教等。民间的风俗文化内涵很深，比如一年四季分为二十四个节令，有一首二十四节气歌："春雨惊春清谷天，夏满芒夏暑相连，秋处露秋寒霜降，冬雪雪冬小大寒。"每一个节令都有特定的文化含义。一年中每个月都有生活的节日，春节、中秋节、清明节、端午节现在都成为国家法定节日，体现了中华民族文化的传统。还有正月十五的元宵节和九月九的重阳节，这两个节含义也很深刻。春节是一个严肃的节日，要敬神、祭祖、合家团圆，而正月十五是个"闹"节。人类生产、生活需有张有弛，正月十五男女老少闹红火，是一个松弛之节。九月九的重阳节，是一个老年人的节日。中国社会步入老年社会，若将重阳节也作为一个国家法定节，将对弘扬尊老敬老的中华传统文化意义更大。

中层文化中的文学由诗、词、歌、赋，延伸到明清小说，还有散文、政论文等。《诗经》告诉人们什么叫诗，《离骚》则告诉人们什么叫诗人，唐诗、宋词、元曲是中华文学之精华。时下出现一种"短信"文化，其特点一是方便快捷，适合时代的节奏。二是短小精悍，一句话、一个词、一个问号或者感叹号，都表达了作者的心理活动。三是妙语连珠，幽默风趣，充分展示出中国词汇中的引申义和弦外音。过去的青年人至少要读十几本长篇小说，而现代人讨厌长篇大论。老年人坐在剧场看一场戏剧很惬意，而年轻人嫌戏剧拖沓，看不下去，短小精悍之作才招年轻人喜欢。短信的优点适合年轻人，但短信有一些不健康的、垃圾的、黄色的内容，还有一些通过短信攻击他人的，但并不影响这个体裁。运用这个文体需要求精、求美、求健康。

3. 顶层文化

顶层文化是在中层文化的基础上产生的伦理观、道德观、人生观、审美观、价值观、世界观。如《三国演义》作者罗贯中持一种"汉朝天下刘家坐"的正统思想，因此全书多处褒刘贬曹。书中有东吴谋臣张温与诸葛亮帐下的秦宓的一段对话，大意是：张温问：天有姓乎？秦宓答：有。姓啥？姓刘。为什么？天子姓刘。意思是说，天的儿子姓刘，他爸爸一定姓刘。"天姓刘"的观点出自秦宓之口，表明作者一种正统观念。

《西游记》的作者施耐庵以小说中的故事情节告诉读者，作为领导，第一是意志，第二是思想，第三才是能力。师徒四人中孙悟空的本事最大，为什么唐僧是领导，因为唐僧坚定不移地要去西天取经，百折不挠，义无反顾，不论什么艰难险阻、妖魔鬼怪，都挡不住他的决心。孙悟空"生气"了，要回花果山，猪八戒"生气"了，要回高老庄，都产生过动摇，而唐僧从来没有动摇过。在我国，不少人只知有《西游记》中的唐僧，不知有唐代佛学大家玄奘。唐代玄奘的世界知名度很高，他从西天回来写了一本专著，唐太宗亲自为其作序。看完电影《三打白骨精》后，郭沫若先生写了一首诗，其中两句"人妖颠倒是非淆，对敌慈悲对友刁。"严厉批评唐僧的错误。而毛泽东也写了一首诗，对应两句是"僧是愚氓犹可训，妖为鬼蜮必成灾。"意为唐僧的错误可作为教训，成灾的要害在"妖"，体现出两种不同的文化理念。

青年时期初读《红楼梦》，有一种家庭琐事，儿女情长，卿卿我我的感觉，不如读《水浒传》中的故事惊心动魄。中年时读《红楼梦》感兴趣书中上千首诗、词、歌、赋，包括顺口溜所表达出来的分寸感和呈现出来的画面，以及人物之间的关系与情感十分细腻感人。老年再读《红楼梦》感到文学造诣太深了，复杂的故事情节中，暗含了对封建社会的批评："朱门酒肉臭，路有冻死骨"表明社会的贫富悬殊；有钱的官官相护，无钱的起诉无门，表明了社会的不公道；大观园中那样显赫的家族，最终仍然像封建社会一样，无可奈何地走向灭亡，揭示了社会发展的规律。

儒家的"四书"：《论语》是孔夫子的后人"辑而论撰"汇集了孔夫子与弟子们"交相对问"，"孔子应答"的言论而成书，分别有《古论语》21篇，《鲁论语》20篇，《齐论语》22篇，大约有16000字左右，在中国文化史上影响最大。《孟子》是孔夫子的学生孟子以其仁义道德观编撰之书。《大学》是孔夫子的学生曾子的一部研究修身、齐家、治国、平天下的论著。《中庸》为孔夫子的孙子子思所撰，主要讲"不偏、不倚、不易、不变"的中庸之道，这是一套宣扬儒家哲学思想的著作，有很高价值，经后人的修饰，成为封建王朝的正统伦理。

曾看到一个短信，内有四句话："**把复杂问题简单化叫科学，把简单问题复杂化叫文化。把糊涂人讲聪明是老师，把聪明人讲糊涂是领导。**"这个短信批评我们的个别领导"把聪明人讲糊涂"了。为什么讲糊涂，是

因为大话、空话、套话连篇，没有贴近群众、贴近社会、贴近生活。有些基层领导也习惯用文件上、报纸上、电视里的语言和上层领导的口气讲话，没有联系当地的实际，不接地气，脱离群众，老百姓越听越糊涂。文化教育要针对广大人民群众的特点，努力做到三点：一是善于把大道理变成小道理，变成基层百姓易于接受的浅显易懂的道理。二是不要把具体问题概念化，而是把概念问题具体化。不要简单地说好与不好，要说明好在哪里，列举事例加以说明，让人们看得见、摸得着，切身体会到诸多好处。三是一把钥匙开一把锁。只用一套话来做通万人工作恐怕不行，做思想工作要因人而异，文化有由浅入深，由此及彼，由表及里，由文到化，润物细无声的特点，动之以情，晓之以理，才能使老百姓愿意听，听得懂，理解加深，起到凝聚人心的作用。

（四）以文化人

文化可以理解为一个词，也可以理解为两个词，即一个"文"，一个"化"，"文"是名词，"化"是动词。人们常讲"以文教人、以文育人、以文娱人，以文化人"。即用文化来教育人、娱乐人、感化人。文学家注重"文"，政治家注重"化"，管理者如果不懂"化"的含义，就不是一个好的管理者。文化的社会功能表现在传播知识、鼓舞精神、凝聚人心三个方面。

一、**传播知识**。不论从事什么职业，都需要学习文化知识。文化本身是一种知识，由文化现象衍生出神话、传说、诗、词、歌、赋、小说、戏剧等文学、艺术作品反过来成为文化传播的媒体，用以传播文化知识。以文化为内容兴建的图书馆、博物馆、展览馆、群艺馆以及各类文化艺术团体，除承担着文化知识的收集与研究外，还是文化知识传播与弘扬的主阵地。当我们走进博物馆时，所有的东西都是文化，一个瓷瓶子、烂罐子、生了锈的铜币，都能说出一段历史。火车头在铁道上跑得时候属于物质，放在博物馆就变成了文化，火车头冒气、照相机冒烟，属工业化初期的文化。"博"是多的意思，博物馆，一是东西多，即物多，二是知道的多，即知识多。仅有东西多，知识含量少，充其量只是仓库。光有知道的多，没有实物的印证，不算是博，因为电脑知道得更多。而只有同时具备了物多、知识多两个条件才叫博物馆。走进博物馆可知道一个地区的过去、现在，还可以前瞻未来，告诉人们我从哪里来，要到哪里去，这是文化知识产生的效应。

二、**鼓舞精神**。看一场戏，听一首歌，参加一场书画笔会、参观一次摄影展览，都可以从中得到美的享受。井冈山时期的红军有一首歌叫《三大纪律六项注意》，既是政治宣传，也是文化产品，唱出了红军的宗旨和精神。红军时期没有那么多文件规定，唱一首歌就知道该做什么，不该做什么。抗日战争时期一首黄河大合唱，唱出了中华民族的豪迈气概，起到了鼓舞全国人民志气的作用。抗美援朝志愿军要跨过鸭绿江，行进中唱道："**雄纠纠，气昂昂，跨过鸭绿江**"，假使换另一首歌："**月亮走，我也走，我送阿哥到村口**"，我看不仅跨不过江去，还得掉进河里头，这就是文化产生的精神作用。一场《白毛女》《小二黑结婚》使一代人热泪盈眶，一生不忘。一部《青春之歌》《红岩》使人们永记心间。京剧《红灯记》的红灯一直在人们胸中闪亮。这些都是文化的精神和力量。鲁迅先生的《阿Q正传》《狂人日记》《呐喊》《彷徨》以及他创办的《新青年》医治了国人的愚昧，激励了青年的精神，凝聚了左翼作家的力量，像一把利剑，刺向敌人的心脏。他的"横眉冷对千夫指，俯身甘为孺子牛。"名言，为当时中国的文化人树起一面旗帜。2008年秋我专程去拜谒鲁迅故居，作了一首五言古风。

《瞻鲁迅故居》

鲁迅故居出，信步入餐房。

咸亨老店坐，品尝莲豆香。

花雕酌一壶，独自暗思量。

绍兴山水秀，素称名士乡。

地灵出人杰，尤数周家郎。

三人出一室，树人为兄长。

幼从百草园，走进三昧堂。

恩师寿镜吾，博学又刚强。

愤世嫉俗语，传道施琼浆。

家境遇不测，心灵遭创伤。

走出国门去，怀志渡东洋。

欲治国人病，愚昧缺良方。

弃医持利笔，愤疾著华章。

创办新青年，传播新思想。

狂人作日记，社戏并故乡。

阿Q孔乙己，呐喊又彷徨。

文化当主将，左翼旗帜扬。

作家大联盟，拥戴党主张。

冷对千夫指，黄牛情愿当。

敌众挺自立，秉情忠烈刚。

坚定骨头硬，毫无奴颜腔。

英年五十六，生命闪灵光。

著书八百万，遗产世代芳。

中华大文豪，精神万年长。

　　三、凝聚人心。党中央提出各民族要做到"四个认同"，即国家、民族、文化和中国特色社会主义的认同。四个认同中，起核心作用的是文化的认同，如果没有文化的认同，很难做到其他三个认同。我国56个民族在历史上曾有过矛盾、冲突、流血战争，也有过团结、统一、和睦、相融。九九归一，人家走到了一起，是中华民族文化起到重人作用。"文化大革命"中有个口号叫"大学习，大批判"，理论是"不破不立""破字当头，立在其中"。这是一种"水落石出"的思维，排斥对方，抬高自己。文化是相互渗透的，应该增强相融性，克服排他性。几种文化应互相学习，水涨船高。一个地区，如果没有文化就没有凝聚力，没有文化就没有知名度，没有文化就没有吸引力，没有文化就不会有经济社会的快速发展。有一个市文联提出一个口号："**优化一个城市的文化生态，涵养一个家庭的文化气质。**"这个口号是把文化渗透到城市和家庭之中，优化文化生态、滋润文化心田、以文化凝聚人心，是很有现实指导意义的。

　　中国共产党十七届六中全会以文化为题专门召开了一次全会，这是建党以来的第一次。这次全会集中研究了文化建设三大问题。一是以社会主义核心价值观为主旋律，把握好文化建设的方向；二是高度重视文化事业发展，包括群众性文化和专业性文化发展；三是明确提出了文化产业发

展。讲文化产业是与文化事业对应的概念。文化事业是以政府投入为主，重社会效益，不追求经济利益，比如图书馆、展览馆、博物馆、阅览室、文化艺术团体等。文化产业是产业投资主体多元化，既有政府的，也有社会、企业、民间的投入，不仅追求社会效益，同时追求经济利益。文化产业的第一属性应该是经济，第二属性是文化，这是对文化认识上的一个重大突破。这次党中央全会专题研究文化建设，具有划时代的意义。首先，符合党的目标任务。社会主义初级阶段的主要任务是满足人民群众日益增长的物质和文化需求，当物质生活达到一定水平之后，文化生活的需求必然凸显，这个时候不去发展文化，就不能适应时代潮流，不能满足人民群众的需求。其次，当今社会发展出现新的情况，经济发展步入快速增长期，同时也是社会矛盾的凸显期，如果处理不好社会矛盾，就会影响经济发展，甚至会"翻跟头"。要解决好社会矛盾，必须加强社会管理，文化在社会管理中有至关重要的作用。再次，未来的发展不仅要看 GDP 多少，财政收入多少，还要看文化水平和精神状态，最终是以文化论输赢，以文明比高低，以精神见成败。

要搞好中国特色的社会主义文化建设，就要坚持文化的"二为"方向，"双百"方针和"三贴近"的原则，在此基础上要正确认识新时期文化的"两个属性"，坚持"两轮驱动"，处理好"两个效益"，开创文化建设的新局面。

早在 1942 年，毛泽东在《延安文艺座谈会上的讲话》中就提出："**我们的文学艺术都是为人民大众的，首先是为工农兵的。**"1980 年中共中央正式提出"**文艺为人民服务，为社会主义服务**"，简称"二为"方向。"二为"的确定，把人民作为文艺表现的主体，坚持以人为本、人民至上，体现了社会主义的本质要求。"双百"方针也是毛泽东提出的。1956 年毛泽东在中共中央政治局扩大会议上讲："**艺术问题上的百花齐放，学术问题上的百家争鸣，我看应该成为我们的方针。**"经过 50 年的实践证明，"双百"方针是对文化创作生产规律的科学总结，是繁荣社会主义文化的正确方针。没有"百花齐放，百家争鸣"就难以形成生动活泼、春色满园的景象，就难以形成繁荣兴盛、名家辈出的学术氛围。"三贴近"即贴近实际、贴近生活、贴近群众。坚持"三贴近"就是坚持实践第一的观点，坚持党的群众观点和群众路线。只有做到"三贴近"，文化工作才能深深植根于中华文化沃土和火热的现实生活，最大限度地激发广大人民群众的积极性和创造性，为中国特色社会主义建设提供力量的支撑。

在高度集中的计划经济体制下，侧重强调文化的意识形态属性，关注文化的教化功能。在市场经济的条件下，文化产品、文化服务不仅具有意识形态属性，还具有商品属性、产业属性、经济属性。全面地认识这些属性是对文化认识的一个飞跃，是解放思想，开拓创新的理论成果。文化的功能不仅具有教化功能，还具有增长知识、陶冶情操、愉悦娱乐、丰富生活情趣等多方面功能。为此要坚持"双轮驱动"，一手抓公益性文化事业，一手抓经营性文化产业，最大程度地释放出文化创造的活力。文化事业与文化产业只是文化形式的差别、载体的不同，所承载的精神即文化的灵魂是一致的，都以传播先进文化为己任。新时期的文化产品与文化服务多数是通过市场交换实现的，购买优秀文化产品、文化服务的人越多，受教育面越大，经济效益越好，社会效益就越广泛。从这个意义上讲，经济与社会效益是相辅相成的。正确处理好"两个效益"的关系，方能满足人民群众日益增长的物质文化生活需要，同时充分发挥文化的教化功能，全面提高人民群众的文化素质。

（五）和合生谐

　　"和"者，和睦也。亦有和合、和平、和善、平等、温和、祥和、中和等含义，蕴涵着和以处众、政通人和、内和外顺等深刻的处世哲学和人生理念。自然与社会是一个矛盾的统一体，矛盾是推动社会发展进步的内在因素，解决矛盾就要使自然界内部、人与自然、人与人、人与社会之间的诸多因素实现均衡、稳定、有序，达到相互依存、共同发展。古人解释"和"是"以他平他"，人与自然关系要"天人合一"，人与人关系要"和睦相处"，人与社会关系要"合群济众"，国与国要"协和万邦"，世界各种文明要"善解能容"相互尊重，互相学习，共同进步。

　　"合"的本意为结合到一起，与分相对，有全、共同、合并、合璧、合成等含义。千百年来，人们总结出合的好处是形成合力，汇聚力量，而分的坏处是分散精力、伤害整体、削弱意志。民间有"三个臭皮匠，顶个诸葛亮"的说法。蒙古族中流传一个折箭故事，说母亲交给每个儿子一支箭，他们不费吹灰之力就折断了，又交给儿子们一捆箭，几个儿子谁也折不断。母亲告诉儿子们：合在一起则坚，团结起来，力量就大。

　　构建和谐社会要求家庭和睦，单位和睦，民族和睦，国家和睦，整个世界和睦。人与人之间要有温和的态度，和风细雨，和颜悦色，你敬我一尺，我敬你一丈，你让我三分，我让你七分，做到和蔼、和气、和善。每个人都要克制自己的锋芒和欲望，互相友好、互相帮助，就像各种乐器"合奏"一样，虽然各有其不同的音色，合在一起，就能演奏出优美动听的乐章。和合的力量就是把多姿多彩的元素凝聚在一起，相辅相承，共生共长。和中有爱，和中有美，和中有福，和中有乐。和合才能安，和合才能进，和合方可生谐。西方文明的特质是一个"争"字，即竞争；中华文化的特质是两个字"和合"，即和谐。"和谐"体现在儒家的仁义伦理、道家的天人合一观念、佛家的"慈悲为怀"思想之中。

从孔子那个时代起，中华民族就把"和"作为至尊法宝，赋之以极其深刻的含义。《论语》说："礼之用，和为贵；先王之道，斯为美。"意思是说，礼的功用主要是调和，先王之道以和谐为美。有人用拆字法分析和与谐，"和"字是禾与口字组成，意思是"人人有饭吃"；"谐"字是由言与皆字组成，意思是"人人都可以说话"。大家都有饭吃，都有发言权，就是一种和谐的社会状态。讲和谐就要用和平的方式解决矛盾，一般情况下要避免战争。有人说战争也是为了和平，但"和平"从来就不喜欢战争。凡处在战争中的人民，最渴望的是和平。讲和谐就要体现人与人的平等。平等是人类共同的追求，人与人之间，国与国之间，都希望太阳平等地照耀，地球平等地转动，法律平等地运行，人与人平等地相处，有了平等，才能体现和谐。

"和谐"是道家传统思想的重要组成部分。老子云："天地相合，以降甘露，人莫之令，而自均也"，他认为宇宙之间森罗万象、芸芸众生的运动都在"和谐"运动。道家倡导"慈爱和亲"，相互宽容，交往讲诚信，社会才会太平。道家倡导天人合一，人与自然和谐相处，认为人与自然是一个统一的整体，只有和谐才能获得长久的平安。人对环境有依赖关系，懂得自然规律，不违背自然规律，利用好自然规律，才能真正达到和谐相处。道家倡导众生平等，世人和睦相处。老子《道德经》称"天道无亲，常与善人"。又称"善者吾善之，不善者吾亦善之，德善。"这种天道与善说，充分体现了一种平等思想。东汉以后，"众生平等"的思想将行善与成仙直接联系在一起，宣扬在修仙的路途上众生平等，奉行善功德行，对于促进人类和谐共处有重要意义。

当代佛学大师星云在谈道"和"的时候，讲了一个水与火能够兼容的道理。他说：人与人之间，交情深厚，被形容为水乳交融；如果相处不和谐，则称为水火不容。一般说，水与火是相克的，而将水烧滚，水中也包容了火，水能灭火，火能蒸发水，使水变为气，说明水火虽然相克，也可以兼容。世间没有一样东西，可以自身的强大而独立存在。草怕严霜，霜怕日，魔高自有道人降。坚硬的铜铁，能被火炼成熔液，柔软的河水，能浮载沉重的舟船。万物相竞相生，又相互包融，物质如此，人亦如此。天地如能风调雨顺，人民就能五谷丰登；植物如能干湿适中，枝叶就能开花结果。一个国家，需要文官，也需要武将；一个社会，需要谋略策划之人，也需要亲力实践之人；一个家庭里，兄弟姐妹的个性，有刚烈、有温柔、有激进、有娴静，"一娘生九子"，"十个手指不是一般齐"，若能求同存异，其乐融融。水火不容，水火遭殃，人间不容，两败俱伤，国家不睦，必有一方灭亡。既然水火都能兼容，人类不同兴趣、不同性格、不同文化、不同种族、不同宗教，为什么就不可以做到相互包容。

中国共产党代表先进文化的发展方向，构建社会主义和谐社会，是全面建设小康社会的重大战略任务，是建设中国特色社会主义事业的重大举措，也是先进文化发展的重要内容。先进文化总是与传统文化一脉相承、血肉相连的，不能离开传承讲弘扬，也不能割断历史求创新。当代中华文化的构成应包括三个部分：一是反映中国特色社会主义核心价值观的主旋律文化；二是以儒、道、佛共同构成的中华优秀传统文化；三是有利于世界和平发展的一部分西方文化。以马克思主义为指导思想，弘扬主旋律文化，继承传统文化，吸收借鉴世界文明成果，是构建社会主义和谐社会的前提和保证。为此要重点处理好中华传统文化与西方文化互补、互助、和谐共生的关系。

一百多年来，关于中西文化的关系有两种争议：一是"化西论"。认为中国的传统文化完美无瑕，值得全人类敬仰和学习。西方文明濒临破产，中国文化是拯救西方世界的灵丹妙药，主张要用儒家文化拯救西方。二是"西化论"。认为西方文化开放进取，有利于社会发展，主张要学习西方，就应全面学习，甚至全盘照搬。两种观点、两种争议至今仍在继续。费孝通先生于1997年提出"文化自觉"理论，他说："文化自觉只是指生活在一定社会中的人对其文化有'自知之明'，明白它的来历、形成过程、所具有的特色和它发展的趋向，不带任何'文化回归'的意思，不是要'复旧'，同时也不主张'全盘西化'或'全盘他化'。自知之明是为了加强文化转型的自主能力"。费先生把文化自觉归结为16个字："各美其美，美人之美，美美与共，天下大同"。意思是：每一个民族或国家既要懂得欣赏自己的文化，也要善于欣赏他人的文化，彼此相互欣赏与尊重，和谐共处，最终达到一致与融合。这一理论，对于科学对待中西文化和提高我国的文化软实力，具有十分重要的意义。

文化的价值是相对的，绝对的价值标准是不存在的。我们既要欣赏东方文明之美及其伟大贡献，也要欣赏西方文明之美及其历史价值；既要继承东方的智慧，也要吸收西方的智慧。全盘肯定传统，不愿吸收和借鉴西方文明的精华，故步自封，夜郎自大，必将落后于世界。文化保守主义和历史虚无主义都不是科学的态度，不利于中华文化的复兴和发展。中西文化是两种不同类型的文化，各有所长，也各有所短。中国文化属于"伦理型""内向型""人文型""形象思维型""家族本位型"文化，西方文化属于"法理型""外向型""科学型""逻辑思维型""个人本位型文化"。中西两种文化各有个性，也有一定的共性，有尖锐的矛盾冲突，也有一定的相融与契合。如果双方都能树立中西文化互补和共生共荣意识，则有利于世界的和谐与全人类的进步。

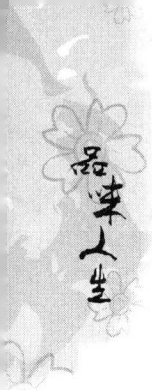

（六）诗词情怀

中华古体诗词是五千年华夏传统文化的精粹，是屹立在世界文坛上一面招展的大旗。她凝聚了中华民族最精美的语言，流淌着神州大地最真挚的感情，在国人心扉烙下难忘的印记。好诗如酒，令人陶醉，好诗如茶，细品留香，熟读古诗，是人生的一大享受。

1. 回味诗体演进

中国的诗歌体裁，按其出现的时间排序，主要有诗、辞、词、曲几种类别。诗，是我国最早出现的文学体裁，第一部诗歌总集《诗经》为四言诗。之后，出现了字数不一的"杂言诗"和"楚辞"。西汉初年，出现"五言诗"，多为《汉乐府》。东汉时期，出现了"七言诗"，这个时期的五言与七言诗，主要讲求字数统一与押韵。到南朝齐梁时期，沈约其人总结了汉语的"四声"规律，即"平、上、去、入"，读诗有了抑、扬、顿、挫的感受。与沈约同期的周颙在"四声"的基础上，进一步深化了作诗的规则，提出"四声八病"理论，不仅讲求押韵，还讲求平仄、对仗。当时，以"四声八病"理论为指导写出的诗叫作"今体诗"，不符合此要求者称"古体诗"，随着时间的推移，"今体诗"称为"格律诗"。格律诗到唐朝分为绝句与律诗，多为五言、七言。这种诗要求严格，读起来朗朗上口、对仗工整，因束缚较多，诗界有"带着镣铐跳舞"的评说。到了宋朝，出现一种新的诗歌体裁——"词"。词最早流行于市井、酒楼之地，出自歌伎、伶人之口，便于吟唱。词的字数长短不齐，但有韵律和格式的要求，如"水龙吟""卜算子"等词牌，每句都有固定的字数。与诗相比，词的内容多为描写男女私事，抒发人的感情，词风婉约、细腻，有女性化的风格。诗的气度大，词的感情深，诗为写，词为填，与诗相比，词更便于抒情。元曲是在宋末元初出现的文学体裁，与宋词的"词牌"不同，元曲属于"曲牌"。"曲牌"与"词牌"比较，有三点不同：一是词、曲格式虽都固定，但曲牌可以"衬字"（即在固定的字数中加入相同内容的字）。二是曲牌以调为主，且分南曲、北曲。南曲吸收了南方婉柔特色，北曲则比较情感外露，曲风开放、豪爽。三是词的语言含蓄，曲之语言通俗，抒情直爽，有北方少数民族特色，人们形象地称其有"蒜酪味"。元曲分为剧曲、散曲两大块，剧曲是戏剧中之曲，以第一人称唱出，而散曲无戏剧情节和人称。散曲又有套数、小令两种形式，三支曲以上，且相互衔接配套的散曲称为"套数"，小令一般为两支曲以下或外加一带过曲。以小令《天净沙·秋思》为例，名称中的"天净沙"是曲牌，"秋思"为名字。因小令中多用北方方言，所以与北方人有亲切感。

几类诗歌体裁中，诗的历史悠长，是诗歌体裁中的"老大"，备受历代文人喜爱、推崇，适合于严肃、正式的大场面。词的风格细腻、较为女性化，适合于私下场合出现。而曲由于语言通俗、直爽，比较适合于随意性的场合。近现代"五四运动"以后，又出现了新的诗歌体裁，即"白话诗""现代诗"或"自由休诗"。

2. 追思诗界泰斗

在历史的长河中，唐朝是诗歌的鼎盛时期。《全唐诗》收诗四万九千多首，包括作者两千八百余人，其中最著名的，当数李白、杜甫、白居易。三人终身以诗相伴，各有一段宦海生涯，均有不平的境遇和坎坷的生活。

李白比杜甫大十一岁，正当他的诗作如日中天之时，唐朝爆发了安史之乱，唐明皇仓皇出逃，半道上出现了士兵哗变，处死了杨贵妃。唐玄宗指令太子李亨守卫黄河流域，指令另一个儿子永王李璘守卫长江流域。此时的李白带着妻子从河南商丘南下逃往宣城，又折向西南躲到江西庐山避祸。李璘得知李白躲藏在庐山，三次派人请他出山参政。李白的妻子是武则天时宰相宗楚客的孙女，很有政治头脑，深知自己丈夫充满理想而缺少判断力，自视清高而缺少执行力，喜欢喝酒、擅长写诗，而缺乏辅弼朝廷的能力，力阻李白参政。而李白不听逆耳良言，临行作诗《别内赴征三首》，而下山投入李璘王府。李璘未听刚称帝的哥哥李亨传来的"入蜀护驾"旨令，而顺长江东下，被认为蔑视帝位，故意抗旨，反叛朝廷，图谋割据，被兄长擒杀。李白随之在江西彭泽被捕，押入九江监狱，后被流放夜郎（今贵州）。一年以后，唐肃宗李亨发布大赦令，李白在被赦其中。接到赦令，李白搭船东下江陵，船头上吟出著名诗篇："**朝辞白帝彩云间，千里江陵一日还。两岸猿声啼不住，轻舟已过万重山。**"从这件事可以看出，李白有从政意向，但用老百姓的话说，李白是诗人，不是政客"那块料"。而正是有那样坎坷不平的境遇，丰富了李白的生活阅历，造就了这位伟大的浪漫主义诗人。杜甫在安史之乱前夕，是军界一个看守兵甲器械的小官，叛军攻陷长安后，杜甫逃出长安，把家人安置在鄜州羌村，自己远走灵武，去投奔在武灵即帝位的李亨。半路被叛军追捕，押回长安，囚禁起来。八个月后他从狱中逃出，找到了流亡中的朝廷，唐肃宗将他留在身边任谏官，称作"左拾遗"。但不到一个月，杜甫因上疏营救房琯一事，触怒肃宗帝，被贬为华州司功参军。杜甫自知也不是从政"那块料"，遂弃官远走，带着家属颠沛流离。公元770年冬天，病死在洞庭湖的船中，终年五十八岁。一首"茅屋被秋风所破歌"是他晚年生活的真实写照。"安史之乱"后中原大地的残景和他本人悲惨境遇，促使他成为中国古典诗歌的集大成者和伟大的现实主义诗人。

"安史之乱"平息后，另一位大诗人白居易诞生。此时烽烟已散，但浊浪未平，这位诗人虽然也有坎坷不平与官场起落，但他心态平衡，留下了"达则兼济天下，穷则独善其身"，的千古名言。白居易做了一辈子官，写了一辈子诗，可谓既是做官的"料"，也是诗人的"料"。

3. 欣赏边塞诗风

自古以来，大漠孤烟、长河落日、风沙漫漫、羌笛悠悠，为文人墨客提供了抒发壮志豪情的重要素材。边塞诗词的质朴言语，豪迈的气概，形成了万马嘶鸣、风骨凛然的风格和流派。汉献帝建安时期，涌现出以"建安七子"和"三曹"为代表的一批文学家，他们的诗作以悲天悯人的情怀，写出了慷慨苍凉的"建安风骨"。曹操这位杰出的政治家、军事家成为"建安风骨"的主心骨。此时在塞北草原上，拓跋鲜卑建立了北魏，迁徙大批敕勒人守卫北疆。"天苍苍，野茫茫，风吹草低见牛羊"的《敕勒歌》唱响阴山两麓。鲜卑人吸收和继承匈奴文化的精粹，使草原文学有了创造性的发展。在魏晋南北朝民族大融合的背景下，游牧文化与农耕文化大碰撞、大交流、大融合，直接影响和滋润了隋唐文化。建安十一年，曹操亲领大军出征并州获胜，塞外广大地区尽入曹氏属地。北魏人与曹魏之间，既有友好相处和贸易往来，也有摩擦和冲突。司马氏代魏称帝建立西晋后，中原名士的文学作品大量吸收塞外文学之精华，增添了厚重、苍凉之气和悲悯情怀。塞北风骨，胡风旋荡，为中华民族注入了新鲜血液。

建安之后的"江南帝都"，诗歌走向清绵委婉、绮艳轻荡，沉迷在萎靡的声音之中。北宋将大好河山让与辽金，定都杭州，取名临安，以求偏安一方。有诗赞其盛景："**山外青山楼外楼，西湖歌舞几时休。暖风熏得游人醉，只把杭州当汴州。**"这种纸醉金迷掩盖空虚心态的诗，看似繁华极盛，却隐藏着不尽的唏嘘与惆怅，令人感慨。偏安一方，已失去刚毅勇猛、坚忍不拔的雄心和不畏艰险、自强不息的精神。历史表明，一个民族不仅需要休闲与雅致，更需要雄浑与壮丽，用这样的思想感情去品味那些边塞诗人的诗句，感到更为珍贵。

唐代诗人张乔的《书边事》："**调角断清秋，征人倚戍楼。春风对青冢，白日落梁州。大漠无兵阻，穷边有客游。蕃情似此水，长愿向南流。**"大意是：清寥的秋日，登上边防高楼凭栏远眺，阴山之南是春风依旧的昭君"青冢"，想那遥远的河西走廊夕阳正落下平原，阴山南北道路畅通，人们可以自由地到这塞外畅游，南北两地同胞就像这黄河水日夜向南奔流。李益的边塞诗《塞下曲》："**蕃州部落能结束，朝暮驰猎黄河曲。燕歌未断塞鸿飞，牧马群嘶边草绿。**"写守卫边疆的部队一身戎装，每天在河套平原的草原上骑马射猎。天高云淡，大雁北飞，歌声飘荡，马群撒欢，绿草如茵，一派生机勃勃的塞上春景。特别是王昌龄《从军行》，堪称边塞诗代表之作，其中《大漠风尘日色昏》："**大漠风尘日色昏，红旗半卷出辕门。前军夜战洮河北，已报生擒吐谷浑。**"写战场之苍劲，写战事之急迫，写战果之喜人。从以上诗句可以看出边塞诗气势宏伟，情调激昂，有阳刚之气，生命力强。与"杏花春雨江南"相比，边塞诗更显"骏马西风塞北"。其显著的特点一是气势宏大，雄风激荡。二是投笔从戎，尚武精神。三是自强不息，满怀豪情。四是寄景寄事，悲愤感人。五是边关乡愁，壮志未酬。六是忧心报国，勇赴国难。边塞诗折射出诗人强烈的爱国之情、使命之感、责任之心和奉献精神。联想到毛泽东17岁那年，告别父母走出韶山冲，临行前他改写了一位日本诗人的言志诗，悄悄夹在父亲的账簿里，"**孩儿立志出乡关，学不成名誓不还。埋骨何须桑梓地，人生无处不青山**。"这首诗有边塞诗的风骨，豪情激荡，气壮山河，表达了青年毛泽东的壮志豪情。

4.乐享诗风诗韵

自改革开放以来，内蒙古诗家辈出，"诗如春草连天涌"。一大批诗人，以古体诗词精心描绘现实生活，倾情讴歌边塞风光，开怀吟唱草原情愫，无情抨击贪、虐、浊、晦，在文化界产生了很大的影响。工作中，我结识了一批诗人，在他们的影响下激发起诗情。最早结识的诗人是内蒙古著名学者张长弓先生，那是1986年夏天，在土默特右旗金杏节笔会的晚宴席间，张长弓先生举杯敬酒时口占一绝："**一见伏君意昂然，性比巍峨大青山。造福桑梓奋椽笔，描绘汰莽土默川**。"在热烈的掌声之下，他挥笔将即兴之诗跃然成幅，赠送与我，第一次相识，留下深刻印象。他英年早逝，是内蒙古文坛的一大损失。2011年8月，自治区几位翰墨之友在赤峰市为他举办追思会，我押着当年长弓的诗韵，作祭诗一首，"**不见长弓意茫然，文坛星斗陨西山。英年鸿志随椽笔，千古遗章染绿川**。"并拙草为幅，托诗友赠送，向长弓先生表达了深切的怀念。

多年来，我在工作之余，潜心探讨韵律、推敲平仄、考究对仗、拼凑小诗。将工作生活中纷至沓来的思絮，草撰了百余首小诗，多为"打油"，于2006年出版了第一部诗作《思絮与诗绪》。虽然韵律不严、诗味不浓，仍受到诗界同人的鼓励与期待，使我信心倍增，不禁老夫聊发少年狂，人不倦，诗不厌，常将格律伴食咽。2010年秋，在中国作家协会同人的启迪下，我出版了第二本诗集，命名为《清风漫吟》，取义《诗经·大雅》

中有"吉甫作诵，穆如清风"诗句，意思是诗歌读起来若清风化雨，滋润万物，才能表达诗的最高境界。成书前曾到苏州一个名园，见园中有一副楹联"清风明月本无价，近水遥山皆有情"，意境高雅，内涵深邃，堪称天下绝句、诗中极品。又想到中国的官员大多以"一身正气，两袖清风"为美德，表明一种清正的心境，为此诗作书名取用了"清风"两字。《清风漫吟》以清寓情，吟、诵、和、唱千里草原、万里山河、繁荣盛世、官场民间。两部诗集均为习练之作，自觉形象思维欠生动，诗情画意欠浓烈，只为自得其乐，聊以自慰。同时，以拙诗与众诗友交流共同为草原诗风推波助澜。退休后，有了充足的时间，写诗进入一种痴迷状态，有时老伴推开书房门叫吃饭，竟然没听见，她取笑说，"你在那里发呆，我们快不认识你了"，于是我随手作了一首：

《诗人之愚》

律诗藏魅力，

下笔若痴愚。

撰句摇颌骨，

遣词晃颈躯。

遴择一个字，

拈断九根须。

老伴推门唤，

惊呼不识余。

（七）诗坛偶像

　　文学界谈到唐代三大诗人，大多以李白、杜甫、白居易为序，而我则更加钦佩、敬重白居易，成为心中的诗坛偶像。

　　白居易，字乐天，于唐代宗大历七年（公元 772 年）生于河南郑州新郑县。历时八年的"安史之乱"虽然平息，但藩镇势力抬头扩张，内战频繁发生，烽烟迭起，正处在李唐王朝由鼎盛趋于衰落的时期。白居易享年 75 岁，一生中经历了唐代宗、德宗、顺宗、宪宗、穆宗、敬宗、文宗、武宗八个皇帝，大体分为五个阶段。

　　第一个阶段为青少年时期。白居易生在一个"诗书之家"，从小受到良好的家庭教育与文学的濡染熏陶，五、六岁时就在母亲的指导下学习写诗，九岁时就能辨识诗韵。因时局动荡，少年时期的白居易随父母从中原大地迁徙到徐州、安徽、江、浙等地，漂泊的生活使他大开眼界，广泛采集了作诗的素材，到 16 岁返回长安时，一首《赋得古原草送别》"离离原上草，一岁一枯荣，野火烧不尽，春风吹又生。"使白居易诗界扬名。之后的十多年，诗作水平大有长进，到 29 岁时，凭借诗词才华走进官场。

　　第二阶段从公元 800 年，到 29 岁的白居易考取进士，连续六年三及第，从一个九品秘书省校书郎起步，经历县尉、京兆府考官、翰林学士、左拾遗、京兆府户部参军、太子左赞善大夫等职。期间，他以谏官的身份，积极向朝廷建言献策，指出："**人疲由乎税重，税重由乎兵兴，兵兴由乎寇生，寇生由乎政缺。**"揭示了社会动乱和疲敝的根源。提出治病必须治本，治乱首先要修政，只有政治清明，"然后重敛可日减，疲可日安，富庶可日滋，困竭可日补"，社会才能返乱于治，国家才能由衰而盛。与此同时，以诗歌武器，讥刺统治者的昏庸无能，揭露宦官的骄纵狂暴，鞭挞权势的鱼肉百姓，大声疾呼关注民众疾苦。锋芒所向，如宝剑出鞘，寒光逼人，由此得罪了当朝权贵，被排挤出朝廷。

第三个阶段，为被贬江州（今江西九江）司马的几年生活。这次贬黜，缘由白居易已不是谏官而越权上疏，得罪当朝宰相，以"狂妄出位"罪名被逐出京城。这是白居易入仕途以来遭到的沉重打击，时年四十四岁。州司马之职是协助刺史处理州务，只管法令政策方面事宜，不负具体责任。青年时期的白居易，本是功名心、进取心极强的人，面对现实，迫使他"面上灭除忧喜色，胸中荡尽是非心"。他冷静地分析情势，想挽救中唐颓势，奈无回天之力；想离开浑浊的社会，又逃不出牢笼。既然不能"兼济天下"，那就选择"独善其身"。于是，过上"知足保和"恬静怡然的生活。可贵的是他没有发泄牢骚，自暴自弃，而是抓住这个闲散的机会，动手将自己过去的800多首诗歌整理编集。又写了大量的春花秋月、夏雨冬雪、栽花修树、养鱼种花、饮酒放歌、品茶赋诗、登山临水、访道参禅等"吟玩情性"的诗篇，特别是一首叙事长诗《琵琶行》在诗坛产生了很大影响。这一时期的诗词创作取得了杰出的成就。到江州的第三年春，白居易在庐山香炉峰附近建了一座草堂，打算"宦途自此心长别，赤子从今口不言"像陶渊明一样，归隐田园，"仰观山，俯听泉，傍晚竹树云石……左手引妻子，右手抱琴书"终生以诗为伴。

第四个阶段，自公元820年唐穆宗登基到唐文宗大（太）和三年，白居易在做了一年多的忠州（今重庆市）刺史后，回到长安任尚书司门员外郎，同年又转授主客郎中、知制诰，次年升为中书舍人，归朝两年，三次升迁。可是新皇帝主要看重他的词赋文章，白居易的政治抱负仍得不到施展，于是他申请出京去做地方官。公元822年，白居易被任命为杭州刺史，公元825年又任命为苏州刺史，到唐文宗大（太）和元年（公元827年），被拜为秘书监，穿上了三品官的紫袍，次年转升刑部侍郎。这个时期白居易可谓官运亨通，他为官尽职尽责，注重调查研究，同情百姓疾苦，不搞横征暴敛，曾带领杭州人民筑湖堤蓄水，灌溉良田，浚治城中六口枯水井，解决了市民饮水问题。任满回京供职时，出现"耆老遮归路，壶浆满别筵"场面，民众夹道相送，洒泪而别。他一方面勤劳王事，努力为民办了不少实事，与此同时，不缀于诗作。凡请客招友，诗为请柬，参道谈禅，诗是偈语；登山临水，诗是记录；朋友聚会更是诗兴大发，耳闻、目睹无不发于歌诗。大（太）和三年（公元829年）白居易称病辞职，以太子宾客分司都督定居洛阳。

第五阶段从"吏隐东都"到寿终正寝。东都指陪都洛阳，"吏隐"指仍在官位而隐逸闲散。年近花甲的白居易认为："**贫穷心苦多无兴，富贵身忙不自由，唯有分司官恰好，闲游虽老未能休**"，因此对官居东都为太子宾客感到满意。可是到公元830年十二月，白居易又被任命为河南尹，这是一个有实职的官，下辖洛阳、偃师等二十六个县，公务繁忙，而白居易已无心去做有实权的官，公元833年，以病辞去了河南尹，再授为太子宾客分司东都。到公元835年，朝廷又任白居易为同州刺史，而他干脆谢辞，碍于诗人的名声，朝廷只好收回成命，改授太子少傅分司京都，并授冯翊县侯。公元839年白居易得了"风痹之疾"，"体目眩，左足不支"。到71岁时，罢太子少傅，以刑部尚书的名义退休，结束了四十多年的官宦生涯。退休以后，白居易自称"香山居士"，与七位古稀老人同宴家舍，号称"七老会"。"七人五百七十岁，拖紫纡朱垂白须""诗吟两句神还王，酒饮三杯气尚粗。岿峨狂歌教婢拍，婆娑醉舞遣孙扶"是这个时期诗人生活的真实写照。后来，又加入了两位诗人凑成了一个"九老图"，与诗友为伍，结束了诗人的一生。公元846年，七十五岁的白居易病故，葬于洛阳龙门山上。

白居易一生，幼好学，长工文，累登进士、拔萃、制策三科，始自校书郎，终以少傅致仕，前后历官二十任，实禄四十年。他在黑暗的官场中，不为权贵所屈，不受党争之累，始终保持了自己的清白。他缀玉联珠六十年，著文七十五卷，诗笔大小凡三千八百四十首，在诗歌、散文创作和文艺理论研究方面，也取得了杰出的成就。他和他的朋友一起发动了新乐府运动，对当代和后世的文学发展起了积极而重大的作用。白居易的一生，从积极干世到消极避世，由"兼济天下"而"独善其身"，表现了封建时代一个正直的知识分子的品格。由于时代的局限，阶级的局限，白居易作为政治家，其作为不算十分显赫，而作为一个文学家，在诗歌、散文和文学理论领域，都取得了辉煌的成就。其诗歌的特点表现在五个方面。

一是诗歌的题材内容广泛。有反映人民辛苦生活的《观刈麦》《采地黄者》《夏旱》等；有同情妇女不幸遭遇的《上阳白发人》《陵园妾》《井底引银瓶》等；有褒奖忠义节烈的《哭孔戡》《赠樊著作》《青石》等；有揭露统治阶级横征暴敛巧取豪夺的《杜陵叟》《宿紫阁北村》《重赋》等；有抨击昏君贪官豪门贵族的《杂兴》《黑龙潭》《盐城州》等；有批判奢靡世界的《伤宅》《买花》《歌舞》等等。

二是擅长写叙事诗。《长恨歌》《琵琶行》是其代表作。他的叙事诗篇幅较长，都有生动逼真的人物形象和娓娓动人的故事情节，叙说人物、事件尽情铺张、描绘，待到淋漓尽致时，以警语戛然而止，着墨不多，却画龙点睛。善于在叙事诗中穿插议论的笔法，虽然只有寥寥数语，却如插进匕首、短剑那样的强劲有力、犀利无比。《长恨歌》是一首有丰富历史内涵和高度艺术价值的爱情悲剧作品，看似感叹唐玄宗的失位、杨贵妃的丧命和俩人失去的爱情，而实际上是讥讽唐玄宗晚年荒淫无度，导致了唐王朝的衰替。

三是工于刻画人物肖像和矛盾心理。基于诗人对现实生活细致的观察及深刻了解，因此对生活艰苦、遭遇不幸的人们十分同情。他的《红线毯》和《缭绫》是为"忧蚕桑之费"、"念女工之劳"而作。《杜陵叟》通过对杜陵叟这个人物的刻画，反映广大农民的不幸遭遇。《卖炭翁》诗中"可怜身上衣正单，心忧炭贱愿天寒"一句，将人物心理刻画得更为逼真。

四是咏史、咏物，借助寓言、史典，借古讽今，影射时弊。诗歌语言口语化，遣词造句浅切平易，特别是对九江庐山的胜境，长江三峡的壮观，杭州钱塘秀色的描绘，以及谈禅说道的诗篇更加通俗易懂。

白居易不仅是一位杰出的诗人，还是一位优秀的散文家。他的散文，具有清新隽永、兴味浓郁的特色，只是由于诗名太高，散文便不像诗歌那样为人所称道了。白居易为应付制科考试，曾拟过七十五篇政论文——《策林》，其文辞简洁明快，说理清楚透辟。此外，他还有一套比较完整的现实主义文学理论纲领，主张文学作品应"文章合为时而著，歌诗合为事而作"，"为君为臣为民为物为事而作，不为文而作也"。真实地反映社会现状，有的放矢。他认为"大凡人之感于事，则必动于情，然后兴于嗟叹，发于吟咏，而形于歌诗矣。"文学作品的教育作用是"救济人病、裨补时阙"，"销忧懑""张直气""扶壮心"。时代的盛衰与社会的治乱，能从文学作品中反映出来。有这样精到的文学理论是别的诗人难以做到的。

（八）书法奥妙

工作之余，结识了一批书画界的朋友，所谓"近朱者赤，近墨者黑"，在他们的感染与影响下，我对书法产生了浓厚的兴趣。闲暇时间，茶余饭后，写几个字、练练笔，坚持十多年，形成了练字的习惯。在几位书法名家的推荐下，曾两次参加全国性书展，作品入选，被吸收为中国书法家协会会员，又受聘为内蒙古书法家协会顾问。在习练书法过程中，体会到书法艺术的诸多奥秘。

首先，书法是中国特有的一门上乘文化艺术，是中华民族的国粹。从文字起源到书法源流，有系统的理论知识，比较高雅、深奥，但书法艺术并不是高不可攀，会写汉字的人就具备了学习书法的基础条件。书法不分年龄、性别、民族，适合所有的群体，这是区别于其他艺术的一个显著特点。在我结识的书法界人士中，有党政官员、机关干部、教授高工、企业员工、军旅官兵、农民牧民。上至90岁老人，下至几岁儿童，爱好书法的大有人在。

其二，书法可陶冶情志、增强体质、益寿延年。搞笔会时，我们看到书家端庄站立，凝神静气，悬空提腕，运笔时抑、扬、顿、挫，全身有节奏地运动。柔软的笔锋似有千钧之力，像打太极一样，手到、眼到、心到、意到、神到，是一种全身心的锻炼。这样长年累月，持之以恒，必然产生养生保健之效，真可谓"妙笔添寿"。人体重要的物质功能活动可概括为精、气、神，此三者是维持生命的三大要素。"精"主宰人类生命的生长、发育、生殖。"气"在人体中周流不息，看不见，摸不着，但它推陈出新，温煦脏腑，防御外邪，固摄精血、转运营养。"神"指人的一系列思维活动，是精神意识、一切生命运动和知觉的体现，神为心脑所

主，神存则生，神足则壮。书法活动过程中，举笔若剑，使转运行，刚柔虚实，气运神畅，时而摒住呼吸，时而气沉丹田，时而又进入一种清静虚无的境界，自觉不自觉地起到调身、调息、调心、保精、练气、养神作用。人的寿命很大程度取决于大脑的生命，大脑是人体的总指挥部，大脑灵指挥灵，则全身机体灵。书法过程，意在笔先，谋篇布局，章法构思，脑血管处于扩张状态，脑细胞活动的数量比常人多出数倍。大脑的坚强有力，对于领导整个身体的平衡运动，脏腑的功能发挥，起着有力的推动作用。长期从事书法艺术的人，会感到气血畅通，神清气足，忘却时间在流逝，日夜在交替，笔底乾坤大，笔下日月长，自然会延年益寿。有人将明清两代的帝王、高僧、名书法家的寿命作了一个比较：书法家平均寿命79.7岁，高僧的平均寿命66岁，帝王的平均寿命最短。中国历史上，80岁以上的帝王仅有四位：梁武帝陈霸先、唐武则天、宋高宗赵构、清高宗弘历，恰恰这四位帝王都是爱好书法的。唐代以来的大书画家都长寿，欧阳询85岁，虞世南81岁，柳公权88岁；明代文徵明90岁，文嘉83岁，董其昌82岁；清代刘墉86岁，梁同书93岁，包世臣81岁，智永100岁；近代黄宾虹92岁，何香凝94岁，齐白石97岁，吴昌硕、张大千、沈尹默、林散之、沙孟海等都在84岁以上，练书法可以排遣愤懑和忧伤，高兴时去写字，作品理想，使人更高兴。愤懑忧伤时去写字，有时也出现意想不到的杰作，忧伤之感自然消除。有时写不成功，信笔涂抹，气急之下，揉纸成团，摔在地下，且边摔边骂，愤忧也随之化解。

其三，练书法是一种享受和乐趣。书法是写字，而写字不等于书法，写字入了法是一件不易之事，需要对字的出处及来龙去脉有个清晰的了解和认识。书法历史悠久，源远流长，名家辈出，各树一帜，又分出许多流派，各有代表人物。后辈既要继承又要创新，贵在把握宗旨、要意，不可泥古，也不可失真，需要有深厚的国学基础，才能有深刻的领悟。悟性强，领悟程度高，才能得要领，有诀窍，才能出精品。中国五千年文明史，有文字纪年（前831年、国人暴动）两千多年，在文字的演变过程中，经历了篆、隶、真、行、草5种字体，每一种字体蕴藏了浓厚的历史、文化内涵。写字是对历史、文化知识的温习，因此书法家大多为饱学之士。写字成为"家"是件好事，成不了"家"也是一件乐事，书法是一种高雅文化艺术，写的过程就是一种陶冶、愉悦、享受，从中可以得到乐趣。

其四，书法可以增长知识，强化记忆，提高人的思想境界。书法的内容，多为唐诗、宋词、名言、警句、楹联及哲理深奥的祝福、励志之语。对于这些文化经典之句，读百遍不如写一遍。书写一次条幅，可长期印在脑子里，这是一种一举多得的学习之方。书法家需要有平和的心态、勤奋学习的热情和旺盛的进取精神；需要深入生活实际，不断扩大视野，对自然和社会有高深的领悟；需要博古通今、学识丰厚，有辩证的思维，既信守书道，又能不断创新。文化都是相通的，书法家与文学家、作家、诗人、摄影家、画家均有着必然的联系和深厚的渊源，自然会提高思想境界和文化修养。

其五，书法可增强人的审美能力和鉴赏能力。书法鉴赏有两个标准：一是形式标准，二是内容标准。形式标准讲"笔法、结构、笔意、章法"，笔法、结构是书法的技术性问题，靠的是书内之功。笔意、章法是书法的方向性问题，靠的是书外之功。内容标准，即"真、善、美"，这三个字是衡量精神产品的总则。"真"是指字的本身不可失真和作者的真实感情，"善"是书法产生向善的效果；"美"是作品给人以美的享受。这些概念是抽象的，我们可以从欣赏自然中加深对真、善、美的理解，如坐上飞机观地面，山是绵延起伏的，路是纵横交错的，河是弯弯曲曲的；坐上汽车观草原，地是高低不平的，羊群是自然撒开的，大部分合群，个别游离在外；回到城市看楼群，建筑风格千差万别，楼体结构参差错落，一部分区域密集，一部分则是空灵的；进到厅堂看摆设，中式的格调深沉、端庄、对称，西式的格调明快、错落有致，这些都充分体现出自然之美。自然中的真、善、美运用到书法之中就要克服整齐划一、刻板教条、千篇一律。书法家都对大自然都有深刻的领悟，对真、善、美都有独到见解，因此审美能力、鉴赏能力相对较高。

其六，书法可以文会友、扩大交流、促进地区的文明建设。书法是一门上乘文化、高雅艺术，在书法的旗帜下聚集了一大批志向崇高、情趣儒雅的贤达、名流，这些人个性不同，书法的风格也不同，正所谓字如其人。书法作品的互赠，对于传播文化、交流思想、增进感情，提升地区文化品位起到了促进作用。近年来，有不少地区党政、企业代表团互访考察，成员中增加了书法家，互赠的礼品中，增加了书画作品，既彰显了文化，又推动了社会进步。

　　书法历史悠久，源远流长，名家辈出，各有千秋。练习书法贵在领悟宗旨、要意，把握要领、诀窍，坚持勤学苦练，持之以恒，才能从中得到美的享受，悟出书法的奥妙和真谛。

（九）书城启示

2008 年 9 月 10 日，内蒙古乌海市被中国书法家协会正式命名为"中国书法城"，我应邀参加了庆典活动，并代表自治区党委表达了祝贺之意。一个塞外边疆少数民族地区的地级市，能够成为中国的书法城，是件意义重大、值得庆贺的事情。之所以有这样的殊荣与美誉，得益于乌海人的五大举措。

首先是市委、政府领导高度重视，积极倡导，并能带头学书、练书，弘扬书道。从上世纪 80 年代的市委书记黄凤岐开始，历任书记、市长都极力倡导推动书法活动，各级领导都关心重视书法，从领导层营造出一种态势和氛围。其次是社会各界的积极响应和广泛参与。乌海的机关、学校、厂矿、企业、社区普遍形成了学书、练书的风气，特别是煤炭企业的职工热爱书法，成立了煤炭行业书法团队，起到引领作用。第三是较早地建立了各类书法学会、协会、研究会等团体组织，女子书协、青少年书协陆续建立，有一批书法积极分子无私奉献、积极组织，形成了组织网络，起到了骨干作用。第四是政府舍得投资，加强了硬件建设，较早建立了乌海书画院，为民众开展活动提供了条件。第五是有一批年轻的书法爱好者，他们虽然起步晚，但进步快。一个不到 50 万人口的小城市，中国书协会员 20 多名，内蒙古书协会员 80 多名，本市书协会员 1000 多名。在他们的示范作用下，一个全市居民爱书法、写书法的环境和氛围逐步形成。当然书法城的命名还有中国书协对乌海的偏爱。书法界都知道，书法名城的命名需有三个硬件，一是有书法历史名人，二是有书法历史名碑，三是有当代书法名人名碑。乌海是一个新型的移民城市，三个硬件无一件，命名为中国书法城是中书协对乌海的鼓励与鞭策。乌海书法城的潜力

和希望蕴藏在当代，需要下功夫谋划当代，以弥补历史的不足，这是一项艰巨的任务，需从多方面做好工作。

一要进一步提高建设书法城重要意义的认识。党的十六大提出经济、政治、文化、社会建设"四位一体"的大思路。文化是一个民族的精神和灵魂，是一个民族真正有力量的决定性因素，可以深刻影响一个国家发展的进程，改变一个民族的命运。文化是中国统一的凝固剂，秦始皇统一中国首先统一了文字，"言同语、字同文"是达到团结统一的前提。假使全中国各个民族各地居民各自都讲自己的语言，用自己的文字，没有汉语的普通话，没有统一的中国字，互相不沟通，怎么团结统一。书法是中国汉字独特的文化艺术，写汉字实际上在书写中华文化。在边疆少数民族地区，研究中国的书法发展进程，有利于达到文化认同，进而实现祖国、民族、中国特色社会主义认同。书法是构建和谐社会的一个很好的抓手，要充分认识其重大意义，增强书法城建设的自觉性。

二要搞好书法名城建设的总体规划。书法城建设是一项长期任务，要把它列入地区经济社会发展的总体规划，然后分步实施。既要有长远计划，又要有近期安排，还要有具体的责任人，组织好实施。地区党政可做出一个加强书法名城建设的决定，发扬过去的传统，一任接着一任干，不因领导人的更迭而中断。基层流传这样一句话：村看村，户看户，群众看干部，一级看一级，下级看上级。书法城的领导干部应将习书练字作为一项硬性要求，为各级干部做出表率，以引领书法城的建设步伐。

三是提高与普及相结合，搞好书法队伍建设。人们常说："人上三千出韩信"，农民总结出一个可贵经验，"要使粮堆尖子高，必须底盘子大"，说出了提高与普及的内在关系。没有更多的书法爱好者就不会涌现出更多的书法家。书法城建设需要壮大书法队伍，提高现有书法爱好者书法水平，需要从青少年抓起，形成梯队，同时引进一些名师，送出去一些人学习深造，以培训骨干，提升品位。要鼓励全市市民都来学书法，可以在大、中、小学开设书法课程，招聘书法造诣高的教师任教，设立书法奖学金，培养一批爱好者，扩大书法家队伍。

四要开展活动、开辟市场，营造书法城的氛围与环境。乌海市曾在书法艺术节期间，开展了一项"万人书大爱"的活动，给人们留下深刻的印象。次年又举办"国际高端书法论坛"，影响较大。类似这种有意义的书法活动应广泛地开展，今后还可以创办书法报刊，举办名家讲座、论坛，创办文化产业园区、开发书法文化市场，有档次的宾馆饭店要配备文房四宝，公共场所的厅堂要有书画条幅。逢年过节可组织书法家为老百姓写对联，陆续将所有的商业门脸换上名书法家书写的牌匾。

五要彰显书法城的城建风格。一座城市之美，不在于规模大、楼层高，而在于其特色和文化内涵。建筑是凝固的艺术，作为书法城要有书法的印记和符号，以彰显书法的氛围。要建好书法城的标志性建筑——书画院，并改善书院的工作、活动条件。可建书法一条街，开发书法文化市场。建书法论坛会所，以扩大与外界的书艺交流。要按照"塞外风光、民族风情、书法特色"三结合的思路搞好规划，之后分步实施。

六要营造独特的塞外书风。在漫长的书法长河中，书法家们创造了各种字体，大家名流本着"师古而不泥古"的原则各树其帜、各领风骚、不断创新。书法界流传着一个故事：说郑板桥想创造新的书体，晚上睡觉时在身上画来画去，无意中画到夫人身上。他夫人说：你有你体，我有我体，干嘛往我身上画。这句话提醒郑板桥，于是创造出自己的"六分半"书体，这个故事对书法爱好者很有启示。在书法界，乌海不是先生，是后生，后生要有"青出于蓝而胜于蓝"的志向和勇气，要在博采众长的基础上以创新取胜。地处塞外草原的乌海市，更多的要体现苍茫、古朴、厚重、健劲、雄宏、开放的书风，大力张扬阳刚之气，体现出辽阔草原、雄浑边塞的地区风格。当然要遵循书法的原则，摒弃那些求奇、求怪、求歪、求斜、信笔涂抹的癖习，克服那些寻求捷径，一提笔就想成家，甚至故意把字写得使人不识，以媒体炒作，沽名钓誉的歪门斜道。

中国书法从西周、两汉开始，以甲骨文、金文、篆书为主，经南北朝到隋唐走向成熟，并出现繁荣。字体由隶、楷、行、草而出现狂草，使书法达到了顶峰。今天的内蒙古经济发展、社会稳定、文化繁荣，大草原上出现书法城，很不容易，很不简单，很了不起，而由"书法城"步入"书法名城"任重道远，应抓住机遇，高度重视书法艺术的发展，将书法艺术

糅进地区文化建设的主旋律之中，努力向"中国书法名城"迈进，进而提高地区知名度，增强文化软实力。

三、识人练事积学问

（一）人之四气

古人云："天有三宝日月星，地有三宝水火风，人有三宝精气神，会用三宝天地通"。日、月、星、辰、风、雨、雷、电，属自然现象，要研究、总结，发现规律，掌握规律，顺其自然，人与自然方可和谐相处。人身三宝中的"精"，指人体血液、精液等物质，主宰着人的生长、发育、生殖。先天之精禀承父母，后天之精源于饮食；"气"在人体中周流不息，温煦脏腑，运转营养，看不见、摸不着，但可显现出人的"气质"；神是精神意识，为心脑所主，神存则生，神足则壮。精、气、神相辅相承，互为因果，互为依托，支撑养育着人的身体。学会运用"三宝"，就会贯通天地、顺应自然。人的"三宝"精、气、神反映为"四气"，即正气、勇气、大气和人气，开发"四气"就会充分发挥人的主观能动作用。

正气，指品德端正、思想纯正、行为规正。做人的底线是不伤天害理，不欺男霸女。男人负责任，敢担当。女人尽妇道，守本分。官员恪守本职，不贪赃枉法。有正气的人坐如钟，站如松，行得端，走得正。他们消除了身上的霸气、傲气、晦气、邪气，堂堂正正做事，清清白白做人，一身正气，两袖清风。他们牢记求真务实是做人之本，真而不虚，真而不假，对人真诚，做事认真。一生中说真话、不说假话，说实话、不说虚话，说有用的话，不说模棱两可、搪塞敷衍的话。有正气的人不搞沽名钓誉、哗众取宠、坑蒙拐骗、阿谀奉承，兢兢业业做事，踏踏实实做人；有正气的人崇尚真善美，善有人缘、善能生美，"自强不息，止于至善"；有正气的人做人崇尚忠、孝、节、义，懂得"家贫出孝子、国乱显忠臣。""良禽择木而栖，良臣择主而事"，"大丈夫忠孝不

能两全，"效法古之良臣，为国尽忠；有正气的人更懂得"百善孝为先"，明白"羊羔跪乳，乌鸦反哺"，小乌鸦尚能为其母献身，人更应以孝为本。孝敬父母天降福。人有正气，一生不做损人利己之事，不受来路不明之礼，不揭他人之短，不夸自己之功，宁肯清贫自乐，不愿浊富多忧。明代清官于谦有一首著名诗《石灰吟》"**千锤万击出深山，烈火焚烧若等闲。粉身碎骨浑不怕，要留清白在人间。**"意思是：石灰石从深山里开采出来，经过千锤万凿，又在炼灰炉中烈火焚烧，只要能够把清白留在人间，它对粉身碎骨全然不怕。诗人以石灰石自喻，以石灰的清白比喻做人的清白。一个人如果经常自省自重，方能一身气正，两袖清风。

　　勇气，表现在理想、意志与精神上。理想是勇气的基础，意志是内心的定力，精神是勇气的动力。有勇气的人敢于担当重任，面对困难决心坚定，不怕牺牲，迎难而上，义无反顾，百折不挠。大唐玄奘西天取经，历经千难万险，渡过血海火山，貌似柔弱僧人，而他勇气十足，因此，小说《西游记》中的领导是唐僧，而不是有本事的悟空。勇者必然有胆量，表现在敢于拼搏，敢于攀登，敢于超群，敢于取胜，有必胜的信念和决心。每次读《共产党宣言》时，不仅对马克思、恩格斯精深的思想理论赞叹，同时为二位导师的意志和勇气所折服。马克思出生在一个德国犹太人家庭，父亲是一名律师，大学毕业时，他的毕业论文以"渊博的知识、丰富的思想和过人的洞察力"使他未经考试就获得了哲学博士学位，他完全可以成为一名杰出的教授、资深的律师，或有一份优厚待遇的工作。但马克思选择了为科学献身的道路。他因在《莱茵报》上写文章揭露普鲁士政府而被迫迁居巴黎，之后又从法国到比利时，再到英国，过了几十年政治流亡生活，在贫穷与饥饿中潜心研究哲学、政治经济学和科学社会主义。期间，他穷困潦倒，有时连稿纸也买不起。刚满一岁的女儿夭折了，唯一的儿子病死了，好在有爱妻燕妮，把坚贞不渝的爱情献给马克思，并成为他事业上的帮手。恩格斯出生在一个纺织工厂主的家庭，中学毕业就被父亲强迫去经商，但他学识渊博，是马克思最好的朋友。几十年中，他一直用自己的收入接济马克思，两人的友谊"超过了关于人类友谊的一切传说"。《共产党宣言》是马克思和恩格斯合作，为国际共产主义盟国起草的纲领。它一经问世，就有许多国家的工人按照它的原则组织政党，开展工人运动，至今在全世界已用 100 多种文字出版了1000 次以上。正是由于马克思、恩格斯的信念和勇气，创作了这部《宣言》，才有了共产党人对共产主义理想信念坚定不移的信仰。常言道："玉琢方成器，木揉始作轮，勤学为君子，无知是懒人。"只在山脚下沉思，永远不会登上顶峰，只在困难面前叹息，一辈子成不了英雄。滴水穿石不是力量大，而是功夫深。人的一生有胆量、有勇气，才能登上光辉的顶峰。

大气，指心胸坦荡，豁达大度。孔子曰："君子坦荡荡，小人常戚戚"。曾子曰："吾日三省吾身，为人谋而不忠乎，与朋友交而不信乎，传不习乎"。大气的人心似大海，胸如太空，能欣赏他人之长，包容他人之短，常记他人之恩，忘却他人之过，能容天下难容之事、能容人间难容之人；大气的人有海纳百川的气度，善于换位思考，异中求同，听得进不同意见，不计前嫌，团结多数人合作共事；大气的人面对错综复杂、千头万绪、酸甜苦辣之事，"宰相肚里能撑船"。清人郑板桥有"难得糊涂"的至埋名言，他自找解释说："聪明难，糊涂难，由聪明而转入糊涂更难。放一著，退一步，当下心安，非图后来福报也。"郑板桥的糊涂不是神志不清、稀里糊涂，而是一种心理状态。说通俗一点儿，就是睁一只眼，闭一只眼，知道装不知道，看见装没看见。这种心里明白，又能退一步，放一著地去面对是难能可贵的，因此被后人当作一种"糊涂哲学"而推崇。著名书画家启功是清代皇族爱新觉罗后代、雍正皇帝第九代孙，曾任中国书法家协会主席，其书法造诣受到国人的一致推崇。当有人告知他："启功老，有不少人在荣宝斋、潘家园假冒你的作品叫卖"，他淡然一笑，说："无所谓，他们喜欢我嘛。"1977 年，66 岁的启功就自撰其《墓志铭》："中学生，副教授。博不精，专不透。名虽扬，实不够。高不成，低不就。瘫趋左，派曾右。面微圆，皮欠厚，妻已亡，并无后。丧犹新，病照旧。六十六，非不寿。八宝山，渐相凑。计平生，谥曰陋。身与名，一齐臭。"表现出一种自信与坦荡的胸襟，值得后人敬佩。

人气，表现为广泛交友，凝心聚力，人缘好，气场好。孔子曰："德不孤，必有邻。"意为有德之人不会孤单，必有志同道合者。有德之人首先有一颗爱心。爱是一种眷恋和倾慕，充满了诚挚的感情；爱是一盏明灯，照亮别人，欢悦自我，指点美好人生；爱是不竭的动力，使僵冻的心灵复苏，得到力量的支撑；爱有宽广的禀性，小爱有情，大爱无疆，可以超越时空；爱是肥沃的土壤，温暖的太阳，辽阔的海洋，万物在爱中生成。最无私的是母爱，最真挚的是情爱，最广博的是仁爱，最伟大的是国爱。一个人爱家、爱国、爱人民，无私献爱，追求永恒，才能产生气场，增强向心力、凝聚力。其次，有人气，必有奉献精神。交朋友要多施雨露，少降风霜，好善乐施，扶危济困、仗义疏财，舍得忍痛割爱。老百姓常说"好狗护三邻，好汉护三村"，做领导要做到三个一点："让人学一点，使人得一点，给人兜一点"。"让人学一点"，即做到为人师表，成为大家的楷模。要求别人做到的，自己能做到。工作中有开阔的思路、战略的眼光、大局的观念、科学决策的能力。遇到困难，临危不惧、处变不惊，从容应对，化害为利。无论胆识与魄力，办法与措施，才华与学识，能让下属在自己身上学到一些东西。这样的领导令人折服、久而敬之，自然产生人气。"使人得一点"，是说能给大家带来一点实惠和利益，而且是公利，不是私利，是大惠，不是小恩小惠。一个单位主要领导的"微观环境"对干部群众的成长至关重要。营造什么样的环境氛围，鼓励什么样的精神状态，褒奖什么样的工作成绩，都会对干部群众产生导向作用。重视老实人埋头苦干，解决群众的生活困难，过问多年科员的晋级问题，对想学习进修者给予安排，对搞发明创造者给予奖励，对溜须拍马搞歪门邪道者给予批评，必然正气上升，邪气下降，得到干部群众的拥护。"给人兜一点"是说遇到问题、遭遇挫折的时候，要为下属担待一点。同样的责任，不同的人承担，结果很不一样。一个普通员工被开除公职的问题，可能只需领导作个自我批评。在关键时刻爱护、保护下属，敢于承担责任，体现出领导的胸怀气度。当然，不是不讲原则，不能姑息养奸，批评教育从严，组织处理从宽。如果有功劳尽往自己身上揽，有过失尽往别人身上推，则会使部下心寒。领导为部下承担责任产生的温暖，必然得到十倍努力的回报，对工作、对事业都是有益的。

正气、勇气、大气、人气既是一个人的美德，也是一个民族、一个国家的美德。弘扬"四气"，对于增强国民素质，弘扬民族传统，实现中华民族的伟大复兴有重要意义。

（二）处事之方

　　人的一生必然面对四个群体：一是家人，二是亲戚，三是同志，四是朋友。家人尊卑有序，若能兄宽弟忍、父慈子孝、夫妻和睦、婆媳相融，互相关爱，则可共享天伦之乐。亲戚是上一辈子注定的血缘关系，不以人的意志为转移。姑表亲、姨表亲，裙带相依筋连筋，不管你愿意不愿意，喜欢不喜欢，是一种客观存在。人们常说，是灰总比土热，萍水相逢还交朋友，亲戚自然要认亲，处好关系。同志来自五湖四海，为了一个共同目标走到一起来了。毛泽东主席教导："我们的同志要互相关心、互相爱护、互相帮助"。如果说家人、亲戚、同志是外力安排的，那么只有朋友是自己选定的。

　　有人问古希腊哲学家芝诺："谁是你的朋友？"他回答："另一个自我。"人生在世，不能没有朋友，在所有朋友中，不能缺了最重要的一个，那就是自己。缺了这个朋友，一个人即使朋友遍天下，也只是表面的热闹，实际上是空虚的。在众多朋友中，爸爸妈妈是最亲的朋友，不仅是人生的指路人，还是遇到风险的避风港。儿时的发小是最知己的朋友，能看到你的优点和潜能，也能直接指出你的缺点或不足，表扬时不是客套奉承，批评时也直截了当。比自己年轻的朋友精力充沛，对新事物的接纳度高，多跟他们交流，能让自己避免与社会脱节，望年之交能碰撞出精彩的火花，扩充人脉资源。而交年轻朋友需要放下架子，克服倚老卖老，与年轻人平等相处。与伴侣的朋友交友，可以使婚姻"保鲜"，能让家庭关系更和谐。不过，相处要保持距离，避免引起误会，防止感情出轨。与有共同爱好的朋友在一起，能给自己带来内心的满足。要注重交友，多一个朋友多一条路，朋友多了路好走。

朋友大体有四种类型：一是志同道合，为朋友不惜两肋插刀，一生不离不弃，不管遇到多大风险，不负对方，成为生死之交。这类朋友，古代社会尚多，当今社会只是凤毛麟角了。二是怜香惜玉、雪中送炭，能够帮助朋友摆脱逆境，做到有难同当，当你没有利用价值时，他还不忘旧情，事事关照。三是同路人。在特定环境下，一段时间内，携手并肩走一段路，有时候明知不是伴，事急且相随。四是假朋友。这类朋友像影子，当你在阳光下行走时，他形影不离，一旦云层遮日，他马上消失，分道扬镳。一个有作为的人，为了理想，为了事业，一生中需广泛交友，但要心明眼亮，认准对象，娴熟为人处事之方。

一是善识真伪。事分好坏，人分真伪，善于识别，才能做出"为"与"不为"的决定。人处在是非之中，看清事的本真是一件难事。看完电影《三打白骨精》后，郭沫若写了一首诗，其中有："人妖颠倒是非淆，对敌慈悲对友刁"的诗句，主要批评唐僧的敌我不分。而毛泽东也写一首诗，其中两句："僧是愚氓犹可训，妖为鬼蜮必有灾"，重点鞭挞白骨精。站的角度不同，得出的结论不同。由此想到另一句诗："家贫出孝子，国乱显忠诚"，这是在特殊情况下看人的，在平常情况下，怎么看呢？还有两句诗："不畏浮云遮望眼，只缘身在最高层"。只有站得高，才能高瞻远瞩，识透事物的本来面目。古人云："每临大事有静气，不信当今无古贤"，说的是古之圣贤遇事要善于冷静分析，权衡利弊，审时度势。清人黄筠有名言："当盛怒时忍耐三分省却许多烦恼，处极难事沉思片刻自然有个权衡"。这些高人、名人之言，对于我们搞清事物的本真和发展趋势，处理好人与人的关系很有帮助。

二是热忱真诚。对事对人要满腔热忱，失意不抱怨，得意不张扬，顺境不癫狂，逆境不慌张。人生道路漫长，关键处只有几步，要做到见善而不怠，时至而不疑，知非而不处。要善于把握良机，既有必胜的决心，又有百折不挠的毅力，明白成功就是站起比倒下多一次。对人要做到"三诚"：诚心、诚信、真诚。诚是姿态、诚可感人，以诚相待，冰雪可融。在单位，对上不相悖、不盲从，对下不放纵、不专横，对同事不狂热、不冷清。古语曰："雁非秋而不至，鸡非晓而不鸣"，说的是大雁春出秋归，似与人约定，从未失约。公鸡每日五更叫鸣天，也似与人有约，从未失信。以此提示做人做事讲信用，交朋结友讲真诚。

三是待人宽容。宽于待人，严于律己，是君子之德，智者之明。交友广而不狭、精而不烂、诚而不浮、智而不愚，既有同龄伙伴，又有忘年之交，多结善缘，且结构多元。可向少者学勇、智者求教、老者问经，以期达到知识互补、志智相融。要认识到：处难处之事宜宽，处难处之人宜厚，处急大之事宜平，退一步海阔天空。要学会换位思考，明白"水至清则无鱼，人至察则无徒"。懂得有所得必有所失，理解"舍得"两字和"难得糊涂"四个字的含意，痛苦往往产生于求之不得或得之不舍。对人对事要做到"三有"：有理、有利、有节，即通情达理，出师有名，进退有度，章法有序，互惠互利，不失大节。要想得透、看得开、拿得起、放得下。拿得起是能力，放得下是智慧。努力做到胸怀宽广，体量包容，化敌为友，不计前嫌，海纳百川，有容乃大。

四是学会微笑。微笑是心灵的窗口、友善的使者、仁爱的象征；微笑反映人的气质和修养，表达对人的尊重和态度，展示内心的境界和力量。笑的生理功能有亲近、净化、引导、回避、掩饰五种作用；笑的保健功能是治病的良药，长寿的妙方；笑的社会功能可润滑人际关系，搭建友谊桥梁，增进家庭和睦，构建社会和谐。著名文学家高尔基说："只有爱笑的人，生活才能更美好"。当然笑也有负面的东西存在，如阴笑、奸笑、笑里藏刀、皮笑肉不笑等。《三国演义》"火烧连营"一章中，曹操只因三次大笑，几乎丢了性命。《东周列国》中，周幽王为使爱妃褒姒一笑，竟然烽火戏诸侯，丢掉了江山。而这些不是杜撰也属个例。笑的总体功能是正能量。因此在人际交往中要学会微笑，给人以和蔼可亲的印象。

五是吃亏是福。东汉时期，有个在朝官吏叫甄宇，为人忠厚，遇事谦让。有一年除夕，皇上赐给群臣每人一只活羊，有大有小。分配时，有人主张把羊杀掉，然后均分，有人主张抓阄。甄宇站出来说："分只羊有这么费劲吗？随便牵一只羊就是了。"说完，他牵了最瘦小的一只羊回家过年。众大臣纷纷效仿，所赐之羊很快分发完毕。此事传到光武帝耳中，甄宇得到朝廷的赏识和重用。甄宇虽然眼前吃了亏，但赢得公众的赞誉，有了先人后己的口碑，收到更多的益处，因此自古就有"吃亏是福"一说。

六是低调做人。有人问苏格拉底，"天地之间有多高？"他说，"三尺。"又问，"人有五尺，天地之间怎么只有三尺，岂不把天捅个窟窿？"苏格拉底说，"所以，人要想长立于天地之间，就要懂得低头啊！"苏格拉底是古希腊著名的思想家、哲学家、教育家，他和他的学生柏拉图及柏拉图的学生亚里士多德并称为"古希腊三贤"，后人普遍认为是西方哲学的奠基者，他的这个"懂得低头"观点十分深刻。美国总统林肯当年参加竞选时，坐在一辆耕田用的马车上，每到一个地区都和选民们亲切地说："如果大家问我有多少财产，告诉大家，我有一个妻子和五个女儿，都是无价之宝。此外，还有一个租来的办公室，室内有桌子一张、椅子五把。我本人既穷又瘦，没有什么可依靠的，唯一的依靠就是你们。"凭借这样的真诚和淳朴，林肯赢得了选民的拥戴，成功当选为美国第十六任总统。低调是一种豁达，一种智慧，一种境界。世上没有最高，只有更高。高是动态的，抽象的，永无止境的。但谁也不可能总是站在巅峰上，因此何不把自己看低一点，随和一点，自谦一点，低调不等于自卑，而恰恰是一种自信。

七是远离小人。世间人群，按品德分为"君子"与"小人"。君子忠诚、坦荡，品德高尚，受人敬仰。小人阴险、狡诈，害人匪浅。仔细分析，小人的特点：一是心灵上有积垢，人格上有缺陷，心理上有阴影，满脑子只有自己，利欲熏心；二是有才而缺德，不在阳光下运行，而在阴暗处策划，智商用在邪道上，做事不是光明磊落，而是爱搞小动作；三是见利忘义、见风使舵、过河拆桥、卸磨杀驴、朝三暮四、认贼做父，有奶便是娘；四是习惯吹嘘拍马、阿谀奉承、欺上瞒下、造谣生事、翻云覆雨、不择手段；五是善于伪装、似忠似贤，婊子也要做，牌坊也要立，明里一把火，暗中一把刀，有较强的欺骗性。诸葛亮在《前出师表》中向皇帝进言："亲贤臣、远小人，此先汉所以兴隆也；亲小人，远贤臣，此后汉所以倾颓也。"指出器重君子，可使家国兴旺，而器重小人，则会祸国殃民。小人身上又没有标志，他们往往自命为君子，且常常得到主人、领导的庇护和信任，使他们得以拉大旗做虎皮，为所欲为。现实生活中，君子为小

人所害者，屡见不鲜。因此，交友需明察秋毫、善识真伪，多与君子为伍，尽量远离小人。

八是君子之交淡如水。君子之交是心与心的交流，应该没有虚假，不尚浮华，平淡如水。唐代大将薛礼少时家贫，其后充军，因军功卓著，升任右领军中郎将，封为平阳郡公。其时文臣武将都带着重礼前来祝贺，薛礼一一谢绝，只收下一位平民王茂生送来的"两坛美酒"。薛礼当众打开，连饮三大碗，其实都是清水。薛礼向大家解释：当他穷困潦倒的时候，是王茂生的接济，才使他渡过难关，今日自己富贵，不能忘本，王茂生家贫，买不起厚礼，送碗清水也是心意。这件事在朝野上下传为佳话。无独有偶，清朝乾隆年间，一名赫姓都统六十大寿，人们争相送礼。曹雪芹也挑来"两坛好酒"和一幅寿幛。打开酒坛，是两坛清水，寿幛上写着："君子之交，淡淡如水"八个苍劲有力的大字。曹雪芹拈须开言道："圣人云：'君子之交淡若水'，其味虽淡，而更显情谊之厚也！"为人处事若能做到"君子之交淡如水"，则情更深，义更厚，友谊长存。

（三）人有差别

在社会生活中，每一个人都生活在一个群体之中，我、你、他之间有着必然的联系，生活、工作中相互比较，是一种常见现象。有比较才有鉴别，有比较才知差距，有比较才产生动力，而与谁比、比什么、怎么比，效果不一样。

1. 人与人的差距

常听有人抱怨说："我与他一步一步走过来，人家进步了，我却依然如故"。还说："人与人差不了多少，愣头青不过多打一个定醒"，意为迟钝的人多思谋一会儿也会醒悟的。那么人与人有没有差别呢？分析人群，总结人生，结论是有差别的。差在什么地方呢？

一是差在八小时之外。一个班的同学，同年、同月上了学，同年、同月毕了业，参加工作后，早晨同时去上班，傍晚同时回家中，耗费的精力，付出的辛苦，得到的收益，大体相同，可以说八小时内不会有大的差别。而每日 24 小时，2/3 为八小时之外，工作之外的时间有人去学习，有人去饮酒，有人去赌钱，其收效截然不同。就是同去赴宴，与有识之士同饮，吟诗诵赋，谈古论今，欢宴中受到知识的启迪，大有"与君一席话，胜读十年书"之感；而与不三不四的人为伍，聚众酗酒，胡言乱语，初始"晴转多云"、继而昏昏沉沉，喝得头脑一片空白，竟把过去学到的一点知识，忘得一干二净。就是这个八小时之外，使人与人拉开了距离。

二是差在"悟"性的高低。人的聪明智慧很大程度取决于悟性。以同样的时间、同样的精力，学到的知识和得出的结论不一样。有的人念书、背书、读死书，把名言警句读得滚瓜烂熟，大段大段地咏诵，可以称得

上"家"了。但不会运用，解决不了实际问题，被人取笑为"书呆子"；而有成就的人能够深刻领会书中含意，从中悟出道理，取其立场、观点、方法，运用于实践之中，从而创造了奇迹。是悟性的差异使人与人有了差别。

三是差在机遇上。有位文学家说过这样一句话："人生道路是漫长的，但关键处只有几步"，常常是这"几步"踏上了，步步顺利，踏不上，步步被动。现实生活中，机遇对人的成长与事业成败有一定影响，然而机遇对每个人来说，应该是平等的。机遇常常是稍纵即逝，且带有风险，如见善而怠，时至而疑，或"醒得早，起得晚"，有"机"而未"遇"，"机"就错过了，一去不复返了。那些有准备的人善于抓机遇，他们勤学肯干，开拓创新，敢承担风险，有拼搏进取精神，良机常常为他们所遇，使得他们事业成功，名声大振。

上述三大差别，使得一部分人进步，一部分人消沉，一部分人大有作为，一部分人碌碌无为，人与人之间拉开了距离。为此，要总结差异，善对人生，才能永立不败之地。邓小平同志在"文化大革命"中有两段时间被排除领导岗位，他利用"八小时之外"冷静观察，认真总结，悟出了什么是社会主义，怎样建设社会主义的真谛。复出工作后，抓住粉碎"四人帮"后的良机，拨乱反正，恢复实事求是的思想路线，提出"三个有利于"的原则，发展生产力，改善人民生活，挽救了党和国家的命运。只有充分利用八小时之外的时间，努力学习，善于思索，增强悟性，抓住机遇，勇于创新，才能缩小与强者的差距，使自己有所作为。

2.选好比的对象

常言道：物以类聚，人以群分。与人相比，需在同道人中选择对象，类不同则无可比性。农民说："人比人气死人，鸡比鸭子淹死了，毛驴比马骑不成"。党政官员要想做一名廉洁奉公的清官，不可与"大款"、富翁比财富。要清醒认识到领导干部是公仆，是人民的勤务员，属于工薪阶层，是从纳税人的收入中领取相对固定的俸禄。官员手中的权力是党和人民赋予的，必以党和人民的要求为准则。要比，应与公仆阶层比，在思想境界和工作作风上多和英雄人物、劳动模范比，比的过程中，"参照物"选对了，方可比出动力、比出干劲、比出进取心，会找到自己的差距与缺陷，增强理想信念、工作动力。"参照物"选错了，比出的则是怨气、失落、心理失衡。一个有作为的人，要不比级别比品德，不比实惠比实绩，不比职位比能力，不比享乐比奉献，这样才能始终保持蓬勃朝气、昂扬锐气和浩然正气。

3. 用好比的方法

一是明白"三人行，必有我师焉"。金无足赤，人无完人，智者千虑，必有一失，再优秀的人也有不足之处，再愚笨的人也有一技之长，"三个臭皮匠顶个诸葛亮"。要善于发现别人的长处，看到自己的短处，以他人之长补自身之短。若以别人的不足与自己的优点比，就会产生骄傲情绪，沾沾自喜，忘乎所以。要在学中比，比中学，学然后知不足，使比产生动力。

二是明白"近朱者赤，近墨者黑"。与凤同居必是俊鸟，与虎同穴必为猛兽。与君子相交为君子，与小人为伍是小人。革命战争年代，一个地区产生一位英雄，就会带出一支革命队伍。当今有一种塌方式腐败现象，"拔起萝卜带起泥"，"一坨一坨"连一片，就是因为被人贪染黑的，应认真总结这些教训。

三是运用"水涨船高"之法，摒弃"水落石出"之方。"水涨船高"是将水位提高，使船漂在高水位上，而"水落石出"是将水位降低，使水下石头显露出来。前者是在大家共同提高的基础上提高自己，后者是降低别人的同时凸显自己。两种比法，前者是积极的、利人利己的，后者是消极的、损人利己的。水涨船高之法是发动一个群体共同团结奋斗，开展比、学、赶、超活动。在活动中，努力使自己超过别人，为神圣的事业做出更大的贡献。

每个人都需要树立超过别人的自信心，要有敢与别人比试的勇气，"不想当元帅的士兵不是好士兵"。领导干部要向伟人学习，常修为政之德，常怀律己之心，讲操守、重品行，克服虚荣心理，保持健康情趣，与人相比要比出伟大理想和奉献精神。

（四）字如其人

　　人的一生不论干什么事，都不能忘记做人的根本，要写好字，就要先做好人。纵观古今，书法界名人大体可分为五种类型。

　　一是人字双辉，即人的名气高，字也写得好。如唐代颜真卿，京兆（今陕西西安）人，生于公元 708 年，卒于 784 年，享年 76 岁，为孔子大弟子颜回的第 39 代孙。颜真卿从小酷爱书法艺术，青年时，两度辞官从师于草圣张旭。他的书法融入篆、草用笔方法，变方为圆，结字开阔，形成自己的风格，开创书法一代新风。其楷书字形宽绰丰满，内涵雄伟、秀丽，横画劲瘦，竖画呈环抱之势，撇捺粗壮，起收含有隶书的蚕头燕尾，布局茂密凝重，笔饱墨酣，既暗合古法，又有自己独特的艺术风格。唐代大家辈出，颜真卿是楷书的领头人，把唐楷推上艺术的顶峰，五十至六十岁之间，是颜书的成熟期，其代表作有《鲜于氏离堆记》《颜勤礼碑》等。此期的《祭侄稿》有"天下第二行书"的美誉，与王羲之的《兰亭序》齐名。六十岁以后是颜真卿书法艺术的绝顶时期，《麻姑仙坛记》《大唐中兴颂》以及《裴将军诗》是其晚期登峰造极之作。尤其是六十岁时为他的曾祖父颜勤礼撰写的神道碑《颜勤礼碑》用笔劲健、爽利，宽舒圆满，雍容大度，已到炉火纯青的地步。颜真卿字写得好，人品也好，安史之乱时，受命独守平原郡，他首举义旗，被推为十七郡盟主，抵抗叛军。平乱后入京奉君，官至吏部尚书，太子太师，封鲁郡公。后奉旨到叛军李希烈行营进行安抚，劝其归顺，而被叛军杀害，忠烈口碑流传千古。当代伟人毛泽东，是新中国的奠基人，他为人民谋幸福，他是穷苦人民大救星。他位居中华人民共和国主席，备受全国人民拥戴，他的书法龙飞凤舞、自成一体，被国人公认为"毛体"，是当之无愧的书法大家。

　　二是政治上无名，字写得好。如唐代僧人怀素，政治上名不见经传，而其狂草为历代推崇，被书法界称为"草书之圣"。怀素生于公元725年，卒于公元785年（一说，737—799），是唐代长沙人，俗姓钱，自小出家当了和尚，僧名怀素。他酷爱书法艺术，独自跑到京师，拜会当代名公，使其书法造诣有了很大提高。怀素30多岁时，已名扬京城，他的代表作《自叙帖》，纵28.3厘米，横775厘米，126行，698字，现藏台湾台北故宫博物院。其内容的第一部分，80余字自叙其生平大略；第二部分，节录颜真卿《怀素上人草书歌序》；第三部分，将同时代的名家如张谓、虞象、朱逵、李舟、许瑝、戴叔伦、窦冀、钱起等八人的赠诗摘其精要录之。颜真卿比怀素年长16岁，写《怀素上人草书歌序》时，是刑部尚书。怀素出道时，狂草大书法家张旭去世不久，"张癫素狂"或"癫张醉素"称谓的组合已出现，一直延续至今。书法界多有记载，说怀素在创作时，手舞足蹈、情绪兴奋、姿态夸张，挥笔疾书，一气呵成。有时创作书法时酒至半酣甚至醉态之下，书法更显奇妙。怀素身为和尚，不仅吃酒，而且还食荤，写过著名的《食鱼帖》，自谓"老僧在长沙食鱼，及来长安城中，多食肉，又为常流所笑。"这是缘于怀素信奉南宗禅，南宗禅在惠能的弟子怀让（677—744）时期，在戒律的修持上出现了松动。有僧徒问是否可以吃酒肉？怀让答道："要吃，是你的禄；不吃，是你的福。"怀素的作品，留存至今的有《苦笋帖》《东陵圣母帖》《论书帖》《食鱼帖》《千字文》等，而最为著名的还是《自叙帖》。从《自叙帖》的自叙及书法界的评论，怀素人书俱佳。

　　三是书法好，人不好。如宋朝秦桧、蔡京、明朝严嵩等，他们的字都是所处时代的佼佼者，很有造诣，但因人品不佳被国人唾弃，无文传颂。秦桧是名声最差的官员，至今他的铜像还跪在西湖边的岳王庙里，可论书法，他是影响中国近千年的超级大家。秦桧创立了一种用于印刷的字体，应称为秦体，可由于他奸，其字体被命名为"宋体"。秦桧害死岳飞，66岁去世，被追封为申王，谥号"献忠"。书法界剥夺其秦体的知识产权，是对其最大的惩罚。蔡京精工书法，尤善行书，字势豪健，痛快沉着，形似米南宫。当时"苏黄米蔡"的蔡原指蔡京。后人恶其奸邪，易以蔡襄。

蔡京晚年被罢官流放，境遇很惨，食不果腹，死后没有棺木，埋进专门收藏无家可归者的漏泽园中。81岁高龄，受此惩罚，使民众对他的气愤削消了一些。明朝奸相严嵩自幼聪颖好学，五岁在严氏祠启蒙，九岁入县学，十岁县试，拔擢超群，十九岁中举，二十五岁殿试中二甲进士，进入翰林院。严少年时被誉为神童，诗文在当时堪称一流。严编《宋史》修《袁州府志》，创办钤山院（钤麓书院），在文化教育领域很有作为。传说清朝顺天府有个贡院，悬挂着严嵩题写的匾额"至公堂"，乾隆一直想把它换掉，命书法出色官员写此三个字，自己也写过数遍，发现都不及严字，只好将严的"至公堂"留在原处。严嵩自认为他是忠臣、君子，但公众评论他是彻头彻尾的奸臣。人常说，"字如其人"只是通过字看出写字人的心理状态，并无法从字里看出品行。但是人若奸邪，字写得再好也无人说好，看来，为官不可做奸臣，当奸臣书法界也不要他。

四是书法好，可弥补人的缺陷，如元代赵孟頫，明代王铎，只因"投敌变节"，受到国人的批评与指责，但他两人品尚好，字写得好，在文化人的行列中有地位，人们渐渐淡忘了政治因素，而重视了文化的魅力，他们的作品受到书法界的推崇，在文化界很有名声。

五是不重官位重书法。有一些官员在政界默默无闻，而在书法界名声显赫，最典型的是新中国第一任书法家协会主席舒同。他的书法在长征途中就有名气，毛泽东称赞他是"红军书法家"。舒同曾担任山东省委书记，陕西省委书记，政界权位较重，可国人大多只知道他是当代书法家，其书法入中华大字典，而两地政界要员之名，传颂较少。从以上各类书法家阅历看，字写得好与不好，首先人品要好，否则入不了书法界的高雅行道。

（五）四地之悟

为官一生中，找点空闲到四个地方看看很有必要，一是产房，二是火葬场，三是监狱，四是乞丐家。

大凡到过医院产房的人，第一个感受是：一个人赤条条来到人间，且伴随着响亮的哭声。这一声啼哭，表明一个新的生命的诞生，给在场所有的人带来开心的笑容。这一声啼哭，与生命相随而来，表明人与苦难同时降生，人的一生注定要劳作。第二个感受是母亲的伟大。十月怀胎，含辛茹苦，一朝分娩，又是那样剧烈的疼痛。从母体内活生生地剥出一个小生命，且不说一把屎、一把尿把幼儿拉扯到成人，就产房的情景，是何等的动人。每个人都没有自己出生时的记忆，到产房体会一下人是怎么来到世间的，记忆尤为深刻。也许有人会说，这是一般常识，无需亲临，但去与不去感受不同，身临其境，心灵才有震撼。中华五千年文明古国一直大力提倡孝道，产房可说明孝的根源。假使为人连父母都不孝，就忘记了做人的根本。从产房出来，心里更加明确，"我从哪里来"。

二要到火葬场看看，让人更加明白，自己最终"要到哪里去"。火葬场是每个人的必由之路和最后的归宿。人们大多数都去过殡仪馆，与遗体告别后，就带着思念与悲痛离去了。若留下来参与把逝者推进火化炉，心灵则产生更加强烈的震撼。此时有两种感受长期留在心中，挥之不去。一种是死者面部的安详。此时此刻的安详是超级的，他不管有多少人相望抽泣，有多少人捶胸顿足，有多少人大放悲声；也不管妻儿甥孙撕心裂肺的呼唤，他竟毫无一点反应，毫无半点表情。这时的他，对人世间的功、名、利、禄等等一切，全然不管了，就那样安详地走了。人们常说，"三寸气在千般用，一旦无常万事休"，一个人赤条条而来，赤条条而去，临

走不带半分文。一生拼搏，视金如命，贪得无厌，万贯家财，又有何用？自己不能享用，留给子女，又滋长不劳而获、坐享其成的恶习，更是徒劳。中华人民共和国的第一任总理周恩来无儿、无女、无家产，一把骨灰又撒到江河湖海，而他安详的面容给后人留下了永久的思念，一个不朽的伟大形象，永远活在全国人民心中。第二种感受是，如何评价人生的功过是非，不在于悼词的华丽词句，而在于临终前本人与各方人士的情怀。前面提到，人是哭着来到人间的，假如他在临走时，自己仍在哭，周围无人哭，说明一生是不幸的。假使大家都哭了，本人却笑了，说明他该做的已做了，无所遗憾了，这一生是幸福的。送行人的悲痛程度是评价逝者的标尺，留给人们的精神财富越多，后人的怀念之情越深。

三要到监狱去看看，了解一下囚犯的生活很有必要。作为官员，去看囚犯，对囚犯是一种宽慰，使他们很好地接受劳动教养，痛改前非，早日获得自由。我结识的人群中，有这样一对好友，他们以兄弟相称，同在一家企业担任正、副老总，由于意见不投，副老总弟弟分手单干，长兄十分恼火。后因企业违法，长兄入狱，那些原来的支持者竟无一人去看望，只有分手的弟弟去探狱。诉说前情，长兄哭诉自己未听小弟之言，追悔莫及。到监狱看看更重要的是直接了解一下牢狱之苦，对比一下高墙内外的反差，起到警示作用。有一批领导干部偕配偶到某监狱考察，一名服刑官员一身囚服，满头白发，老泪纵横，沉痛地对他们讲："过去我在台上作报告，今天我却以一个罪犯的身份站在这里，心情万分沉痛，我有家难归，上不能孝敬父母，下不能与妻儿团聚……"讲完后戴着手铐，狱警押送，回到囚室，哐啷一声，锁上铁门，一个小窗的栏杆缝中露出灰白色的面孔。外面是高墙、电网，隔断了自由，使人感到窒息与恐惧。为了一时贪念，毁了自己，又毁了家庭，实在划不来啊。不到监狱，不知道这种零距离的震撼，体会不出何为自由。革命烈士对自由的体会是："生命诚可贵，爱情价更高，若为自由故，二者皆可抛。"曾到新西兰考察，当地官员介绍说，新西兰监狱的设置标准相当于五星级宾馆。问其为什么，回答说，人生最大的痛苦是失去自由，囚犯已失去了自由，在居住条件上给予一点补偿和慰藉。为了自由，要警钟长鸣，把好自己的门，管好自己的人，用清廉家风把住权力的后院，为人守法，为官清廉，平安一生，自由一生。

四要到一个乞丐家看看，又会有两种感受。一是看到社会上富者应有尽有，贫者人起炕光，地下放得一口水缸，一领皮袄，白天穿黑夜盖，天阴下雨毛朝外，吃了上顿没下顿，只能手持讨吃棍，看了使人心酸。此时的管理者就要分析原因，寻求办法，抽肥补瘦，赈济灾民，使乞丐能够自食其力，不再乞讨为生。假使与乞丐有一次交谈，就会产生第二种感受：沦为乞丐并非身体力不行，也非智商不如人，有多种原因。我在一个县里工作时就见到一位乞丐，他身强力健，还是转业退伍军人。问他为何行乞，他说，家贫无资，不论干什么都需要资本，只有行乞无需一文本钱，可以说"无本尽利"。由此看出，他天资聪明，很有商业头脑，故邀回家中，与他一席长谈，使他有所领悟，允诺放弃行乞，另谋生路。三年后，在一家酒馆前偶遇，他一把将我拉进餐厅，好酒款待，报答知遇之恩。问及当下何干，回复在一家乡镇企业供职，月薪数千元，说起"无本尽利"之谈，追悔莫及。时下在大街上常看到一些乞丐，据说有不少人并非家贫，他们的思维方式或许与"无本尽利"有关。我们不能一味地鄙视他们，需要顺藤摸瓜搞清原因，因势利导，引入正道。为官一任，致富一方，要使辖民都得到实惠，不能忘记这些行乞之人。

（六）一生五员

　　一个人若选择了从政职业，一生中就可能经历五个历程：一是学员，二是官员，三是议员，四是会员，五是家庭成员。

　　首先是学员。新中国出生的公民，8 岁进入学堂，经小学、中学、大学约 17 年，有的继续读研、读博，完成学业年近 30 岁。工作后不间断地培训、进修当学员。追溯漫长封建社会，实行科举制度，实际上是一项文官选拔制度，不是一个好学员，不可能成为官员。今天的党政部门仍在推行公务员考试和"一推双考"，均为敦促干部学习的重要举措。党和国家倡导学习型机关、学习型社会和终身学习制，要求官员在工作岗位上继续学习，提高理论和业务水平。因此，一生中坚持学习当好学员，才能做好官员。

　　二是官员。封建社会的管理人员，部门称吏，地方称官，州府、县衙之官称为地方"父母官"，其含义有二层：一是老百姓是再生父母，官员为老百姓做官，二是做了官要管老百姓的吃和穿。古时县令主要有两项任务：一是收税，二是"断官司"，只要不贪，做到公正就是好官。民间有"当官不为民做主，不如回家卖红薯"的名言。新中国的官员被称为公仆，要尽职尽责、勤奋工作，全心全意为人民服务。不仅要公正无私，不贪不腐，还要做到"为官一任，治富一方"。改革开放以来，国家实行干部退休制度，在进、退、流、转的问题上，军人以服从命令为天职，干部要服从组织安排，需要进时勇往直前，需要退时高风亮节。干部进退制度考虑得十分周全，人们风趣地说："老干部不要怕，最后还有政协和人大。"省级干部在党委和政府工作到 60 岁，然后到人大和政协工作几年再退下去，既是一个科学的安排，又是一个人性化的体现。中国有句老话，"芳林新叶催陈叶，流水前波让后波"。一片树林，一棵大树，老叶坠落，新叶萌生，生命在不断延伸。如同流水一样，前波让后波，万事万物生生不息。因此面对进、退、流、转，应取"为民从政，勤奋做官，进退流转，随遇而安"的态度。

三是议员。我国的根本政治制度和西方不同，西方是两院制，总统提出的一项法案，必经众议院、参议院决策，通过方可实施。我国的根本政治制度是人民代表大会制度，基本政治制度是中国共产党领导的政治协商制度和民族区域自治制度。人大是权力机构，有立法、监督、人事任免和重大问题决定权，对政府、法院、检察院行使监督职能。党的建议、政府的方案需经人民代表大会表决通过，变为人民的意志，而后施行。人民政协的主要职责是政治协商、民主监督、参政议政，是中国共产党与各民主党派、工商联、无党派人士、各族各界进行协商。参政议政的方式是建言献策不决策，参政议政不施政，是通过"议"进行协商，从这个角度讲，也可称为议员。在党委、政府工作时，"两眼一睁，忙到熄灯"，忙中可能有错。到了人大、政协，相对超脱、宽松，有更多的时间去调查研究，有利于发现问题，及时地向党委、政府提出建议。作为政协委员，要在"议"字上下功夫，做到知无不言，言无不尽，但要把握好分寸，"尽职不越位，帮忙不添乱"，建言建到政策上，献策献到点子上，把自己的经验与智慧用在事业上。

四是会员。会员是民间社团的一员，是去行政化的一分子。官员为政，考虑的是社稷和民生，一生中形成了一种惯性，辞去"议员"后，仍想再为社会发挥点余热，于是又选择做会员。在从政岗位上，往往忽视民间社团的工作，回到民间后，发现社团的学问很多，潜力很大，对年过花甲的人来说，英雄还有用武之地。我退休后，与内蒙古敕勒川文化研究会一批专家学者一道，共同从事地域文化研究，经几年研究考证，总结出敕勒川文化有六大亮点、四大特征。六大亮点：一是昭君出塞，用和亲的手段解决民族矛盾，实现了汉朝和匈奴的和平统一；二是北魏孝文帝的改革，使北方民族实现了大融合；三是北元时期阿拉坦汗与明朝由对峙到化干戈为玉帛，最终达成"隆庆议和"；四是"走西口"移民潮使长城内外蒙汉民族成为谁也离不开谁的弟兄；五是以乌兰夫为代表的蒙古民族跟着中国共产党打江山、闹革命，实现了民族解放和中国第一个少数民族自治区成立；六是改革开放以来，敕勒川地区形成内蒙古的"金三角"和经济社会发展的火车头，成为中国经济发展最具活力的地区之一。四个基本特征：一是敕勒川地处草原和中原的结合部，具有游牧文化与农耕文化交会的地域性特征；二是敕勒川文化为众多民族共同创造，具有复合型文化特征；三是各民族长期相濡以沫的共同生活，形成海纳百川的气魄，具有开放包容的特征；四是从古至今，敕勒川地区一直引领着塞外草原的时代潮流与发展方向，具有开拓、开创性的特征。这些研究成果对于提升一个地区的文化品位，增强地区软实力，进而推进内蒙古草原文化大区建设有着重要的作用。在地域文化的研究过程中，自己从众多专家学者身上学到很多知识和高贵品质，也充实、完善了自我。

五是家庭成员，这是人生的最后一站，人的一生从这一站出发又回到了初始，是一个大的轮回。但这不是简单的回归，而是满载而归，硕果累累。宋代著名政治家、改革家、文学家范仲淹，从政一生，留下了"先天下之忧而忧，后天下之乐而乐"的浩然正气。治学一生，有《岳阳楼记》等词赋流芳后世。到了晚年，他在苏州用自己的薪俸购买"义田"，以济养群族之人。建"义宅"，供贫者居住。办"义学"，延请博学之师施教，为家乡父老办了不少好事。他活着的时候，官至高位，俸禄优厚，死的时候千金散尽，以贫告终。他的钱财不是留给子孙后代，而是用以救济穷人，创造了人生精彩的最后一站，为后人树立了榜样。人的一生有喜悦，也有苦衷，付出辛劳，也会取得成就。在工作岗位为社稷、为民生奉献，回归家庭关心下一代成长，再为父老乡亲做点力所能及的事情，也是人生的欣慰与幸福。

老人坐在家里也有很大作用。人们常说："家有一老，如有一宝"，老人是一个家庭的向心力。只要老人在，兄弟姐妹不管相隔多远，逢年过节都要回家团聚，若老人不在了，既便关系再好，也很难聚在一起。知识层次较高、人生阅历丰富的老人，是晚辈身边的智者和指路明灯。孩子们生活、工作中的困惑，或许老人用三言两语就能点破实质，指明方向，找到开启的钥匙。两代、隔代人或许也有认知上的分歧，需要相互体谅，此时老人要做明白人，明白世界并非黑白分明，两极之间往往有一系列中间状况；明白地球在你出生之前就在转动，你死亡之后仍会继续转动；明白儿孙自有儿孙的福。老人既要对晚辈负责，又要学会"难得糊涂"，管好自己，少管闲事，不给子女找麻烦。

　　一个人 60 岁退休，有效工作时间仅为 30 多年。当今的生活条件，活到 90 岁还有 30 年的生命，占人生的 1/3。这么长的时间怎么过，应该有个计划。如果能够把后两个"员"即会员与家庭成员也进行认真地筹划与安排，则能更加充分地体现人生的价值，为自己画上一个圆满的句号。

（七）德与荣耻

"孝、悌、忠、信、礼、义、廉、耻"称为儒家"八德"，是"大成至圣先师"孔子德育内容的精髓。"八德"经儒家传人不断充实完善，成为封建社会帝王与百姓共同尊崇的道德准则。孝是孝顺，报答父母的养育之恩，是做子女的本分。悌是悌敬，指兄弟姊妹之间的互敬互爱，互相体恤，相互谦让。忠是忠诚，尽忠国家，忠于祖国和人民，是国民的责任。信是信用，对朋友言而有信，"言必忠信，行必笃敬"，不欺骗他人。礼是礼节、礼貌，学生对师长、子女对父母，不仅表面要有礼，内心里也要恭敬，这是做人的道德修养。义是义气，人应有的正义感，对朋友要有道义，助人为乐不抱任何企图。廉是廉洁，不起贪求之心，不占别人便宜，两袖清风，大公无私。耻是羞耻，不做不合道理、违背良心的事，做到自尊自重。孝、悌、忠、信、礼、义、廉、耻是中华文化的DNA，渗透到中华民族每一个子孙的骨髓里。千百年来，正是有这样的传统文化，才将炎黄子孙维系到一起。

新世纪之初，党中央提出以"八荣八耻"为内容的社会主义荣辱观，即：坚持以热爱祖国为荣，以危害祖国为耻；以服务人民为荣，以背离人民为耻；以崇尚科学为荣，以愚昧无知为耻；以辛勤劳动为荣，以好逸恶劳为耻；以团结互助为荣，以损人利己为耻；以遵纪守法为荣，以违法乱纪为耻；以艰苦奋斗为荣，以骄奢淫逸为耻。这个荣辱观的提出，是中华两千年优秀传统文化的延伸，是引领新时期社会风尚的旗帜，是构建和谐社会的灵魂。文化与经济有必然的关系，但不完全是因果关系。文化不是经济的附庸，不是说经济发展了，文化就必然上去了。随着经济社会发展，文化日益成为占主导地位的资源，成为具有决定意义的生产要素。进入新世纪，中国的发展，首先必须把经济搞上去，这是根本。若经济上去了，社会风气败坏了，精神文化萎缩了，中华民族的伟大复兴就会落空。"八荣八耻"反映了八对矛盾，即同一问题存在两种态度，两种表象。归纳为是与非、善与恶、美与丑、荣与辱，它告诉人们应该坚持什么，反对什么，倡导什么，抵制什么，反映了社会主义初级阶段的鲜明特征。

社会主义初级阶段的特点，体现出一致性和多样性并存。一致性表现在：走中国特色社会主义之路，共同富裕，实现小康，是社会各个不同群体共同的追求。多样性表现在不同的经济成分、不同的社会阶层、不同的思想观念、不同的价值取向、不同的行为方式、不同的人生追求和利益诉求等多方面。每个人在不同时期也会有不同的追求，大体顺序是：解决温饱摆脱贫困；社会稳定，使人有安全感；人有自尊，受人尊重；情感得到安慰，幸福指数提升；实现理想信念，体现人生价值。这五个追求是渐进的，又是互相渗透的。当人在饥寒交迫之时，第一需要是吃饱饭，穿暖衣。当有了一定家产之后，就有了防偷、防盗安全意识。当有了前面的基础，就产生情感的需要，受人尊重的要求。满足人的追求需要循序渐进，而最重要的是，实现理想信念，体现人生价值。对于执政党来说，协调社会不同群体，最重要的是处理好五大关系，即处理好执政党与参政党的关系，确立总指挥，形成大合唱；处理好 56 个民族之间的关系，共同团结奋斗，共同繁荣发展，体现"谁也离不开谁"；处理好信教群众和不信教群众及信仰不同宗教群众的关系，"政治上团结合作，信仰上互相尊重"共同致力于中国特色社会主义社会建设；处理好社会各个阶层的关系，形成合力，共建小康，使非公经济健康发展，非公经济人士健康成长；处理好大陆同港澳同胞、台湾同胞、海外侨胞的关系，以实现中华民族的伟大复兴。对于全国 13 亿人口来说，由于人们所处的地位不同，站的角度不同，认识必然有差异，而奔四化、建小康、共同富裕和实现中华梦的目标是相同的，这就是基础。每个社会成员既要有远大理想，又要找准各自的位置，坚持合作，互相补台才能形成力量，因此要有一个统一的思想作为行动指南。在践行"八荣八耻"基础上，2013 年底，中共中央办公厅印发《关于培育和践行社会主义核心价值观的意见》，形成"富强、民主、

文明、和谐，自由、平等、公正、法治，爱国、敬业、诚信、友善"的内容表述，分为国家层面的价值目标、社会层面的价值取向和公民个人层面的价值准则。这一思想观念为中国特色社会主义奠定了思想基础。"八荣八耻"的社会主义荣辱观为24字的社会主义核心价值观做了铺垫，起到了承先启后的作用。

践行"八荣八耻"的关键在于团结，团结的路径是求同存异，体谅包容。有一首歌唱道："团结是力量，这力量是铁，力量是钢，比铁还硬，比钢还强。"泱泱大国，人口众多，怎么才能搞好团结呢？要有先进的思想做指导，有共同的理想信念为基础。伟大的诗人泰戈尔说："果子的事业是尊贵的，花的事业是甜蜜的，让我们做叶子的事业吧，叶子是谦逊的、专注的，垂着绿荫。"人们常说：红花还需绿叶配，如果大家都想做果子、做红花，没有人做绿叶，花绝不会美，果也不会香，果树也将暗淡无光。社会主义荣辱观讲的八荣：爱国、为民、崇尚科学、辛勤劳动、团结互助、诚实守信、遵纪守法、艰苦奋斗八个方面是全体社会公民普遍认同的，是团结的基础，自然会变成自觉遵守的行为准则。

践行"八荣八耻"要与"八德"紧密联系，"孝、悌、忠、信、礼、义、廉、耻"是中华民族的优良传统，历史不能割断，继承历史传统才能弘扬时代精神。共产主义是人类的远大目标，在社会主义初级阶段有阶段性的目标，"八荣八耻"是先进性与广泛性的结合，时代精神和优良传统的结合，面向未来与把握今天的结合。讲"八荣八耻"，其用意在于面对全国各行各业、各族各界人士，引导人们处理好个人与集体的关系，个人与国家的关系，个人与社会的关系、竞争与协作的关系，先富与共同富裕的关系，经济效益与社会效益关系，小家与大家的关系等等。要认真学习，深刻理解、广泛普及、切实运用，将"八荣八耻"作为引领社会风尚的旗帜。

（八）珍重晚节

大家都说，老干部是党的宝贵财富，无论是在抗日战争时期、解放战争时期，还是在社会主义建设时期，老干部都为我们党和国家建立了卓越的功勋，而且在长期的革命斗争和社会主义建设中经历了艰苦卓绝的考验，积累了丰富的经验。在老干部身上，我们看到了党的优良传统和工作作风，他们是我们学习的榜样。今天，我们自己也老了，年轻的同志称我们"老干部"了。能不能让他们像我们尊重老干部一样尊重我们，一方面是年轻干部的素养，另一方面是我们自己的作为。要想受人尊重，首先自己尊重自己。人老了，退休了，仍然要活到老，学到老，在安度晚年、享受生活的同时服务社会，为四化大业发挥余热，特别要保持晚节。

首先要做到人老不服老，永葆革命青春。废止领导干部终身制是老辈革命家从政治大局出发做出的重大决策，并做出了表率。我们今天虽然离开了工作岗位，但不因此而慨叹"夕阳无限好，只是近黄昏"，悲观泄气、无所作为，也要学习叶剑英元帅八十高寿时吟作的："老夫喜作黄昏颂，满目青山夕照明"的精神，学习古人曹孟德"老骥伏枥，志在千里，烈士暮年，壮心不已"的壮志豪情，迎着晚霞健步走，同样会有朝阳般的辉煌。

二要活到老，学到老，不断地吸收新鲜空气，接受新鲜事物，更新思想观念。书是历史的缩影，书是文化的结晶，书是哲人的高论，书是智者的心灵。读书本身是一种享受，在工作岗位上读书的时间有限，书读得粗枝大叶，囫囵吞枣，不求甚解。退休松闲下来，找出昔日想读而未读和未读透之书，潜心细阅，可以深刻体会到朱熹所作诗句"半亩方塘一鉴开，天光云影共徘徊。问渠哪得清如许，为有源头活水来"之韵意。要看到时

代在发展，社会在进步，未来的世界更加美好，我们赶上了好时代，可以享受更加幸福的生活了。作为受党多年教育的老人，要跟上时代的步伐，使思想认识、思维方式跟上形势的发展，加强学习，永不停步，不被历史的车轮甩在后面。

三要关心和支持年轻干部的工作。"长江后浪推前浪，一代新人换旧人"，老干部退居二线后，一大批中青年干部走上领导岗位。在完成新老交替的过程中，给予年轻干部支持和帮助。这种帮助没有必要扶上马，再送一程，着重帮助他们把握方向、化解矛盾，作为他们坚强的后盾，使年轻干部健康成长。

四要多关心下一代的成长。当今社会四世同堂的家庭逐步解体，代之以"四、二、一"的家庭结构，四位长者爷爷、奶奶、姥爷、姥姥，二位父母共同抚养着一个孩子，如果一味溺爱、娇生惯养，造就出的将不是无产阶级的接班人，而是千百万个"小皇帝"。四位长者与孙子、外孙的关系最为密切，其教育与影响作用不可估量。为此，要配合学校教育、社会教育，承担起家庭教育责任，把下一代培养成"四有"新人。

五要使自己晚年生活丰富多彩。要使自己晚年生活幸福、充实，就应有一个良好的心态，保持心情舒畅、愉快，做到正确地对待自己，正确地对待他人，正确地对待社会。要笑口常开，自得其乐，知足长乐，助人为乐。要把学习、活动、文化、娱乐、体育锻炼等安排得井然有序，以使自己的生活丰富充实。要在积极参加社会活动的同时，注意劳逸结合。时下，不少人沉溺于麻将摊子，这项活动正襟危坐，全神贯注，盯着对家的，看着上家的，防着下家的，我不成也不让你成，很好的朋友，千方百计把对方的钱装在自己口袋里，对自己身心健康不利，对增进朋友的情谊也不利。要根据自己的情趣，选择积极上进、健康的活动，如写写字、听听音乐，找几个知己聊天、散步、打乒乓球等。如这些都无兴趣，就读点书，从书中寻求乐趣，以消除晚年的烦恼。

人有七情六欲，自然有许多烦恼，如何解除烦恼，没有一门专门的学问。儒学、道学涉及这方面的内容较少，而佛学中的净化心灵以求心理慰藉的理念恰恰填补了这一空白，这也是中国已经有了儒、道两学，佛学还能够传进华夏大地的原因之一。在我国，文化是倡导的，宗教是允许的，一切宗教活动限定在一定的场合进行。而研究佛学文化是不受限制的，而且作为中华文化的一部分应是弘扬的。中国传统文化以儒、释、道为主要内容，释，即释迦牟尼创立的佛教学说。佛教传入中国后，与儒、道文化融为一体，你中有我、我中有你，各自都有独立性，相互又交融，体现出中华文化兼容并蓄、多元并存的特征。佛学核心理念认为人的各种问题都源于贪、嗔、痴之心，导致个人的行为失当，给他人、给社会造成不良影响。人追求物质欲望是天生的，物欲的无限膨胀使人自我异化，成为物的奴隶，被物牵着鼻子走，导致争斗、冲突不断。佛家用戒、定、慧来治理贪、嗔、痴，节制贪欲、消除忌妒仇恨等心理，从而起到净化心灵、净化社会的作用。佛学文化里有两个基本点：一个是缘起思想，认为万物都是因缘聚合而生，缘起而生成的各种个别现象是短暂的，不是永恒的，各种个别现象聚在一起时，形成事物。佛说，世界是由尘埃构成的，尘埃是物质中的分子、离子，从这个意义讲有唯物的成分。另一个是因果业报理论，认为每个人的命运是由个人的行为所造成的，个人的言行举止观念构成了一个人会得到的结果。因是业，受到的果就是报，所以要改变个人的现状，就要改造自己的业。这个观点在某种意义上是说，自己的命运掌握在自己手里，自己可以改变自己的命运。这个理念又说明，不能把因果业报简单地理解为"万事由天定，半点不由人"的宿命论，把自己的命运完全寄托于求神拜佛，是一种认识上的误区。社会上，人们对于理念的误读是对传统文化的极大伤害，比如儒家的"人不为己，天诛地灭"，其本意是说，人要不断提升自己，使生命更加完美。如果人不能完美自己，老天爷也不容。而大多数人把这句话理解为为私利去奋斗，不为自己的私利就会天诛地灭。中华文化是强调智慧的文化，用智慧来感悟人生，看得破、放得下。智慧超越知识，知识是静的，智慧是动的，智慧是发现知识、掌握知识、运用知识的能力。我们常讲"知识就是力量"，而用智慧驾驭知识，可以使知识发挥出更大的力量。佛学中的智慧精深博大，老年人学一点有好处。

六要保持好晚节，工作一生，多在教化他人，老来退休，不能说人道

人不如人，给年轻人留下话柄和口实。退休后，一不做贪赃枉法之事，二不沾奢靡贪腐之风，三不当损人利己之人。同时要尽力做到：不给政府找麻烦，不为朋友出难题，不向部下施淫威，给晚辈做个好榜样，给社会留个好名声。要做到这些，还需要继续学习古人的"八德"；学习社会主义的"八荣八耻"；特别要学好党中央提出的社会主义核心价值观，把"爱国、敬业、诚信、友善"做为个人层面的价值准则和基本道德规范。牢记道德红线，守住纪律底线，才能保持好晚节。

四、立业博知聚智能

（一）领袖风采

晋剧《打金枝》中有一段唐王与女儿金枝女的对白。唐王说：我朝的江山是靠文臣武将打下的，而女儿却说江山是祖辈留下的。唐王说打下的，女儿撒娇，强词夺理说就是留下的。唐王无奈只好说："噢，噢，你说留下的，就是留下的"。这段话发人深省，当今的一些青少年对中国共产党建立的红色江山是打下的还是留下的有些淡漠了，对今天的幸福生活是怎么来的，缺乏深刻的认识。因此领他们去井冈山、瑞金、延安看看很有必要。

登上井冈山，这里山高林密、沟壑纵横、层峦叠嶂、地势险峻，有"一夫当关，万夫莫开"之势。山中的峰峦、瀑布、溶洞、温泉及高山田园风光与原始次生林中的珍稀动植物交相辉映，显现出雄、险、奇、秀、幽的特色。如果到此旅游，可以春赏杜鹃，夏观云海，秋眺秀色，冬看雪景，欣赏雄险的山势、奇特的飞瀑、磅礴的云海、瑰丽的日出、烂漫的杜鹃花，倍使人心旷神怡。而在革命战争年代，革命者入山无心观景，是从另一个角度审视这座雄伟大山的。

秋收起义失败之后，毛泽东分析了当时的情势：井冈山除了群众基础好、农产品丰富，能够解决部队的粮草问题外，更重要的是它位于湘赣边界，在当时是湖南省、江西省的"两不管"地带，敌人统治力量薄弱，而且地势险要，易守难攻，便于保存和发展革命根据地；在井冈山建立革命根据地，可以把革命的退却和革命的进攻巧妙结合起来，点燃"工农武装割据"的星星之火，逐步形成燎原之势。于是决定放弃攻打中心城市长沙的原定计划，改向敌人力量相对薄弱的农村进军。1927年10月，毛泽东带领队伍开进井冈山，红四军机关和湘赣边界特委入驻茨坪。次年朱德率部与毛泽东会师，之后又有陈毅、彭德怀、滕代远率部来到井冈山，创建了中国第一个农村革命根据地，开辟了"以农村包围城市、武装夺取政权"的革命道路。从此井冈山被誉为"中国革命的摇篮"和"中华人民共和国的奠基石"。到1930年2月，两年零四个月的时间，为中国革命开辟了一条武装夺取政权的成功之路，为后人留下宝贵的精神财富。现在茨坪中心挹翠湖北端的雕塑园里，有毛泽东、朱德、彭德怀、陈毅、袁文才、王佐、贺子珍、陈正人等17位井冈山早期从事革命活动的人物雕塑，形态逼真、栩栩如生。毛泽东旧居坐落在茨坪东山脚下，面向井冈山主峰五指山。黄洋界在茨坪镇西北17公里处，海拔1343米，是井冈山最著名的一个哨口，连接湘赣边界，巍峨峻拔、地势险要。1928年3月30日，在这里打响了著名的黄洋界保卫战。英勇的中国工农红军以不到1个营的兵力打退了敌军4个团兵力的疯狂进攻，创造了我军以少胜多的首个战绩。毛泽东在欣喜之余，挥笔写下著名的《西江月·井冈山》，现在镌刻于黄洋界顶峰的大理石屏风上面："山下旌旗在望，山头鼓角相闻。敌军围困万千重，我自岿然不动。早已森严壁垒，更加众志成城。黄洋界上炮声隆，报道敌军霄遁。"背面有朱德书写的金光闪闪的"黄洋界"三个大字。

党史专家曾将井冈山精神概括为：一是坚定不移的理想信念；二是实事求是的思想路线；三是党管武装的基本原则；四是血肉相连的干群关系；五是艰苦奋斗的创业精神。登上井冈山的每一个人，无形中感觉到有一种强有力的精神震撼，都会深深感到毛主席不愧是伟人。在大浪淘沙、风雨飘摇的革命战争中，能够以弱胜强，逆中取胜，关键在于把握方向、选对路子，而方向和路子取决于对问题的正确认识与判断。毛泽东对当时形势的分析判断抓住了事物的本质，实在令人折服。在《井冈山的斗争》一文中，毛泽东阐述了八个观点：一是指出枪杆子里面出政权，强调夺取政权单纯靠宣传造势，搞学潮罢工不行，最终必须靠武装斗争；二是强调党指挥枪，把武装力量掌控在共产党领导之下，层层建立共产党组织，并派党代表到连队；三是提出建立革命根据地，武装割据，积蓄力量，星星之火，可以燎原；四是根据地建在罗霄山中段的井冈山为好，理由是地处江西、湖南交界的两不管地带，国民党统治力量薄弱，人民群众基础好，物产丰盈，可以养兵；五是要从根本上解决好革命队伍的生存问题，让革命者有所得，"打土豪、分田地"，开展土地革命运动，使民众参加红军有了主动性；六是要增强部队的战斗力，需激发仇恨，让穷人知道穷的原因是受富人的剥削与压迫，要翻身获得解放，必须打倒欺压他们的人，自己掌权；七是从王佐、袁文才那里学到的"兜圈"战术，总结提炼为"敌进我退、敌驻我扰、敌疲我打、敌退我追"的游击战术；八是红军必须植根于人民群众之中，遵守"三大纪律六项注意"，与老百姓同甘共苦，建立鱼水关系。这些基本思想用马克思列宁主义的词句连接润色，形成一套比较完整的理论。完全区别于那些教条主义者用马克思主义的经典词句和苏联的模式，照套中国革命的理论。但当时的中国共产党中央不认可这些好思想、好做法，认为是"逃跑""流寇""土包子""农民意识""山沟里的马克思主义"，一度遭到批判，将毛泽东罢官。党内两种指导思想进行了尖锐的斗争，付出了沉重的代价，最终毛泽东的思想得到了全党的认同，这才有了后来的中国革命节节胜利。

现在井冈山地区的发展战略确定为主打旅游产业，旅游业主打三个品牌：一是绿色，二是红色，三是精神。绿色使人愉悦，红色使人振奋，精神可以传承。大力弘扬井冈山精神是当今社会不可忽视、不可忘却，而且必须牢记的精神。凡去井冈山的人都要吃一顿红米饭、南瓜汤，还要听一段当年红军中流行的《井冈山歌谣》："**红米饭、南瓜汤，秋茄子，味道香，餐餐吃得精打光**"，"**干稻草来软又黄，金丝被儿盖身上，不怕北风和大雪，暖暖和和入梦乡**"。听完这首歌可以想到当时红军的困境和他们的乐观主义精神。红色江山就是从这里起步的，是毛泽东开辟了井冈山，为中国革命奠定了基础。为此，我登井冈山时曾作五言古风一首，以作纪念。

《井冈山》

驱车入罗霄，攀岩上井冈。

阴雨连四日，深山出太阳。

峭峰依天立，碧溪绕农庄。

秋去林丛茂，冬来松柏香。

溪水环茨坪，祥云绕黄洋。

百鸟叫枝头，杜鹃唤新装。

奇花映翠木，霓彩罩楼堂。

干道红灯挂，广场旌旗扬。

新建红盛馆，设备堪精良。

竹筒红米饭，瓷坛南瓜汤。

举杯思红帅，同饮话沧桑。

乱世国有难，伟人出湘江。

韶山农家院，红日照东方。

秋收暴动后，率部入红乡。

坚持党领导，兵民齐武装。

农村围城市，政权赖刀枪。

运用兜圈术，游击打豺狼。

济贫分田地，穷人喜欲狂。

大地传星火，长夜见曙光。

1931年9月，中共苏区中央局与红军总部迁驻瑞金叶坪村，在原谢姓地主私宅内设宣传部、组织部，并在此创办了《实话》与《党的建设》刊物。毛泽东、周恩来、朱德、王稼祥、任弼时曾在此居住办公。同年11月7日，"一苏大会"在本院内的谢氏宗祠召开，中华苏维埃共和国临时中央政府随之成立。11月27日，中华苏维埃共和国中央执行委员会召开第一次会议，选举毛泽东为中央执行委员会主席、中央人民委员会主席，"毛主席"称呼从此叫响。苏维埃中央政府成立后，下设内务部、劳动部、土地部、国家政治保卫局等"九部一局"。将谢氏宗祠用木板隔成15个小房间，作为中央各部委的办公用房。在此院落内，还有红军检阅台、国家银行、金库、红色中华通讯社等场所。自此，瑞金成为"赤色的首都"和全国苏区的政治、军事、文化中心。到1934年10月红军离开瑞金开始长征，一共存续了五年零八个月。期间，因叶坪中央所在地被敌人发现，遭多次轰炸。有一次一颗炮弹落在毛泽东平日看书紧靠的树旁，幸亏没有爆炸。考虑到中央机关都集中一处不安全，1933 年 4 月，中华苏维埃共和国临时中央政府从叶坪迁驻位于瑞金城西北 6 公里沙洲坝。期间，毛泽东、张闻天等中央领导人在这里工作、生活了近一年半时间。为解决群众饮水难的问题，毛泽东带领军民在离住宅不远的地方挖了一口直径 85 厘米、深约 5 米的水井，解决了沙洲坝军民饮水困难问题。红军长征离开瑞金后，国民党多次填埋此井，但都被群众挖开。1950 年，当地群众重修此井，对这口井进行了全面整修，取名为"红井"，井旁立了一块碑，刻有"吃水不忘挖井人，时刻想念毛主席"十四个赤金大字。在这口井的附近，当年有中华苏维埃共和国临时中央政府大礼堂（"二苏大"旧址）。礼堂建造于 1933 年 8 月 1 日，工程历时三个月，为"第二次全国苏维埃代表大会"而建。钱壮飞任工程总设计，梁柏台任工程总指挥。礼堂坐北朝南，占地面积 1500 平方米，造型为八个角，从高空俯视，似一顶红军的八角帽。礼堂设计独具匠心，视线、通风、采光都很好，可容纳 2000 多人，在当时的条件下，很不容易。大礼堂完工后，又在后侧建了可容纳 2000 多人的防空洞。1934 年 1 月 21 日至 2 月 1 日，第二次全国苏维埃代表大会在这里隆重召开。这个礼堂相当于中华人民共和国早期的人民大会堂。新中国第一、二代领导人中的大多数在瑞金得到历练，邓小平曾任瑞金第三任县委书记。有 9 位开国元帅、8 位开国大将、35 位上将、114 位中将和 440 位少将在此战斗工作过。1949 年开国部长中有 113 位曾在此战斗、工作过。当年 24 万人口的瑞金，一共有 11.3 万人参军支前，5 万多人为革命捐躯，其中 1 万多人牺牲在红军长征途中，有名有姓的烈士 17166 名。为支持苏区建设和红军北上抗日战略转移，1932 年至 1934 年间，瑞金人民一共认购革命战争公债和经济建设公债 78 万元，支援粮食 25 万担，捐献银器 22 万两，连同存入苏维埃国家银行瑞金支行的 2600 万银元，全部无私奉献给了中国革命，瑞金为中国革命做出了巨大贡献和牺牲。

每一个去过瑞金的人，都有很多感慨：一个小小的县城有这样惊人的历史，实属中外少有。党史专家以"上海建党，开天辟地；南昌建军，惊天动地；瑞金建政，翻天覆地；北京建国，改天换地"，精辟概括了瑞金

在中国革命史和中央党史上的重要地位。我们回想一下，当时的中国是国民党执政，共产党的力量还十分弱小，在共产国际的领导下，发动无数次工人暴动，夺取大城市均遭到失败。在毛泽东的领导下，在这一小块根据地上，居然建立起一个苏维埃国家，这是何等的气魄和胆略。而且认真履行了建国的程序，召开代表大会，建立"执行委员会"和"人民委员会"两套国家机构，是现在人大常委会和人民政府的雏形。十个部局分工细致，职责分明，各管一方，还设立中央银行，印发钞票，发行国债，俨然一套完整的国家运行机制。这些举措是在一个特殊的时期、特殊的地点，外面强大的反动势力施压的情况下，由一批 30 岁左右年轻的共产党员，有声有色、有条不紊地进行，他们不愧是共和国的精英。38 岁的毛泽东充分显露了远大的志向、崇高的追求和卓越的领导才干。在"民主"基础上建"共和"是中国共产党的立党初衷，而在建党十周年之际，就进行了一次尝试、初探和实践，它为 1949 年中华人民共和国的成立积累了经验。当中国共产党第十八次代表大会在北京人民大会堂召开之时，全体与会者肃立向毛泽东、周恩来、刘少奇、朱德、邓小平、陈云等老一辈革命家致哀，表达深切怀念之际，我们回顾党的历史，没有苏维埃共和国的"一大""二大"，就没有中国共产党今日的"十八大"。为此作五言古诗一首。

《共和红都始瑞金》

喜看十八大，群英聚会堂。

默哀祭先烈，共和起赣江。

南昌大旅社，打响第一枪。

井冈到瑞金，力量日渐强。

崇尚苏维埃，憧憬乌托邦。

建立共和国，人民家自当。

选举毛泽东，主席掌中央。

政府分十部，将勇官更强。

职能均齐备，苏区设银行。

印币发国债，理财重农商。

组织反围剿，全民共武装。

初创小社会，民主立大纲。

人人勤奋勉，个个敢担当。

军民鱼水情，官兵比兄郎。

人人有田种，户户生产忙。

香甜共和梦，苦乐大家享。

红都风雨骤，围剿气猖狂。

告别根据地，转移离红乡。

军民情谊厚，分手痛断肠。

一首送军歌，两眼泪汪汪。

两万长征路，胜利到北方。

赶走日本鬼，推翻蒋家帮。

开国庆典日，旌旗北平扬。

回首望瑞金，共和此开张。

　　看着中国共产党在建立国中之国，狂妄自大的蒋介石岂能容忍。他煞费心机筹划了五次围剿，企图一举歼灭这股红色武装。第一次围剿兴兵10万，第二次围剿兴兵20万，第三次围剿兴兵30万，第四次围剿兴兵50万，第五次围剿举全国之兵，蒋介石亲任总司令。为了保存革命实力，红军被迫战略转移。在濒临危难关头，毛泽东在遵义再度出山。四渡赤水巧用兵，摆脱了蒋介石的围、追、阻、击，然后毅然北上。爬雪山、过草地，到达陕北，将中国共产党中央机关设在圣地延安。延安虽是黄土高原上的一个穷山沟，但有三山、两水：宝塔山、清凉山、凤凰山，延河与南川河。山上有宋代摩岩石刻、范公井、烽火台、摘星楼、寺庙、道观等人文景观，特别是一座宝塔屹立山巅，表明历史深厚有风蕴。我参观延安感到神奇，曾作一首七律。

《圣地延安》

环抱三山两水流，

摩岩寺庙望星楼。

烽火捷报红旗展，

窑洞华章恶鬼愁。

宝塔凌空平乱世，

油灯灿亮写春秋。

杨家岭下群英荟，

国难当头巧运筹。

延安的窑洞里，毛泽东秉笔疾书，运筹帷幄，领导中国共产党由小到大、由弱到强，迫使国民党与共产党二次合作，共抗日倭。迫使蒋介石重启国共谈判，毛泽东以两个党平起平坐的身份，飞抵重庆，期间发表了著名诗篇。

《沁园春·雪》

北国风光，千里冰封，万里雪飘。

望长城内外，惟余莽莽；大河上下，顿失滔滔。

山舞银蛇，原驰蜡象，欲与天公试比高。

须晴日，看红装素裹，分外妖娆。

江山如此多娇，引无数英雄竞折腰。

惜秦皇汉武，略输文采；唐宗宋祖，稍逊风骚。

一代天骄，成吉思汗，只识弯弓射大雕。

俱往矣，数风流人物，还看今朝。

这首诗大气磅礴，震撼三山五岳，使国民党心惊胆战。有一些同志批评毛泽东的诗对成吉思汗不恭，说："只识弯弓射大雕"是对成吉思汗丰功伟绩的贬低。我觉得对于诗、词、歌、赋要从文学作品的角度来看，分析作者的诗情与词意。词不同于政论文的严谨，是以情喻理，以景言志，多用比兴手法。诗的字数有限，讲究押韵、平仄、对仗，不能苛求每一个字的确切。也有同志说，把"只"改为"善"，即"善识弯弓射大雕"，不就确切了、全面了，一个字换一个字，也符合平仄，可是又有一个前后承接问题。我理解，毛泽东这首词的主旨是想说最后一句话："数风流人物，还看今朝"，要看今朝，前面的词句就需要铺垫，为后面"看今朝"这句话服务。如果将前面讲足了，就凸显不了后面的"风流人物"，这是诗词构思的需要。从本词的字里行间我们看到毛泽东对成吉思汗的情感。写诗词惜字，词中评价古人共用了 31 个字："惜秦皇汉武，略输文采；唐宗宋祖，稍逊风骚。一代天骄，成吉思汗，只识弯弓射大雕。"其中秦皇汉武、唐宗宋祖，四个人用了 16 个字，而成吉思汗一个人用了 15 个字。从词的内容上看，中国历史上 80 多个王朝，大大小小 550 多个皇帝，在毛泽东眼里只有五个：秦始皇、汉武帝、唐太宗、宋太祖、成吉思汗。词中的前面四位均两两合并，四个字概括，说有文采，前面加了"略"字。说有风骚，前面加了"稍"字。而对成吉思汗一个人用了两句话，而且前面一句下了定语"一代天骄"，这是中国共产党人评价成吉思汗的出处。从这四个字足以看出毛泽东对成吉思汗的崇敬。至于说用了"只"字，是一篇文章的转折，便于引出"数风流人物，还看今朝"。

重庆谈判使蒋介石再次动了杀机，日本人刚刚投降就再次大举进攻解放区。但共产党、毛泽东领导的八路军已不再是过去的红军，再不需要东躲西藏，迂回曲折，而是有了强大的力量大举反攻。经过几个战役就把蒋家王朝赶到长江以南。在党内党外、国内国外出现隔江而治的舆论时，毛泽东毅然决然地发出"宜将剩勇追穷寇，不可沽名学霸王""将革命进行到底"的号召，并以排山倒海之势，把蒋介石赶到那个小岛上去了，这就是领袖的风采。"没有毛泽东就没有新中国"成为一个新时代的豪言壮语。

今天，凡 1977 年后出生的年轻人就再也没有看到过毛泽东主席。随着时间推移，毛泽东的形象逐渐淡化了，有人将毛泽东在新中国建立后和"文化大革命"的错误无限扩大，甚至进行人身攻击，以致使新世纪后出生的少年产生了疑惑，这是极其错误的。金无足赤，人无完人，但伟人终究是伟人，毛泽东有错误仍不影响他伟大的形象。年轻人只要去井冈山、瑞金、延安看一看，想一想那一山、一井、一窑洞，就会永世不忘毛泽东。

（二）治政风范

学习中共党史，继毛泽东主席周恩来总理之后，党的高层领导人中，功绩最大者当数邓小平。他的政治智慧、革命经历、个人修养、工作作风，特别是晚年的思想理论，为从政者树立了风范。

一、阅历丰富资格老。小平同志是中国共产党早期革命家，16岁远渡重洋到法国勤工俭学，18岁担任旅欧共产主义青年团执行委员会委员，成为一名职业革命家。25岁奉命到广西领导百色起义和龙州起义，建立了红七军、红八军，开创了左、右江红色革命根据地。34岁担任八路军一二九师政委，和刘伯承一起立马太行、逐鹿中原、决战淮海、挥师渡江、挺进西南、占领南京、智取重庆、攻占成都，直到进军西藏，解放大西南半壁江山。新中国建立后，进入中南海，较长时间担任中共中央书记处总书记，负责处理党中央日常事务，成为毛泽东主席的重要助手和党中央第一代领导集体成员。"文化大革命"后，毛泽东、周恩来、朱德、刘少奇等老一代领袖相继去世之后，小平同志成为中共党内资格最老的领导者之一。粉碎"四人帮"复出后，成为新一代党中央的领导核心，被誉为中国改革开放的总设计师。

二、改革创新意识浓。十一届三中全会之后，小平同志有了党内决策最后拍板权的资格。他认真总结中国社会面临的重大问题，提出了一系列新的理论，其中包括：应对国际形势的新战略、社会主义建设基本规律的新思考、社会主义发展动力的新揭示、社会主义本质的新概括、社会主义制度的新构想、对社会主义前途命运的新展望。他力排众议，响亮地提出"一个中心，两个基本点"的政治主张，"一国两制"解决港、澳、台问题的构想。对内实施十四个改革开放试验区，对外确定"抓住机遇发展自己""冷静观察、稳住阵脚、沉着应付、韬光养晦、善于守拙、决不当头、有所作为"的外交路线。这些主张丰富和发展了马克思主义、毛泽东思想，逐步形成了新时期中国特色的社会主义理论。

三、实事求是作风实。在开展真理问题讨论、拨乱反正、落实党的政策期间，小平同志提出"一切从实际出发"，"看一步，走一步，摸着石头过河"和"一部分人、一部分地区先富起来"，这些思想和举措有着很强的理论性和实践性。事物的发展总是有先有后，只有一部分先富，另一部分后富，然后才能实现大家共富。这本来是一个浅显易懂的道理，但由于"左"的影响和教条主义，多少年来没有人敢这样提和这样做。在中国"不患寡而患不均，不患贫而患不安"的思想源远流长，"等贵贱，均贫富，抑富济贫"成为历代革命口号。太平天国的《天朝田亩制度》讲"人人平等"，孙中山倡导"平均地权，节制资本"，毛泽东强调"一大二公"。而邓小平大声疾呼"贫穷不是社会主义，要允许一部分人一部分地区先富起来"，在"文化大革命"后期，中国特殊的年代，小平同志站在了时代的制高点，一句话启动了中国的快速发展。

四、无私无畏意志坚。"文化大革命"开始不久，小平同志就被打倒，面对"四人帮"的肆虐与狷狂，他毫不畏惧，坚信马克思主义的真理，坚信中国共产党的路线，坚信正义必将战胜邪恶。复出后，他运用手中的权力，大胆开展整顿，恢复国家的正常秩序，为了党和人民的事业，与"四人帮"开展针锋相对的斗争，体现出无私无畏的气概。"六四"风潮之后，他对中国改革开放充满自信，一如继往，义无反顾，立场更加坚定，举措更加有力，体现出一个共产党员的硬汉子形象。一位国际友人评价说：在著名的政治家中，一帆风顺、平步青云者有之，"一下一上"东山再起者有之，"两落两起"历经坎坷的也能找到，而能够做到"三起三落"而且一次比一次辉煌，一次比一次振奋人心，在当今世界政治舞台上，非邓小平莫属。

五、气度博大胸怀宽。小平同志一切从大局出发，为社稷民生着想。在对待毛泽东的功过是非问题上，尊重历史、注重实际，坚持毛泽东思想的重大立场，引领全党同志团结一致向前看，指导全党做出了《关于建国

以来党的若干历史问题的决议》，使党和人民沿着正确的方向前进。按小平同志的阅历、资历与能力，有资格担任党的领袖，但他不去做主席也不当总书记，以顾问委员会主任和军委主席的身份扶持年轻人领头。他在党中央发挥着领导核心作用，掌控全局，运转着庞大的国家机器，有效地推动着改革开放与发展，充分显现出他高超的智慧、谋略与魅力。全党、全国人民公认，小平同志是中国改革开放和现代化建设当之无愧的"总设计师"。

六、特色理论合国情。我们常说："实践出真知"。小平同志不是专门研究理论的，但他在长期的实践中不断地探索，用世界的眼光看中国，用历史的眼光看当今，从正反两方面的经验与教训中总结出马克思主义与中国革命建设相结合的理论，提出了"学习马克思主义要学管用的"指导思想，他对社会主义与资本主义、计划经济与市场经济的概念有独到的见解。他用"不争论，干起来再说"，引导人们大胆实践，在实践中又不断探索总结，逐步形成中国特色的社会主义理论，有着鲜明的时代性，强烈的民本性，突出的实践性，显著的创新性。这些理论言语不多，篇幅不长，但切中了要害，结合了实际，合国情，符民意，有现实指导意义，一句话，"管用"。党的十一届三中全会以来，用邓小平理论指导中国的"四化"建设，取得了巨大的成就。这位资深的革命家成为伟大的理论家，邓小平理论与马克思主义、毛泽东思想并列作为全党的指导思想，永载史册。

以上六个方面的功德，对于当今从政者来说，是十分重要的经验、示范和财富。我们要认真学习邓小平理论，学习小平同志的治政智慧，人格的魅力，以小平同志为楷模，在中国特色社会主义建设中做出更大的贡献。

（三）文明遐思

追溯历史，世界上曾有过四大文明，一是两河流域文明，二是古埃及文明，三是古印度文明，四是中华文明。

两河文明，指今伊拉克的底格里斯河与幼发拉底河在流入波斯湾的过程中冲出一个水草丰茂、物产丰富的三角洲，这个地方西通欧洲，再通到非洲，向东连通中国和印度。约在公元前 6000 年，这里就开始使用铁，继而出现城市。最早产生的文字，比我国的甲骨文早三千年，被誉为"空中花园"。在这块土地上，最早建立了巴比伦王朝，之前还有个苏美尔，被称为人类最早的文明，但这里的遗存没有了，文明中断了。

古埃及文明的代表是金字塔及金字塔内所发现的木乃伊。这时候的埃及文化是法老文化，有文字记载五千多年，也比中华文明早。当我们的祖宗在龟板、牛胛骨上占卜的时候，埃及的文字已广泛运用，建筑已高度发达，但古埃及文化也没有延续下来，现已变为阿拉伯文化、伊斯兰文化。

古印度文明起源婆罗门教文化。今天的印度教，是婆罗门教复兴之后的俗称，它区别于过去老的婆罗门教，西方人管它叫印度教。古代印度包括孟加拉、印度本土和巴基斯坦。婆罗门教信奉的梵是一个非人格化的、冥冥中产生一切、决定一切的神物，但它不叫神，称为梵。婆罗门教把印度人分成四个种性，最高贵的叫婆罗门；其次叫刹帝利，指武士、王族和贵族；第三等叫吠舍，是农民、工人和手工业者；第四等叫首陀罗，属贱民。四个种性中婆罗门掌握着政治与宗教大权。婆罗门教法认为：人生是轮回的，今天受苦是由于上一世作了"业"，如果今日违背了教义，下一世还要受苦，甚至轮回到畜牲界。若能忍受今日之苦，将来会有好的轮回，这个教义思想几千年来深深影响着古印度。古印度虽贫富差距大，但

社会超稳定，穷到混不下去了，也不造反，就是宗教产生的重大作用。释迦牟尼从印度教得到启发，悟出宇宙、人生的道理，他综合了各个教派的教义，创立了佛教学说。由于佛教更贴近人民的生活和愿望，所以很快在印度传播开来。后来伊斯兰教占领了整个印度，印度的佛教中断了，文化也中断了。

中华文明起源于神话与传说。在远古没有文字的时代，历史和神话往往平行，又融为一体。古人在口耳相传的过程中，不断按照自己的想象加工，历史自然转换为神话、传说，"自从盘古开天地，三皇五帝到如今"多为传说。古人认为伏羲、神农（炎帝）、轩辕（黄帝）均为王朝，伏羲氏有十六世、神农氏有八世、轩辕氏有七世。传说中的伏羲、神农、黄帝亦人亦神，作为人，他们发明了先进的生产工具，创造了先进的文化，为人类文明做出了巨大贡献。作为神，又是龙族的起源、始祖，是华夏民族精神的支柱和民族文化的象征。

传说中，伏羲是华胥氏踩了雷神的足印生出的儿子。世界混沌初开，伏羲带着他统一了的东方夷族部落，从干旱、荒芜的成纪（今甘肃天水）沿黄河东下，来到宛丘（今河南周口市的淮阳县），艰苦创业。后人总结伏羲有十大功绩：一是结束了狩猎采集，开创了中国远古代畜牧业；二是结束了千古结绳记事，创立了"八卦"，使八方有序，以卦治天下；三是结束了野蛮的群婚、乱婚，开创了"一夫一妻"婚姻制度；四是统一了"部落万国"，并创立了"龙天下"的原始宗教崇拜；五是结束了茹毛饮血的野蛮生活方式，始养六畜，始创熟食；六是分族群、正姓氏，伏羲自姓为风；七是作甲历、定四时，纪年不乱，纪月不易；八是造书契，使中国方块字开始萌芽；九是去巢穴，治屋庐，人有所居；十是斫桐为琴，丝桑为瑟，均土为埙，发明了音乐。特别是八卦的发明创造，揭示了天地阴阳、世间万物的对立统一规律。伏羲认为，最原始的物质为太极，太极生两仪，两仪生四象，四象生八卦。他标注了八卦的八种符号分别代表八个方位，即四面八方。八卦符号分阳爻、阴爻，成为古代哲学中对立的矛盾理念。伏羲之后，"人更三圣，世历三古"，即经历了上古、中古、下古三个时代，由伏羲、文王、孔子三个圣人完成了《周易》大著，自此，一门伟大的社会科学诞生了。易学文化是融象数与义理于一体的独特思想体系，具有创造性、灵活性、开拓性，是中华民族文化的宝贵遗产，也是世界文化宝库中一颗璀璨的明珠，对中国社会乃至世界的经济、文化、艺术、科技等都有着不可估量的影响。

传说中的神农生于距今5500年至6000年前姜水之岸，为姜水流域姜姓部落的首领，因以火德王，以火名官，故曰炎帝。他是医药之祖、农业的发明者。《史记·补三皇本纪》记载："炎帝神农氏，姜姓，母曰女登，有娲氏之女，为少典纪，感神龙而生炎帝，人身牛首"。神农氏所处的时代，是中国从原始时代采集、渔猎和原始畜牧业向原始农业发展转变的时期。那时，人口已生育繁多，靠猎物和植物维持生计。可是，天上的飞禽越打越少，地上的走兽越打越稀，所得食物难以果腹。怎样才能解决人们"食"的问题，神农苦苦思索。一天，一只衔着一棵五彩九穗谷的鸟，飞过神农的头顶时，九穗谷掉在地上，神农拾起来埋在土里，秋后竟长成一片谷地。他把谷穗在手里揉搓后放在嘴里，感到很好吃，于是他教人割掉野草，用斧头、锄头、耒耜等生产工具，开垦土地，种起了谷子。那时，五谷和杂草长在一起，草药和百花开在一起，哪些可以吃，哪些不可吃，分不清。神农就一样一样地尝，一样一样地试种，最后从中筛选出稻、黍、稷、麦、菽五谷。有了五谷充饥，神农又带着一批臣民，来到另一个地方的山头采药。他将各色各样的花草放到嘴里尝，分出了甜、苦、热、凉，哪些能充饥，哪些能医病，一一记载清楚。有一次，他把一棵草刚放到嘴里，便一头栽倒，不会说话了，他用最后一点力气，把红灵芝放到嘴里嚼嚼，解了毒气，恢复了神志。臣民们劝他下山，他坚持不下，尝完一山花草，又到另一山去，一直尝了四十九天，尝出了三百六十五种草药，写成《神农本草经》，带回去为百姓治病。《纲鉴易知录》记载："民有疾，未知药石，炎帝始草木之滋，察其寒、温、平、热之性，辨其君、臣、佐、使之义，尝一口而遇七十毒，神而化之，遂作文书上以疗民疾而医道自此始矣。"是神农始创了中国的医药与医术。人们为了怀念神农，药铺里常挂了一幅浓眉大眼、笑容可掬、腰围树叶、手执草药的神农画像。随着农业的出现，人类的劳动果实有了剩余，于是神农氏设立集市，

让大家把吃不完，用不了的食物和东西，拿到集市上去交换，从而出现了中国原始的商品交易。同时，他还发明了陶器，作为人类的生活用具。传说神农在位一百四十年，教民稼穑、饲养、制陶、纺织、使用火，并做五弦之瑟。晚年因尝百足虫，不能解其毒而致死，卒于茶乡。

传说中的黄帝是中华民族的代表和象征。早在春秋时期人们已对黄帝十分崇尚。孔子曰："黄帝，少典之子也，曰轩辕。生而神灵，弱而能言，幼而慧齐，长而敦敏，成而聪明"。《史记》中记录了黄帝一生的经历，并对他的功绩给予极高评价。清朝吴乘权在《纲鉴易知录》中说："黄帝生于轩辕之丘（今河南新郑），姓公孙，国有熊（今河南新郑）故号有熊氏。"黄帝部落的地域涉及陕西、河南、河北、山东、甘肃、湖南、山西等地。从不少史料看，黄帝的正妃嫘祖栽桑养蚕，抽丝织绸，使人们有衣可穿；黄帝的史官仓颉造字，使人们步入文明时代；黄帝和风后造指南车，使人们可辨明方向；黄帝和岐伯、雷公著《内经》，为中医界必读之经典；黄帝造舟车，定历律，开发农业，定居中原，使大家有了固定居所；黄帝时代燧人氏钻木取火，人们开始吃熟食；宁封子制陶，使人们有了盛放器物。此外，黄帝在水陆交通、书画占卜、兵器农具、音乐器物等诸多方面都有建功立业的记载。他带领先民和大自然抗争，在衣食住行等多个领域，创造了巨大的财富。由于所处历史的时代，先民们为争夺生存空间，也曾产生过战争和残杀，黄帝与炎帝结为联盟，在逐鹿与蚩尤激战，打败蚩尤。之后黄帝又与蚩尤余部结盟，逐步形成了大联合、大同盟、大统一，建立了最早的国家体制。这是中华民族的血脉根基，也是华夏文化的精髓和源头。

多年来，在陕西的黄帝陵每年举办祭祀活动，对于继承传统、传承民族文化、凝聚炎黄子孙人心，起到了极大的作用。从2006年开始，河南省新郑市连续举办"黄帝故里拜祖大典"，更加扩大黄帝先祖的影响。炎黄文化是传承几千年的中华民族文化之源，是华夏儿女不屈不挠、顽强拼搏、创新奉献的精神之光。海内外炎黄子孙都有着对自己伟大民族和共同祖先的认同感和自豪感，炎黄文化已成为维系海内外炎黄子孙爱国情结的巨大精神力量。

（四）传统承辉

当今世界就文化而言，大体可以分为四块：一是中国的儒学、道学文化，二是古印度遗留的佛学文化，三是中亚、西亚的穆斯林文化，四是西方的基督文化。马克思主义者对各种文化十分重视，持兼容并蓄的态度。而在运行过程中，有时也受到一些左的思潮影响，产生过对立。"文化大革命"中"批林""批孔"，一度对儒学冲击较大。一段时间内对道学冷落，认为消极颓废，弃而不用。曾把佛学列入迷信范畴，对穆斯林文化、基督文化持排斥态度。随着社会发展，党的文化理论建设的成熟，儒学被重视了，在世界各地设立孔子学院；对道学主张的"天人合一"、人与自然和谐相处的思想认同；对佛学中的"众善奉行"理念和辩证思维有了新的认识，明确了"信教群众也是有中国特色社会主义建设的一部分积极力量"，"政治上团结合作，信仰上互相尊重"；对待西方的文化，提出了"人类的一切文明成果，都可以运用"。增强了文化的相融性，克服了排他性，这是理论修养、文化修养成熟的表现。

华夏族进化到春秋时期，出现了两位伟大的哲人，一位称老子，创立了道家学说；一位称孔子，创立了儒家学说。老子的《道德经》主要讲"道"和"德"，认为"道"是大自然发展变化的规律，存在于天地之间。人性是道赋予的，人的表现合乎人性，合乎自然规律，就有德，有德之人就是得道高人，道之在天地叫作道，在人身上叫作德。道家倡导的"天人合一""道法自然""无为而治""人与自然和谐相处"等思想充满了辩证法，其哲学思想集中反映在"太极图"中。"太极图"有两条鱼，一阴一阳合抱共含，其内边结合得天衣无缝，外边共同构成一个圆。这个图告诉人们三个理念：一是两个对立面的事物完全可以共存于一个物体中；二是两个

对立面相互包含，以一方的存在决定另一方的存在，并在一定条件下相互转化；三是两条鱼凡是有利于整体的，必有利于对方，最终有利于自己；相反，凡是有损于整体的必有损于对方，最终有损于自己；道家把它称为"太极和谐原理"。这个原理与我们倡导的"求同存异，体谅包容"有相近之处。道家认为人类起源于自然，生存于自然，发展于自然，人是大自然的一员，人与自然是须臾不可分离的有机整体，整体是基，共处是形，和谐是本。与自然和谐相处是人类发展必须遵循的原则，破坏自然就是损害人类自己，保护自然是呵护人类自己，改善自然就是发展人类自己。这些非常朴素的道理，一度被人们淡忘，以致盲目地与自然决斗，使人类自身受到伤害。

儒家文化的核心是"三纲五常"："三纲"即君为臣纲，夫为妻纲，父为子纲，"五常"为仁、义、礼、志、信。仁者爱人，父亲慈爱自己的孩子，孩子孝敬自己的父亲，父子两代人之间以孝来体现，推而广之，在家称孝，对国称忠；个人处理好与社会、国家、君臣的关系，引申为义，义者宜也，就是适当；礼为礼仪，"羊羔跪母""马不欺母"形象地表达出一种礼仪，中国历来是礼仪之邦；信者诚信，要求做事言行一致，社会有诚信才能维系。这些观点构成封建社会的伦理观、价值观和世界观。儒家倡导"修身、齐家、治国、平天下"。修身指修养自身，使自己的品德达到一定的水准，然后由己及人、及妻子、及孩子、及兄弟。若自己的修养有三尺高，则要求所及者也达到三尺高，"齐"就是"等"，全家人都达到自己修养这个水平，就等同了，这就叫"齐家"。把家的伦理道德、治家之方扩大到社稷、民生，就是"治国"。"平天下"的意思是均衡，即大家都平衡，没有高低悬殊就和谐了。这些观念的前提是修养自身，如何修身呢？儒家强调君子"慎独"。"慎独"是道德修行者最高境界和法则，是衡量道德觉悟和思想品质的试金石，也是一个人内心自由自在、诚然坦荡的快乐源泉。"慎独"最早见于《礼记·大学》"此谓诚于中，形于外，故君子必慎其独也"，意思是，在独处的时候，能自觉遵守各种道德准则，谨慎对待自己的所思所行，是君子所为也。一般在大庭广众之下能做到慎言慎行，称为"慎众"。在一个人独处之时，仍能谨慎、规矩，言行入道，才称为"慎独"。做到"慎独"才是真正道德高尚的正人君子，曾国藩的家训就特别注重"慎独则心安"的修养之道。追求"慎独"有一个由不自觉到自觉的过程，"自觉"是工作生活中不断地自我觉察、自我反省、自我修正，是实现慎独的必要手段。曾子曰："吾日三省吾身，为人谋而不忠乎，与朋友交而不信乎，传不习乎"。这是达到慎独的至理名言。古希腊哲学家毕达哥拉斯说："无论是在别人跟前还是自己独处的时候，都不要做一点卑劣的事情，最要紧的是自尊。"一个内心充盈、真诚慎独的人，才可以担当齐家、治国、平天下的重任。当今社会很多人无暇关照自己的内心，常常在不自觉中变得"自己都不认识自己"。商品经济使人学会了阳奉阴违和包装掩饰，人前一套，人后一套，当面阿谀奉承，背后说三道四；公共场合谈吐优雅、恭恭敬敬，私下里盛气凌人，颐指气使；会议上高谈阔论讲环保，四下无人时随手丢垃圾……这些看似小事，却与"慎独"相背。

改革开放以来，我国引进西方的现代化科技与现代化管理，推动了现代化的发展。与此同时，西方文化和意识形态对我国形成强力冲击。面对这一现状，国内有两种反应，一是坚决抵制，二是崇洋媚外。对此，应作客观、理性的分析，首先要搞清中西文化的差异，然后通过对比，做出科学选择。

中国文化讲天，西方文化讲神。天指的是大自然，认为人属于大自然的一部分，人要服从自然。在中国，丈夫死了，妻子哭诉："我的天呀！"丈夫就是妻子的天。老百姓平常讲，"天生的""天赋的"，其实就是自然恩赐的。而西方则认为人是上帝造的，人的规矩是上帝定的，人要服从上帝。中华文明主要产生于农耕，来源于现实生产和生活，而西方文明的胚胎基因多为游牧，精神的来源是神，是上帝。基督教讲，上帝没有照看好亚当、夏娃，两人在伊甸园一不留神吃了禁果，从此就背上罪名。老祖宗犯的罪，后辈生来就有罪，一辈子要赎罪，只有赎罪之后才能回到上帝的身边，不然就要进地狱。基督教有十戒，告诉人们，不许奸淫，不许偷盗，不许说谎……伊斯兰教的七条戒律也是来自先知默罕默德传达安拉的旨意，安拉的话就成了戒律。中国人的清规戒律也不少，也讲"君权神授"，但这里讲的神与西方讲的神概念不同，神指的是"天"，也包括老祖宗的规定。西方文化有个救世主，有个上帝，上帝这个词是中国人翻译的，基督教没有"帝"这个意思，翻译成"神"或者"主"，我们称"上帝"是拿中国的政治套西方伦理的。中方与西方对待现实和未来的理念也不同：西方人做错了事就到神父那儿忏悔，神父说，"你吐出了心声，上帝恕你无罪"这样就心安理得了。而中国人没有向神忏悔的习惯，改正错误是自己暗下决心的。西方人有钱就花，没钱就借，花光再挣。自己的钱自己享受，不注重为下一代积累。而中国人讲节俭，"家有十亩地，留给子孙耕"。有了钱要修桥、铺路、办学校，行好积德衍子孙。有人说，要把文化整合起来，而文化是不易整合的。各个国家、各个地区的文化因各有特色才丰富多彩，如果普天下只有一种文化，国家、民族可能就不存在了。当年孔子"适周问礼"，去请教老子，可能俩人没有谈拢，假使一个接受了另一个的观念，就不会有儒学、道学之分了。后来佛学进入中国，假使被儒、道之学整合了，就不会有儒、释、道三种传统文化。各种异质文化交往，只能求同存异，体谅包容，无法整合。同样一件东西、同样一个制度，中国人看和西方人看就有不同，看法不同必然产生不同文化。中国的"新文化运动"是1915年开始的，"五四运动"是"新文化运动"的一个高潮。"新文化运动"之后，东西文化往来增多，互相碰撞、渗透、相融，有了一些共同认识，但东还是东，西还是西，不会合二为一。

面对中西文化的差异，重在研究国情。国情不同，必然文化不同，无法把本国的文化强施于别国。一个国家，封闭保守排斥外来文化是不对的，但崇洋媚外照搬外来文化更是错误的。习近平总书记指出：牢固树立社会主义核心价值观，有其固有的根本。抛弃传统、丢掉根本，就等于割断了自己的精神命脉。不忘本才能开辟未来，善于继承，才能更好创新。大力弘扬以爱国主义为核心的民族精神和以改革创新为核心的时代精神，深入挖掘和阐发中华民族优秀传统文化，讲仁爱、重民本、守诚信、崇正义、尚和合、求大同的时代价值，使中华优秀文化成为涵养社会主义核心价值观的重要源泉。这一席话讲明了文化的承接关系。当今时代，国家的发展，民族的振兴，不仅需要强大的经济力量，更需要强大的文化力量。

地区的竞争，不仅体现为物质财富的竞争，更体现在人文和精神层面的竞争，最终必然是以文化论输赢，以文明比高低，以精神定成败。文化是民族的精神和灵魂，是一个民族真正有力量的决定因素，可以影响国家发展进程，也可以改变民族命运。经济和文化是相互渗透的，经济可以推动文化繁荣，文化可以推动经济发展。我们要圆中国梦，首先要唤起文化自觉、增强文化自信，在固本的基础上，增强文化的相融性，克服排他性，兼容并蓄、海纳百川使优秀的中华传统文化更加弘扬光大。我们奋斗的目标是"实现中华民族的伟大复兴"，有学者认为实现复兴需要做到三点：一是人民币世界通用；二是中国话世界通行；三是就像中国学生学英语一样，世界各国的学生也要学中文。世界上有200多个国家，2500多个民族，6000多种语言。不同文化、不同背景的人创造了共同的世界文明。文明存在差异，但没有优劣之分。我们要尊重文明的多样性，求同存异，在交流中共同发展，使中华传统文化更加辉煌。

（五）调查研究

"研究"一词，最早出现在南朝刘义庆的《世说新语》。在清朝容闳的《西学东渐》中见到"调查研究"作为一个完整的词汇被使用。"查"的本义是"寻检"；"究"的本义为"研磨"，引申为"穷究"、"思考"。调查研究可以理解为了解、寻检、研磨、穷究。作为一名领导者，要深刻地了解社稷民生，就要搞好调查研究。而要搞好调研，需要明确调研的意义，掌握调研的方法、程序，提高调查研究的水平。

1. 调查研究的意义

调查研究作为认识事物的一种方法和过程，包括调查和研究两个环节：对事物进行观察、了解，收集各种数据和素材，进行感性认识的过程是调查；在此基础上进行理性分析、抽象、概括、整理、归纳、升华叫研究。全面了解社会历史发展过程中出现的新情况、新问题，使自己的思路跟上形势，增强工作的前瞻性、主动性和科学性，是调查研究的意义所在。对此，要从四个方面加深认识和理解。

其一，调查研究是搞好工作的先决条件和重要基础。毛泽东主席说过"没有调查研究就没有发言权"。不了解情况就去指导工作，就是无的放矢。所以，深入调查、掌握情况、集中民智、总结经验，是做好工作的先决条件和重要基础。

其二，调查研究是密切联系群众的桥梁和纽带。深入基层，面向群众，倾听群众的呼声，了解群众想什么、盼什么，欢迎什么、反对什么，才能做到想群众之所想，急群众之所急，才能从群众中找到解决问题的办法，从而增强为人民服务的意识。

其三，调查研究是对党的路线、政策、法规的消化过程。调查研究需要吃透上情，了解下情，知道外情。只有情况明，才能提出好的意见，使好的政策与实践相结合，并把政策细化、量化、具体化，落到实处。

其四，调查研究是科学决策的前提。要科学决策，必须掌握大量的信息和事实依据。只有通过调查研究，才能做到集思广益，群策群力，科学决策。

2.调查研究的选题

调查研究首先面临的是选题问题，各行各业的选题各有侧重，但要基本遵循四条原则。

一是围绕中心、服务大局的原则。如同地区的经济社会发展离不开国际、国内大环境一样，每项工作各有特殊性，但都离不开全局性。各级干部都应增强围绕中心、服务大局，开展调研的意识。

二是想人民所想、急群众所需。面临问题千头万绪，先要关注人民群众急需解决的问题。在加强生态和基础设施建设，推进工业化、城镇化和农牧业产业化进程中，有些燃眉之急的问题应作为当下的调研课题，要立足长远、着眼当前，注重"雪中送炭"。

三是抓住热点、突出难点。如土地、就业、上学难、就医难、物价上涨、群众集体上访等问题，是热点和难点问题，要认真开展调研，提出切实可行的对策。

四是发挥优势、扬长避短。各级干部所处地位不同，担当的责任不同，尽可能选择自己知识所及的问题，发挥自己的专长，结合实际，有所侧重，找准切入点，以期达到最佳效果。

3.调查研究的程序

调查研究的过程是了解问题、分析问题和解决问题的过程，这一过程应该遵循一些基本程序。

首先，思想准备。在起动调查研究之前，应对本次调查研究的意图和任务有充分的、正确的理解。要明确调什么，研什么，提出一个什么样的报告，主要解决哪些问题。

其次，确定对象。这是和选题具有同样难度的问题。调研之前要确定调研的内容、选点、范围，只有目标明确、具体，才能避免无效劳动。

第三，知识积累。调查研究前，有必要学习有关理论和方针、政策、批示以及相关业务知识。查阅上级有关规定和文件，寻找有关研究成果和资料，学习和掌握与调查研究有关的自然科学和社会科学方面的知识。做好与调查内容、调查对象有关的材料收集，充分了解和掌握前人已有的调研成果，避免重复劳动，浪费时间和精力。

第四，组织准备。组织准备工作需按调研任务大小，确定参与人数，明确分工，对调查的时间、步骤、方法、具体要求和注意事项以及调查研究的经费、交通工具等作出计划。同时需向接受调研的单位提出要求，使对方有充分准备，做好组织安排，确定具体的调研时间、地点和人员范围等。

4. 调查研究的方法

调查研究的方法很多，根据不同选题，选择不同的方法。常规的方法有以下几种。

一是听。召集了解情况的同志以座谈或汇报的形式，请他们谈情况、摆问题，提出建设性意见。二是看。同样一个问题，因站的角度不同，看到的结果也不同。苏东坡有诗"横看成岭侧成峰，远近高低各不同。不识庐山真面目，只缘身在此山中。"所以调查研究要从多个方面看，才能看得全面，看到本质。三是问。采取直接问话或通过信函、问卷等书面形式了解情况，进行分析。四是查。即收集资料、查阅档案，尽可能地掌握第一手资料。五是统计。统计数字应注意两点：一点是统计口径要统一，否则不可比；第二点是统计数字和调查实际相结合，不可将报表作为唯一依据。六是归纳。把收集到的情况和各种因素联系起来考虑，从整体上把握事物的本质和规律。七是分析。一般采取两种方式，一种是从初始切入，按事物发展顺序追踪，找出问题的症结，第二种是从结果开始，倒着进行分析，找出成功的经验与失误的原因。八是成稿。多年的实践深刻体会到：调研需要"边调边研，边走边写，有感速记，不能拖延"。古人有"作诗火急追亡逋"的名句，说的是诗歌创作的灵感就像打猎一样，瞄准猎物的时机稍纵即逝，要特别珍惜，调查报告的撰写也是如此。把"调"和"研"从时间上割裂开来，调查时只管听、看，而不能同时研、写，时过境迁才写报告，当时鲜活的体会荡然无存，报告也就没有味道了。

5. 提高调查研究水平

如何才能提高调研水平呢？有几句古诗颇能表达调查研究应遵循的态度。

"水惟善下终成海，求贤若渴始见奇。"常言道："人往高处走，水往低处流。"这是一种现象，也是一种规律。一个人要想进步，就要不断向高的目标奋斗。而要达到高的境界，还要有"水往低处流"的精神。水向下流，终成江海，人向水学，就要走到群众之中，谦虚地学习别人的长处。要放下架子甘当小学生，有"三人行，必有我师焉"的姿态。要克服"夜郎自大"，集众家之长，不断充实、完善自我。

"勤能补拙是良训，一分辛苦一分才。"有诗云："玉琢方成器，木揉始作轮，勤学是君了，无知是懒人。"天才出于勤奋，知识的增加、经验的积累、视野的开阔都需要勤奋。调查研究要认真地调，仔细地研，从听、看、问、查、统计、归纳、分析，到形成报告的各个环节都要勤快、认真去做。

"不畏浮云遮眼望，只缘身在最高层。"说的是，因站得高，不怕浮云遮住瞭望的眼。调查研究，立意高才看得远。要站在时代的最高点，既要看到眼前，更要看到未来，高瞻远瞩才有超前性和现实的指导意义。

"纸上得来终觉浅，心中悟出始知深"。有人说："天下文章一大抄，看你会抄不会抄"。而再会抄纸上的东西难免肤浅，只有从内心深处感悟出的道理才是珍贵的。调查研究要亲历亲为，深入基层，深入群众。不是走马观花，而是下马观花；不是花拳秀腿、蜻蜓点水，而是深入了解、深钻细研，掌握第一手资料。只有在这个基础上分析判断，将切身体会写出来，才有现实的指导意义。那些不求甚解，面面俱到，空洞无物或抄袭官话、套话的调研报告是毫无用处的。

"千淘万漉虽辛苦，吹尽狂沙始见金。"沙里澄金需要千淘万漉，调查研究需要在广采博集的基础上进行筛选，去粗取精，去伪存真，找到我们想要的内容。这个过程要坚持：不随人俯仰，不任人方圆，不被世俗左右，不为流行引诱，不唯上，不唯书，只唯实。要由浅入深，由表及里，由小到大，由现象到本质，全面分析，把握规律，这样的调研成果才能立得住、推得开，广为所用。

"他山之石可攻玉，不畏艰辛取真经。""他山之石可攻玉"内涵一个"借"字，即学习借鉴别人的东西，为我所用。改革开放初期的联产承包责任制，起源于安徽，对外开放的经验大量出自东南沿海。我们现在的许多好经验、好做法是几下江南，从长三角、珠三角、祖国各地学习取经借来的，也有许多是借鉴了国外的先进做法。不少同志开了"借鸡生蛋"、"借船出海"的窍，使自己的工作有了很大的起色。因此，我们要学会"借"这一取经的重要方法。

有人说，考察学习就是游山玩水，这种观点以偏盖全，很不客观。古人了解社会有两种渠道：一是读万卷书，二是行万里路。行万里路，可使读万卷书的知识得到验证。考察调研必然要游，这一点回避不了。但要学会游，在游中学，学中游。祖国美丽，江山多娇，考察过程中顺便欣赏名胜、探访古迹，本身也是一种考察。关键是要一边看，一边听，一边记，一边琢磨，从中得到工作上的启示。不可为了游而游，与调研考察内容无关之游就失去了意义。我们要善于在游中找到可学的东西，找到热点、亮点、兴奋点。"学然后知不足"，发现别人的长处，以弥补自己的不足，同时要避免"邯郸学步""东施效颦"。

（六）素质生能

　　素，本色也。素质，指事物本来的性质，在心理学上指人的神经系统和感觉器官上的先天特点。能者，能力才干也。能力，指能胜任某项任务的主观条件。素质与能力这两个概念有着不同的含义，又有着必然的联系，素质好则能力高。在新的历史时期，时代赋予新的任务，要求我们不断学习，加强锻炼，努力提高自身素质，增强工作能力。

　　提高自身素质，包括政治、理论、文化和心理素质四个方面。

　　提高政治素质。共产党人的素质与能力有政治标准和原则。要有鲜明的政治观点、政治立场、政治敏锐性和政治鉴别力，在任何时候、任何情况下，都要坚持共产主义理想和信念，牢记为人民服务的宗旨。要把人民拥护不拥护、赞成不赞成、高兴不高兴、答应不答应作为工作的出发点和归宿。要严格遵守党的政治纪律，在政治上、思想上与党中央保持高度一致，做到下级服从上级、个人服从组织、全党服从中央，绝不搞上有政策、下有对策。要保持高尚的政治品德和职业道德，在对待公与私、苦与乐、荣与辱、进与退、名利与地位等一系列问题上，以党和人民的利益为重。要做到一身正气，两袖清风，勤政为民。要遵守党纪、政纪、法纪，堂堂正正做人，踏踏实实做事，清清白白做官，坚持过好名位、权力、金钱、色情、人情"五关"，把公家的、个人的、别人的钱分开，绝不能装错口袋。经得起执政和改革开放的考验，以高度的事业心和责任感，为官一任，致富一方。

　　提高理论素质。共产党人是要学好马列主义、毛泽东思想、邓小平理论。要善于运用马列主义的立场、观点、方法观察问题、分析问题、解决问题。要理论联系实际，寓理论于实践之中。善于运用矛盾的普遍性与特殊性、共性与个性原理及事物普遍联系和发展变化的辩证唯物主义观点，把特色理论与地区的具体实际相结合，搞好工作。

提高科学文化素质。党的干部要学好必备的经济知识，包括市场经济、国际贸易、企业竞争、市场营销、财政学、金融学等知识。学好现代管理、法律知识和科学技术知识。还要学点文学、历史知识，努力扩大知识面，提高科学文化水平。

提高心理素质。党的干部要适应各种环境，不管顺境与逆境，始终保持旺盛、充沛的精力和坚韧的毅力。顺境时，抓住机遇，乘势而上；逆境时，不畏艰险，知难而进；困难时能挺得住，关键时能站出来，遇到问题有办法，沉着冷静，应付自如。对同志要宽容大度，顾全大局，一视同仁。对支持者，要以理智战胜感情，以公道战胜偏爱，以原则战胜随意；对持有不同意见的人，要善于纳谏，不计前嫌，耐心引导，以诚相待，绝不挟嫌报复。要正确对待社会各界的评论，正确理解各方人士对待领导岗位、领导职务的期望和要求，克服自满心理、畏难心理、虚荣心理以及求稳怕乱心理，保持情绪稳定，心态平衡。

增强工作能力，包括决策能力、驾驭能力、协调能力、应变能力、感召力和凝聚力。

增强决策能力，就要加强调查研究，吃透"两头"，借鉴"外头"，根据上级的政策、本地区的实际以及不断变化发展的新形势，及时提出符合实际的工作方略。要多谋善断，运用事物的必然性和偶然性在一定条件下相互转化的原理，增强工作中的超前意识和预见性，有了机遇能作出快速反应，不坐失良机。重大事项要坚持决策的科学化、民主化、程序化。

增强驾驭能力，就要善于抓全局，抓战略性大事，抓事物的主要矛盾和矛盾的主要方面。要善于发挥助手和班子成员的作用，充分信任，用其所能，展其所长。要学会"弹钢琴"，充分调动方方面面的积极性，使大家围绕整体目标统一思想，协调动作，各司其职，共同奋斗。要学会宏观调控管理，学习运用现代管理方法，合理配置人财物资源，加强目标管理，强化督促检查，建立激励机制，奖优罚劣，奖勤罚懒，推动各项工作有效落实。

增强协调能力，就要协调好班子之间、班子内部、各部门之间、在职与离退休、上级与下级、条条与块块、军队与驻地、本地与毗邻、各民主党派以及各族各界等方方面面的关系，形成合力。要善于疏导，化解矛盾，做到事前协商，事后调解，互通情况，讲明原委，确保重点，兼顾一般，切实处理好改革、发展、稳定方面的重大问题。

增强应变能力，就要做到事业有规划，工作有计划，走一步看两步，制定一张蓝图，逐步填补空白。对不可预见因素或突发性事件，做到未雨绸缪，处事不惊，沉着应对，冷静处置。根据大形势的变化，随时调整思维，完善工作思路。对经济工作要以"咬定青山不放松"的意志，坚定不移的一抓到底。

增强感召力和凝聚力，需要在群众中树立威信，说话算数，办事果断，敢于负责，敢作敢为，勇于推功揽过，使大家有安全感和可靠感。要公道正派，坚持原则、克己奉公；要办事公开，注重公论，接受群众监督，使公众信服。

素质与能力相辅相成，提高素质、增强能力是时代的要求，党和人民的要求，每一位领导干部都要为之努力。

（七）改革创新

　　改革与创新是一个民族的灵魂，是一个国家兴旺发达的不竭动力，也是一个政党永葆生机和活力的源泉。中华五千年文明古国，正是因为不断地改革与创新，才有今天"世界第二大国"的美誉。千百年来，凡坚持改革创新，则国富民强，凡封闭保守则落后挨打。有不少英雄豪杰、仁人志士为改革创新付出了牺牲。

　　战国时期，由于土地私有制的产生，新兴地主阶层登上政治舞台。为了进一步打击奴隶主贵族的势力，保护、发展封建制度，巩固地主阶级专政，"七国"先后对本国的政治、军事、社会进行了改革，史称"变法"。"变法"首先从魏国的李悝开始，而较有影响的是秦国的商鞅变法。

　　据《史记·商君列传》记载："商君者，卫之诸庶孽公子也，名鞅，姓公孙氏，其祖本姬姓也。鞅少好刑名之学，事魏相公叔座为中庶子。"公叔座死后，鞅在魏不被重用而入秦，他向秦孝公陈述了自己的政治见解和变法主张，曾遭到孝公身边谋臣的反对，而鞅据理力辩，批驳了反对派的"圣人不易民而教，知者不变法而治"，"法古无过，循礼无邪"等墨守成规的错误观点。商鞅指出："常人安于故俗，学者溺于所闻，以此两者居官，守法可也，非所舆论于法之外也。三代不同礼而王，五伯不同法而霸，智者作法，愚者制焉；贤者更礼，不肖者拘焉。""治世不一道，治国不法古。故汤武不循古而王，夏殷不易礼而亡。反古者不可非，而循礼者不足多。"商鞅这些不循古法的政治见解，得到秦孝公的赏识和赞同，于是"以卫鞅为左庶长，卒定变法之令"。公元前359年和前350年，在商鞅主持下，秦国两次实行变法，其主要内容：

　　一是编制户口，定连坐之法，五家为伍，两伍为什，各家互相纠察。

二是禁止父子、兄弟同室居住，实行小家庭制度以广征税。三是重农抑商，奖励耕织，惩罚怠惰、奖励军功，严惩私斗，以军功大小受爵位，宗室贵族无军功不能有爵位。四是设 31 县而治，废井田，开阡陌，实行土地私有，准许买卖。五是统一度量衡。新法颁布后，遭到贵族的强烈反对，太子傅公子虔和太子师公孙贾就教唆太子出来反对。为了使新法得以推行，商鞅秉公执法，坚持王子犯法与庶民同例。将法太子，因太子为召嗣，不可施行，而"刑其傅公子虔，黥其师公孙贾。"自此"秦人皆趋令"。

商鞅在秦孝公支持下，新法得以推行。土地所有制方面，基本废除井田制为基础的封建领主制。政治方面，废除分封制，确立郡县制。又实行奖励耕战政策，使经济得到发展，军队战斗力不断加强。变法之后，"秦孝公保崤函之固，以广雍州之地，东并河西，北收上郡，国富兵强，长雄诸侯，周室归籍，四方来贺，为战国霸君，秦遂以强，六世而并诸侯，亦皆商君之谋也。"新法"行之十年，秦民大悦，路不拾遗，山无盗贼，家给人足。民勇于公战，怯于私斗，乡邑大治。"秦国很快富强起来，成为七国中最强大的国家，为后来秦灭六国统一天下奠定了基础。

商鞅在中国历史上的功绩是卓著的，他的变法对于当时国家的兴盛，生产力的发展都起到了积极的作用。设县而治，加强了中央集权。重农抑商、奖励耕织、按军功大小受爵、严惩私斗之法，无疑是进步的、顺应民心的。新法符合当时的社会实际，对后世有巨大的影响，功垂青史，不可磨灭。当然，受时代和阶级的制约，商鞅变法有局限性。"变法"是为统治阶级服务的，史书记载："夫商君极身无二虑，尽公不顾私，使民内急耕织之业以富国，外重战伐之赏以劝戎士，法令必行，内不阿贵宠，外不偏疏远，是以令行而禁止，法出而奸息。"不难看出商鞅对国君的效忠，他的"尽公不顾私"并非为广大劳动人民着想，而是要加强对人民的统治。如编制户口之法完全是为了加强对人民的统治和管理，镇压人民的反抗，实行小家庭制度的目的也是为了扩大税收，增加国库收入。变法后，国家兴盛了，但广大劳动人民仍然受着残酷的统治和压迫。

中国历史上曾出现过无数个"商鞅"，他们能审时度势、顺应历史的发展，代表先进阶层的利益，不循古法，致力改革，客观上促进了生产力的发展和社会的进步，受到了人民的拥护。宋朝的王安石变法在历史上留下深远的影响。王安石有一首著名的《元日》诗："**爆竹声中一岁除，春风送暖入屠苏。千门万户瞳瞳日，总把新桃换旧符。**"他通过对元旦辞旧迎新的生动描写，托物言志，书写自己改革变法、革故鼎新、造福国家和人民的决心。"总把新桃换旧符"是一句双关语，成为千古名句。近读《屠呦呦获诺贝尔奖》深受启发，屠呦呦教授因研发治疗疟疾药物青蒿素而获得2015年度诺贝尔生理学或医学奖，为中国人争得了荣誉。屠呦呦几十年紧紧围绕着青蒿素研究，锲而不舍，矢志不渝，勇于跨越，不断创新，其奖项的获得体现了四个方面的精神内涵：一是青蒿素研发成功，挽救了百万疟疾患者的生命，表明中医药是我国具有原创优势的科技资源，是医药创新的源头，是知识创新的源泉。二是充分体现了运用现代科学技术是发掘中医药宝库精华、发展中医药的有效途径。三是充分证明了毛泽东说的"中医药是一个伟大的宝库"，青蒿解疟疾在汉、唐、宋代就有记载，明代李时珍的《本草纲目》中有解说，这个宝库的资源历史悠久，源远流长。四是充分体现了科学家的作用和科学团队协同创新机制的作用。这个团队在屠呦呦的带领下，爱国敬业、不懈奋斗、勇于钻研，不断创新，有敢为人先的科学精神。如果不创新，始终停留在"源头"和"宝库"，不会获得今天的世界性奖项，青蒿素也不会在更大的范围发挥作用。

中国共产党作为工人阶级的先锋队，同时也是中华民族的先锋队。在夺取政权之后，面临从革命党向执政党转变，从封闭的计划经济下执政，向实行市场经济条件下执政转变，从以阶级斗争为纲向以经济建设为中心转变。在认真总结经验、教训的基础上逐步认识到：用夺取政权的理论解决不了执政与巩固政权的问题，用过去革命的理论解决不了当今发展问题，用计划经济的理论解决不了市场经济的问题；用消灭敌人的理论解决不了团结大多数问题。要使党和国家的事业不停顿，首先理论上不能停顿，必须进行理论创新，包括党的思想路线、组织路线、基本纲领、执政党的建设和国家经济社会发展思路的全面创新。党的十一届三中全会后，在毛泽东当年确定的"实事求是"思想路线的前面加了"解放思想"，后面加了"与时俱进"，形成了"解放思想、实事求是、与时俱进"的思想路线，这是中国共产党理论建设的重大创新。有了这一指导思想的创新，才逐步形成了符合中国国情的"中国特色的社会主义理论"。在改革实践中，进一步体会到要使改革成功，必须充分调动改革主体，即农民与职工队伍的积极性。用什么调动呢？最起码是让广大农民和职工在改革中得到实惠，使"耕者有其田""无产者"有点"产"，如果说这也好、那也好，改来改去就是收入不增加，生活无改善，方案再好，最终立不住。农村改革解决了温饱问题，城市改革既要让职工有产，又不导致私有化和两极分化，目前正在尝试"劳者有其股"。一个企业，有国家股、集体股、法人股，多种成分、众股东参与，企业职工人人有其股，成为公私结合的混合所有制。这样每个职工除劳动力所获工资，供全家吃、穿、用维持生计外，还从股份分红增加积蓄、购置家产，逐步富起来，成为"有产者"。改革主体的积极性调动起来了，并取得一定的经验，但改革是一项系统工程，还需要一系列配套的政策，逐步完善，因此工作艰巨，任重道远。

学习历史的目的是为了借鉴，"以古为镜，可以知兴替"。鲁迅先生曾讲到：人类和猴子是表兄弟，然而，为什么猿变成了人，而猴子终究是猴了呢？因为猿不满足现状，他们站起来，手脚分了家，终成为人。而猴子坚持爬行，可能也有试图站立者，但遭到同伙反对说，"我们的祖先就是爬着的，不许站！"于是咬死了。所以猿变成了人，而猴子始终是猴子。商鞅变法对今日之改革有现实的指导意义，中国改革开放三十年的经验对今后的改革更有指导意义，需要我们认真研究、总结。

（八）把握适度

    中青年干部是中国共产党干部队伍的中坚力量，在"四化"进程中，起着主力军作用。马克思主义哲学十分重视"度"，中青年干部有个学习、成长、成熟的过程，把握"度"是成熟的重要标志。在这一方面，我们最崇敬的周恩来总理为后人做出了榜样。

    周恩来少年时期就胸怀大志，1917 年 19 岁时为寻求真理，东渡日本，临行前写下了光辉诗篇："**大江歌罢掉头东，邃密群科济世穷。面壁十年图破壁，难酬蹈海亦英雄。**"抒发了远大的理想，表现出救国济世的革命精神。1924 年回国参加了孙中山领导的国民革命，被任命为以蒋介石为校长的黄埔军校政治部副主任。1927 年蒋介石背叛革命，枪口对准共产党，周恩来曾多次组织反国民党的城市起义，均告失败，后来到江西苏区，领导了红色革命根据地的斗争。成为共产党最高领导人之一。在举世闻名的二万五千里长征途中，他主动退居为毛泽东的可靠助手。新中国建立后，担任共和国总理，长达 1/4 世纪。在中国共产党最高领导层中，他既有献身精神，又善深谋远虑，即有坚强意志又有儒雅风度，即勇于对敌斗争，又善于调解内部矛盾。周恩来为人和顺、善于交友，不走极端，总是能使自己适应现状。他一生十分注重道德修养，将"加紧学习，努力工作，坚持原则，向群众学习"作为自己的修养原则。他常说"要活到老，学到老，改造到老""思想改造就是要求我们的思想不落伍，跟得上时代，时时前进。事物的发展是没有止境的，因此我们的思想改造也就没有止境。"无论是战争年代，还是和平时期，周恩来始终保持着清正廉洁的品德，从不搞特殊化。自担任新中国总理，经他审批和领导建设的大型项目不计其数，但他却没有运用权力为自己营造"安乐窝"，有关部门几次提出要给他修房子，他都执意不肯。他从不利用手中的权力为亲友谋取任何好处，他让侄子带头下农村，让侄女带头支边，为全党树立了榜样。在长期的领导工作中，周恩来始终表里如一、言行统一。凡是要求别人做到的，他首先带头做到；凡是要求别人不做的，他带头不做。他用自己的人格力量影响人、感染人、昭示人，成为党员干部优秀的行为典范。一次，周恩来在广州开会，服务员送上茶水，却没有收费。周恩来主动交了钱。1963 年在无锡视察期间，周恩来到蠡园参观。他问陪同人员"买过门票没有？"回答说："没有。"他马上清点人数，自己为一起去的陪同人员都买了票。周恩来多次强调，领导干部只有严格要求自己，以身作则，各项管理工作才能顺利推进。工作上出现差错，周恩来总是首先承担责任，真心诚意地反复公开检讨。他经常告诫广大干部要有勇气面对现实、面对错误，缺点和错误总是同上面有关系，领导首先要做自我批评，要多负一些责任。

周恩来不仅得到国人的崇拜，也得到世界友人的景仰。美国原总统尼克松在他的《领袖们》一书中，对周恩来给予极高的评价："半个世纪以来的中国历史，在极大程度上，是毛泽东、周恩来和蒋介石三个人的历史"，"周一般使自己处于次要地位，忠实地起着使机器运转的作用""这三个人都去世了，但周留下来的影响却在现代中国日益占据优势。""中国共产主义运动如果没有毛泽东就缺少神秘性。这种神秘性不仅吸引了那些征服了中国的狂热的支持者们，而且鼓舞了全世界的千百万人……中国革命没有毛，就不会点燃起火来。没有周，它就会烧光，只剩下灰烬。""毛实际上不是单枪匹马取得胜利的，是周毛之间的伙伴关系赢得了中国。"尼克松对周总理的这些评价是十分中肯的，周总理的这些高贵的品格永远值得后人学习。

加强道德修养是中青年干部进步的要领，也是事业成功的关键。能够在思想、工作、处世、用人等四个方面把握好"适度"，方可团结大多数人一道做好工作。

思想上的适度，需要把握三点：

一是思想解放而不过急。中青年干部需解放思想，大胆创新，克服因循守旧，才能强有力地推动工作。解放思想要坚持实事求是，紧密结合当地的实际情况。邓小平同志有句话："能快就不要慢"，其实讲的是两句话，另一句无声胜有声，即不能快就不要快。一个地区发展速度确定多么快，要实事求是。既要坚持能快就不要慢，又要克服急功近利短期行为，若客观条件不具备，切不可盲目冒进。二是思维超前不脱离实际。作为领头人，在重大历史关头、事物发展的关键时刻，需超前思维，大胆构想，谋划未来。能站在队伍前列，身先士卒，但要考虑群众的觉悟程度和大多数人的意愿。假如冲锋号吹响，回头一看，没有人跟上来，就失去领导作用。火车头强调速度十分必要，因为速度中有效益，但要考虑到车头牵引着长长一串车厢，若拐弯处速度太快，容易翻车。有的年轻人好大喜功，喜欢搞"短、平、快"项目，对一些打基础、管长远的工作兴趣不高。搞城镇建设喜欢相互攀比，拓展马路、修筑高楼、建造广场，规格一个比一个高，气势一个比一个大，但是否给居民生活带来方便，没有认真考虑。费了好大的劲儿，老百姓不欢迎、不赞成，违背了科学发展观的要求。三是多思维而不零乱。人的思维有正向思维、逆向思维及双向思维，作为领导需要思维敏捷、思路宽广，考虑问题要想到方方面面，但要有一条主线和纲领。若今天一个主义，明天一个想法，没有整体性与统一性，就会东一榔头西一闷棍，四面出击，步调不齐，难以实现目标。要抓住主要矛盾，先易后难，循序渐进，家有三件事，先从紧处来，计划周到，分步实施，有序开展工作。

工作上的适度，需要把握三点：

一是大胆而不狂妄。年轻干部在改革开放中要敢想、敢干，有胆量、敢担当、有作所为、敢于创新。但不可独断专行、刚愎自用，更不可置党纪国法于不顾，挑战纲常，以身试法。曾见那么一位官员，他胆子大，有本事也能干事，但目中无人，胆大妄为，太狂了，最终走向犯罪，被绳之以法。二是谦虚而不懦弱。年轻人要敏而好学，不耻下问，善于倾听各方意见，但要有自信、必胜的信念和意志。意志是内心的一种定力，一旦目标选定，就要坚定不移、百折不挠、义无反顾，冲破重重阻力，不达目的誓不罢休。只在山脚下沉思，永远不会登上顶峰，只在困难面前叹息，永远不会成为战胜困难的英雄。谦虚是年轻人的美德，但过分谦虚则虚伪，再过之则是伪君子。若事事唯唯诺诺，则一事无成。三是果断而不盲目。有建树的年轻领导必须懂得何时前进，何时退却，何时刚毅，何时妥协，何时发号施令，何时保持沉默，具备临机决断的能力。周文王托太公教子经曰："见善而怠、时至而疑，知非而处，此三者道之所止也"。讲的是应做之事而怠慢，机会到了而忧虑，不该做的去参与，这三个方面从道理上是应该制止的。要多谋善断，抓住机遇，乘势而上，不坐失良机，同时要克服盲目性，增强科学性。重大事项必须经过论证，权衡利弊得失，而后科学决策。要做到稳中求胜，不搞短期工程。"新官上任三把火"固然重要，但要注重工作的连续性，不能急功近利，虎头蛇尾。

处世上的适度，需要把握三点：

一是对上级热情而不庸俗，对下级有礼而不做作。对上司要遵从、尊敬，但不阿谀奉承、趋炎附势。对下级要礼贤下士，平易近人，但要牢记自己的身份和使命，不能混同于一般老百姓。二是对老同志尊重而得体。老同志是宝贵财富，他们阅历深、有经验，有事要向老同志请教，充分尊重他们的意见。但不可事事许诺，对一些墨守成规的想法和不合规定的要求，要解释开导，做到尊老而不盲从，尽力符合大多数人的意愿。三是对年轻同志随和有节制。对同龄人既要严格要求，又不使其望而生畏。对同学、战友、发小之交，生活上互相关照，工作上公私分明，"哥俩好"体现在情义上，不能全部带入工作中。

用人上的适度，需要把握三点：

一是尊重老臣，慎搞大换血。克服"一朝天子一朝臣，一个领导一班人"的错误思维与做法。要注意民主，充分发挥老同志承上启下的作用，协调老同志与年轻同志合作共事。班子的配备注重年龄、性别、民族、学历等结构的同时，注重刚柔并济、气质性格相融，特别要注重"老、中、青"三结合。善于调动原班人马的积极性，增加助力，减少阻力，形成合力。共同努力做好工作。二是注重年轻干部的选拔培养。"芳林新叶催陈叶，流水前波让后波""世上新人代旧人"。事业的发展需要年轻人，班子中的中年是骨干，青年是未来的希望，老年起帮带作用，老、中、青共同努力，才是科学的、可持续的。三是坚持任人唯贤，不可认人唯亲。"吏不畏吾严，而畏吾廉；民不服吾能，而服吾公；公生明，廉生威"应作为官员牢记的座右铭。年轻领导若让房子、票子、妻子、孩子、车子"五子登科"了，必然失去威信，再有本事也会走向反面。在用人问题上绝不能"一人得道鸡犬升天"。特别要警惕"秘书专政""夫人参政""亲友乱政"，要检点从政，防止后院起火。

五、施政勤廉襄盛世

（一）思路与出路

为官一任，造福一方，治理方略从何处入手，这是每一位官员必须考虑的一个重要问题。平心而论，人人都有良好愿望，主观上都想使自己的工作有所建树、有所进步。然而，有的工作顺利，心想事成；有的阻力重重，事与愿违。分析原因，无不与思路有关。思路正确，看似山穷水尽，也可柳暗花明；思路错误，往往事倍功半，多走弯路，甚至误入歧途。因此，要有出路，首先必须解决思路，包括发展思路和工作思路两个方面。

1.发展思路

地区发展的思路，总体上讲要"实事求是谋方略，开拓进取求发展"。实际工作中要注重四点。

一是偏离"中心"的思路没出路。回想党的十一届三中全会之前的工作，领导不是不尽职，干部不是不努力。"农业学大寨"，"工业学大庆"，从上至下提倡自力更生、艰苦奋斗，大批干部到农村生产第一线，起早贪黑、夜以继日，坚持"三同"，和广大民众战斗在一起，但是没有找到一条致富的出路。什么原因呢？是指导思想不对，错在没有坚持以经济建设为中心，集中精力发展生产力，而是以阶级斗争为纲，精力集中在政治"运动"，偏离"中心"的思路自然没有出路。

二是片面的思路走弯路。十一届三中全会之后，邓小平同志审时度势，用马克思主义的开阔眼界观察世界，对时代特征和国际形势变化进行了深入分析，指出：和平与发展是世界的两大主题，在较长时间内不会发生大规模世界战争，要抓住机遇发展生产力，使工作重心转到了经济建设上。然而，由于长期实行计划经济形成的传统思维定式，有的地方缺乏对

地区情势深层次的分析和认识，没有抓住事物的主要矛盾，忽视了工业的发展、资源的转换、经济的效益，"抓了芝麻，丢了西瓜"，顾此失彼，使经济发展又走了一段弯路。

三是换一个思路有出路。一个人长期在一个地方工作，不一定就能完全了解这个地方。苏东坡有诗云"不识庐山真面目，只缘身在此山中。"一个思路如果长期在一个地区起不到多大作用，就应考虑换一个思路。马克思指出，人们奋斗所争取的一切，都同他的利益有关。历史上多次农民造反、起义都打出"耕者有其田"的口号。中国近代的革命史一直是围绕着土地革命展开的，打土豪、分田地，唤起农工千百万，增强了贫苦农民的革命性，一鼓作气推翻了旧政权。新中国成立后，农民在自己的土地上耕作，欢天喜地，兴高采烈，短短几年就医治了战争创伤，恢复了元气，丰衣足食。然而，大跃进、人民公社，老百姓个人得不到什么，因此不愿往集体地里下功夫、花力气，减少投入。开始是人哄地皮，后来是地哄肚皮。几亿农民在土地上搞粮食，结果连饭都吃不饱。

总结这段历史经验教训，使人们认识到：不讲多劳多得，不重视物质利益，对少数先进分子可以，对广大群众不行，一段时间可以，长期不行。如果只讲牺牲精神，不讲物质利益，必然伤害人的热情和积极性。十一届三中全会之后，实行了联产承包责任制、"土地到了户，家家有干部，男人当队长，女人管财务"，全家出动，起早贪黑，"圪楞堰坝都利用，一亩种成亩一分"，几年功夫，五谷丰登，粮食堆满了仓。地是原来的地，人是原来的人，为什么会出现这么大的变化呢？是把公有制落实为以家庭为单位的家庭联产承包责任制。虽然仍为集体所有，为公有制性质，但用承包形式，土地由农户经营，想种什么就种什么，想怎么种就怎么种，有了土地支配权，而且交够国家的，留足集体的，剩下全部都是自己的。其他生产资料，诸如种子、农具等都为私有，这种公与私结合的混合所有制形式，由国家明确规定几十年不变，从根本上解决了"耕者有其田"的问题。事物的发展变化，要求人们的思维正确地反映客观规律，生产力的发展强烈地呼唤着生产关系的变革，呼唤着指导思想的转变。在改革开放的大形势下，结合实际及时地调"换"思路，就可能找到一条促进发展的出路。

四是检验思路的标准看出路。衡量思路的正确与否要看是否有利于生产力的发展，有利于地区经济实力的增强和人民生活水平的提高。正确的思路应该是吃透了"上头"总的政策精神，吃透"下头"的实际情况，使理论与实际紧密结合，既符合国际、国内大的形势走向，也符合当地实际情况和广大人民群众的愿望，按此思路组织实施，使工作见到实效，人民得到了实惠，这样的思路才是正确的思路。

2. 工作思路

工作思路包括自身智慧、能力的有效发挥、广大民众的参与支持力度、工作安排的前后顺序四个方面。一个人的能力是有限的，"谋事在人，成事在天"，为此，要善于把握好天时、地利与人和，才能取得工作成效。

自身的智慧与能力体现在思、言、批、干四个方面。一个生产队长，把握好两条就可将工作做好。一条是对上级的工作安排步骤听明白了，按要求去做；另一条是做得过程细致周到，注意操作的每一个环节，可以完成任务。而官做大了，管的范围宽了，情况复杂了，光有上述两条就不够了。需要从四个方面下功夫。

一是思。要学点马克思主义辩证法的思考方法。马克思主义哲学最基本的理论，一是唯物论，二是辩证法。唯物论坚持物质第一，意识第二，它告诉我们要一切从实际出发，实事求是。辩证法要掌握两大原则、三大规律，即事物普遍联系原则和事物永恒发展的原则；对立统一规律，质量互变规律，否定之否定规律。辩证思维法的重点是坚持两点论，作为领导者，任何时候、任何情况下，都须用一分为二的观点观察和处理问题，用两点论的方法指导工作。既要看到好的一面，也要看到坏的一面，既看到优势，也要看到劣势，认真分析有利条件与不利因素，进而兴利除弊，扬长避短，协调发展。对发展中的人和事应该既肯定成绩又指出不足，既有表扬，又有批评，才能充分调动人的积极性。要学会运用辩证的思维方法分析问题，由此及彼，由表及里，整体联系，融会贯通。中医诊病采用的手段是望、闻、问、切，得出结论是虚、实、寒、热，治病理论是阴阳

五行学说，金、木、水、火、土相生相克，辨证施治。列宁有一句名言："在对立面的统一中把握对立面"。在经济工作中，生产与销售、工厂与市场、牧区与城市、对内搞活与对外开放都是对立统一的。生产上的问题可到销售环节找原因，企业生产的问题可到市场找答案，牧区的问题可到城市找到出路，对外开放可以大大促进对内搞活。上与下是对立统一的，内与外是对立统一的。要学会遇到这一方面的问题到另一方面找到突破口。比如说，农民卖粮难、卖畜产品难怎么办？可以发动乡干部穿上西装，系上领带，到城市去，找销路，再回乡组织发运。凡事都是思路决定行动，所以思排在第一位。

二是言，即语言、讲话，讲话是宣传、教育、号召、发动。一项决议形成，要调动起大家的积极性，靠大家来完成，领导必须讲话。领导的讲话要有号召力、感召力与鼓动性，促使大家增强信心、满怀豪情去冲锋陷阵。假使有人不同意，要动之以情，晓之以理，耐心地去说服。话是开心的钥匙，说到心坎上的语言方可感动人。民间常说，"好马出在腿，好汉出在嘴"，领导不会讲是一大缺陷，必须补课。

三是批，指批阅文件。这一点很重要，而往往被一些领导忽视。把上级的精神批示到下级，把下级的报告批报上级，中间要加进自己的决策与运作的意见，是一项体现领导政策水平的硬功夫。电视剧《武媚娘》中的皇帝李治懒得批阅奏章，交给武媚娘去批，结果武媚娘得到了历练，熟习了朝政，自己当了皇帝。战争年代毛泽东经常亲自起草重要指示和命令、亲自批阅重要文件，及时、准确、有效地发挥了统帅作用。一个地区的主要领导怎么批阅文件，关系着上级的精神能否贯彻落实，领导班子的决议能否顺利推行，下面的问题能否有效解决。因此，不可小视这个"批"。

干，就是实际操作。列宁说："一打纲领不如一次行动"，讲的是要把纲领落实到行动上。干部就得干，不干半点马克思主义也没有。而干就要真干、实干加巧干，不可盲目地干。对于主要领导来说，最重要的是教给大家怎么干，不一定每件事情事必躬亲。老百姓说："一个指扒（挥）的，顶如十个做活的"。指挥对了，成效显著，指挥失误，劳民伤财。当然，指挥有力，又率先垂范，则发挥的作用更大。

领导要得到民众的广泛支持与拥护，取决于在群众中的威信，而威信的树立需要亲民。每一个地区有四种人需要特别关注：一是可亲的人，二是可敬的人，三是可爱的人，四是可怜的人。

可亲的人即老百姓，老百姓是天，老百姓是地，老百姓是主人。共产党的长官是公仆，要为老百姓服务。要把老百姓喜欢不喜欢，满意不满意，作为决策和服务质量的标准，自我感觉良好不行，要交给老百姓评判。若以自我好恶出发，劳而无功，费力不讨好。

可敬的人是老革命、模范、功臣、德高望重的老领导。他们有资格、有经验，在群众中有威望。要关心他们、尊重他们，经常去看望他们，有事向他们请教，得到他们的支持。敬他们等于敬自己，也会得到大家的尊敬。

可爱的人是人民子弟兵。大作家魏巍写了一篇《谁是最可爱的人》，说志愿军是最可爱的人。今天的人民解放军官兵、武警战士仍然是最可爱的人。没有他们就没有和平，没有稳定，小康与四化大业就没有保证。地方官员应该去看望他们，特别是节假日要去慰问他们，以表达民对兵的尊重与拥戴，而且要成为一种传统，永远继承。

可怜的人包括鳏、寡、孤、独、下岗职工、农村五保老人、低保对象等，他们没有自食其力的能力，是一部分弱势群体。官员要特别关爱他们，政策上要倾斜，经费上要资助，情感上要偏护，不仅自己努力，还要动员各方力量给予救助，全社会要形成一种人心向善的风气。一个地区的领导人能够做到对于上述四种人给予特殊的关爱，才能赢得老百姓的尊重与信赖，才能一呼百应，实现自己制定的宏伟蓝图。

领导人的工作安排要科学合理，有条不紊。老百姓说，开门七件事，"柴、米、油、盐、酱、醋、茶"，在生活贫困的情况下，首先得解决柴、米，茶可以暂时放一下，吃饱肚子后，紧接着解决茶及其他问题，分开轻重缓急。一个县级官员接到调令，到一个新的地区工作，上任后先干什么？不妨学学古代官员的做法，先干四件事。

一是阅读地方志。中国自秦汉实行郡县制以来，县级政权建制，麻雀虽小，五脏俱全，朝廷设有七品命官，实施行政管理。两千年来，县府修

志，把一个地区古往今来的大事小情，用文字记录下来，借以"资政育人"，形成固有的体例与范本。《志》书是在书写历史，是彪炳千秋、流芳后世之作，读地方志可以了解一个地区的自然风貌、经济社会、历史、人物，对于治理、管理这个地区大有益处。

二是民间私访。古代官员私访，领着一个书童，骑驴或者步行，以过路人或者客商的身份走到民间，"无意识"地问长问短，了解到了地区的真实情况。今天时代进步了，这种私访的方式不见了。干部下去调研开着车，带着秘书、随从，引着新闻记者，所到之处摄像机对着领导与民众，双方讲得都是冠冕堂皇好听的，很难听到真实情况。要听真话，一般都在茶余饭后，或一对一的私下聊天之中。领导在位时听到的多为颂扬声，离开一个地区之后，才能听到真实的评论。因此民间私访之法在当今还是管用的。

三是拜访地区"绅士"。一般来讲，一个地区、一个县、一个乡都有一些在民众中有影响的人。这些人大部分是正面人物，个别也有反面的。老百姓称村里的这类人为"大社员"。这些"大社员"有时左右着村里的局面，若引导得当，是一种积极的力量，起助手作用。古人讲："要打深山猛虎，先安四邻'土地'"。拜访这些"绅士"，给予一定礼遇，沟通他们的意见，发挥他们的作用，将会在当地群众中产生正能量。

四是与民众约法三章。这个做法始于汉刘邦与关中父老的"约法三章"，很得民心。古代一些县令初到一个地方，召集一部分有影响的人，讲明主张，亮明观点，对当地一些难点热点问题作出许诺，对自己提出约束与要求，对大家提出一些希望，明确几条，相互共同遵守。这一做法，给后人做出了示范，当今的领导可以效仿。

一个有作为的领导人，把地区经济社会的发展思路理清了，把工作思路理顺了，工作起来就得心应手了。思路决定出路，观念创造财富，运作之前定思路，有了思路迈大步。

（二）"椅子"与"担子"

为官者都有一把"椅子"，同时有一副"担子"。椅子象征地位与权力，担子象征义务与责任。如何使"椅子"与"担子"有机统一，相辅相成发挥作用，是为官一生研究的重大课题。如果地位意识浓，职责意识淡，权力意识重，服务意识轻，当官意识强，公仆意识弱，"担子"与"椅子"必然产生矛盾。

坐上"椅子"应以平常心看待名利，以责任心对待组织，以进取心面对工作。条件变了，艰苦奋斗的作风不丢；环境变了，吃苦耐劳的精神不减；时代变了，无私奉献的传统不变。有了权力，违背民心之事不干，以权谋私之事不办，损害形象之事不做。树立领导就是服务，权力就是责任，岗位就是使命的思想观念。挑起"担子"，要放下架子，扑下身子，树立"人民第一、群众至上"的观念。深怀爱民之心、常念为民之责，深入基层，多兴利民之举，多办为民之事。把"为官一任，造福一方"担在肩上，树立"无功就是过，平庸就是错"的思想，聚精会神干工作、一心一意谋发展。

时下，不少官员处理不好"担子"与"椅子"的关系，直接影响到党的形象。主要表现在九个方面：一是思想僵化。发展没有新思路，改革没有新突破，开放没有新局面，工作缺乏新举措。面临挑战与机遇，要么无动于衷，要么发动机不灵刹车灵，畏首畏尾，裹足不前，不思进取，工作缺乏主动性。二是心态浮躁。读书读个皮儿，看报看个题儿，满足于一知半解。遇到问题硬办法不敢用，老办法不能用，软办法不顶用，新办法不会用，束手无策。三是言行不一。心里想一套，开会讲一套，做的又一套。用谎话蒙蔽组织，用大话忽悠群众。口头上坚决拥护，贯彻中大打折

扣。四是脱离群众。不是把人民当主人，不做人民的公仆。而是把自己看成"父母官"，视群众为"草民"。五是搞形式主义。坐在家里定盘子，关起门来想点子，走到下面找例子，回到机关写稿子。以会议贯彻会议，以文件落实文件，忙碌于"文山会海"之中，奔波于"庆典""宴会"之间。六是好大喜功。开会讲规模，报道求轰动，汇报工作报喜藏忧，讲成绩添枝加叶，讲问题轻描淡写。统计数字，三分统计，七分估计，工人没上班，机器没运转，产值照样翻几番。七是以权谋私。赶浪头、出风头、争彩头，投机钻营，巧取豪夺。不给好处不办事，给了好处乱办事。管人的以权谋方便，管钱的用钱买门子，管项目的以项目谋好处，管物的近水楼台先得月。八是生活腐化。比待遇不比工作，比享乐不比奉献。把吃苦耐劳看成迂腐，把挥霍浪费当作慷慨，把勤俭朴素当作寒酸，把吃喝玩乐作为人生的最大乐趣。九是明哲保身，但求无过。是非面前不开口，遇到矛盾绕道走，事不关己，高高挂起，明知不对，少说为佳。上级对下级哄着护着，下级对上级捧着抬着，同级对同级包着藏着。上述问题背离了党的宗旨，扭曲了领导的形象，影响了党的威信，疏远了人民群众，妨碍了党的路线、方针、政策的贯彻落实。

基于上述情况，要在交给官员"椅子"的同时，加强"担子"教育，增强理想、信念、义务、使命、责任意识，树立正确的政绩观念。告诫官员"椅子"越高，风险越大，责任越重，规矩越应当更严。要牢固地确立为人民服务的宗旨，当好人民的勤务员。官高不忘责任重，位高不移公仆心。

首先，坐上"椅子"要按规矩办事。要增强规矩的严肃性，克服随意性，不依规矩不成方圆。晋、陕、蒙地区的老百姓把有能力的人称为"有两下"或有"下（hà）数"，把按规矩办事称为有"套数"，作为领导既要有"下数"，也要有"套数"，有套数就要按程序办事，程序体现民主，要善于将个人意志转为大众意愿。与此同时，也不可忽视极少数意见，多数有力量，少数有主义，有时真理在少数人一边。要清醒地认识到，一切事物都是同中有异，我们的工作要在异中求同，目标是求大同，存小异，重要的手段和途径是民主协商。英国首相邱吉尔曾说："民主制度是一个没有效率的制度，但迄今为止，没有哪一个制度比这个制度好"。民主分为选举民主与协商民主，两种民主有机结合，方可体现出领导水平。毛泽东主席曾讲：要团结百分之九十五以上的干部，团结百分之九十五以上的群众。要达到两个百分之九十五，至少需有百分之三十以上的人率先垂范头里走，百分之六十以上的人结伙搭伴跟着走，剩余百分之十左右的人强拉硬拽也得走。只有万众一心，朝着一个方向才能夺取胜利。火车头的使命是带车皮，带的节数越多，头的作用越大。

其二，坐上"椅子"要实事求是。"实事求是"出自《汉书·河间献王德传》。刘德是汉景帝刘启的儿子，封在河间（今河北河间县一带）为河间王。他一生酷爱藏书，从民间收集了很多先秦时候的旧书，整理得整整齐齐，并且刻苦钻研。东汉史学家班固在编撰《汉书》时，替刘德立了"传"，对刘德的好学精神作了高度评价，赞扬刘德"修学好古，实事求是"。今人讲实事求是，指从实际出发，探求事物内部联系及其发展的规律性。毛泽东主席解释"实事"就是客观存在着的一切事物。"是"就是客观事物的内部联系，即规律性。"求"就是去研究。实事求是就是从实际出发，理论联系实际，寻求真理，这是为官的理论基础。

其三，坐上"椅子"要确保安全。从政为高风险职业，可怕的是糖衣裹着的炮弹，需增强安全防范意识。打倒你的不一定是对头和敌人，很可能是同事和猪脑子朋友，也可能是自己打倒自己。领导身边要多一个魏徵，少两个阿谀奉承的佞臣，还要防范拨弄是非的闲人。下海经商是追求利益最大化，而选择从政，是为民众谋利，切不可贪财。官员钱够用为限，多了有四大弊端：一是养成奢侈浪费之习；二是日夜感到不安；三是使子女丧失斗志；四是给百姓留下骂名。有"油"的地方必然滑，可以去，但不可太近，要谨防诱惑，消除欲望，站稳脚跟。当了官深刻理解马克思主义哲学讲的"度"，大千世界，生灵无穷，九是一个极数，越过则变为零。当今世界社情复杂，万事均有法规，不可过了底线，越出界限则"量变到质变"。有人说，规定的条款很多，记不住怎么办？其实牢记一条尚可："听党话，跟党走，党叫干啥就干啥，不叫干啥不干啥"。

其四，坐上"椅子"要处事慎重、讲政治。春秋战国时期著名思想家荀子曰："公生明，偏生暗，端悫生通，诈伪生塞；诚信生神，夸诞生惑。

此六生者，君子慎之，而禹桀所以分也。"意为公正生清明，偏私生黑暗，正直、谨敬生畅通，欺骗、伪装生堵塞，至诚守信生神明，矜夸妄议生贪惑，夏的开国君主大禹是贤君的典范，末代君主桀是暴君的典型。作为君子，在采取行动、发表言论、对待自己的名声等方面都应有慎重的态度，不可随便苟且。民间有"好马出在腿，好汉出在嘴"之说。而口才好不可信口开河，生活中祸从口出的例子屡见不鲜，需掌握分寸。《名贤集》有"水深流去慢，贵人言语迟"的名言，高层决策，运筹帷幄，需深思熟虑，开口慎言。纲领既定，动员民众，可充分展示才华，妙语连珠，起到鼓动、激励、号召的作用。

其五，坐上椅子要注重口碑。清代书画名家郑板桥出生在扬州兴化县，40岁中举人，44岁中进士，到50岁时才步入仕途，先任山东范县（今属河南省）县令，4年后又任山东潍县县令。郑板桥自幼家境贫寒**"取渔捞虾，撑船结网，破屋中吃秕糠、啜麦粥，擘取荇叶蕴头蒋角煮之，旁贴荞麦锅饼，便是美食……"**是其幼年生活的真实写照。在前后12年的县令任上，他为官清廉、体察民情，一首七绝**"衙斋卧听萧萧竹，疑是民间疾苦声。些小吾曹州县吏，一枝一叶总关情。"**真实地反映出他对百姓疾苦的关心。《兴化县志》记载：当年兴化县遇到灾荒，郑板桥决定开仓赈灾，有人劝阻说，你先向上打个报告，待批准后再办。他说：等报告经一道道烦琐的程序批转下来，老百姓都死光了。毅然"发谷若干石"救活了一万多百姓。由于他"累累犯上"，于公元1753年被罢官。郑板桥离开县衙时仰天大笑，画竹题诗："乌纱掷去不为官，囊橐萧萧两袖寒。**写取一枝清瘦竹，秋风江上作渔竿。"**两袖清风告别潍县后。后来，老百姓专门为他立祠，称赞他做官无遗憾，去官更潇洒。金碑、银碑不如老百姓口碑，当官重政绩，而政绩是创造财富，使百姓得到实惠，百姓说好才算好。上级的好恶与群众的需求有时发生冲突，要善于化解分歧，学会交代两头，体现出从政为官的水平，而最终的标准是满足人民之需求，以人民群众满意不满意为出发点和归宿。"政声人去后，名誉闲谈时"，一个官员真实的政绩和名誉，反映在离开属地和老百姓茶余饭后的闲谈之中，而不是在他权力任期之内，这一点管理者要有清醒的头脑。

（三）识人与用人

> 赠君一法决狐疑，不用钻龟与祝蓍。
>
> 试玉要烧三日满，辨材须待七年期。
>
> 周公恐惧流言日，王莽谦恭未篡时。
>
> 倘使当初身便死，一生真伪复谁知。

这是唐朝诗人白居易的一首脍炙人口的律诗。他评论古人，慨叹知人论事之难，耐人寻味，发人深醒，反复咏读，倍觉哲理之深。诗中谈道历史上两个有名的人物，一是西周贤臣周公旦，二是西汉篡位自立的王莽。

文王之了武王率军代纣，牧野一战，纣王人败而死，商朝灭亡。西周建立两年，武王死，其子成王继位。成王年少，由武王之弟周公旦辅政。周公旦正直无私，治国有方，兢兢业业献身于社稷，群臣敬仰，百姓拥戴，很得成帝信任。但他的两个弟弟管叔、蔡叔却出于忌妒之心，制造了很多流言飞语来诽谤、诬蔑周公，致使周公为了避嫌一度隐退。后来，管叔、蔡叔与被封商都的纣王之子武庚勾结一起，发动叛乱，企图推翻周成王的统治。周公旦再次出政，率兵征讨，平定了叛乱，杀武庚、管叔，流放蔡叔，使周朝政权得以巩固。周公用自己的实际行动表明了自身的忠诚，为后人留下了忠贤之名。

王莽，为汉元帝皇后之侄。西汉末年，社会矛盾空前激化，王莽谦恭俭让、礼贤下士，被朝野视为能挽救危局的不二人选，有"周公在世"的美誉，平帝即位后，受任大司马，辅佐朝政。王莽是一个野心家、阴谋家，但他很有远见卓识，善于乔装打扮，沽名钓誉，拢络人心。《汉书·本

传》中说王莽"爵位愈尊，节操愈谦"。他日夜孜孜不倦，励精图治、建言献策，辅佐九岁的皇帝，被视为"忠"；他周旋于帝王病榻之旁，蓬首垢面，衣不解带月余，用药先尝，被视为"孝"；他对兄之子百般爱护，视同己出，与自己儿子同时娶妇，被视为"慈"；他大义灭亲，斥责杀奴的儿子，令其偿命，被视为"义"；他拜名儒陈参为师，亲临侄儿师家，恭奉羊酒，被视为"尊师重道"；他数辞封爵，几让户邑，资助鳏寡，被视为"谦让"和"清廉"。几十年来，他用尽心机猎取美名，青云直上，做了大司马仍不满足，两眼还觊觎他表弟的那个皇帝宝座。他广泛网罗知识分子，千方百计收买人心，扩大政治实力，扶植自己的力量。待时机成熟，毒杀了平帝，另立一个小孩"孺子婴"为帝。三年后废"孺子婴"而自立，改国号"新"。王莽就是这样苦心经营，以"谦恭"惑众，达到了篡位的目的。

白居易诗中感叹："倘使当初身便死，一生真伪复谁知"，假使周公旦在没有辅佐成王平息叛乱之前去世；假使王莽在没有篡位之前身亡，那么这两个人一生的真伪有谁能辨清？可见，评价一个人的忠奸、善恶、功过、是非，不能看一时一事，要考察他的全部历史，才能识别真相。"文化大革命"期间有一大批党和国家的中坚和栋梁，被强加很多莫须有的罪名，惨遭迫害。历史是最公正的见证者，周公美名留传千古，王莽死后五车分尸，这些历史的教训值得后人引以为戒。

凡成就伟业者，选拔人才是首要任务。古往今来，历任统治者采用多种举措，或靠领导"慧眼"，或靠伯乐举荐，或论功行赏，或科举考试，都有一定成果，但也有一定弊端。三国诸葛亮用人，善于从人的"志""变""识""勇""性""廉""信"等方面来考察、识别人，其著名的"用人七道"即讲了七句名言："问之以是非而观其志"，即向对方提出大是大非问题，以观他的志向与抱负。"穷之以辞辩而观其变"，即反复与之争辩一个问题，以考察对方的应变能力。"咨之以计谋而观其识"，就当前所为大事，征询对方高见，以观其见识与谋略。"告之以难而观其勇"，即告诉对方眼下的困难与艰险，以观其面对逆境的勇气。"醉之以酒而观其性"，即安排一个开怀畅饮的场合，以观其酒醉之后所显现出的本性。

"临之以利而观其廉"，即以恩惠与利益引诱对方，以观其防腐拒贪的本能。"期之以事而观其信"，即与其相约某件要事，以观其能否说到做到，讲究信用。这七条"用人之道"，值得当今各级领导研究借鉴。但诸葛亮在用人问题上也犯过重大的错误，一是关公失荆州，二是马谡失街亭。关云长是个好人，并非好官，他对主公兄长忠心不贰，成为古今做人的榜样。而他对"东联东吴，北拒曹操"的战略方针理解太差，对军师的正确指挥不肖一顾，对荆州的战略地位认识肤浅，还有恃才自负、独断专行的毛病。从大局角度讲，守荆州的重任本来就不应该交给他，诸葛亮虽也想到了上述利害，但还是做出了错误决定，结果使"联吴抗曹"战略满盘皆输。马谡熟读兵书，也有谋略和独到的见解，是一个很好的谋臣。但他纸上谈兵，无实战经验，又目中无人，不讲民主。本不该将一场战役中最关键的环节交与他，诸葛亮犯了同样的错误，结果使北伐图谋毁于一役。

识人之道，不仅要听其言，更要观其行，言行一致方可信。孔子曰："**始吾于人也，听其言而信其行。今吾于人也，听其言而观其行。于予与改是**。"这段话是针对孔子的门生宰予讲的，宰予曾对孔子说，自己学习很勤奋，而有一天，孔子发现他白天睡觉无学习，于是严厉批评他："朽木不可雕也，粪土之墙不可圬也。"孔子总结说：我过去以为人的言行是一致的，所以听其言就信其行，现在不但听其言，还要观其行，言行相符才信他，这是从宰予白天睡觉这件事转变的。西方进入资本主义后，为体现民主采用竞选之法，给有志者提供了平等竞争的平台，但也有花钱买选票之弊。进入新时期以来，我党的组织部门制定选人用人条例，采用政绩考核、民主测评、干部述职、一推双考等多种办法选人，有时也有一些疏漏。有的地方未按"出类拔萃"原则办事，没有从冒尖中拔其"萃"者，而是降低水准选了次者，未达到人尽其才。有的干部带病上岗，腐败分子也有混入领导岗位的。为此，需要进一步深入研究人才发展规律，不断改革史制，健全用人机制。

首先，要树立人才资源是第一资源的观念。认识新世纪的特征是资源配置以智力资源、无形资源为第一要素，21 世纪是人才资源的世纪。马克思生产关系学说认为，生产关系三要素中，人是最活跃的因素。毛泽东讲"人的因素第一"，社会的生产实践也证明人才的开发利用是解决社会深层矛盾的关键。在世界性的科技潮流迅猛发展的进程中，重视人才资源尤为重要。

其次，要拓宽人才视野，拓展用人渠道。中国共产党是工人阶级先锋队，也是中国人民和中华民族的先锋队。党在依靠阶级基础的同时，需不断扩大党的群众基础。在坚持先进性的同时，必须扩大广泛性。一方面要选拔党内人才，另一方面要注重党外人才，包括各民主党派、非中共干部中有学识、有造诣、有影响、有一定参政议政能力的人士和党外知识分子。他们的文化层次、知识层面、科技水平相对较高，不少人是各学科前沿的带头人，是现代化建设中不可缺少的重要力量。党外人才代表了不同党派、不同的社会阶层和利益群体的意愿，用好一个人，可以激发他们所代表的那部分群体的积极性，可以团结大多数，共同致力于四化建设。做好党外干部的实职性和政治性安排，充分发挥他们的作用是新形势下推进社会主义物质文明、政治文明和精神文明协调发展的必然要求。

其三，要坚持人才的实绩考核，注重人才的德、能、勤、洁。干部管理部门要坚持一线提干，把那些有真才实学、肯干事又能干成事的人提拔到领导岗位。要建立高能激励机制和刚性约束机制，创造一个有利于人才脱颖而出的平台和环境。既有奖勤罚懒手段，激励人才发挥才干，又有制约权力膨胀、目无党纪国法、违犯纲常的措施。

其四，要扩大民主，注重民意，广泛听取人民群众的意见。干部、人才既要从群众中产生，又要接受广大人民群众的监督。对落后地区而言，人才流失现象严重，一方面要加大人才培养力度，把那些人民群众极力推崇的、有志向、能吃苦，为官一任，能改变落后面貌的干部提拔重用，使"好官有好报"。另一方面要想方设法留住人才，改变"孔雀东南飞"现象。可用感情留人，事业留人、物质待遇留人等多种办法留住人才、吸引人才，共同致力于脱贫致富，共建小康。

其五，全社会注重人才的培养。百年大计，教育为本，人才培养重在教育，教育包括普通教育、职业教育、干部教育、国民教育等各个方面。办好教育涉及千家万户，首先是政府的重视，还需要全社会的关爱，动员一切社会的力量要支助教育，为教育排忧解难，为学校解决困难，为人才的成长扫平阻碍，疏通道路。

（四）廉政与勤政

廉政和勤政，是党和人民群众对领导干部的基本要求。勤，指为人民服务要勤快。廉，指有了权不贪。廉与勤是一个官员身上的两种表现，是辩证统一的、不可分割的两个方面，只廉不勤是良民，只勤不廉是贪官。勤政的目的在于改造客观世界，廉政的目的在于改造主观世界，两者是互动的。客观世界的改造必然促进主观世界的改造，而改造主观世界的同时也会推动客观世界的改造，最终实现主观与客观、认识与实践的辩证统一。一个优秀的领导干部，应该把廉政与勤政有机地结合起来，做到为政清廉，勤政为民。

对领导干部来说，社会客观存在着"干事容易，干净难"的问题。面对现实社会的诱惑，面对来自方方面面的糖衣炮弹，一旦失去"定力"，就会滑入欲望的泥潭，原本干净的也不干净了。而"官"当得越大，受到的监督概率越小，公权向私有化、商品化和特殊化异化的可能性也增大。脚往哪里迈，手向何处伸，确实是无处不在的考验。要做到为政清廉，固然需要党纪国法的约束和群众的监督，但更重要的是自律。要做到自律就应在"四常"上下工夫。

一要常修从政之德。道德是立身之本，孔子曰："为政以德，譬如北辰，居其所而众星拱之"。说的是从政如有德，就好像北斗星一样，在那个位置上，就有群星拱卫。孔子的学生子贡将到信阳赴任，临行向老师告别并请教如何当好官。孔子曰："**知为吏者奉法利民，不知为吏者枉法以侵民，此皆怨之所由生也。临官莫如平，临财莫如廉，廉平之守，不可攻也。**"意思是说，要当好官就要守法奉公、为民图利，不能贪赃枉法，侵害百姓。为官之道"平"与"廉"比什么都重要，只要守住"平""廉"

就不会被打倒，不会垮台。孔子说的"廉"，即廉洁。"平"的意思大概包括三层含义，一是做事公道，二是待人平和，三是平心静气、理性思考、正确决断。明代县令郭允礼的名句："吏不服吾严而服吾廉，民不服吾能而服吾公，廉则吏不敢慢，公则民不敢欺，公生明，廉生威。"道出为官执政之道，给人以启迪。为官德为先，核心是全心全意为人民服务，廉洁奉公、执政为民。一个官员，能否赢得人民群众的信任与支持，始终保持公道正派、清正廉洁是首要前提。如果不能严于律己，清廉为政，就会脱离群众，失去人心，必然为人民所唾弃。

二要常怀律己之心。律己就是要自重、自省、自警、自励，要慎权、慎欲、慎情、慎独，清廉自守。在任何情况下能稳得住心神、管得住身手、抗得住诱惑、经得起考验。《元史·许衡传》里有这样一段记载：许衡做官之前，一次夏天外出，天热口渴难耐，刚好道旁有棵梨树，众人争相摘梨解渴，唯独许衡不为所动。有人问他为何不摘，他回答说："不是自己的梨，岂能乱摘！"那人劝解道："乱世之时，这梨是没有主人的。"许衡正色道："梨无主人，难道我心中也无主吗？"许衡心目中的"主"无疑就是自律、自重、自爱。有了这种"主"，便会洁身自好。一些官员为私利所诱惑，在金钱与美色面前摔了跟头，其原因就是因为他们心中无"主"了。

三要常思贪欲之害。常言道：欲壑难填。明代朱载堉有一首《十不足》的散曲写道：

终日奔忙只为饥，才得有食又思衣。

置下绫罗身上穿，抬头又嫌房屋低。

盖下高楼并大厦，床前却少美貌妻。

娇妻美妾都娶下，又虑出门没马骑。

将钱买下高头马，马前马后少跟随。

家人招下十数个，有钱没势被人欺。

一铨铨到知县位，又说官小势位卑。

一攀攀到阁老位，每日思想要登基。

一日南面坐天下，又想神仙来下棋。

洞宾与他把棋下，又问哪是上天梯。

上天梯子未做下，阎王发牌鬼来催。

若非此人大限到，上到天上还嫌低。

这首散曲把一个贪得无厌者的心态刻画得入木三分。官员一旦利欲熏心，就难免利令智昏，将党纪国法抛到脑后，腐化堕落，以致葬送自己前程乃至性命。登攀十分艰难，而跌落仅在一瞬之间。走上领导岗位不易，倘若忘乎所以，为所欲为，犯错误摔跟头是必然的。只有常思贪欲之害，常以他人教训警诫自己，防微杜渐，心莫贪，手莫伸，才能保持廉洁自律的良好形象。

四要常弃非分之想。一个人如有非分之想，就难免做非分之事。孔子曰："非礼勿视，非礼勿听，非礼勿言，非礼勿动"，也就是说视、听、言、动要合乎道德规则，思无邪，不妄行。《贞观政要》中有一段名言："故谚曰：'欲人不知，莫若不为；欲人不闻，莫若勿言。'为之而欲人不知，言之而欲人不闻，此犹捕雀而掩目，盗钟而掩耳者。"意为要想人不知，除非己莫为。说了、做了要想不让人知道，就好比遮住眼睛捕鸟，掩着耳朵盗铃，是一种自我欺骗的行为。官员拿着国家俸禄，过着衣食无忧的生活，和许多群众相比，在生活待遇和工作条件上，已经优越了。如果抵挡不住享乐的诱惑和金钱的诱惑，就会做出错误的抉择。领导干部要甘于清贫，耐得住寂寞，做到不该拿的东西不拿，不该去的地方不去，不该做的事情不做，摒除非分之想，强化自我约束、自我监督的意识与能力。无论在工作圈、生活圈，还是社交圈，都要经常反省自己，做到独善其身，把人民群众赋予的权力真正用来为人民谋利益。

廉，是一个合格领导干部起码的要求和标准，但只廉不勤也不行。如果一个领导干部为官只顾独善其身，洁身自好，饱食终日，无所事事，事不关己，高高挂起，满足于当"太平官"，过安逸生活，人民群众照样不会信任他、拥护他，这样的人配当"良民"，但不配当领导。《阅微草堂笔记》中有这样一则故事，一个官吏死后来到阴司，对阎罗王说："我平生为政廉洁，从不贪污腐化，一生只喝过人家一杯水。"阎罗王却说："设官以治民，下至驿丞闸官，皆有利弊之当理。如果不贪钱即为好官，置木偶于堂上，杯水不饮，不更胜公乎？"官又辩曰："某虽无功，亦无罪。"阎罗王说："公一生处处求自全，某狱某狱，避嫌疑而不言，非负民乎？某事某事，畏烦重而不举，非负国乎？三载考绩之谓何？无功即有罪矣。"这则故事讽刺封建官员，光有廉洁是不够的，还要在其位谋其政，否则尸位素餐，不及木偶。

勤政，就要增强事业心和责任心，坚持科学态度和求实精神，兢兢业业地做好工作，勤勤恳恳地为人民群众办事。周恩来曾诙谐地把"总理"二字，解释为"人民的总管理员"。他说要"做人民的奴隶，受人民指挥"。领导干部的事业心和责任心如何，决定一个地区、一个单位的工作面貌。哪里的领导事业心和责任心强，积极向上，真抓实干，哪里的群众就朝气蓬勃，生龙活虎，工作就充满生机，成绩显著；哪里的领导事业心和责任心差，哪里的群众就人心涣散，斗志消沉，工作被动，打不开局面。要克服那种当"太平官""清闲官"的思想，从世界观、人生观、价值观上解决好"参加革命为什么，现在当干部应该做什么，将来身后留点什么"的问题，不断增强事业心和责任心，一心一意为人民谋利益。勤政为民就要从最大多数人最紧要、最迫切的事情做起。

第一，深怀爱民之心。要体察民情、了解和解决人民群众最关心的问题。在改革和发展的关键时期，把企业调整、职工下岗、生活保障、医疗卫生、子女上学、住房改革等人民群众的贴身利益问题和群众的安危疾苦挂在心上。深入基层，走村入户，知悉群众想什么、盼什么、忧什么，把工作做到老百姓的心坎上。

第二，恪守为民之责。新中国的干部，不论职位高低，都是人民的勤务员，要以坚定的公仆意识和自我牺牲精神，为群众排忧解难、"雪中送炭"，使群众的正当利益和要求及时得到满足，始终如一地做到勤政为民。

第三，善谋富民之策。要在工作中坚持群众路线，善于总结群众创造的新鲜经验，用以指导工作。实践证明，凡是成功的政策，都是来自群众的创造，来自群众经验的提升。领导的责任是把群众分散的无系统的意见

集中起来、提炼加工，然后贯彻到群众中去，见之于行动。为此，发展思路上，要以大多数群众是否赞成、是否受益为决策依据；工作部署上，要以大多数群众的呼声和要求为第一信号；工作方法上，要尊重群众的首创精神，善于把群众分散的、点滴的、闪光的思想集中起来，转化为工作中的具体方针与政策。

第四，多办利民之事。要把为群众办事、保持同人民群众的血肉联系，作为实现党的纲领的基本保证。要努力办好事关群众生活的事情，对影响群众利益的条条框框，要解放思想及时调整，把党的宗旨落实到改革开放和现代化建设上，落实到每家每户的柴米油盐、衣食住行上，使人民群众切实感受到党和政府的温暖。只有廉政与勤政并重，才是党和人民的好干部。

（五）发展与规律

发展与规律相互依存，相辅相成。经济与社会的发展必须遵从自然规律，按照规律办事才能促进发展。中国共产党十六大之后，将科学发展观与马克思主义、毛泽东思想、邓小平理论并列为党的指导思想。这一观点，是党的理论建设的又一次飞跃。

科学发展观的内涵有四个层次：第一要义是发展，包括经济、政治、文化、社会与生态文明的全方位发展；核心是以人为本，以广大人民的根本利益为本，以满足人民需要、实现人民利益，提高人民生活水平为出发点；根本要求是全面、协调、可持续发展，力求达到三个统一，即：社会主义物质文明、精神文明、政治文明、生态文明的统一；经济社会发展与人口、资源、环境的统一；过去发展、现在发展和未来发展的统一；根本方法是统筹兼顾，即：统筹城乡发展、区域发展、经济与社会发展、人与自然和谐发展、国内发展与开放大局。在五个统筹的基础上，进一步处理好五个关系，即：中央与地方的关系，个人利益与集体利益关系，局部利益与整体利益关系，当前利益和长远利益关系，国内国际两个大局关系。科学发展观用一系列互相联系、互相贯通的新思考、新观点、新论断，回答了什么是发展，为什么发展，怎么发展的重大问题。

科学发展观的显著特征体现在时代性。改革开放之初，邓小平提出要"摸着石头过河""部分人先富""集中精力把经济搞上去"，到80年代末，他强调经济社会要共同发展，走共同发展之路。"非典"出现后，党中央明确提出以人为本。认为生命为人生第一重要，命都没有了何以谈生。科学发展观是在认真总结了中国社会实践和改革开放以来的经验教训，借鉴了外国近200年资本主义发展经验，得出规律性的发展观点。这一观点是

时代的产物，是经济社会发展到一定阶段的产物。科学发展观特别强调发展为人民，发展依靠人民，发展成果惠及人民。从理论上讲清了人与自然，人与经济，人与社会的关系，其基本思想是遵从自然规律的，这是科学发展观最可贵之处。

规律是人类对自然、经济、社会及人类自身发展的经验总结。两千年前的老子就提示了人与自然的关系问题，提出天人合一、人与自然和谐相处的重大观点。两千年来人们不断探索，反复实践，证实了这一观点的正确性。认识到：自然有其规律性，规律有其不可抗拒性，人要战胜自然，首先须认识自然，掌握自然规律，顺从自然规律，按自然规律改造自然，才能获得成功。人虽然有主观能动作用，但不可过分夸大。人类在与自然的较量中曾经违反规律受到惩罚，教训是深刻的。要实践科学发展观就要特别强调"人与自然和谐相处"，这是贯彻落实科学发展观的思想基础。

世界上的万事万物都有规律，风、雨、雷、电是气象的规律；生、老、病、死是人生的规律；春种、夏长、秋收、冬藏是农事规律。万物有灵，众生平等，草有东西南北之别，没有高低贵贱之分，适应者生存，不适应者淘汰。种草人应将"以适为优"作为最佳选择，这是草的规律，也是万物、众生的规律。人类自身发展中有两大需求，一是物质生活的需求，二是文化生活的需求。物质生活需求最基本的是阳光、空气、水，此为人生三要素。文明发展进程中如果挡住了阳光、弄脏了水、污染了空气，就违反了规律。人们喝水的要求原本不高，最早喝的水是自然的井水、河水，以后出现了瓶装水、罐装水、高级饮料等，品种五花八门，但人们喝来喝去发现还是原本的没有污染的水好。早年人们吃肉是现宰牛、羊、猪，后来将肉进行了一系列工业加工，吃来吃去发现还是原生态环境中饲养的、现吃现宰的好。鄂尔多斯有一道宴席上的"手指羊"，手指哪个羊，就现杀哪个羊下锅煮食。不少地方城里人跑到乡下去吃杀猪菜，都是寻求"原本"，人们穿的衣服，最初是麻布、棉布，后来出现了"的确凉""凡尔丁""涤卡"等，当时崇尚其舒展、挺括，后来讨厌其化学成分，穿来穿去发现还是棉布好。这就说明物质其实是纯天然本真的好，这也是规律。在人们饥寒交迫的时候，温饱是第一位的，谈论文化被认为是"吃饱了撑的",当人们的物质生活水平达到一定程度的时候,文化的需求就上升了。由于人们对文化的追求越来越高,就产生了经济、政治、文化、社会建设"四位一体"和生态文明建设的方略,这是符合人类社会发展规律要求的。社会主义的任务是满足人们日益增长的物质和文化生活的需求,就需要不断地研究这种需求的规律性。

坚持科学发展,就要实事求是谋方略,因地制宜求发展。比如内蒙古,地处塞外边疆,地大人少资源多是最大的优势。全自治区国土面积占全国1/8,而人口只有2400多万,人均占地面积相对较多,但山地、丘陵、沙漠、沙地、戈壁占去相当大的面积,这些地方搞建设,若生产战线拉得太长,必然使社会建设相应拉长。因为有人群的地方,必须要吃饭、住房、修路、办学、通电、通邮、通广播电视,各项事业投入加起来是个庞大的数字。如果收缩集中,不仅经济发展可集约化经营,社会发展亦可综合利用。可集中有限的资金,用于重点项目,产生大的经济与社会效益。基于内蒙古所处的地理位置、自然环境、人口分布及社会历史因素,在国家"结构调整"的大环境下,集中时间搞好布局调整,"适度收缩,相对集中",搞好集约化生产,会为今后的发展奠定基础。就局部地区而言,应倡导以退为进,实施"转移战略"。理由之一:"转移"是蒙古民族及其他游牧民族传统的生产方式和生活习俗。历史上的游牧民族赶着勒勒车,吆着牛马羊,哪里有水哪里住,哪里有草哪里牧,循水而居,随草而移。虽然这种畜随草走,人随畜转的游牧方式,因其生产发展的不稳定性和对"靠天养畜"的过分依赖而逐渐被时代淘汰,但其择地而转,选优而移,寻找出路,求得生存的思维对我们今天发展三牧(牧区、牧业、牧民)经济仍有借鉴作用。理由之二:草原畜牧业,是指牛、羊等各类牧畜在草场上自由觅食的畜牧业。这种粗放的生产经营管理方式已经延续了2000多年。过去人少,畜少,地广,草多,靠游牧过日子是可以的,而今天内蒙古人口是新中国初的四倍,牲畜增长了七倍,草场非但没有增加,还有所减少。有60%以上的牧场出现了沙化、盐碱化和退化问题,草原可利用面积已减少了1亿多亩。草原退化.产草量锐减,气候干旱,降雨量减少,地下水位下降,灾害频繁,严重危及着牧民的生存和发

展。解决问题的办法，要根据不同地区的具体情况，因地制宜，区别对待，对草场实行禁牧、限牧、休牧、轮牧，对牲畜实行舍饲半舍饲，对干旱缺水，沙化严重点的草原实行围封，牧民转移搬迁。只有将牧畜圈起来，人群搬出来，草场才能绿起来。理由之三：新中国成立以来，牧区普遍地走建设养畜之路，"以水定居""以草定畜"，继而推行"草畜双承包"政策，从普遍和广义而言，方向是正确的且收效很大。但由于沙化、风化、草场退化等诸多原凶，我区部分地区已经丧失了生产和生存的条件。如果仍沿用"建设"的办法打井、围栏、封育，必然会把银子白白地埋入黄沙。若暂时放弃大面积的土地，使草场休养生息，自然恢复植被，将人畜撤到自然条件好的地方，搞以农养牧、以牧促农、农牧结合多种经营，使牧民向非牧民转移，羊吃草场向不吃草场转移。其效果要比明知不可为而为之的"建设"好。市场经济需计算投入产出，就局部地方而言，建设不如放弃，放弃也是一种建设。撤出人畜，变为"无人生态区"，几年中自然恢复植被，要比建设生态区划算得多。从这个意义上讲，可以说是"放而不弃"，若干年之后，再回过头来搞建设就会容易得多。而眼下我们的转移，不是单纯地重蹈历史上的"逐水草而居"的覆辙，重新回到游牧生活，而是按照市场经济的思维走一条可持续发展之路。理由之四：剖析内蒙古的资源分布，得出这样一个结论：老天对大自然的摆布是公道的，大凡地上水草丰美，地下一般没有什么东西；地上寸草不生，地下往往有不少宝藏。生态环境恶劣之处，地下却资源丰富，我们应扬长避短，放弃地上攻地下，充分发挥资源优势，使牧业经济向工业经济转移。走科学扶贫之路，重抓工业之路，以城带牧之路。《孙子兵法》云："军有所不击，城有所不攻，地有所不争"，"进不求名，退不避罪"。"进、攻、退、避"要分析客观形势，权衡利弊，实事求是地做出抉择。治理内蒙古这样一个特殊的地区，需双向思维，正向思维不行，就要反向思维，前进进攻不行，就得撤退转移。就一些地区而言，以退为进也不失为一种上策。

坚持科学发展就要高度重视生态文明建设。要让蓝天常在，青山常在，绿水常在，就要坚持绿色、循环、低碳发展，三者相互关联，相互促进。要注重绿色、制度、理念、路径8个字，绿色即推动产业、城镇、生活方式绿色化；制度要严守绿色生态红线，健全保护补偿机制，完善责任追究制度；理念要树立生态文明主流价值观，提倡要舒适不要奢侈，要消费不要浪费，要金山银山，更要秀水清山，将生态文明内化于心，外化于行；路径是坚持节约，保护优先方针，坚持绿色、循环、低碳发展途径，坚持深化改革创新驱动的动力，坚持用生态文明支撑，坚持重点突破和整体推进方式。近年来，人们开始注重"碳汇"，研究森林、草原、农田、海洋等吸收、储存二氧化碳的能力，提出实施"碳汇交易"举措，以促进工业文明与生态文明协调发展。这是一个有前瞻性的科学思维，应该纳入经济、政治、文化、社会、生态文明建设"五位一体"战略中，组织实施。

坚持科学发展观就要注重理论联系实际，谋划操作性。再高的理论，不联系实际，也无用。战略目标的实现要靠战役，战役的输赢靠具体的作战方案，作战方案靠指挥员与战斗员的智慧与勇敢。一项方案需要量化、细化、具体化，做到有计划、有目标、有时间、有任务的要求。每个地区是经济发展的主战场，是实践科学发展观的主阵地。科学发展的理论在此实践，科学发展的进程在此运作，科学发展的成果在此展现。领导、干部、群众要把着眼点、着力点放在第一线、主战场。各职能机构，要客观反映主战场的经验，系统提炼主战场的规律，科学制定为主战场服务的政策和办法，自觉地服从服务于主战场的各项工作。每一位领导要按规律办事，不可高高在上，指手画脚，发号施令，干违背自然规律、不切实际的蠢事。上下各方互相配合，才能使发展的宏伟蓝图得以实现。

（六）文化与和谐

　　文化与和谐主要讲以文化为魂构建和谐社会。构建和谐社会是一项复杂的社会工程，包括发展经济、保障供给、提高人民生活水平；强化社会管理，处理好社会矛盾；加强民族团结，改善民族关系，坚持各民族共同繁荣发展。以文化为抓手，充分发挥文化凝聚人心的社会功能，更是构建合谐社会的有效途径。

　　进入新世纪，社会出现两种态势，一方面，经济加快发展，工业化、城镇化、现代化快速推进，经济总量明显提升，生活水平显著提高；另一方面，由于城乡差距、心理不平衡等多种因素，引发一系列社会矛盾，出现了信访问题增多、群体性事件增多、恶性案件增多，社会呈现矛盾凸显期。内蒙古作为全国第一个少数民族自治区，党中央、国务院给予了极大的关心、厚爱和褒奖，誉为"模范自治区"、民族工作的"光辉典范"。60多年来，千里草原之所以一直保持着民族团结、社会稳定的良好局面，客观上有地域的、血缘的、文化的因素，更有蒙古民族跟着共产党打江山、闹革命，鲜血流在一起，对统一的多民族国家有归属感，对中华民族文化有认同感等因素。主观上，在党的民族政策的光辉照耀下，一以贯之地进行民族团结进步教育，谁也离不开谁的思想深入人心；一大批有共产主义觉悟的少数民族干部成长起来，各族干部团结一心、亲密无间；尤其是乌兰夫等老一辈革命家将蒙古民族的宗教信仰问题处理得十分稳妥，为今天的民族宗教工作奠定了基础。改革开放以来，新情况不断出现，也使内蒙古的民族宗教工作出现了一些潜在的问题：一是地区发展不平衡、差距逐渐拉大，可能带来少数民族群众心理的不平衡；二是市场经济使各民族更大范围的杂处，相互交往中，思维与思维方式的差异、生活习惯的不同，利益分配的不公，可能产生新的纠纷；三是社会出现的一系列"多样性"，会给民族工作带来复杂性；四是境外敌对势力利用民族、宗教无孔不入地渗透，台独、藏独、蒙东独、民运分子、法轮功，还有西藏"3·14"、新疆"7·5"事件带来的负面影响，这些都给少数民族自治的工作带来了新的挑战。很多问题发生在经济和政治领域，而深层次的因素是文化理念问题。

中国人心目中的理想社会是"大同"，"不患寡而患不公"。掌握了这一心理状态，因势利导，就会使社会稳定，民心和顺。在《礼记·礼运》中，孔子描绘了自己向往的大同社会："**大道之行也，天下为公，选贤与能，讲信修睦。故人不独亲其亲，不独子其子，使老有所终，壮有所用，幼有所长，鳏、寡、孤、独、废、疾者皆有所养，男有分，女有归。货恶其弃于地也，不必藏于己；力恶其不出于身也，不必为己。是故谋闭而不兴，盗窃乱贼而不作，故外户而不闭，是谓大同。**"这也成为两千年前国人期慕的文明、高尚、公平、仁爱的美好社会。晋朝诗人陶渊明在《桃花源记》中描绘了一个自然经济条件下的理想社会："**土地平旷，屋舍俨然，有良田美池桑竹之属。阡陌交通，鸡犬相闻。其中往来种作，男女衣着，悉如外人。黄发垂髫，并怡然自乐。**"桃花源里的人共同从事劳动生产，共同创造了一个生态良好、人与人和睦相融的环境。太平天国的《天朝田亩制度》设想了一个"凡天下田，天下人同耕""无处不均，无人不饱暖"的平等社会。晚清时，康有为倡导维新变法，他在《大同书》中提出建立一个"人人相亲，人人平等，天下为公"的理想社会。由此看出，中国人自古就崇尚"公、平、均、和"。加强文化认同教育，发挥文化凝聚人心、汇聚力量的作用，是促进国家、民族、中国特色社会主义认同，化解社会矛盾，构建和谐社会，更加有效的途径。

以文化为魂构建和谐，首先要坚持中华文化的多元一体。"一体"与"多元"，是共性和个性的统一，多样性和一致性的统一。没有一体必然一盘散沙，出现混乱；没有多元就没有生机和活力。坚持多元一体，是和谐文化的正确方向。草原文化是中华大文化的重要组成部分，要把草原文化置于中华大文化之中，为促进国家的统一、民族的团结，强化"三个离

不开"（即汉族离不开少数民族，少数民族离不开汉族，少数民族之间也相互离不开）发挥作用。

其次，以和谐文化为抓手，寻求处理好政党关系、民族关系、宗教关系、阶层关系、海内外同胞关系的历史文化渊源。在中国特色社会主义理论指导下，深入挖掘中华文化中"合、和、善、义、根"的文化内涵，推动"五大关系"的和谐。

处理政党关系要研究"合"文化。历史上的"合纵连横""昭君和亲""联吴拒曹"及清朝的"满蒙联姻"等，都贯穿着"合"文化的理念。中国共产党领导的多党合作，既反映了中国共产党所代表的人民群众的根本利益，又照顾了各民主党派所联系的那部分群众的利益，整合了政治资源。从制度层面上讲，"合作"是根本制度和基本制度的结合。从"合"文化的角度推动多党合作事业，更能使"合而不分"的理念深深地印在执政党与参政党的心目中。

处理民族关系要研究"和"文化。在中华民族的历史上，孔子把"和"作为人文精神的核心，提出"和为贵"，倡导"君子和而不同"。老子认为"和"是宇宙万物的本质，强调"天人合一"。孟子讲，"天时不如地利、地利不如人和"。党的民族政策，强调"三个离不开""平等、团结、互助、和谐""共同团结奋斗，共同繁荣发展"，集中体现了"和"字。从文化的角度，进一步挖掘"和"的深刻文化内涵，以"和"的思维凝聚各民族之心，是达到国家统一、民族团结的重要途径。

处理宗教关系研究"善"文化。宗教首先是一种信仰，其次是一种文化。由于信仰不同，导致了世界观、价值观的不同。共产党人是"无神论"者，宗教信众是"有神论"者，从世界观角度讲二者是对立的，而从文化的角度看，崇"善"是相同的。佛教讲"众善奉行，诸恶莫做"，基督教认为"善是解读圣经的一把钥匙"。中国共产党是为"真、善、美"而努力奋斗的。善是人类共同的道德追求和基本规范，也是共产党人与信教群众最大的融合点。研究"善"文化，合理运用"善"文化，可以有效地促进党的"政治上团结合作，信仰上互相尊重"的政策落到实处，调动信教群众建设中国特色社会主义的积极性。

处理新的社会阶层关系要研究"义"文化。在新的社会阶层中，非公有制企业家占很大比重，用"义利兼顾"进行教育，使非公企业家克服见利忘义行为，"致富思源，富而思进"，做到"爱国、敬业、诚信、守法、贡献"，是促进非公有制经济健康发展、非公有制经济人士健康成长最有效的途径。在传统文化中，"义"的核心思想是正义、奉公，与"美""善"同源。在社会阶层中，弘扬"义"文化，意义重大。

处理港、澳、台、侨关系要研究"根"文化。"根"文化包括姓氏文化、同乡文化、语言文化和民俗文化等。爱国为"根"，是团结海外华人的一面旗帜，"根"文化是海外联谊工作的好抓手。以"根"文化为纽带把港澳台并游离海外的赤子之心凝聚起来，共同为中华民族的伟大复兴做出贡献。

其三，精心打造内蒙古文化资源中和谐文化的品牌。如昭君和亲文化，可谓古代统一战线的典型范例。著名历史学家翦伯赞说："**昭君，已经不是一个人的问题，是一个民族团结的形象；昭君墓，也不是一个墓的问题，是民族团结的一座丰碑。**"鲜卑民族建立的北魏王朝，最大的功劳是民族融合，表现在精神的融合、血缘的融合、文化的融合。对于后世隋唐的统　大业奠定了基础。辽工朝建立的"南官北官"制度，"崇尚儒学，主张汉制"值得推崇。元朝的上都文化以中原为根基、汉文化为主流，吸收了大量北方其他民族的文化和西方文化的积极因素，共同创造了兼容并蓄、多元一体文化。明末清初以来，内地居民过长城出口外，来到阴山下，凭着汉族真诚和蒙古民族的宽容，演绎了一曲民族团结的凯歌。清朝乾隆年间，土尔扈特蒙古部落摆脱沙俄欺凌，毅然回到祖国的壮举是一部爱国主义的史诗。开发这些深厚的历史文化资源，对于国家统一，民族团结、社会和谐有着极其重要的意义。着力打造这些文化品牌，将会为内蒙古民族文化大区建设，构建和谐内蒙古做出新的贡献。

（七）老年与社会

时光荏苒，转眼又到了重阳节，每到此时总会想到毛泽东主席《采桑子·重阳》"**人生易老天难老，岁岁重阳，今又重阳，战地黄花分外香。一年一度秋风劲，不似春光，胜似春光，寥廓江天万里霜**"。从这首词看出毛泽东主席革命的乐观主义精神。在他的眼里，草木落霜的秋景，不似春光，胜似春光，炮火连天的战场上，黄花分外香。虽然人生易老，但天不会老，喻示着革命者、革命事业如花香、似春光。退休之后，每年的重阳节都要步毛主席《采桑子》之韵写一首词，今又重阳，心情舒畅，作《七律·重阳》以寄情。

《七律·重阳》

金风萧瑟又重阳，
挚友登高志话长。
少壮犁勤身似铁，
桑榆果硕鬓如霜。
无求则乐精神爽，
随遇而安气运昌。
盛世欢心嫌日短，
霞光沐浴气化香。

诗写好后，当日发至诗友群中，大家互相和对，均感惬意。而有一位朋友的和诗流露出伤感情怀，其中后四句是"浮云不解骚人梦，冷月空来仕女窗。年岁无情催我老，西风一起又苍凉。"为此我拨通电话，询问近况。他说："你们都衣食无忧，事事顺心，还嫌日头短，而不少农村的孤寡老人倍觉日头太长。"于是，我对老年人的晚年生活做了一些了解。

进入新世纪，随着生活水平的提高、卫生条件的改善以及保健意识的增强，我国人口死亡率大大降低、寿命普遍延长。与此同时人口老龄化问题逐渐显现，中国已成为世界上老年人口最多的国家。据2010年有关数据统计，60岁以上人口达1.74亿，占全国总人口的12.8%，占全球老年总人口的1/5。同年度，内蒙古自治区60岁以上户籍人口313.7万，占全区2400万人口户籍总数的12.7%，高于国际老龄化标准2.7个百分点，预计到2020年，老年人口将超过413万，比例将占全区人口总数的20%。目前，老龄化面临诸多方面的挑战。一是老龄与小龄比例失衡，家庭养老模式难以为继。随着工业化和城市化步伐的明显加快，大量剩余劳动力流向城市，子女远离老人身边的情况日益增多，子代与父代分居，给家庭养老带来不便。特别是农村空巢、独居留守老人不断增加，他们生活上缺乏照料，精神上缺乏慰藉，孤独、寂寞、失落、无助、焦虑、恐惧情绪增加，不少老人每天守着电视过日子，情意诉求得不到满足。二是"四·二·一"家庭结构使年轻人既要承担自己的养老积累，又要承担老人的养老费用，负担着实不轻，很多家庭无力照顾老人。三是"崇老文化"受到西方价值观念的影响和冲击。随着市场经济大潮的冲击，以及外来文化的影响，人们的传统价值观念发生变化，养儿防老观念趋于淡化。一些无视老年人需求，虐待老人的现象时有发生。代际之间的断裂性矛盾凸显。四是社会养老基础建设滞后，基本服务体系不健全。各地的社会福利院、敬老院等养老机构建设滞后，不能满足老人的入住需求，加之养老服务队伍的专业化水平低，大都没有经过专业培训，服务质量低。五是养老金支出增长的速度明显大于经济增长的速度，加之我国社会保障起步晚、养老资金积累少，养老保险的人数不断上升，而养老保障资金严重短缺，养老问题成为当前重大的民生问题，需要认真研究应对之策。

首先，增强人口老龄化问题重要性、紧迫性的认识，大力弘扬尊老敬老的传统美德。通过广泛开展"文明户""五好家庭"等评选活动，创建敬老文明村、镇、社区。通过表彰尊老典型，设立"孝敬父母奖"，营造敬

老、助老的社会风气。充分发挥新闻媒体的舆论监督作用，警示不养老的反面典型，增强家庭养老的责任感，督促人们全面履行家庭养老的义务。

其次，加强对老年事业发展的组织领导，建立、健全养老保障机制。要搭建老年人反映情况的平台，听取和解决老年群体的诉求。对因公致残、鳏寡孤独、"智障""五保"、失能老人要妥善安置，确保他们的基本生活。要认真落实"五保""三无"老人供养政策，不断提高养老工作人员的业务素质和专业水平，改善服务质量。

第三，畅通养老事业投入渠道，构筑国家、个人养老金与商业保险相结合的"三支柱"养老基金模式。政府承担相应责任，企业承担相应义务，个人承担相应风险，相关部门要协调联动，对优惠政策、服务职能进行量化、细化、具体化。通过政府补贴和税收优惠措施，鼓励社会力量兴办老年公寓。可分不同层次、不同需求，实行有偿服务，以满足不同社会地位老年群体的需求。

第四，构建居家养老服务体系，建立三级养老服务网。设立老年活动、学习、娱乐、医疗、餐饮服务场所，配备清洁、陪护人员，建立义工队伍，设置呼救应答、上门服务系统、出台相关标准，使居家老人学习、娱乐有场所，饮食服务有保障，突发情况有人管，逐步形成服务设施标准化、服务人员专业化、服务内容多样化、志愿服务常规化、覆盖范围无缝化的居家养老服务网络，提升老年人的生活水平和质量。时下，老龄人口的需求结构产生了重大变化，老龄人成为生活用品、照料、护理、医疗等方面消费较高的群体，这为老龄产业提供了商机，要认真谋划老龄产业，形成养老保障和经济持续发展的"双赢"效果。要注重发挥民间社团的作用，把老年人组织起来，积极参与社会活动。曾有一则信息：日本流行文化养老，吟诗、绘画、下围棋成为日本老人的兴趣与爱好，各大城市都有自发组织的"围棋社"。东京的"李白研究团"每年都有几百人来中国，感受李白诗词中自然、人文景观的意境与情怀。我国有的地方不少老人通过绘画装点自己的生活，将自己的杰作发到网站上，与网友交流。我们的民间社团组织要在发挥老年人自我管理、自我教育、自我服务和社会服务方面做出更大的成绩。

（八）退位与退休

干部退休，辞去官位，离开自己热爱的工作岗位，是对干部的一个考验。由于生活规律、工作习惯、周围环境、人际交往、社会地位、权利待遇等一系列情况的变化，不少人产生了强烈的不适应之感，这种不适应集中地反映为三种心态：一是失落情绪，二是怀旧心理，三是终点焦虑。

失落情绪是由工作贯性产生的。在岗时，一天到晚学习、劳作、开会，电话不断，人来人往，两眼一睁，忙到熄灯。虽然身心有点疲惫，但有成就感和欣慰感。一旦退休，由忙碌变为清闲，由宾客盈门变为门庭冷落，社交活动减少，生活的重心变为家庭琐事，便产生了孤独感和郁闷感。这个时候，如果部下、同事、原身边的工作人员稍有语言不周或怠慢之处，就会发出"人走茶凉"的感叹。

怀旧心理，也称回归心理，是人人都有的一种心理现象。人们常说"好汉不提当年勇"，而人老了喜欢唠叨当年之勇，炫耀自己曾经的辉煌。随着年龄的增长，身体组织的退化，与年轻时相比出现了四个反常：一是远处的物体能看见，近处的东西看不清；二是儿时的往事记得清，昨天的事情忘记了；三是不该睡时老想睡，一旦睡下睡不着；四是耄耋老人哭时没有泪，笑时满眼泪。留恋往事，从心理学上讲，老年人在近期记忆下降的同时，储存在大脑中的往事会被"挖"出来，填补记忆的不足。对往事的喋喋不休，客观上也使近期的心理委屈得到平衡，是一种慰藉。从思维方式上讲，过分怀旧易产生"无可奈何花落去"的伤感、新不如旧的叹息，有时产生无端的抱怨与牢骚。

终点焦虑，既是人生的一种本能，也是一种异常与失态。人们常说："人老三不贵，贪财、怕死、不瞌睡"。怕死是很多老人的共同心理，有

的谈"死"色变，提心吊胆，有的想到死亡闷闷不乐，暗暗为自己准备后事，有的害怕提死或与死相关的字眼，更有个别老人提前写好了自己的悼词……这种"焦虑"一方面是一种自我保护，它促使自己用各种手段防范死亡，延长生命。另一方面是对身心的较大伤害。人们都知道世上万物有生必有死，没有永恒的存在。新陈代谢是自然规律，生、老、病、死是自然法则，死是人生完整的一个过程，每个人都无一例外，但"终点焦虑"的心理仍然挥之不去。

上述三种现象，在退休干部中程度不同地存在。怎么才能解决好这些问题呢？从政府的角度讲，弘扬尊老敬老的传统美德，健全养老保障机制，兴办养老事业，构建养老服务平台，重视老龄产业等举措固然重要，但根本问题还在退休干部自身，需要"洗脑"，解决认识问题。

孔夫子说："吾十有五而志于学，三十而立，四十而不惑，五十而知天命，六十而耳顺，七十而从心所欲，不逾矩。"他告诉人们，人的一生各个年龄段有其不可逾越的规律性。古来称60岁为花甲，70岁为古稀，80岁以后称耄耋之年。花甲之前，需要遵循儒家"修身、齐家、治国、平天下"的目标，去拼搏、创业，为家、为国、为天下发挥才干，建功立业。花甲之后，进入"古稀"和"耄耋"之年，应逐步淡化在职时的目标。遵循"耳顺""从心所欲"之轨迹，顺其自然，随遇而安，从四个方面调整心态。

一、正确对待退休制度。天上没有不散的云霞，地上没有不朽的年华。人类从事社会事业，有介入，也有退出。如果没有退出机制，就不能补充新鲜血液，不利于组织机体的更新。党和政府对退休干部关心备至，确定了"享受生活，服务社会"的相关政策，而且将"享受生活"写在前，以使退休干部晚年健康幸福，这是一个十分人性化的规定。事业的发展需要一支庞大的干部队伍来组织实施，而这支队伍的态势如"芳林新叶催陈叶，流水前波让后波"，"长江后浪推前浪，世上新人代旧人"。干部到了退休年龄，应自觉地高风亮节，将有限的工作岗位让给后生们。而且既然"退"了，就应去"休"，退而不休亦可，但应换一个频道，改做他事，不能与后来人挤空间。这一点要做明白人，明白地球在你出生之前就转动，你死后仍然继续转动。那些以"扶上马送一程"为理由，继续干预原岗位工作的做法不可取。应"扶上马，甩缰绳，自奋蹄，任驰骋"，只从道义上支持年轻人的工作才是正道。一位忘年之交的老领导曾说："一个人从平民跻身官场不容易，而从高官回到民间更不容易"。退休之后，感到这句话有分量。干部退休必与普通民众交往，能不能与他们平等相待，和谐相处，是对一个官员的考验。要想尽快回到民众之中，需要调整好心态，克服官场的惯性，找回人的本真。应该认识到，自己原本是民众的一员，是事业的需要和机遇使自己走向官场高位，退出官场是一种还原。回到民间的官员与普通民众是一样的，若看不起民众，民众更看不起官员。不能与民众打成一片，必然会陷入孤家寡人的境地。既然退休了，就不该以领导身份自居，不炫耀过去的阅历，不倚老卖老对在位的同志指手画脚，妄加评说。要平实地回到群众之中，平和地与各界朋友兄弟相称，平等相待，以心交心，互相帮助，成为平民百姓的一员。

二、合理安排退休生活。中国人从进入小学开始，就有了自己的理想、目标，相继入中学、大学、参加工作、入党、提干，都有各自的设想与计划。而退休之后干什么？个人无计划，组织无安排，以至有的人交班的第二天，仍按时去上班，走在中途又打道回府，心里感到空落落的，这是一种惯性使然。西方人一参加工作，每月工资的一部分就存入养老金库，以做晚年受用。而中国人长期存有"养儿防老"的观念，把晚年的生活寄托在后代身上。不少家庭儿子无力养活老人，被视为"不孝"或"不肖"子孙。时下，我国逐步进入老龄化社会，各级组织应该注重退休干部的生活，每个人也应根据各自情况做出适合自身的退休生活安排。工作需要拿得起，退休需要放得下。拿得起有成就感，放得下有洒脱感。退休之后，减少了忙碌，增加了宽松，放下了责任，增加了清闲。再没有上班下班的约束，也没有时间、场地的要求。一睡一个通明觉，顿顿吃饭孙子叫。闲来会友林荫下，公余补睡续清梦，客去偷闲吟小诗。赏花、饮酒、逛闹市、观鱼、泼墨、聚书坛。这种悠闲、潇洒、自在的生活，是工作期间难以捕捉的。退休后，一方面要充分"享受生活"，愉快地过好退休生活。另一方面，在不伤害他人与社会的前提下，做一些自己喜欢做的事

情，享受自己愿意得到的成果，追求自己想追求的幸福。累不累，看你愿意不愿意，心甘情愿就不累，苦不苦，你认为不苦就是甜的。

三、注重健康，活好当下。著名医学专家吴阶平教授说："健康不是一切，但没有健康就没有一切"。世界卫生组织对健康的阐释强调三个方面：一是人体各项生理机能正常运转，体格健全，无疾病和伤残；二是心态平和，精神振作，有正确的人生目标和进取心；三是行为符合社会规范，能够适应复杂的社会环境。以上三条是一个比较完整的体系，同等重要，不可偏废。现实生活中，不少老人出现不健康状态，不是因为身体零部件出了问题，而是心态和精神出了问题，是自己与自己较劲，自己与自己过不去，失去了自控。激情过头变为冲动，勇敢过头变为野蛮，平凡过头变为庸俗，谦虚过头变为虚伪，坚定过头变为固执，年岁大了变为倚老卖老，结果伤害了他人，也伤害了自己的身心健康。无官一身轻，身体仍为本。为了继续为社会发挥余热，为了能看到小康社会的盛景和中华民族的伟大复兴，为了自己晚年生活的愉快舒心，也为了不给组织添乱、不让子女分心，制定一个强身健体计划，坚持不懈，持之以恒。强体之诀，一炼脑，二炼心，三炼筋骨，四讲卫生。脑为人体司令部，大脑指挥灵，全身机体灵。心主精、气、神，心宽则精旺、神畅、气顺。筋骨无损，方可运动。生命在于运动，全赖筋骨强健灵活。"卫生"一词意为护卫身体，以求长生，即现在所说的保健。握此四点要领，可强身健体，延年益寿。此外，还要科学合理地安排好自己晚年的学习、生活和工作，调整好心态，生活好每一天。

四是老当益壮，体现人生价值。当今社会环境，科技水平不断提高、医疗条件逐步改善，人的平均寿命逐步增长，退休干部活到90岁大有人在，如此算来，退休之后尚有30年的光荫，占人生寿命的1/3。因此，退休不是人生终结，而是新生活的开端。青年常被诗化，极易落入歌颂的陷阱。中年处在事业的上坡期，身体处在下坡期，老婆处在更年期，子女处在不成熟期，上有老，下有小，工作与家庭有诸多重任与烦忧。进入老年，沉重的职责已经卸除，生活的甘苦已经了然，万丈红尘已经远去。可以近看花开花落、远眺云卷云舒，漫步闹市绿野，品味岁月如歌。东汉末年的政治家、军事家和诗人曹操有一首《步出夏门行》"**神龟虽寿，犹有竟时。腾蛇乘雾，终为土灰。老骥伏枥，志在千里。烈士暮年，壮心不已。盈缩之期，不但在天。养怡之福，可得永年。幸甚至哉，歌以咏志。**"大意是：神龟虽然长寿，也有终了、完毕。乘雾升天的腾龙，终会死去变成灰土。有雄心壮志的人，即使到了晚年，也希望成就一番事业。人的寿命长短，不只是靠天来决定，自己保持身心愉快，亦可延年益寿。诗人借神龟、腾蛇、老骥抒发了自己不甘衰老、不信天命、奋斗不息的壮志豪情，值得后人学习。"老有所为"应作为退休干部新的追求。但要清醒：老有所为不等于无所不为，发挥余热不等于热力无边，再送一程不等于不甩缰绳，永葆青春不等于老不安生。要有所为，有所不为，力所能及捡起那些在职期间想做而未做的事，既有益于社会、有利于民众，也有益于自己身心健康。工作一生，主观上做出了努力，但客观上仍有不少遗憾。毛泽东是伟人，他对自己一生的功过是非自我评价为"三七开"，我辈是凡人，最多是个"四六开"。经验不多，教训不少，而"失败是成功之母"。将自己一生刻骨铭心的体会，草撰辞章，立言告勉子孙，作为对晚辈的嘱托，对他们来说应是一笔无形资产、宝贵财富。同时要守住底线，不碰红线，独善其身，保持晚节，把握好度，体现出人生价值，给后人留下好的名声。

人老了，不必感叹"人走茶凉"。凉茶当然不如热茶好喝，但不因"茶凉"而感到气恼才是人生的崇高境界。门庭若市固然好，也有诸多弊端。离开官位，脱去了帽子，少领了票子，同时也减少了许多纠心与烦恼。官员退休，安全着陆，衣食无忧，子女省心，甥孙绕膝，享受天伦之乐是很好的归宿。莫道桑榆晚，为霞尚满天。叶剑英元帅有诗《八十抒怀》受前辈熏陶，也作出一首《夕阳颂》，聊以自慰。

《夕阳颂》

鬓染严霜勿自伤，

苍天恋旧慕霞光。

花依茂叶千乡秀，

树赖深根万户香。
卸甲归田人未老，
摘鞍入寨意尤长。
春堂草撰夕阳颂，
把盏挥毫喜欲狂。

六、齐家孝悌树和风

（一）家教树家风

中国传统式家庭十分推崇"五福同堂""四世同堂"的大家族。一个时期计划生育强推"一对夫妇只生一个子女"的政策，使现代中国家庭的结构发生了历史巨变，形成了"四二一"家庭结构，即一对夫妇一个子女，双方共有爷爷、奶奶、姥爷、姥姥四位老人。家庭为社会的最小细胞，不论过去还是现在，培育子女是家庭生活的中心。人的一生是从家教开始的，一生下来就享受到家庭的温暖与父母长辈的疼爱。亲子之爱出自人的自然天性，是一种不计功利、不计回报的无私之爱，这种爱是繁衍生息的起点和基石。人类教育起始于家庭，家庭又是道德启蒙的起点和基石。中国人把家这个基本关系扩大了，把人类的爱心和德行由本义属于家庭的亲子之爱，推广到对所有的人，乃至天地万物更为广泛的爱，把人伦的观念贯彻到天地万物之中。孔夫子的"修身、齐家、治国、平天下"中的"齐家"，讲的就是家庭教育。他把修身放在第一位，把齐家放在第二位，强调在提高自身品德修养的基础上，使家庭成员与自己看齐，在搞好家庭教育的基础上总结经验，用以"治国""平天下"。"以天下为一家"，"天下兴亡匹夫有责"，"位卑未敢忘国忧"，"先天下之忧而忧，后天下之乐而乐"等观点体现了家国一体、家国情怀。中华文化依托家庭、家教、家风等人伦理念来培育伦理道德，若轻视家庭教育，就会使道德建设失去依托和载体，导致空中楼阁的恶果。

"身体发肤受之父母"，感恩父母和祖先是华人美德。一代一代追本溯源，寻根问祖，称为"慎终追远"。若忘记了祖宗，则不齿于人类，叫作"数典忘祖"。中国人不像欧美人把自己名字放在最前头，而把祖传姓氏放在个人名字之前，这是华人文化心理情结的一种反映。历史上有品位的家族中都设祖宗的牌位，让祖宗有个位置，逢年过节要上供，以示不忘先祖。中国人十分注重《家谱》《家书》《家训》的修著，已成为家庭教育的重要内容。

2009年冬，我去福建武夷山考察，在"武夷精舍"翻阅《紫阳朱氏宗谱》，细读《朱子家训》，对朱熹的家庭教育思想有新的感悟。《朱子家训》为文言文之作，读起来有些费解，凭我的理解，大概要意是这样的：当国君，贵在仁，爱护人民。当人臣，贵在忠，忠君爱国。当人亲，贵在慈，疼爱子女。为人子，贵在孝，孝顺父母。当兄长，贵在友，爱护弟弟。当弟弟，贵在恭，尊敬兄长。当丈夫，贵在和，对妻子和睦。当妻子，贵在柔，对丈夫温顺。侍奉师长有礼貌，交朋友重信用。见老人要尊敬，见小孩要爱护。有德之人，即使年纪比我小，也一定尊敬他。品行不端之人，即使年比我大，一定远离他。不议论别人的缺点，莫夸耀自己的长处。对有仇隙的人，讲事实、摆道理，解除仇隙。对埋怨自己的人，以坦诚正直态度相待。不论得意、失意，顺境、逆境，都要平静安详，不动声色。别人有小过失，要谅解容忍。别人有大错误，要以理相劝帮助他。不因细小的好事不去做，不因细小的坏事就去做。别人做了坏事，应帮其改过，不易宣扬其恶行。别人做了好事，应多加表扬。待人办事，不讲私人仇怨，治理家务不另立私法。不做损人利己之事，不妒忌贤士能人。不声言愤懑，不做不讲理之人，不随便伤害人和动物的生命。不收不义之财，遇合理之事要拥护。诗书不可不读，礼义不可不习。子孙要教育，童仆要怜恤。尊敬有德行、有学识的人，扶助有困难的人。这些都是做人应该懂得的道理，应尽本分去做才符合"礼"的标准，才能完成天地万物赋予的使命，才能顺乎"天命"。这篇家训既严肃又温馨，讲的是家事，又符合国礼，发自肺腑，又表达了老人对晚辈的期望与关爱，说出了儒家所持的道德标准和做人准则。拿到今天，与我们的精神文明建设也不相悖。朱熹不愧是哲学家、思想家、教育家，值得我们纪念和尊重。

清代名臣曾国藩的《家书》备受后人推崇。曾国藩1811年出生在湖南湘乡一个偏僻山村的地主家庭里，家有兄弟五人，他排老大，另有1姐3妹。曾国藩6岁入塾读书，8岁随父学五经，14岁应童子试，22岁考取秀才，28 岁中进士，初授翰林院检讨。1846 年充文渊阁直学士，次年升内阁学士兼礼部侍郎衔，10 年之中连升 10 级，官至二品，可谓官运亨通。他深受儒家思想影响，从小注重品德修养，一生以"修身、齐家、治国、平天下"为宗旨，从政之余，有一部《家书》留芳后世。

《曾国藩家书》现存 1400 多篇，从道光二十年到同治十年，历时 31 年，其内容包括了修身、教子、持家、交友、用人、处世、理财、治学、治军、为政等各个方面，上由祖父母至父辈，中对诸弟，下及儿辈，是一部真实而又生动的家教好书。书中首先强调做人要立志，"志不立，天下无可成之事。"他将"不为圣贤，便为禽兽；不问收获，只问耕耘。"作为自己的座右铭。在为人处世上，曾国藩注重以"拙诚""坚忍"行事。他说："困心横虑，正是磨练英雄，玉汝于成。李申夫尝谓余怄气从不说出，一味忍耐，徐图自强。因引谚曰：'好汉打脱牙和血吞。'此二语，是余生平咬牙立志之诀……"对于来自各方的讥讽与唾骂，他都能做到"和血吞之"。他要求家人不仅在得意时埋头苦干，在失意时绝不灰心，坚忍实干。其弟曾国荃连吃两次败仗，曾国藩在信中安慰说："谚云：'吃一堑，长一智。'吾生平长进，全在受挫辱之时。务须咬牙励志，费其气而长其智，切不可徒然自馁也。"在持家教子方面，曾国藩主张勤俭持家，努力治学，睦邻友好，读书明理。他在家书中写道："余教儿女辈为勤俭谦三字为主……弟每用一钱，均需三思，诸弟在家，亦教子侄守勤敬。吾在外既有权势，则家中子弟最易流于骄，流于佚，二字皆败家之道也。"他常对子女说：门第太盛则会出事端，只要有学问，就不怕没饭吃。主张不把财产留给子孙，子孙不肖留亦无用，子孙图强，也不愁没饭吃，要懂得盈虚消长的道理。在治军用人方面，他认为"用兵之道，在人不在器""攻杀之要在人而不在兵"。用人上讲求"仁孝，血诚"原则，选拔经世致用的人才。曾国藩的幕府就是一所人才培训基地，李鸿章、左宗棠、彭玉麟、华蘅芳等都在其左右共事。为使官兵严守纪律，爱护百姓，曾国藩亲作《爱民歌》以劝导官兵，毛泽东的《三大纪律八项注意》与之也有一定关联。

清政府褒奖曾国藩是"中兴第一名臣"，青年毛泽东在 1917 年致黎锦熙的长信中写到："愚于近人，独服曾正文，观其收拾洪杨一役，完美无缺。"蒋介石把曾国藩奉为终身学习的楷模，在其任黄埔军校校长时，就把《曾胡兵书》列为必修科目，一再叮嘱蒋经国要终身学习研究《曾国藩家书》。当代著名学者南怀瑾在《论语别裁》中说："清代中兴名臣曾国藩有十三套学问，流传下来的只有一套《曾国藩家书》。"

2012年秋月，我去江西赣州考察，特意参观了位于城区北部花园塘1号的蒋经国旧居。此地原为赣州府衙所在地，1939年3月，蒋经国先生来到赣州，就任第四行政区专员，在府衙内辟建官邸，与夫人蒋方良及儿子蒋孝文、女儿蒋孝章在此居住，直到1945年2月离开赣州。这是一座平面呈凸字形的西式平房，内有当年蒋经国先生起居生活的复原陈列及大量的历史照片、文物资料。客厅中，有一幅蒋经国先生亲自撰书的《新赣南家训》。

《家训》从"东方发白，大家起床，洗脸刷牙，打扫厅房"谈起，写到："吃饭吃粥，种田艰难不忘；穿衣穿鞋，要从辛苦着想……春天栽树木，夏日造谷仓，秋收多贮藏，冬季种杂粮……天晴修房屋，天雨补衣裳……无事当作有事防。"接着写："父母教子女，兄长告弟妹，勿贪钱财勿说谎，戒烟戒赌莫游荡。生活要刻苦，婚丧莫铺张；待人要诚恳，做事要有常……友爱兄弟，孝敬爷娘，妯娌和睦，一家安详。""做过善事不记心上，受人恩惠永久不忘。遇困难不彷徨，处顺境不夸张。做好事，莫宣扬；做坏事，莫隐藏。人家急难相援助，人家成功要赞扬。""引诱亲友做坏事，欺人欺己昧天良。甘心卖国当汉奸，辱祖辱宗害亲房。不论农工商学兵，都做堂堂好儿郎。"最后写："男女老少受军训，全体动员拿刀枪。人人都是中国兵，个个都去打东洋……国难已当头，战事正紧张，日本鬼子不消灭，中华儿女无福享……大家一条心，赶走日本鬼，建设新中华。"《家训》全篇共548个字，字字充满了正气。蒋经国先生在赣州当政6年，做了不少有益的事情，有一定建树和业绩，在百姓中也有一定的口碑。我们不去评论他的政见和其他方面的品行，就这篇《家训》而言，从小家讲到大家，从民族讲到中华，从日常琐事讲到品德、修养、志气、理想，把家与国紧密地联系在一起，值得认真一读。

曾去山西省晋中市乔家堡考察乔家大院，乔家大院的创始人乔贵发早年为"大盛魁"的牵驼工人，后来辞去拉骆驼工作在归化城做点小买卖。当时归化城东的五路、隆盛庄，城南的河口，城西的萨拉齐已形成商贸集镇。乔贵发来到萨拉齐镇开始做起了豆腐、豆芽生意，虽然小本经营，但因是独家买卖，抢占了市场，发了一笔小财。后来与一名姓秦的青年合伙，在包头东河区买地建商铺，经营皮毛、布匹、米面、酒菜等杂货，还兼营客栈，办起商号，冠名"广盛公"，生意越来越旺，为乔家奠定了基础。后来的乔致庸拓展经营，兴办票号，成为有名的晋商。在乔家大院看到乔家祖上定下的《家训》："一不准纳妾，二不准虐仆，三不准嫖妓，四不准吸毒，五不准赌博，六不准酗酒"。这六个不准可能是乔家致富的根本原由所在。

民间流传这样一个故事：清朝名臣张廷玉的父亲张英，官至礼部尚书。他的老家在安徽桐城，张家因盖好房子垒院墙，与邻居吴家发生冲突，吴家说张家占了他家的宅基地，为此双方互不相让。张家无奈，写信给在京为官的张英，张英看罢信，回复家人一首诗："一封家书只为墙，让他三尺又何妨。万里长城今犹在，不见当年秦始皇。"张家接到信，遵张英之嘱，将墙界后退了三尺，吴家深受感动，也将院墙后退三尺，于是出现了一个"六尺巷"。这个故事在民间传为佳话，说张英是个好官，张家不仗势欺人，是一个有教养的家庭。

儒家"四书"《大学》中有一段治国必先齐家的论述："**所谓治国必先齐家者：其家不可教而教人者无之。故君子不出家而成教於国：孝者，所以事君也；悌者，所以事长也；慈者，所以使众也。**"意思是：一个连家也治不了的人，不可能去治理国家。君子在家里若能做到以孝事亲，以悌事兄，以慈待下，就可以给国人以启迪教育。使国人知道："孝"是用来服侍君王的原则；"悌"是用来服侍长官的原则；"慈"是用来役使众人的原则。当今社会，家庭教育更显重要。一对夫妇一个子女，培养好了是中国特色社会主义事业的接班人，培养不好可能是千百万个"小皇帝"。若不受管束，不依法规，只要索取，不思奉献，家庭问题就会演化为社会问题。习近平总书记在2015年春节团拜会上的讲话中指出："中华民族自古以来就重视家庭、重视亲情。家和万事兴、天伦之乐、尊老爱幼、贤妻良母、相夫教子、勤俭持家等，都体现了中国人的这种观念……家庭是社会的基本细胞，是人生的第一所学校。不论时代发生多大变化，不论生活格局发生多大变化，我们都要重视家庭建设，注重家庭、注重家教、注重家风，紧密结合培育和弘扬社会主义核心价值观，发扬光大中华民族传统家庭美德，促进家庭和睦，促进亲人相亲相爱，促进下一代健康成长，促进老年人老有所养，使千千万万个家庭成为国家发展、民族进步、社会和谐的重要基点。"这是一篇新时期中国特色理论之杰作，讲到了点子上，点到了要害处。家庭是社会的细胞，家风、家教是社会教育和社会风气的基础。忽视了基础，就没有上层和整体，构建和谐社会就可能是空中楼阁。为此，家风家教问题要引起千家万户和全社会的高度重视。

（二）家和万事兴

民间有个"洞宾戏牡丹"的传说，说的是：神仙吕洞宾云游到山脚一处院落，看到门庭上有一副楹联，上联为"丸散膏丹"，下联为"一应俱全"，横书"牡丹药店"。洞宾寻思这位牡丹定是一位贤惠不凡的女子，欲见一面，一睹风采。进得店来，只有店小二站在柜台后面。洞宾提出要买顺气丸、家和散、消毒膏、化气丹四种药，小二回言："没有"。洞宾说："你写着一应俱全，为什么没有，这不是欺世吗，让你们主人出来见我。"小二说："主人不在"。洞宾故作怒态，动手要砸药店。这时牡丹从后堂转出，说："这位先生，你要顺气、家和、消毒、化气，其实不用买药，有四句名言可除四病：父子相和顺气丸，婆媳相和家和散，妯娌相和消毒膏，家有良妻化气丹。若能做到四和，无需丸、散、膏、丹"。一个小故事讲明一个大道理，家庭中"和"的作用比药大。现实生活中如何做到"四和"呢？

首先，夫妻要和睦。新婚之禧，有一副对联："鱼水千年合，芝兰百世荣"，夫妻关系如同鱼与水，不能分开，如同芝与兰相和共荣。家庭中，丈夫应有担当、负责任，妻子应贤惠温存、相夫教子。夫妻俩应相敬如宾、相濡以沫、白头偕老。夫妻若不和，对上伤害父母，对下伤害子女，因此，夫妻和是家和的基础。

其次，是父母与子女之间的和睦。两代人之和建立在孝和慈两个字上，即父母之慈，子女之孝。家和需从长辈做起，言传身教，形成良好的家庭风尚。在子女众多的情况下，父母力求做到"公"。家有十五口，七嘴八舌头，有的要吃甜，有的要吃咸，当老母亲掌控勺头分餐时，不论嗜甜嗜咸都无言，因为大家都看到老人家公道。公则受崇敬，公则能服众，公则有威严。家庭有了"公",男女老少共遵从,自然"规"在其中。多子女的父母对孩子总是一视同仁,手心手背都是肉,"亲好的,向赖的,接济爬爬"是父母常用的手段。中华民族有"立身以孝悌为先"的古训,老字头下一个儿子的子为"孝"。尽孝是一种自下而上的尊老、敬老行为。现实生活中,"孝"和"顺"是连在一起的。孝是一种责任,顺是一种态度。人到耄耋之年,由于生理机能的衰退,往往有不理智的行为。做子女的既要为老人负责,尽到孝心,又要尽力做到顺从老人意愿,使两代人之间减少矛盾,便有了孝顺之名声。

其三,婆媳相和是家庭和睦中一个难点。婆与媳之间,有辈分之别,无血缘关系,在家庭交往中,又处在琐碎繁杂的事务之中,自然有许多意见不投和言语磕碰,往往产生一些矛盾。双方若能互相尊重,体谅包容,婆婆把媳妇当作女儿,多一些疼爱,媳妇把婆婆当作母亲,多一些尊重。遇有分歧,换位思考,互相原谅,矛盾自然解除。

其四是兄弟妯娌之间的和睦。妯娌之间的关系,在现代独生子女家庭已不存在,而过去的大家庭中常常有些矛盾,多数表现在互相攀比、叫劲儿。有的家庭用"弟兄高打墙"隔开频繁往来,但这是一种消极办法。正确的态度与做法应该是增强相融性,克服排他性,求同存异。自古家家都有一本难念的经,但家家必须念好家和经。《三字经》有"父子恩,夫妇从,兄则友,弟则恭"的名言,长辈要自重,晚辈要敬尊,兄长要宽厚,弟妹要谦和,男要懂得呵护,女要知道殷勤。一家人上下有序、处事有理、互相谦让,便是团结和睦的家庭。

一个家庭中,大家在一个锅里搅稀稠,有点磕碰是正常的。餐具经常互相埋怨:勺子怨锅说,我原是圆的,现成了方的。铁铲怨锅说,我原是方的,现变成圆的。锅也埋怨说,我原是厚的,你们快把锅底给我铲塌了。但为了做熟一锅饭,它们谁也离不开谁,互相配合,十分默契。家庭出现矛盾,重在说合、调解。晋剧《打金枝》中有一段"劝宫"戏,剧情大概是:郭子仪为保唐朝江山,在平定"安史之乱"中东征西战立下汗马功劳。唐王感谢他的忠勇,把女儿金枝女许配郭子仪之子郭暧为妻。当郭子仪过寿时,儿子们都双双对对叩拜膝下,只有郭暧之妻金枝女自认为是皇家之女，"君拜臣来使不得"，惹得郭暧动怒打了她。金枝女不依不饶，状告父皇严惩郭暧。唐王假装动怒要杀郭暧，皇后出面先劝皇帝再劝女婿，然后数落女儿。有大段唱词，十分感人。

"劝万岁你莫要动真气，听妾妃开言把话提。汾阳王今辰寿诞日，他七子八婿摆宴席。一对对小夫妻前去贺喜，唯有那小郭暧独自己。咱皇儿撒娇不肯去，驸马他有气在心里。哥嫂们在席前闲言碎语，只说得驸马红了面皮。小郭暧难堪回宫去，问得咱皇儿羞又急。皇儿说她是千金体，不能向臣子把头低。她撒娇成性不知理，她藐视尊亲把人欺。招惹得驸马火性起，夫妻吵闹可是常有的。你休听女儿她一面理，你休信女儿她娇气惹是非。且莫说驸马他没有罪，纵然是有罪也斩不得。你坐的江山谁保你，少不得郭家父子保社稷。今天你也不把别的为，念亲翁年迈苍苍白了须。"

皇后这边劝住了皇帝夫君，再到那边劝说女婿和女儿：

"在宫院我领了万岁的旨意，上前去劝一劝驸马爱婿。劝驸马你休发少年的脾气，国母我爱女儿更疼女婿。我女儿不拜寿，是她无道理。你不该吃酒带醉，怒气冲冲进的宫去打骂你妻。你的父官高在王位，劳苦功高不自居。你父皇爱你聪明心欢喜，才把我升平公主许你为妻。公主自幼长宫里，从小与我不分离。娇惯成性不明理，我与你父皇说重了她还不依。我养的女儿不成器，驸马你担待这一回。常言道当面教训子，背地里无人再教妻。你欺她她压你，谁也不肯把头低。你让她她让你，知冷知热好夫妻。互相恩爱有情意，免了多少闲是非。国母我讲话都为你，愿你们相亲相爱和和气气到白眉。"

劝得女婿消了一点气，再回头来教训自己的女儿：

"劝罢男来再劝女，不肖的蠢才听仔细。假如你父皇寿诞期，驸马不来你依不依。手压胸膛想情理，你何不将人比自己。你虽是皇家帝王女，嫁到民间是民妻。从今往后要留意，赔情认错不为低。国母我嘱咐你牢牢谨记，从今后夫妻二人和和美美。数说闺女劝女婿，尘世上家家户户一样的。让他们施个和睦礼，哪有个国母不爱女婿。"这个故事充分体现了"国母"的宽容大度和知情达理，是古代处理家庭矛盾的典型范例，值得推崇、效仿。

　　常言道：国有国法，家有家规。大家小家都应有个规矩。规定哪些事可为，哪些事不可为，男女老少共同遵守。要树立一个良好的家风，提倡节俭，切忌挥霍浪费。老百姓历来勤俭节约，他们对"锄禾日当午，汗滴禾下土，谁知盘中餐，粒粒皆辛苦。"有着切身的体会；对"一粥一饭当思来之不易，半丝半缕恒念物力维艰"理解更为深刻。富家不勤俭，富不过三代，穷家不勤俭，过不了光景。因此，要本着"请人不得不大气，过日子不得不仔细"和"穿衣吃饭看家当"的原则安排生活。家庭要创造学习环境，鼓励学有所成，尊师重教、崇尚礼仪、做事公道。不准贪赃枉法，杜绝坑、蒙、拐、骗，严禁偷、赌、吸毒，限制摆弄麻将，克服懒散歪风。家庭的兴盛，需要几代人的努力，有作为的家长要有一个长远的规划和近期的安排，努力营造和谐家庭，以实现家族的兴盛。

（三）祖孙隔代情

一位学生发信息给我："老师，我也有孙子了，好像比儿、女更可亲，您能说清这是为什么吗？"我复信说："年过花甲，膝下一女两男，三个孙子，一个外甥，我对当爷爷、姥爷的体会有'三感''三乐''三无'即甜蜜感、成就感、责任感；童心之乐、天伦之乐、自得其乐；位高而无尊、辛苦而无酬、奉献而无报。"

先说三感。

一是甜蜜感。在多种味道中，当数甜为最佳。婴儿初食就喜欢甜，故婴幼儿食品大都加了甜味。人们常说，糖甜不如蜜，因而甜蜜是美味之最。可人的一生"酸、甜、苦、辣、咸"五味俱全才能感到有滋有味。就像不少人喜欢喝啤酒，其原因是啤酒有苦、酸、涩、甜四种味道，而且苦在舌尖、酸在两边、涩在中间、甜在舌根，可谓先苦后甜。正是因为多种滋味，才感到新奇，甜在舌根方能体会出啤酒的温馨。人的一生不懈努力，就是追求一种"苦尽甜来"。有了孙子、外孙是人生的后甜，因此就有了甜蜜感，幸福指数自然增高了。

二是成就感。有作为的人，一生追求成就。而成就体现在多个方面，品德修养的成就体现在高尚；学识上的成就体现在学位；事业上的成就体现在职位；兴办企业的成就体现在生意兴隆、财源茂盛。而这些东西生不带来，死不带去，只有后人能承继祖业，才能常胜不衰，千秋万代。儿孙的衍续，一代胜过一代，是人类生生不息的永恒主题。孙子辈的成就，是爷爷耄耋之年的最大期盼。

三是责任感。有了成就，甜蜜之余，自然不能忘记责任。因为幼儿成才需教化，教化下一代是爷爷的分内之责。而教化之方，言传不如身教。

爷爷是孙子的偶像，不仅要与孙子相互沟通，成为挚友，同时要做孙子的表率、楷模。比如：要说真话，不说假话；行善事，不做恶事；有作为，不做懒汉。这些幼儿时应具备的美德，与爷爷有直接的关系，爷爷正，孙子也正，爷爷不正，孙子必歪，因此爷爷必须以身作则，做出榜样。从这一点讲，爷爷不能陶醉在成就之中，只顾自己乐享甜蜜，陶醉成就，还需"有所作为"。

次说三乐。

首先是童心之乐。爷爷与孙子的沟通不完全是孙子效仿爷爷，而是爷爷要与孙子接轨，无论是语言还是行动要仿照孙子的方式。如说话需要用：抱抱、笑笑、猫猫、狗狗等儿童叠语。唱歌需要学着孙子的模样，拍着双手与孙子同唱，"小燕子，穿花衣……"日久天长自己也找到童年的感觉，自然就产生童心之乐。

其次是天伦之乐。所谓天伦之乐，指父子、兄弟及祖孙一家的家庭乐趣。过去，人们尊尚的"五福同堂"、"四世同堂"式的家族模式逐步减少，"三代同堂"成为家庭的主要形式，而且主要显现为"四、二、一"式的家庭结构。即爷爷、奶奶、姥爷、姥姥、一对夫妇、一个子女。过去那种老家长统领一个大家族的体制不存在了。"天"的威严，"伦"的等级，逐渐淡化。爷爷与孙子更多地体现为"朋友"式的关系，因而做爷爷更多地感受到"天伦之乐"。

再次是自得其乐。听相声人们开怀大笑，是被那些抖包袱的风趣语言把人逗乐的。而爷爷一见孙子就乐，说不清什么原因，却乐得那么轻松、惬意。总结社会人生，都是往下亲，这是人的一种天性和本能。古往今来，凡向上亲，需浓墨重笔，大声疾呼，有的还写入法规，方能形成社会孝敬之风。而往下亲，关爱下一代，无论是社会还是家庭，无需提多少要求，也用不着大力提倡，因为老一辈都是"不待扬鞭自奋蹄"。

再说三无。

一是位高而无尊。当了爷爷，辈分又升了一级，地位提高了，但尊严没有了。你骂孙子"臭小子"，他（她）回骂你"臭爷爷"。你可以指挥千军万马发号施令，可必须服从孙子指挥去干他（她）喜欢的事情。你能严厉批评子女、部下，可对孙子只能甜言蜜语。偶尔发火训斥，事后还得赔礼道歉，用糖乖哄。有时候还得趴下让他当马骑，堂堂这长官那司令莫不如此。

二是辛苦而无酬。生活中孙子的父母正值年富力强，自然要为事业奔忙，照顾孩子便成了奶奶爷爷、姥姥姥爷的职责。人们欣喜地发现，奶奶、姥姥是世界上最好的保姆。她们不仅自己尽职尽责，还把老伴拉进去成为帮手。为了孙子，老两口百般辛劳，无分文俸禄，也不计较任何功劳。自己的事情可以不顾，而孙子的事则全力以赴，无怨无悔，甘当"老年志愿者"。

三是奉献而无报。短信中有一个"关系论"，说"粗茶淡饭是夫妻关系，费力不讨好是父子关系，肉包子打狗是爷孙关系……"话虽说得有些调侃，但讲清了爷爷与孙子是奉献而无回报的关系。养儿尚有防老的期盼，而爷爷从未产生过让孙子回报的打算。不是孙子不想回报，而是当孙子长大了，有能力回报爷爷时，爷爷大多已不在人间了。这个不争的事实，头脑清醒的爷爷都明白。这种明知道"三无"，还情不自禁地"三乐"，自我沉浸在"三感"之中，是心甘情愿的，而且尘世上家家户户都是一样的。

小中能见大，平中可见奇。司空见惯，平平淡淡中蕴含着哲理。假如我们这个社会都像爷爷爱孙子一样对待身边的朋友、周围的同志、基层的百姓及普天下的民众，那么我们这个社会一定是和谐的。

（四）探亲继传统

记得在一年的春晚上，一位歌手唱了一曲《常回家看看》，现场观众都热泪盈眶，电视机前的观众也都擦眉抹眼，十分动情。之后，这首歌红遍大江南北，百听不厌。凡听到这首歌，人人都有一种亲切感，特别是老年人多有落泪的。这首歌曲调动人，歌词更感人。

《常回家看看》

找点空闲，找点时间，

领着孩子，常回家看看。

带上笑容，带上祝愿，

陪同爱人，常回家看看。

妈妈准备了一些唠叨，

爸爸张罗了一桌好饭。

生活的烦恼，跟妈妈说说。

工作的事情，向爸爸谈谈。

常回家看看，回家看看，

哪怕帮妈妈刷刷筷子洗洗碗。

老人不图儿女为家做多大贡献，

一辈子不容易就图个团团圆圆。

常回家看看，回家看看，

哪怕给爸爸捶捶后背揉揉肩。

老人不图儿女为家做多大贡献，

一辈子总操心就奔个平平安安。

《常回家看看》是在倡导孝道。人的孝心体现在多个方面：贫穷的父母，钱到为孝。生病的父母，陪床为孝。脾气暴躁的父母，多给笑脸为孝。唠叨的父母，耐心听教为孝。倔强的父母，顺从为孝。思念儿女的父母，常回家看看为孝。唐代诗人孟郊年近 50 登进士第，任溧阳尉。在上任途中，作《游子吟》："**慈母手中线，游子身上衣。临行密密缝，意恐迟迟归。谁言寸草心，报得三春晖。**"孟郊做了官，不忘母亲一针一线为自己缝补衣衫之辛劳，以三春之晖比喻母亲的养育之恩，以清新自然的诗风，表达了一片孝心。千百年来，成为名诗，后为后传颂。《常回家看看》之所以有这么大的感染力，是因为唱到人民群众心坎上了，不论是老年、中年还是青年，都有感触。

对于看望老人这件事，党和国家十分重视，1981 年国务院就出台职工探亲休假规定：未婚职工探望父母假最长可达 45 天。可现实生活中，这个规定大部分地区没有实施。有人申请探亲假，单位领导说"许多员工连年假都放弃了，你还休什么探亲假"国家规定探亲期间，不扣工资，但不少探亲者被扣了工资。探亲假出台 34 年，多数人从未休过。2012 年新修订的《老年人权益保障法》规定，与老人分居应保障赡养人探亲休假权利，而对此规定，落实得也不尽人意。当前，我国 60 岁以上老人达 2.12 亿，占总人口 15.5%，特别是有一批农村的"空巢"老人十分孤独。提倡年轻人常回家看看，应得到全社会的关注与响应。但这仅仅作为一项社会公德进行了一般性的宣传，一直落不到实处。国家卫计委发布的《中国家庭发展报告 2015》指出，中国步入老龄化社会的步伐正在加快，落实探亲制度应该提上重要议事日程。

探亲制度之所以落实不下去，原因多种多样：一是认识上缺乏高度。没有把老干部、老职工、农村老年人的生活放在一定的高度对待，社会各界对老年人口头上重视，心里并没有摆上重要位置。有一种情感倾向，人往下亲、关心下一代不需要强制性要求，而关心上一代，舆论上大声疾呼，道义上反复强调，法律上还有规定，仍然做得差距很大。不关心、不孝敬老人的事常常出现，虐待老人事件也时有发生。一位老工人回忆说：当年退休时，厂里敲锣打鼓送她回家，众邻居闻讯致贺，光待客喜糖吃掉二、三斤。党支部书记送来慰问金，工会主席登门问寒问暖……而今天的退休职工，自己收拾完东西悄然离厂，回头望望工厂大门，潸然泪下。二是建立制度无强度。从制度的表述上看，说理部分多，规定性条款少，有的语言模棱两可，执行亦可，不执行也没有强制性，伸缩性太大。在与相关问题发生冲突时，谁对谁错，是似而非，对孝顺者无奖励，不孝者无惩处。中国近两千年封建社会把孝道置于重要的地位，父母去世，为官的儿子守孝三年的大有人在，而今子女能做到三天守孝就很不容易。三是落实制度上无力度。人们普遍认为，回家看看只是一种道义，所定制度也是道义上的制度。对此工作，年初没有布署，年终没有总结，一年中无落实检查，更无上级督查，干好了无表扬，没有干也无批评，自然流于形式。四是领导权限大于制度。领导为了搞好工作，将一个地区、一个部门的事办好，提出"五加二""白加黑"，即一个星期五天，再加上周六、周日，白天干不完，晚上接着干。领导不休息，部下当然不休息。特别是法定节假日，一个不休，必然一群人不能休。就会出现一群老汉、老太婆盼不回儿子、姑娘。还有一起长大的发小，血浓于水的亲人，更是没有想望了。

上述情况的存在，就使得"常回家看看"的倡导只能停留在银幕上，响彻在歌声中，书写在宣传的画页里，体现不到实际生活中。当今社会出现了老龄化，老年人成为老百姓的一个重要组成部分。对老年人的关爱，如果说完、唱完不兑现，就伤了他们的心，只有流泪了。对于回家看看和加班工作谁重谁轻，要作点分析。工作固然是第一位的，但国家规定的一周五个工作日和节假日是科学合理的，而且是法定的。回家看看是一种导向，是一种风尚，形成风气是一种正能量。特别是回农村牧区探亲，顺便还可看看儿时发小、邻里乡亲，重温故土的温馨与百姓的深情。有一首云剑作词、戚建波作曲的歌叫《咱老百姓》，写得太感人了，歌中唱道：

都说咱老百姓是那满天星，
群星簇拥才有月光明。
都说咱老百姓是那黄土地，

大地浑厚托起太阳红。

老百姓是那原上草，

芳草连天才有春意浓。

老百姓是那无边的海，

大浪淘沙托起巨轮行。

天大的英雄也来自咱老百姓，

树高千尺也要扎根泥土中。

家道盼富裕，

国运盼昌盛，

老百姓盼的是祥和万事兴。

只要为了咱老百姓谋幸福，

浩浩青史千秋万代留美名。

老年人十分需要他的亲人回去看看他们，其实不图什么，有一份情则可满足，为此，每一个家庭都应制定一个回家看看的家规，子女们相互学习、提示、监督，形成一种良好的家风。部门、单位、厂矿、企业、学校应把职工回家看看列入工作日程，全社会要营造一种关爱老人的大氛围，以使老年人老有所有养、老有所乐，进而促进全社会的和谐。

（五）清明祀先祖

清明之日，召全家同归故里扫墓祭祖。站在坟头，默哀许久，追思先人恩德，遂作七律一首。

《清明祭祀》
牛年春早又清明，
牵手子孙祭祖坟。
纸火腾灰揖地府，
香烟驾雾谒阎门。
追思父辈耕耘苦，
眷恋，尊堂抚育馨。
顿首碑陵心泣诉，
先人大爱化忠魂。

清明节最早是一个表气候特征的节气。古人为安排农事，根据太阳在黄道上的不同位置，将全年分成 24 个段落，每段一个节，共 24 个节，包括：立春、雨水、惊蛰、春分、清明、谷雨、立夏、小满、芒种、夏至、小暑、大暑、立秋、处暑、白露、秋分、寒露、霜降、立冬、小雪、大雪、冬至、小寒、大寒。此 24 节气中用词多为直指或实指，只有清明为形象所指。"清"的本义为纯净没有混杂的东西，可引申为静、廉、纯、洁、淡、雅。"明"的本义为明亮，与暗相对。"清""明"两字组合，本为形容词，而用于节日，成为一个名词，其文化内涵极为深厚。

将"清明"作为一个节日，是古人经过对自然长期观察后形成的节气与节日的复合，体现出自然与人文的融合。这个节日起于周代，距今已有2500年历史，最早源于古代帝王将相"祭墓"之礼，后来民间亦效仿。中国汉民族多用土葬，历来有扫墓习惯，多在清明、立冬或除夕进行。几个扫墓节相比，人们感觉清明节扫墓更为合适，因为立冬或除夕时节，天寒地冻，多有不便，而春分后半月是清明，此时春色已浓，阳光明媚，绿草如茵，气温渐升，外出踏青看看墓穴是否塌陷，顺便扫扫墓、加些土，修整一番，同时备一份祭品，祭奠先人。

古人认为，火用的时间长了，就用旧了，需要更新，于是选择春日某一天，举行一个隆重的仪式，熄灭旧火，取来新的火种，称为"禁火""改火"或"迎新火"。在新旧交替之际，有一个空档，没有火了，人们只好吃一天冷食，这一天称为"寒食节"。最初寒食节在清明节的前一天，人们逐渐将"寒食节"融入清明节。古诗有"未到清明先禁火"，说的就是寒食节。民间流传一个历史故事，说的是春秋时期，晋文公重耳遇难期间，身边重臣介子推把自己大腿的肉割下，让重耳充饥，使他渡过生死难关，史称"割股奉君"。重耳称王后，分封众臣，唯独忘了介子推。介子推带着老母进入绵山（介休、灵石、沁原三县交界处）过上了隐居生活。当重耳事后想起介子推，十分内疚，多次派人进山相请，而介子推不肯出。重耳为了逼介子推出山，让人放火烧山，没想到介子推被烧死在绵山。介子推被火烧死之前，写了一首遗诗给晋文公，诗曰：

"割肉奉君尽丹心，但愿主公常清明。柳下做鬼终不见，强似伴君做谏臣。倘若至今心有我，忆我之时常自省。臣在九泉心无愧，勤政清明复清明。" 以自己的死告勉主公，若能为政清明，介子推死而无憾，以表一片丹心。后人为了纪念他，在介子推蒙难之日，不动烟火，吃一天冷食，称为"寒食节"。这个寒食节与前面讲的寒食节重叠，成为一种文化现象，在民间盛行。久而久之，"改火""寒食""祭祖"的文化融入"清明"之中。

历代朝廷很重视这个节日。汉朝政府官员有休沐日，上班五天休一天，还有例假，官员可利用休沐和例假过寒食节和清明节。唐朝首次将清明节定为法定节日。唐玄宗李隆基称帝时，将寒食节与清明节连放4天

假，到肃宗李亨称帝时增到 7 天假。宋朝延续唐制，放假 7 天，元朝放假 3 天，这些"小长假"大概是为官员回乡祭祖提供方便的。到清朝，元旦、元宵和冬至为法定假，清明节虽不作为国家法定节日，但仍保留祭祖习惯。1935 年，中华民国政府将每年 4 月 5 日作为国定清明节，也称"民族扫墓节"。2007 年 2 月 7 日，国务院常务会通过，2008 年起清明节正式成为新中国法定节假日。

清明节在流传 2500 多年的过程中，"改火""寒食"的习俗渐渐淡化，而祭祖的意识逐步增强。这个节日可以理解为生者与死者的对话，这种对话是无言的，表达后人对先人的三层意思：一是表忠心，二是尽孝道，三是继承遗志。"清明时节雨纷纷，路上行人欲断魂。"远离家乡的游子，千里迢迢回归故里扫墓，表达了不忘祖辈恩德的忠心；一厚沓冥币祭物化为灰烬，其间默默祷告，不管前辈去了地府、冥国，还是西方极乐世界，在世之人依然真心尽孝；祭拜之际，自然追思先人的美德和教诲，暗下决心，用自己的实际行动完成前辈夙愿，这三层意思是清明祭祖最核心的文化内涵。

今天，如何引导民众过好清明节，是值得全社会关注的问题。要使"法定"节日发挥其应有的社会作用，应从三个方面做出努力。

1. 尊重法定，继承传统

清明节作为中华民族的优良传统文化，重在弘扬中华美德，促进社会的和谐。早在封建时代，朝廷为弘扬孝道就制定了官员"守孝"制度，父母去世，守孝三年，而后再出来工作。新中国建立之初，对这个节日认识上有所偏颇，"文化大革命"期间，将清明节视为"四旧"，列入"破"的范畴，违反了民意。现在以国家层面确定为法定节日，认识上是一种进步，制度上是一种成熟。而要使这个法定之节发挥作用，各级官员应做出表率，不应借口工作忙、任务重，淡化这个"法定"节日。因为中国人的习惯是不管什么事，只要领导带头方可普及，若领导定的事，自己不去做，在民众中很难推开。清明节不休假，对局部工作可能有利，但会使一个有深厚文化内含、广泛社会影响节日的正能量大打折扣。

2. 全面理解节日意义

清明节的文化内涵不是单一的，属于复合型文化节。从过节的气氛看，古代民间就有蹴鞠、拔河、斗鸡、植树、踏青、春游的习惯，不少游牧民族也有独特的娱乐活动，如满族有"耍青"传统。清明节的折柳以避邪、佩鲜花以示思念等习俗，体现了人与自然的和谐。从改火角度看，不断更新火种的意识是人类追求进步的体现；从寒食节的角度看，是对忠孝道德的崇敬与赞扬；特别是借清明节祭奠祖宗，缅怀先烈，是中华民族的传统美德，意义极其深远，对于实现中华民族伟大复兴具有极强的推动作用。为此，要认真研讨，深入挖掘清明节多层的文化内涵；要开动舆论工具，广泛宣传这个节日的深远意义；要组织民众及社会各个方面搞好过节活动。

3. 正确引导弘扬正气

中华几千年传统文化有精华，也有糟粕。清明节在历史上也有一些魑魅魍魉之说和不健康之俗。新时期又出现了一些重形式，轻内容，重旧习，轻新风，重物质，轻精神现象。如清明节祭品，以往都是手工制作的纸钱、金元宝、别墅、名车，近些年市场上出售的纸钱已经有了美元和五万元以上的仿真币，曾出现冥币混入市场，真钱误当纸钱烧的笑谈。祭品有麦当劳、比萨及不少高科技产品和奢侈品，还有什么"阴府护照"、机票、往来内地通行证、银行存折。更有甚者有人斥资百万修豪华祖坟。有一个地区农村有 350 万座坟墓，占地 5 万多亩，死人和活人争地矛盾十分突出。殡葬出现了严重的不正之风，坟地出现了天价，火葬场火化工收小费，人们在死人身上所花的钱超过了活人，民间有"活起死不起"，"死了葬不起"的怨言。为此我们既要继承传统，又要倡导新风，褒其精华去其糟粕，提倡低碳祭祀的仪式，树立正确的节日观，开展健康的节日活动，将传统文化寓于主旋律文化之中。特别对青少年一代要有计划、有组织的借节日开展一些活动，增强传统意识，克服崇洋媚外、金钱为魂的诱导，使清明节过得更清明。

（六）端阳祭诗人

文化有一种叠加现象，越叠越厚，越加越深，由此产生了"厚重"。中国的节日最早是由自然的特征与人类的意愿叠加而成的，而后逐步人化、文化、诗化。端阳节就是一个典型之例。

端阳节在农历五月初五，因农历五月正是"午月"，古人把"午时"当作"阳辰"，因此端阳也称"端午"。端阳节是夏季的大节，这个季节是万物加速生长之际，草长蝇飞，枝叶繁茂，百虫也同时孳生。此时，人体的新陈代谢处于旺盛期，人们为防病免灾，找到不少药草，如艾叶、菖蒲、青蒿、龙船花、香茅、柚叶等，悬挂在门旁，有的制成香包，抗菌消炎、驱蚊杀虫、补阳利湿。民间有"悬艾人，戴艾虎，饮艾酒，食艾糕，熏艾叶"之俗，认为艾草能医治百病，可以"避邪"。还有端午节"喝了雄黄酒，百病都远走"的民谚，房屋内外遍洒雄黄酒，用于消毒，祛瘟除瘴。古人认为粽子多用糯米与红豆，营养丰富，且具有清热利湿之功，芦苇可入肺、胃经，有清热解毒、利尿通淋之效，故在端午时节用芦苇叶包粽子吃，包粽子的原料有糯米、中药益智仁、禽兽之肉、板栗等，宋代将果品入粽，还用粽子堆成楼台亭阁、木车牛马，配料增加了豆沙、松子仁、枣子、胡桃等，其花色品种更加丰富多样。千百年来，吃粽子的风俗不仅在中国盛行不衰，而且流传到朝鲜、日本及东南亚诸国。端午这天，人们赤脚或穿新布鞋行走在草丛中，双脚沾满了露水，据说可以祛毒去热，亦可愉悦身心。这些初为民间朴素的习俗，之后逐渐加入了一些神传与迷信，如绣制荷包时，用红、黄、绿、黑色丝线绣上一只老虎，以镇祟避邪、保佑安宁。端午节之前，祖母、外祖母送给小孙子的五毒肚兜，用布均是红色，五毒（蛇、蝎、蜈蚣、壁虎、蜘蛛等）图样用白色、黑色或绿色，据说有了这些佩饰，蚊虫、五毒都不能上身。大人们彼此赠送香囊、荷包，是最温馨的端阳节日礼物。在古人心目中端午是毒日、恶日，民间的习俗围绕着避邪、免灾、求平安而展开的。这是适应夏季天气燥热，瘟疫流行，人易生病的应对之策，虽然加入一些迷信活动，总体上反映了古人与病毒斗争的史实，可谓古代传统的医药卫生节。

随着社会的发展，端午节加进了一些历史文化因素。据说这一天，伍子胥投钱塘江，曹娥救父投曹娥江，屈原投入汨罗江。人们为了纪念他们，端午成为一个祭祀的节日，民间吃粽子的习俗又增添了新的内涵。在古人的意念中，粽子的锥形、菱形像一把利刃，可以铲除灾害、病魔。屈原投江，为不使他的躯体被江中鱼鳖吞噬，人们以吃粽子的方式纪念他，表达出一种护爱之心。

屈原在人们的心中，是心怀家国情怀的悲情英雄。他自幼胸怀大志，常与楚怀王商议国是，主张章明法度、联齐抗秦。他为人耿直，因而得罪权贵，落得被流放的结局。命运跌宕起伏，生活颠沛流离，没有改变他爱国忧民的初衷。楚国之亡，使他悲愤交加，选择了"宁赴湘流，葬于江鱼之腹中"也不愿"以皓皓之白，而蒙世俗之尘埃"最终以死明志。两千多年前的农历五月五日，他在汨罗江畔纵身一跃，为楚国唱响挽歌，忠烈情怀，千年一叹。屈原用生命在历史长河上矗起一尊不朽丰碑，为后世留下了脍炙人口的不朽名篇。《离骚》《九歌》《天问》等宏伟的历史诗篇，奠定了他在世界文学史上的崇高地位。"路漫漫其修远兮，吾将上下而求索"，"悲莫悲兮生别离，乐莫乐兮新相知"，"举世皆浊我独清，众人皆醉我独醒"，这些千古名句，深深刻印在人们心中。由于屈原的爱国主义精神深入人心，影响深广，纪念屈原成为端阳节文化的主流。

当今社会，端阳节逐渐演绎为一个诗化的节日、诗人的节日。大江南北，男女老少，包粽子、做凉糕、赛龙舟，彩旗飘飘，锣鼓喧天。北方草原的河套地区也有以"放河灯"活动纪念端阳节。各地别具一格的风俗习惯，丰富多彩的纪念方式，把端午节装点得诗情画意。一定程度上，毒日、悲日、灾日和驱害避邪的概念逐步淡化，以致有不少青年人发短信："端午节快乐"。

　　我国有五千年文明史，将端午节确定为国家法定节日，其重要意义在于弘扬优良文化传统。纪念这个节日，首先要对节日的由来作深入的了解，领会其厚重的文化内含和精神实质。屈原作为一位伟大的爱国主义诗人，他的壮举，使后人"惜而哀之"，创作了大量诗篇。苏轼在《屈原塔》里写道："楚人悲屈原，千载意未歇。精魂飘何处，父老空哽咽。"今天我们纪念屈原，应该把他作为诗人的先驱、文人的楷模。从信息上看到，中国作家协会于2010年农历五月初五举办了第一届"端午诗会"，之后连续几年以诗会的形式纪念屈原这位伟大的爱国主义诗人。我想，应借助端阳节，树起一个诗人节，使中国第一诗人的爱国主义精神弘扬广大。为此，特作七律。

《端阳寄情》

竹叶撑开粽糯香，

大江南北话端阳。

雄黄艾草焚浊晦，

沅芷澧兰燃馥芳。

天问九歌歌国圣，

云吟橘颂颂臣良。

离骚踏破诗经地，

永祭汨罗诗脉长。

（七）中秋话团圆

　　"中秋"一词最早出现在《周礼》一书中，《唐书·太宗本纪》有"八月十五中秋节"的记载。人们过中秋节始于唐朝，盛行于宋朝，至明清时，成为仅次于春节的第二大传统节日。受中华文化的影响，东亚和东南亚一些国家的华人华侨也过中秋节。2006 年 5 月 20 日，国务院将中秋节列入首批国家级非物质文化遗产名录，2008 年起列为国家法定节假日。

　　中秋节的起源和农业文明有关。"秋"字，也写作"秌"，最初意为"庄稼成熟"。中国古代农历八月，农作物和各种果品陆续成熟，庄禾人设置节日庆祝丰收。农历的七、八、九三个月为秋季，共 90 天，八月十五正好在秋的中间，故名"中秋"。最早庆祝中秋节时。人们将五谷制作的饼和瓜果蔬菜、酒水饮料摆上桌案，载歌载舞，庆贺五谷丰登、国泰民安。

　　早在春秋时期，贵族、官吏、文人学士就有了祭月、拜月之举。据说，祭月习俗起源于一个神话传说：远古时候天上有十个太阳同时出现，晒得庄稼枯死，民不聊生。一个名叫后羿的英雄，力大无穷，拉开神弓，一气射下九个太阳，并严令最后一个太阳按时起落，为民造福。由于后羿武艺高强，不少志士慕名前来投师学艺，其中一个心术不正的蓬蒙也混了进来。一天，后羿到昆仑山访友求道，王母交给他一包仙药，告知他服下此药，即可成仙升天。后羿有个十分贤惠的妻子名叫嫦娥，夫妇二人情谊深厚、相濡以沫，后羿舍不得撇下妻子独自升天，便把仙药交给嫦娥珍藏。没想到嫦娥在将药藏进梳妆台的百宝匣时，被蓬蒙窥见。在后羿率众徒外出狩猎时，心怀鬼胎的蓬蒙假装生病，没有跟随。待后羿走后不久，蓬蒙持剑闯入内宅，威逼嫦娥交出仙药。嫦娥危急之时转身打开百宝匣，

拿出仙药一口吞下。未想到身子立时飘离地面，冉冉升天，飞到离人间最近的星球月亮上成了仙。后羿回家捉拿恶徒，蓬蒙早已逃走。他仰望夜空呼唤嫦娥，发现当天的月亮格外皎洁明亮，而且有个晃动的身影酷似嫦娥。后羿便到嫦娥常去的后花园里，摆上香案，遥祭月宫嫦娥。百姓们闻知嫦娥奔月的消息后，也纷纷在月下摆设香案，为善良的嫦娥祈求吉祥平安。自此，拜月的风俗流传开来。月球上还有两个身影，一个是吴刚，一个是玉兔。传说吴刚是汉朝西河人，曾跟随仙人修道到了天界，但他触犯了天规，被贬谪到月宫，惩罚他每天砍伐月宫前的桂树。这棵桂树五百多丈高，砍下去之后，又会立即合拢，吴刚就这样一直砍树不止。嫦娥升空时，惶恐中抱起了一只喂养的白兔，随她一起上了月球。这只白兔在月宫里用捣药杵在药臼中捣制长生不老灵药。三个有生命的伙伴在月宫里，又演绎了很多诗情画意的美好传说。毛泽东主席在《答李淑一》的诗中写道："问讯吴刚何所有，吴刚捧出桂花酒。寂寞嫦娥舒广袖，万里长空且为忠魂舞。"就是引用上述典故，表达了对爱妻杨开慧的怀念。相传唐玄宗与申天师中秋望月，见景生情，唤起游月宫之念，于是让天师作法，步入青云，漫游月宫。忽闻仙声阵阵，唐玄宗素来熟通音律，于是默记心中，回皇宫后谱曲编舞，创作了历史上有名的"霓裳羽衣曲"。

祭月为什么选择在中秋，又以月饼与西瓜作为祭品，这是多层文化理念的叠加。农历八月是五谷丰收，瓜果飘香之际，十五的月亮是圆满之月，用五谷做成圆圆的饼，加上圆圆的瓜，祭奠圆圆的月，满足了人们心中圆圆的梦。后来，人们又将一些历史典故加进来，增加了月饼的神秘色彩。传说隋末唐军裴寂以圆月构思，制作月饼，广发军中作为军饷，成功解决了因大量吸收反隋义军而衍生的军粮问题。又说元朝末年，朱元璋联合各路反抗力量准备起义，而朝廷官兵搜查严密，消息传递十分困难。军师刘伯温想出一计，命令属下把写有"八月十五夜起义"的纸条藏入月饼里面，分头传送到各地起义军中，各路义军见到纸条密令一齐响应，攻下元大都，起义成功。朱元璋高兴地传下口谕，将"月饼"作为节令糕点赏赐群臣。此后，"月饼"制作越发精细，品种更多，中秋节吃月饼的习俗便在民间流传开来。

中秋节赏月的风俗，从古代宫廷文人中兴起，然后扩散到民间。唐代，中秋赏月互赠铜镜形成习惯，在铜镜上雕镂蟾蜍、玉兔、嫦娥，冠名月神。唐朝开元十七年（公元 729 年）八月，唐玄宗应百官表奏，将自己的生日（八月五日）设定为举国欢庆的"千秋节"，群臣百官向皇上敬献美镜珍宝，皇上也将定制铜镜颁发给四品以上的官员，命名为"千秋镜"。唐玄宗作诗《千秋节赐群臣镜》以纪之："铸得千秋镜，光生百炼金。分将赐群臣，遇象见清心。台上冰华澈，窗中月影临。更衔长绶带，留意感人深。"到北宋，正式定八月十五为中秋节。中秋节之夜是不眠之夜，夜市通宵营业，赏月游人，达旦不绝，文人月下饮酒对诗，民间月下踏歌，祭拜月亮逐步加入了更多的美好期盼。妇女用桂花油，桂花香粉，设大香案，摆上月饼、西瓜、苹果、红枣、李子、葡萄等祭品，深夜祈拜，希望自己青春常驻。少女拜月，祈愿"貌似嫦娥，面如皓月"。择偶、求爱者拜月老，寄托着爱情如满月的良好祝愿。明清两代的赏月活动更为广泛，不少家庭都设"月光位"，向月亮焚香而拜。在老北京，每逢中秋节都有拜兔爷的习惯，给兔形玩具穿上人的衣服，饰为月宫玉兔的形象而祭拜。《幽州土风吟》描述说：月宫符，画成玉兔窑台居，月宫饼，制就银蟾紫府影。"一双蟾兔满人间，悔煞嫦娥窃药年，奔入广寒归不得，空劳玉杵驻丹颜。"

如今人们过中秋节是在历史上的庆丰收、祭月亮的基础上凸显出大团圆的文化理念。这个团圆包括家庭的团圆、民族的团圆、国家的团圆、全世界炎黄子孙的团圆，"海上升明月，天涯共此时"意义极为深远。中秋节自 2008 年列为国家的法定节日，更加增厚了节日的文化内涵。中华民族的团圆以家庭团圆为基础，节日的本身有亲合力、向心力、凝聚力。以团圆节为载体，可促进家庭和睦、社会和谐、民族团结、国家统一，进而促进中华民族的伟大复兴。今逢中秋佳节，特作五律《中秋望月》一首：

《中秋望月》

吴刚呈桂酒，

后羿望娇亲。
玉兔操灵杵,
嫦娥舞爱心。
星凭红日灿,
地借日光欣。
华夏中秋醉,
人间荡福音。

（八）藏书宜子孙

历来文人爱书，认为"书中自有黄金屋，书中自有颜如玉"，读书身心愉悦、开卷有益，藏书对社会、家庭、个人都有好处，且福衍子孙。欧阳修先生自称"六一居士"，他说"吾藏书一万卷，有金石遗文一千卷，琴一张，棋一局，酒一壶。"有人问："此岂五一乎？"他说："以吾一老翁，日间藏于此'五一'之间，岂不'六一'乎？"读书人打开书本，古今中外，天文地理，花鸟鱼虫，人间美谈，似平原跑马、太空遨游，十分惬意。少年时读朱熹诗："**半亩方塘一鉴开，天光云影共徘徊。问渠那得清如许，为有源头活水来。**"这首诗从字面上看是写景：半亩方形池塘像一面镜子被打开，"天光"和"云影"一齐映入池塘，在水面上晃动，问那方塘之水怎么会这样清澈？因为有活水源头不断流进池塘。作者本意是在借景喻理，表达读书的感受。他将书本比喻为半亩方塘，将"天光"与"云影"比喻为书中的内容，借水的清澈，是因为有源头活水不断注入，暗喻人要心灵澄明就得读书，不断学习新知识，才能达到新的境界。同时揭示了"源头活水"是事物发展的源泉和动力。读书人相交，以文会友，"谈笑有鸿儒，往来无白丁"，签名送书，礼厚情浓。书是财富，书是精神，将书作为遗产交给后人，是一种教化、激励与鞭策，有利于他们的成长、进步。

我国现在县以上各级行政建制都有了图书馆，各类学校图书馆、单位图书馆、职工书屋、农家书屋和社区图书室逐步健全，近些年来全国启动了数字图书馆工程，加快了覆盖全国的数字图书馆服务网络的建设，加之移动互联网阅读兴起，社会藏书、全民阅读正在发生历史性的变化。追溯我国藏书历史，周代就设立有掌管四方之志、三皇五帝之书的"史"官，系皇家藏书专职人员。老子曾担任周朝"守藏室之史"，相当于图书馆或文史馆馆长。历朝历代都有藏书的机构，而这些藏书并不公开，一般的民众是读不到的。民间读到的藏书，主要是私家藏书，也可称为家庭藏书，孔子是春秋时期最著名的私人藏书家。两汉时期，家庭藏书日见其多，最有名的是东汉曹普，他家专门修建了一座石头房藏书，史称"曹氏藏书"。魏晋南北朝到隋唐，抄书、藏书蔚然成风，及至宋、元、明、清，江南一带私家藏书楼星罗棋布。

明朝有一位五品官员胡震亨，是位藏书家。天启年间，他看到唐诗大量失传，弃官回乡，编了一本唐诗集。据胡震亨估算，当时的唐诗至少失传了一半。我们现在看到的《春江花月夜》，作者为张若虚，他的诗留下来的只有两首。《登鹳雀楼》的作者王之涣，留下的诗只有6首。李白这位伟大的天才写了一辈子诗，约有五千到一万首，十之八九失传了。杜甫活了58岁，40岁之前的诗几乎全部失传。"初唐四杰"王勃的集子流传了几百年，到明代就不见了，人们只找到很少一部分王勃的诗文。孟浩然的诗集，许多已经散佚。李商隐自编了40卷诗文集，全部失传，没有整卷留下来，后来的人们陆续搜求到部分诗文。胡震亨凭着自家的万卷藏书，到1635年整整劳碌了10年，完成他的巨著《唐音统签》。又用了7年时间，到74岁时，编著完成研究李白、杜甫的《李诗通》和《杜诗通》两部书。

另一位藏书家叫钱谦益，是明朝的礼部尚书，清军入关，他投降了清朝，背负着"大汉奸"的名声，潜心收集整理唐诗并为之作注，但因当时战火纷飞，生灵涂炭，他的书稿七零八落，今天丢一卷，明天丢一卷，亡佚过半。后来有一位季振宜，17岁中举人，18岁中进士，他发现了钱谦益的残稿，开始收集、整理，重新启动全唐诗的编辑。这位季先生和胡震亨、钱谦益一样，家里的书多，人称"藏书天下第一""善本目录之王"。为了编好全唐诗，季振宜挑灯夜战，过了10年后，终于编出一部宏伟的唐诗集，共717卷。而在书稿编成的第2年，季振宜就病倒了，不久撒手人寰。就是这样一群柔弱书生，与摧残文化的力量对抗，呵护着唐诗，他们的藏书楼建了烧、烧了建，编的书印了毁、毁了印，使部分唐诗流传下来。

清康熙皇帝酷爱唐诗，他钦定曹雪芹的爷爷曹寅，在季振宜《唐诗》、胡震亨《唐音统签》的基础上重新编纂《全唐诗》。到公元 1705 年，曹寅督率 10 位翰林官，在扬州开局修书，一年后，编撰成功。康熙亲自给这部书作序，其中有"得诗四万八千九百余首，凡二千二百余人，厘为九百卷"的序言。这部《全唐诗》的面世，自然有一大批知名和不知名的藏书家提供了稿源，他们对中国文学的贡献是不可磨灭的。

古人藏书的设施和方法也有讲究。明朝嘉靖年间，兵部右侍郎范钦一生爱好藏书，他在今宁波月湖的芙蓉洲上建了一座藏书楼，取《易经》"天一生水，地六成之"之意，冠名"天一阁"，寓意以水制火，藏书永存，很有文化艺术品位。清朝乾隆皇帝修罢《四库全书》后，钦差专门到"天一阁"丈量书楼、书厨的营制尺寸，据此建造了文渊、文源、文溯、文津等北方四阁和文汇、文宗、文澜等南方三阁，以置放《四库全书》，"天一阁"遂闻名天下。

藏书家并非钱多得没处花，其中有的是节衣缩食购书、藏书，有的更是典当衣物以偿书债，还有的搜求不得就亲自动手或组织人力抄写孤本、珍本，更有甚者，终身藏书，直到老死，家中仅有书籍万卷，却无钱财举丧。历代官家藏书都得益于私家藏书的捐献，今天的国家图书馆、许多省市图书馆、高校和一些科研单位图书馆，其珍本、善本的收藏相当部分也是来自私人藏书的捐献。可以设想，倘若历史上只有官藏而无私藏，我国文化典籍的收藏及研究的局面将难以想象。

一部《太平御览》中有一篇诸葛亮"诫子书"："**夫君子之行，静以修身，俭以养德。非澹泊无以明志，非宁静无以致远。夫学须静也，才须学也，非学无以广才，非志无以成学。慆慢则不能励精，险躁则不能冶性。年与时驰，意与日去，遂成枯落，多不接世，悲守穷庐，将复何及**"书中提出的治学、修身、养德思想对后人有很大的启迪和警示作用。

当今社会，电子版图书和互联网阅读对纸质图书的冲击力很大，人们对藏书的兴趣逐步减弱。一位朋友对我说，他一生别无他好，节衣缩食藏书六万册，自认为给孩子准备了一份昂贵的遗产，但他的孩子听了不以为

然，使他十分伤感。我安慰他要自信，书是历史的缩影，书是文化的结晶，书是哲人的高论，书是智者的心灵，书是社会、人生最大的财富。时下人们对财富的看法各有不同，仁者见仁，智者见智。理论家说，经验是财富，组织部长说老干部是财富，收藏家说"黄金有价石无价，奇石无言最可人"，石头是财富。民间有人说"五味俱全短不了盐，花言巧语短不了钱。钱不是万能的，但没钱是万万不能的"。一位县长对部下说：钱不是问题，问题是没有钱。资本家说，有钱能使鬼推磨，钱是最大的财富。然而，钱是一把双刃剑，官员钱多了很麻烦，贪官钱多"进去了"，即使不进去也胆颤心惊，目不交睫。有识之士应多藏书，不要多藏钱，藏书有益，藏钱危险，伴书多做甜梦，藏钱难以入眠。藏书为读书、著书提供了方便，网上看书固然也是读书，但受益程度有所不同。老年人藏书、读书悦心、益智，"静坐读书各得半日，清风明月不费一钱"养心健体，益寿延年。一个家庭有了藏书，就有了文化的氛围，自然能开启一种读书的风气，代代相传，可以福衍子孙。

七、养生有道身心乐

（一）生与卫

生者，生命。卫者，护卫。生与卫的关系可以理解为卫生。"卫生"一词始于成吉思汗与全真派道人丘处机的一段对话。成吉思汗西征节节胜利，占领了大半个欧洲，于是产生了长生不老的念头，听说有位全真派道家丘处机研究长生不老妙方，很有道行，就派人从山东将他请来。见面后成吉思汗说："千里迢迢将先生请来，敢问长生之道？"丘处机回答："我不懂长生，只懂卫生。"此为"卫生"之出处，意为护卫身体以求长生，即现在所说的保健。现在人们对卫生一词理解有些片面，认为卫生就是清洁、消毒，常常把搞环境卫生称为"打扫卫生"，是典型的一句错话。丘处机所说的卫生，包含着多层内容，既有生理方面的，也有心理方面的。既有得了病的治疗，也有不得病的修炼。这些方面的理论，医学名著《黄帝内经》中有记载，药王孙思邈、医圣张仲景及华佗、扁鹊等古代名医均有论述。

历史上，道家养生崇尚自然，主张恬淡无为，颐养天年，倡导"十不过"：一是衣不过暖，讲究衣着简朴、得体、舒适，不过度依赖多穿衣服取暖，注重提高人体自身的生命活力，有"穿到七分暖，神敛心也安"之说；二是食不过饱，认为："常有三分饥，百病不相袭"，让身体保持一定的饥饿感，禁忌大吃大喝、"饱食终日无所事事"；三是住不过奢，居住环境守简、守易、守清，返璞归真，回归自然，接地气；四是行不过富，出行不依靠豪华舟车，不一掷千斤以财开道，认为"财可破气"，过度追逐金钱，影响修炼，使精气离散；五是劳不过累，强调劳作有度，不使伤身，"五劳七伤"为道家养身大忌。"五劳"指：久视伤血，久卧伤气，久坐伤肉，久立伤骨，久行伤筋；"七伤"指大饱伤脾，大怒伤肝，过力伤肾，形寒饮冷伤肺，形劳意损伤神，风雨寒暑伤形，恐惧不节伤志。养生者尽量避免五脏、气血、经脉、筋骨过度疲倦，七情过度受损；六是逸不过安，常常提醒人们"生于忧患，死于安乐"，不可过度安然守旧，要安贫乐道净化心灵；七是喜不过欢，对好事、喜事应有所矜持和节制，懂得"物极必反"之理，以防过犹不及，乐极生悲；八是怒不过暴，"雷霆之怒动九霄"，小则误人误事，大则干戈四起，祸国殃民。修心必先修德，养身必先制怒；九是名不过求，提倡凡事淡然处之，莫为镜花水月而强求。将功名看作过眼云烟，做到宠辱不惊，去留无意，心宽大度，忘怀得失；十是利不过贪，利欲熏心，贪得无厌必然伤身，牢记"鱼与熊掌不可兼得"，要坚持"去利存性，悟道修真"的养身法则。"十不过"充满了辩证法，是经验之谈，至理名言。

吸取古人教诲，总结自我体会，得病治疗需看大夫，而不得病的预防与修炼靠自己。自我修炼总体上从两个方面去努力：一是加强锻炼，二是平衡心态。

加强锻炼的问题，学界、社会各有多种评论，说法很多。如"久坐不如站立"说，认为久坐腰椎承受压力导致腰肌劳损、腰椎间盘突出；久坐会使血液循环受阻，直肠静脉曲张，导致痔疮，增大患直肠癌的风险；久坐容易肥胖，导致心脑血管疾病、高血压、糖尿病。站立时，改善姿势，缓解背部疼痛，加速血液循环，促进心血管健康。站着能激发想象力和创造力，提高工作效率。有人认为步行是人类最好的运动，走路可以消耗热量，控制体重，促进下肢静脉回流，保护心脏；走路活动筋骨，疏通淤滞脉络，增强心脏功能，改善血液循环；走路使疲惫的大脑放松，恢复精力，延缓衰老，是最安全的运动。有人提出走路不如跑步，跑步不如体操，体操不如瑜伽。有人主张骑车，有人喜欢划船，有人选择钓鱼，有人愿意种菜，回归自然寻求绿色。还有人主张盘腿打坐习练气功，疏通大小周天。我倒觉得不应强求一律，而要因人而易。对老年人来说，打打太极拳，更有好处。太极拳是中国古代人创立的一项运动，它的动作圆润轻柔，慢而舒缓，冲击力小，运动中加进了思维意识，眼睛随着手势，手到、眼到、心到、神到，呼吸随着动作，肢体伸而呼，肢体收而吸，且不紧不慢有节奏。西方传来的广播体操分为上肢、下肢、举臂、踢腿等分解动作，中方太极拳讲究整体性、连续性，并与呼吸、心神结合在一起，科学合理，老少皆宜，应该大力提倡。

加强锻炼需要解决一个重要问题，即克懒思勤。有报道说，世界上懒死的人每年多达 300 万。懒得运动，懒得做饭，懒得吃早点，懒得刷牙，懒得清扫卧室。男士懒得刮胡子，女士懒得晒太阳。得了病懒得去医院，懒惰已成为全球第四大死亡风险因素。强身健体要从屋子里走出来，从汽车里钻出来，从电视前站起来，从手机中把头抬起来。选择适合自己的运动，"管住嘴、迈开腿"勤快起来。生命在于运动，国民身体素质在于运动。

卫生保健的另一方面是平衡心态。做到心态平衡是一件难事，需要从多方面努力。

首先，要缓解压力。据有关调查显示，人的一生百分之六十到九十的疾病与压力处理不当有关。这种压力出自一种非理性信念，即以自己的意愿为出发点，常与"必须""应该"这样的词连在一起。看问题容易走极端、绝对化，遇到不顺心的事便认为自己没用、不可救药、糟糕透顶、自暴自弃。把不顺利的事情看得后果十分严重，于是产生焦虑、悲观、抑郁情绪。近年来中国精神疾病的发病率增长了 50% 以上，大多数病例源于生存压力增大。不少人出现抑郁症状，抑郁症导致的自杀死亡人数超过了交通事故的死亡人数。中青年人群承受的压力更加明显：加班累身累心。不加班房子、车子、孩子都没有着落。看着自己的同事，学历、能力不如自己，而生活、工作、地位均超过自己。自己付出百倍努力，却无法实现期望，心中纠结、失落、不甘。人常说，心如弹簧，若长期过度缩压，很难恢复原状。缓解压力需要学会管理情绪，分散注意力，让自己回归理智的世界。妙招之一是树立远大理想，培养自信。信仰是最好的安慰剂，有了信仰就有了奋斗目标，有了目标就有了动力和勇气，有了勇气就有了战胜困难的信心，就会将逆境看作人生正常现象，潇洒面对。

其次，学会不生气、不妄作，放松身心。现代人不仅爱生别人的气，还爱生自己的气：当不了官，生气；赚不到钱，生气；评不上职称，生气……各种闷气萦绕在人的生活中。有些人本身脾气就暴躁，遇事更是心急火燎，动不动就发火，因为抢座位而掌掴别人，因为两句拌嘴话用滚汤浇别人，因为堵车而"斗车"，进而大打出手。有些人性格内向，爱较真又不擅表达，长期压抑，闷气憋在心中无法宣泄，遇到刺激，就会一发不可收拾。据说人生气10分钟消耗的精力不亚于参加一次3000米赛跑。生气时心跳加速，容易心律不齐，血流量降低，胃肠蠕动困难，细胞衰老加速，大脑反应变慢，情绪低落，导致抑郁症。中医认为大怒生气则肝气上逆，血随气上溢，轻则面红耳赤、青筋暴起，重则可致呕血，甚至昏厥。

"不妄作"，就是不做力不从心的活，学习、工作都要适度，清代养生学家石成金少年时期身体羸弱，终日药不离口。后来他悉心研究养生保健，自创一首养生歌《莫恼歌》：**莫要恼，莫要恼，烦恼之人容易老。世间万事怎能全，可叹痴人悉不了。任你富贵与王侯，天年尽处埋荒草。放着快活不会享，何苦自己寻烦恼。莫要恼，莫要恼，明日阴晴尚难保。双亲膝下俱承欢，一家大小都和好。粗布衣，菜饭饱，这个快活哪里讨。富贵荣华眼前花，何苦自己计烦恼。**石成金自编诗歌自己唱，停止吃药，疾病痊愈，身体一天比一天健壮。上了年纪的人不妨学学闭目养神，意守丹田深呼吸，使人体生理功能处于放松状态。不论多么忙，注意子时、午时两次睡眠，下决心关掉电视、手机，泡个热水澡，听听音乐，忘掉烦恼，按时入睡，使身心得到放松。

其三，克服消极的心理暗示。从心理学角度讲，人的衰老首先从心理暗示开始。与年轻人相比，老年人的体力、精力、身体平衡能力、抗病能力都"望尘莫及"，但大脑却并非如此。老年人大脑神经细胞仍在不断增加，人老脑不老。大脑的特性是用进废退，用则进，不用则退。不用脑可以养生的理论是一个误区。消极心理是遇事老往坏处想，这样会破坏、干扰人的正常心理状态，致使体内各器官功能紊乱，内分泌失调，抗病能力降低。相反，积极的心理暗示，会增强战胜疾病的信心，有益于病情稳定和症状消除。癌症患者如知晓自己病情，会受到强大的打击而放弃治疗，使病情迅速恶化。如不了解病情的严重，没有消极的心理暗示则会对生命、生活充满热情，在治疗、护理上积极配合，有利于病情的康复。心理暗示可以自我调控，要多给自己一些积极的暗示，树立自信心。

其四，安慰是一剂良药，恰如其分的安慰是种心灵慰藉，不仅能让一个人受伤的心快速愈合，还能拉近人与人关系。安慰并不需要华丽的词藻和睿智的语言，要对症下药，才能有效。一些心灵上痛苦的人需要一个相伴左右并会讲故事的人。这是感性的需求，无需理性的分析和评判。借他一个肩膀、给他一个拥抱，让他明白，你一直都在他身旁。与其用"多大点事""你要坚强""早就跟你说了"之类的话，还不如充当一双耐心的耳朵。鼓励对方说出自己的感受，这会有助于他自己把事情弄清楚，有助于分担其痛苦，甚至找到解决问题的方法。一个容易自卑的人往往会抗拒朋友对他的评价和鼓励的言辞，而包容和理解胜过鼓励的话语。

其五，多干自己愿意干的事情。著名学者华罗庚说："树老怕空，人老怕松，戒空戒松，从严以终。"华老是学者，看问题极其深刻。人生都有这种体会：忙的时候身体尚好，一旦松懈下来，病就找来了。年轻人事业在身，有点小病，干活中自然消失。老年人若空虚、寂寞、无聊，必然引来烦恼。要学会没事找事，找自己喜欢的事，把头脑中的空隙填满，自然就消除了烦恼。可以建立自己固定的社交圈，参与一些发挥余热的活动，减少"不中用"失落感，增强"还有用"的价值观。可以到大自然中分享花香鸟语的喜悦，减轻抑郁等不良情绪。可以领着孙子到游乐园找回儿时的感觉与乐趣。可以到老年大学去写字、画画、弹琴、唱歌，与同龄人交谈学习感受。从忙碌中寻求乐趣，也是一种养生之道。

（二）防与治

　　扁鹊是春秋时期魏国的名医。《鹖冠子》一书记载了他的故事：魏文侯问扁鹊：你们家兄弟三人均行医，哪一位医术最好呢？扁鹊回答，大哥最好，二哥次之，我最差。魏文侯说，为什么你最出名呢？扁鹊回答：我大哥治病于未发之前，名气未传出去。我二哥治病于初起之时，人们以为他只能治小病，名气只传于乡里。我治病，是病情严重之时，所以大家认为我的医术高明。这个故事将"良医治未病"列为第一，强调以预防为主，不使人生病，是从根本上解决病痛的思维。人有小疾如及早发现，治病于初起之时，控制苗头、防微杜渐，总比病入膏肓下猛药、动手术好。扁鹊不仅是处理疑难顽症的高手，而且对名医治未病的理解极为深刻。治未病的理念一直被古人推崇。老子的《道德经》中有"大兵之后，必有凶年"，说的是战争以后，由于死亡人数增加，必然引起疫病的流行和灾荒，应有防患祸害的思想准备。东晋时期的道家传人葛洪亲眼目睹了瘟疫流行的惨状，注重研究疾病的防治，他创立的道教医学理论是宗教与科学互动的产物，是融生理治疗、心理治疗、社会治疗、信仰治疗为一炉的医学模式。葛洪主张对疾病不单从个体身心治疗入手，还要注意到外界自然、社会环境因素对身心健康的影响。强调治疗疾病的关键，首先在于防止疾病的发生，"消未起之患，治未病之疾"。把病患消灭在发生之前。道家医学理论虽然有消极、负面的东西，比如"炼丹求仙"等，但其养生之术、"医世"之道和"治未病"的要旨，代代相传，得到社会和民众的认可。道家名人董奉、鲍姑、孙思邈、丘处机等都持有这些观点，据说获得诺贝尔生理或医学奖的屠呦呦，在提取青蒿素的技术环节中，也受到葛洪《肘后备急方》的启示。

当今社会，生活节奏加快，社会竞争日趋剧烈，人们整日奔波于生计，无暇顾及养生，一旦患病，首先想到的是到医院求医问药，而且把药物治疗作为医病的唯一手段。过分看重医疗知识，忽视了身体本身的智慧。在这种思想支配下，过度检查，过度治疗，对健康也是一种伤害。尤其是不注重锻炼身体，吃饭睡觉不规律，抽烟喝酒不节制，平时不注意预防，当身体出现"血稠了""糖多了""肝肥了""胆有结石了"，人才着急了。单位不仅没有对预防疾病创造条件，营造氛围，提供方便，而且很少有关心健康人的举措。干部、职工只有生病了、住院了，单位领导才去看望，以示关爱。社会各界不重视预防，大家都关心经济总量，财政收支，人均可支配收入的增减，对空气中雾霾指数超标，水里有了严重污染，楼房太密挡了阳光，工业排放大量碳源视而不见，对化肥、农药侵蚀粮食、蔬菜麻木不仁，特别是公共场所烟雾缭绕，人们仍将烟当"朋友"，见面递一支香烟，彼此拉近关系。烟价上涨，农民选择较便宜的烟，农民工感到孤单用烟解闷，留守儿童缺少家长看管，吸烟率升高，红白喜事如无烟，会被贻笑大方。上述情况都是生病之源，而没有引起社会各界的高度重视，应对举措不够有力。卫生部门大多重视医院建设，忽视防疫部门、妇幼保健等单位。医院高度重视核磁、CT 等高级休检设备和大病手术治疗，对小病未病关心重视不够。现代人因思想工作压力太重，抑郁症频繁发生，而各医院的心理门诊和心理医生寥寥无几。这些问题不是小事，是关乎民生的大事情。

2003 年一场"非典"突如其来，党中央及时果断地进行了处理。明确指出：生命乃人生第一重要，命都没有了，何谈什么发展。响亮地提出："发展为了人民，发展以人为本。"自此"以人为本"的理念逐步深入人心。医疗卫生部门的本职是"救死扶伤，实行革命的人道主义"，需要统筹考虑预防和治疗两大环节，而且应把预防工作摆在重要位置，认真研究增强人民体质、提高人口素质、减少疾病、确保健康的大事。医疗卫生工作者应树立"从医施爱仁人为本，治院求新德术双馨"的思想意识，更加注重"以人为本"与治病治本。

一日，在一家医院看到一副对联，"秋风橘井落甘露，春雨杏林别

有天"落款处书岳美中名句。感到既是一副医学名联，又有深厚文化内涵，于是查阅了有关资料。岳美中一生从事中医治疗和医学教育工作，善用经方治大病。他较早地提出了专病、专方、专药与辨证治疗相结合的原则，在中医老年病学领域有新的创见。他倡办全国中医研究班和研究生班，培养了一大批中医高级人才。1962年，赴印度尼西亚为当时任总统苏加诺治疗左肾结石、肾功能衰竭症，运用了中医治疗"石淋"的方药，苏加诺称之为"社会主义中国中医学的奇迹"。1970年以后，岳美中承担着毛泽东、周恩来、叶剑英等中央领导人医疗保健任务，受到国内外的好评。由岳美中撰文的这副楹联讲了"橘井"和"杏林"两个历史典故。

"橘井"典故出自《列仙传》。书载，汉文帝时贵阳郡有个叫苏耽的人，从小丧父，与母亲相依为命。苏耽一边潜心钻研道术，一边精心侍奉母亲，终修成正果，成了神仙。一天，仙界接他上天，苏耽预测到来年可能出现瘟疫，临行时指着院中的井和井边的橘树嘱咐母亲：明年天下将瘟疫流行，可用井里的水泡橘叶医治病人。第二年，果然瘟疫大作，苏母依儿之嘱，用一升井水泡一片橘叶，广施病人，饮者立即痊愈。消息传开后，远至千里，求医者络绎不绝，橘井之术救人无数。人们为纪念苏耽，在他的故乡修了一座庙，奉祀香火，名曰"苏仙观"。至今古迹尚存，郴州市政府将橘井属地辟为公园，园内现有一井，相传就是当年那口橘井。

"杏林"，典出《神仙传》卷十，文载："君异居山间，为人治病，不取钱物，使人重病愈者，使栽杏五株，轻者一株，如此十年，计得十万余株，郁然成林……"说有董奉其人，医术高明，长期隐居江西庐山南麓，热忱为山民诊病疗疾，从不索取酬金。每治好一个重病患者，让其在山坡上栽五颗杏树，治好一个轻病患者，栽一颗杏树。四乡求治者云集，董奉均以栽杏为酬。几年之后，庐山南麓的杏林达十万株。董奉将成熟杏子变卖换成粮食，用来救济庐山一带贫苦百姓和南来北往的饥民，一年之中施舍的粮食达数十万斗。董奉行医济世品德高尚，赢得了百姓的普遍敬仰，后来传说有老虎为他守护杏林。董奉羽化后，庐山百姓在杏林中设坛祭祀这位仁慈的道医。后人用"杏林"称颂医生，医家也每每以"杏林中人"自居。

这两个典故主要讲了苏耽和董奉两位医界名士高尚的品德。他们心里装着百姓，不仅悬壶济世，而且仗义疏财，扶危济困，成为医生的表率与楷模。把两个故事放在《防与治》的题目内，想说另外一层内涵："橘井"讲了苏耽对瘟疫的预测，如果没有提前一年告知母亲那个"密方"，第二年那场疫病的后果不堪设想。"杏林"故事中的董奉为什么治好病不要钱而让人种树？用意可能是想改善一下人居环境，增加绿色植被，同时将果实换粮救灾民，也起到预防病灾的作用，可谓一举两得。这两位神仙将预防与治疗完美结合，可谓德术双馨。我们今天要搞好医疗卫生事业，就要高度重视预防与治疗两个环节。首先应该重视的是预防，使人不得病，少得病。要做到这一点，就要在消除病源上做文章。

一是注重人生三要素：阳光、空气、水。居室阳光充足，空气质量过关，水质没有污染是最为重要的。中医讲"春夏养阳"最简单的方法是晒太阳，早晨太阳升起时，两手心面对太阳晒一晒。中午脱帽晒百会穴，晚饭再让太阳余晖晒晒，能起到很好的保健作用。城市住宅小区的建设不要单纯计算"容积率"和经济效益，要充分考虑居民的采光。在规划工业项目时要充分考虑人居的生态环境、水和空气不受污染。宾馆、饭店、公共场所不单纯图气派、豪华，一定注重"绿色"环保。

二是防止病从口入。特别是减少食品中的化肥、农药残留物。这是一个社会性的大问题，需要全社会共同努力。中国历史上的农作物产量较理想的是"成亩打石"，即一亩产一"石"粮。"石"为一个计量单位，一"石"等于十斗，一斗约30斤，一"石"为300斤。而现在出现吨粮田，一亩近2000斤。这么大的增速，主要是化肥的功劳，化肥为无机肥，主要起激素的作用。人们都知道化肥有副作用，但如果不用化肥，13亿人的吃饭就成了问题。农药问题也是双刃剑，用了害怕，不用不行。当今的病菌有现代化的"脑筋"，你有"政策"，它有"对策"，不停地变异，没有杀伤力的农药根本奈何不了它。现在社会上到处标榜绿色粮食、绿色蔬菜，其实大部分不存在，只是污染物量多量少的问题。随着经济社会的发

展进步，各有关环节一定要有强有力的举措，把粮食蔬菜中危害人体健康的毒素降下来。

三是按时体检，做到有病早知、早防、早治，同时避免过度检查、医疗。时下有一种现象，得了感冒到医院，要进行血检、X 光、CT 等一系列检查，过度检查会对人身体造成不良影响，民众对此怨声载道。2011年 3 月，美国内科医生基金会发起一项名为"明智选择"的健康运动。倡导医生从病人的实际情况出发，根据具体病情制定合理有效的检查、治疗及恢复方案，避免过度医疗。美国政府相关的法律，对有过度医疗行为的医生予以严惩。我们也应参照，结合自己实际，有相应的举措。

四是建立健全疾病防控体系，加强卫生防疫部门建设。进入新世纪以来，随着城镇化的推进，医疗卫生的重点大量集中到城市，广大农村牧区的医疗卫生设施十分薄弱，形成城市拥挤，乡村冷落，小病不能就近就医。要下决心解决这一不平衡现象，健全城乡疾病预防网络，医疗单位要防治并重，提高预防疾病水平，全社会加强医疗保健知识宣传，提高国民保健意识，加强身体锻炼，注重心态平衡，无病早防，有病早治，提高国民身体素质。

五是营造全社会关爱健康人的氛围。有报道说：美国芝加哥西方电器公司为员工建游泳池、健身房、网球场，鼓励大家多运动、少得病，企业与员工双双受益。老板为 55 至 60 岁退下来十年不得病的员工发奖金。这种理念的确值得称道，管理者要关爱部属，为人们创造良好的工作环境，尽量做到不得病、少得病，以健康体魄投身工作。

"四化"大业，任重道远，需要一代接一代地顽强拼搏，而拼搏需要健康的体魄。干部、职工及广大民众都应学会生活，注重养生。健康教育专家提示：最好的医生是自己，要学会自我保健，爱护自己的身体；最好的药物是时间，有病早发现、早治疗，时间就是生命；最好的态度是自信，信心能提高机体的免疫力，减轻病魔对人体的杀伤力；最好的预防是锻炼，选择适合自己的方式加强锻炼，增强体质，减少疾病，益寿延年。

（三）膳与食

　　近年来，与膳食营养相关的肥胖症、糖尿病不断攀升，构成向人类健康的新挑战。究其原因，一是人们吃得越来越"好"，造成营养过剩导致肥胖；二是嘴馋，认为"好的"好吃，高脂、高蛋白、高盐食物摄入量太多，同时因偏食而微量元素及矿物质缺乏，造成营养结构不合理；三是手中有钱，追求"高档"，大吃二喝；四是社会营养科普混乱，风刮出一批"营养专家"，信口开河，误导民众。过去，由于生活穷困，食不能充饥，严重营养不良，大部分是"饿"出来的病，而今不论是肥胖还是营养不均衡，都是"吃"出来的病。

　　时下，不少专家、学者出来讲学，教人们怎么吃，不该怎么吃。而有人这样说，有人那样说，今天这样说，明天那样说，五花八门，使人们无所适从。正是一些生活在农村、山区的长寿老人，用现身说法，道出了饮食秘诀，归纳起来主要有八个字："定时、量化、杂食、自然"。把握八字原则顺其自然、常久坚持，可以克服当今的"富贵病"。一个人如果每天查阅什么食物可吃，有什么营养，精细地计算各种食物的比例，太累了。如果不问青红皂白，想吃什么就吃什么，暴饮暴食也太贪了。其实每个人的生理、心理状态千差万别，饮食结构不尽相同，教条式的食谱，不能满足各自的需求。只要把握原则，注重平衡，保持常态，与择优环境、坚持锻炼结合，就是科学的。

　　民间传说：玉皇大帝将牛神传来，吩咐说：你下到凡间告诉人们："一日三打扮，一吃饭"。牛神嘴笨，在传达玉帝的旨意时，错讲成"一日三吃饭一打扮"。玉帝怒斥牛神："一日三餐，怎么能养得起那么多民众？你下去吧，帮助民间耕作，就让他们'三吃饭'吧"。老牛自知自己传错了

话，自作自受，来到人间，辛勤耕耘，毫无怨言。玉帝虽然迁怒于牛神，但也认可了民间的"一日三吃饭"。我们感谢老牛，是它满足了人类一日三餐的口福。这个传说表明：一日三餐，天经地义成为人类生存之规，现实生活也证明人们一天吃三顿饭符合人体需求，是科学的。而今有不少人起初不遵规律，吃出了肥胖，之后又为减肥，把一日"三吃饭"改为"两吃饭"、"一吃饭"，违反了规律，造成营养不良，从一个极端走向另一个极端。

人类从远古走来，由狩猎、游牧、农耕走向工业化、城镇化，各个时期饮食习惯是不同的。游牧民族以食肉为主，由食野生动物进化到家养动物，由见肉就食，进化到有选择而食，由生食进化到熟食，由单食肉进化到肉、奶、蛋、果、菜、谷，千百年来，牧人就是这样生活的。今天有人对吃肉说三道四，肥也不好，瘦也不对，又限定二两之量，很不实际。牧人不吃肉，怎么能做到呢？草原人千百年前就引进了中原与江南农区的茶，以补身体所需的维生素不足，奶茶成为游牧民族的必须品。有人说"砖茶"，粗枝大叶，品质不好，应换精细一点的"好茶"。其实正是这种粗茶所含维生素量大，助消化功能强，适合吃肉民族饮用。牧人喝惯了、适应了，存在都是合理的。当然也有不足之处，"黑砖茶"含氟较高，需要在制作上加以改进，或更换为普洱和其他红茶逐步适应口味，但把黑茶换绿茶是熬不成奶茶的。

也有医学专家极力抨击咖啡，有不少人提起"咖啡"，就如临大敌，认为喝咖啡是种罪恶的"享受"：一是说咖啡中含有大量咖啡因，喝多了易导致心率加快、睡眠紊乱、恶心呕吐、血压升高等不适症状，还可能引起中毒。二是说喝咖啡"上瘾"，说咖啡中含有咖啡因，是一种刺激物，经常喝咖啡，身体可能产生轻度依赖，如果突然停止，会出现头疼、疲劳、焦虑和注意力无法集中等症状。三是说咖啡是骨质流失的罪魁祸首。而西方人就是那样饮着、喝着长大的，80%以上的人喝咖啡，像中国人喝茶一样频繁。咖啡豆经采摘、烘焙、研磨，冲泡出醇香飘逸的热咖啡，被誉为最浪漫的饮料。据国际咖啡组织统计，全球每年消耗咖啡4000亿杯，美国近九成人的早餐是从一杯咖啡开始的。东方茶文化盛行的日本、韩国，咖啡的年人均消费量也有 300 杯左右，而中国人每年人均只喝 5 杯左右。咖啡中含有 200 多种物质，除了咖啡因，还有蛋白质、脂肪、烟碱酸、单宁酸、生物碱、钾、膳食纤维等多种营养成分。喝咖啡虽有一些不适应症状，过几天就会消失，不会像其他药物一样有成瘾，对身体和精神健康不会造成伤害。人体中大约含有 1100 克钙，其中 99% 沉积在骨骼和牙齿中，因此不会因为喝咖啡利尿而减少骨钙量。有一点需要注意，那就是咖啡刺激作用可持续 6 小时，会引起睡眠紊乱。但只要掌握好时间，就不会影响睡眠。咖啡含有多种营养物质，适量饮用可降低癌症风险、增强记忆力、保护心血管、预防糖尿病，对健康有好处。当然，喝咖啡最好选择纯咖啡，不要在晚餐后喝，以免影响睡眠质量。掌握好喝的数量、时间，一个人每天上午喝 3—5 杯咖啡是健康饮食的一部分。不少有营养的食品与饮料，我们都应科学对待，不应乱扣帽子，乱定罪名。只要适量、适时、合理摄取，对身体是有益的。如果这也不能吃，那也不能喝，过分计较，缺了营养，身体必然受到伤害。

在错误舆论的引导下，把"瘦"作为"美"的标准，社会出现了一股减肥风。诚然，瘦一点，减少"三高"的概率，也显得灵巧，但瘦不一定就美。美是多种方面的综合显现，汉妃赵飞燕以瘦为美，而唐妃杨玉环以胖为美，历史上的"沉鱼、落雁、闭月、羞花"四大美人各显其美，有诗曰："高低肥瘦各有度，玉环、飞燕谁敢争"。人的群体就是有高有低，有瘦有胖，才丰富多彩，体格的强健是按照各自的特点，适应环境，遵从规律，顺其自然的。那种刻意地求瘦，精细计算吃喝的比例，有点"过了"，"跑偏了"。这样下去，会将强身健体引入歧途。

（四）快与慢

民间流传一个"乌龟理论"，值得研究。乌龟在各类动物中动作可谓最慢，然而它的寿命却最长。人类正因为它的长寿，将龟与麟、凤、鹿一并称为"物中四灵"，并视为长寿吉祥的象征。古时人们在龟甲上刻字记事，以示永恒的记忆，有人将龟壳悬挂厅堂，期盼长寿，祈福迎祥。

乌龟长寿的秘诀在哪里呢？内在的原因可能很多，而最主要的是一个"慢"字。行动慢、性子慢，不是一时一事的慢，而是与生俱来的慢。它从来都是不慌不忙，不急不躁，慢慢悠悠。与他物相处，不争不抢，不忌不妒，任尔跨越超前，我行我素，即使大难临头了，它都慢条斯里，满不在乎。在少儿中流传着"龟兔赛跑"的故事，讲的是性急、骄傲且自作聪明的兔子自认为睡上一觉乌龟也赶不上自己，然而一觉醒来，乌龟争了第一。按理说乌龟是跑不过兔子的，之所以取胜，是因为乌龟的心态好，它不自大，不偷懒，慢而不停，持之以恒，因此创造了奇迹。

时下，随着物质生活条件的改善，人们对养生有了新的理解和追求，各自选择了不同方式进行锻炼。总的看，生命在于运动，均有利于身体健康无可非议。然而不少人急于求成，锻炼过度，引发身体不适和病端。据业内人士调查，世界上的寿星并非都是坚持运动者，也有不动者，说明健康不完全取决于肢体的运动。长寿的秘诀在于"平衡"，包括膳食平衡、心态平衡、运动平衡，而心态平衡是最重要的。《黄帝内经》记载："万物之生，皆禀元气，气聚则生，气壮则康，气衰则弱，气散则亡。"说元气是生命之本、生命之源。因此，中医名家都重视四季养生，以自然之道，养其自然之身。春夏养阳，秋冬养阴，五脏四时，各有收获。一位佛家弟子讲：生命在于用气，"三寸气在千般用，一旦无常万事休"，一个人一生呼吸的次数有个总量之限，若呼吸急促，生命时间则短，要延长寿命，需要延长呼吸时间，减少呼吸次数。因此佛家把静坐、深呼吸作为延年益寿之道。医学上认为人的寿命长短有两个重要的因素，一是生理因素；二是心理因素，有时心理因素大于生理因素。由此说来，这个"乌龟理论"初听似乎匪夷所思，但细细品味，有其深奥的道理。怎样实践运用这一"乌龟理论"呢？

一是慢中求静。慢中保持恬淡、虚无、宁静，一切顺其自然。就像乌龟与兔子赛跑一样，不急不躁，一如继往，以慢取胜。要做到每临大事有静气，骤然临之不惊，无故加之不怒，不动声色，沉着应对。

二是慢中求细。比如吃饭，人是铁，饭是钢，体能的维持，寿命的延长，以饭为本。吃饭营养是内容，进食速度是形式。用餐的速度不同，吸收的营养有差异。用餐时要放松情绪，时间适当拉长，细嚼慢咽，有助于消化和吸收。

三是慢中求恒。人们常说："不怕慢，但怕站"，慢则稳、稳则健。锻炼身体不能急于求成，欲速则不达。剧烈的运动往往伤身，特别是中老年人或有心脑血管病的人，可以选择散步、慢跑、打太极拳等一些慢性体育运动项目，达到健身的目的。成功者关键在于恒，持之以恒，可以弥补慢的缺陷。

四是以慢克躁。现代生活节奏快、压力大，人们往往浮躁，对于健康极为不利，要学会闹中取静、以柔克刚，对于一些棘手问题的处理应遵循三思而后行，冷处理可以避免差错，减少不必要的烦恼。

五是快慢相间求平衡。事物发展的规律总是快慢相间有节奏。听一首歌曲，一部分高亢、激昂、急促，一部分低沉、舒缓、悠扬。弦绷得太紧了易断，人过分紧张易疲，锻炼身体也需有收有放，快慢相间、保持平衡。

在日常生活中，快与慢是相对的，快有快的优点，慢有慢的道理。锻炼身体若不顾久坐不动的身体素质，去追求快走、快跑，很可能出现偏差，引发毛病。正确的态度应是因人而宜、循序渐进，能快则快，不能快则慢，把握好"度"，违反规律，超越极限就要受到惩罚。养生是这样，工作也是如此，常常听到两句话，一句是"雷厉风行"，一句是"三思而后行"。"雷厉风行"指像雷电风驰一样快捷，而"三思而后行"指深思熟虑之后再行动。一个要求快，一个强调慢。那么哪个正确呢？具体情况要具体分析。大凡认准的事，行动快一点，有利于早出成果。而吃不准的事，慢一点，有利于避免失误或少走弯路。经济建设，需要争时间、抢速度，抓住机遇，大干快上。而文化建设起着潜移默化、润物细无声的作用，是个细活儿、慢活儿，不能抢速度。做事情有时不在于快而在于细，人常说："性格决定命运，细节决定成败"。同样一件事，囫囵吞枣，粗枝大叶，只求速度，有时会把好事办砸。而速度放慢一点，考虑细致周到一些，步步为营落到实处，则更加牢固、稳妥。现实生活、工作中，不少人总认为快比慢好，常常事与愿违。新中国初期我国曾提出"赶上英国不用十五年"，1958年提出"大跃进"，各行各业全面加速，"文革"后期提出建设社会主义"十大蓝图"，而到了改革开放初期，重新审视国情，冷静地提出：我国现在还处于社会主义的初级阶段，这是客观的、清醒的、理智的。"快"固然是人们向往的好事，但如条件不具备，太快了容易"翻车"。

当今社会处在信息爆炸时代，一部手机传递着海量信息，一天到晚不停地有铃声和震动，短信、微信将天下的大事小情发送过来。一方面快节奏的现代生活使现代人变成"超人"，不仅了解了大量的信息和知识，而且产生了"一心多用"的本领。过去讲"秀才不出门，便知天下闻"，如今是"凡人不出门便知天下闻"。另一方面繁杂的信息分散了人们的注意力，专心致志的工作，常常被不同的频道切换，使大脑出现另一个图像，降低了本职工作的效率。尤其是网上有些新闻看起来有趣，实际上无聊，毫无价值，但它很抢眼，白白浪费了时间。生活中见到不少人，一天之内玩手机占去一半的时间，一大早就有十几条短信，一一回复占去半小时，上了班还是在不间断地看短信，开两个小时的会，四、五次出去接电话，坐在车上低着头看，躺在床上仰着头看，与同事交流还是不间断地看手机，心不在焉，缺乏回应，显得十分忙碌。与之相反，不少领导、院士、科学家、高级教授、名医，他们一般很少摆弄手机，工作起来慢条斯理、有条不紊，看不出有多么忙碌，但精力集中、思维专注，为社会做出很大的贡献。对待快与慢要有辩证的思维，"乌龟理论"对身体、工作、生活、事业有重要的指导作用，值得研究、品味。

（五）生与死

　　参加一位老领导的遗体告别仪式结束后，我从殡仪馆出来，心情格外沉重。一是对老领导的突然去世感到惋惜。他才 70 岁啊，不到走的时候。二是感叹人生苦短，去世前一天，我还和他开玩笑，夸耀他红光满面，身体强健，穿着得体、时尚，夫人服侍有方，幸福指数真高啊，第二天晚上他就匆匆离开了人世。回到单位，坐在办公室前，长时间思索、愣然……

　　这位老领导是一位副省级干部。2012 年元月，刚从外地归来，参加了省区各族各界迎春联欢会。在这里我与他相见，给我的印象是他越活越年轻了。可就在第二天晚上，原单位举办迎春茶话会，他应邀出席。他平时爱唱歌，朋友相聚总喜欢亮几嗓子。退休后自己录制了一盘歌曲，多为民歌与地方歌曲，很有风味。那天联欢会上，同志们邀请他唱一首歌，他欣然同意。登台唱了一首陕北民歌《羊个肚肚手巾三道道蓝》，全场掌声雷动。他很兴奋，主动表示再歌一首《莫斯科郊外的晚上》。刚刚唱完第二句歌词，突然身向后仰，摔倒在地，话筒扔向一边。大家急忙上前扶起，已经不省人事。急送医院抢救，一句话未说离开了人世。医生诊断是心脏猝死，就这样他在歌声中与大家告别，至今他的歌声还在人们的耳边萦绕。

　　工作多年，为不少同志、朋友、领导和至亲送行。逝去的原因大体分为四种类型：一是因病医治无效。二是劳累过度突发疾病，来不及治疗。三是因意外事故，死于非命。四是寿终正寝。歌声中走向彼岸的，仅见到这一例。因病医治无效占死亡人数比例最高，也是人生的正常现象。医学界告知人生年龄理论上可到 150 岁左右，由于生活环境影响、自己生活不规律，使生理机能衰退，缩短了人的寿命，医疗条件再好，不一定完全有效。寿终正寝是指人体像一盏灯，油尽灯灭，睡在自家的坑头上静静地去了。意外事故常常发生，有时防不胜防，感叹人生苦短啊！生与死是每个人必须面对，而且不可回避的。如何面对生死，应取正确的态度。

一是力求长寿。历史上儒家主张乐天安命，道家追求长生不老，佛家认为灵魂不死，共产党人也喊过"万岁""万寿无疆"。每个人都企盼长寿，祖国各地的长寿老人都使人羡慕。传说中国远古时期有一位长寿老人名叫彭祖，是上古帝王颛顼的孙子，生于彭山，活了880岁（折合今146岁）。他独创的导引行气术、调摄养疗术、房室养生术、膳食养生术留传后世，是中华最早的保健之法。有一位洪昭光教授说，65岁是中年，65至74岁是青年老人，75至90岁算老年，90至120岁才是高龄老人，120岁就与彭祖活得年龄接近了。然而，为什么不少人60岁左右就未老先衰了呢？几年前有一个统计数据说，中国的知识分子平均年龄只有58.5岁，他们8岁入学，读书用去20年，为社会工作时间仅仅30年，实在可惜。如果平均年龄达到80岁，对国家和社会的贡献该有多大啊！近年来，世界范围的百岁老人与日俱增，有统计称，目前全球百岁以上老人总数超34万。美国有72000多人，中国老年学会公布2014年6月30日百岁老人58789人，在乡村居住的明显多于城市，约占总数七成，其中以女性居多。医学资料显示，人的寿命长短，父母的基因占15%，个人的生活习惯及保健占60%，医生的调理治疗占8%，其他不可估因素占17%。这个资料告知人们，生命中人的因素所占比重最高，人是有能力延长自身寿命的。人的身体有自身的智慧，自我调节能力很强。有了病不要把康复完全寄托于医院与大夫，首先是自己战胜疾病的信心与意志。身体强健时，不可超强度透支，要加强锻炼，注重保健，增强免疫能力。要养成良好的生活方式，去掉影响生命的不良恶习，注重未病治疗，虽然万寿无疆不可能，但长命百岁不是梦。

二是要克服焦虑心态，以积极的态度面对生死。生、老、病、死是自然法则，人的能力无法抗拒。有些人把死想得过分严重，过多的思考，过多的忧虑，其实是多余的。吃饭怕食品转基因，喝水怕水污染，坐车怕交通事故，乘飞机怕马航事件，睡觉也怕气管阻塞，使大脑神经不堪重负，加重了身体的衰弱。应该用宽广的视角去看待生死，走出拥堵，接受现实，顺其自然。相信该来的挡不了，该发生的改不了，该去的留不住，该在地上出问题，天上是平安的。使心理解压，反倒对身体有好处。有了点小病，善于运用太极拳的理念，放弃对抗，使病魔的力气从哪里来，顺着哪里走，使对方每一拳都打在棉花上，化解强力，化险为夷。但也不要回避矛盾，路堵了就要拓宽，行动是最好的开道机。

三是把生活当作一种享受，过好每一天。有一位名人说："我们不能拉大生命的长度，却可以加强生活的密度"。加强生活的密度就要让生活丰富多彩，把一日三餐当作老天的安排，是老牛向玉皇大帝汇报后领回的御旨，认真对待，不违旨、不敷衍、不草率。上世纪 80 年代，有一位乡镇的党委书记提出本乡的小康水平有三句话："小康不小康，关键看住房；早晨牛奶冲鸡蛋，中午猪肉大米饭，晚上羊头就大蒜；一瓶特转（特制转龙液酒），一盒特钢（特制钢花烟）就是小康"。他把小康的生活内容具体化，而且赋有诗意，对乡民是一种激励和鼓舞。对待生活，应保持乐观的心态，把进厨房做饭当作欣赏锅、碗、瓢、勺交响乐；把乘公交车上班当作短暂的离家旅游；喝酒时，联想到杜康造酒醉刘伶，李白斗酒诗百篇；饮茶时想想茶圣陆羽、茶仙卢仝，苏东坡名言："与其成仙不如与卢仝饮茶"；散步时想想马克思在伦敦大不列颠……使平凡的生活充满情趣。

四是有所作为，体现出人生价值。成千上万的革命先烈为了新中国的建立，抛头颅、洒热血，"对着死亡我放声大笑，魔鬼的宫殿在笑声中动摇"。陈毅元帅于 1936 年冬在梅岭被国民党军队围困，身负重伤、弹尽粮绝，面临死亡。在这种生死攸关的时刻，他写下著名的诗作《梅岭三章》。

"断头今日意如何？创业艰难百战多。此去泉台招旧部，旌旗十万斩阎罗。""南国烽烟正十年，此头须向国门悬。后死诸君多努力，捷报飞来当纸钱。""投身革命即为家，血雨腥风应有涯。取义成仁今日事，人间遍种自由花。"三首诗的结尾十分精彩，第一首结尾豪迈地说：即使到了阴曹地府，也要召集已到泉台的旧部人马，挥动旌旗，力斩阎罗；第二首结尾，满怀深情地说：希望未死的同志们多加努力，当你们取得胜利，传来捷报时，就当是在我的坟头烧化纸钱；第三首更加坦然地说：取义成仁是革命者寻常之事，今日我死了，是为人间遍开自由之花。表达了诗人为共产主义献身的意志和宁死不屈的革命精神。新中国建立之初，大力提倡"一不怕苦，二不怕死"的精神，涌现出不少时代的英雄。毛泽东的儿子为了保家卫国和世界和平，牺牲在朝鲜战场。每一个共产党员在入党宣誓中都表示：时刻准备着，为革命事业献出生命。雷锋说："人的生命是有限的，而为人民服务是无限的，要把有限的生命投入到无限的为人民服务之中"，这些都是人生理想的高境界。和平年代要享受幸福生活，还要创造更幸福的生活。要过好自己的生活，还要为更多人活得更好。道学思想的创始人老子说："不失其所者久，死而不亡者寿。"意思是不离失根基的就能长久，身死而不被遗忘的是真正的长寿。假使有一天肉体消失了，人的名声还在，精神还在，为后人留下缕缕思念，才是真正的长寿之人。

（六）乐享幸福

有一段时间，中央电视台的记者手持话筒，逢人便问："你幸福吗？"得到的回答多种多样，表明人们对幸福各有理解，因人而异。民间有一个小故事：一位皇帝，整日愁苦，于是他差人去寻找国内最快乐的人，并要求把他的衬衣带回来。差役费了好大的劲儿，最终找到一个每天都开开心心、无忧无虑跳舞的人，可他却穷到没有衬衣，可见幸福感不完全是物质上的满足，有精神上的愉悦。

幸福是个玄奥、耀眼、诱人的字眼，是全人类的共同心声和梦寐以求的极致目标。古代的人们将幸福视为"五福临门"。"五福"源自《尚书·洪范》"一曰寿，二曰富，三曰康宁，四曰修好德，五曰考终命"。"寿"是命不夭折而福寿绵长；"富"是钱财充足而且地位尊贵；"康宁"是身体健康而且心灵安宁；"修好德"是德行美好而且坚持不懈；"考终命"是临死得善终，安详自在地离开人世。"五福"寄托着人们美好的愿望，蕴含着丰富的人生哲理。"五福"之间相互所依，相互作用，如有寿才知福，健康才使寿有意义。德是福的根源，福是德的回报。而人的一生难得全，达到"五福"十分不易，需多方努力，方可"五福临门"。英国 17 世纪思想家欧文说："人类的一切努力的目的在于获得幸福。"按照一般的历史常规，经济发展，社会财富增长，人民满意度与幸福感成正比，即社会财富越多，社会越稳定，大家都能越安居乐业，人民越幸福。然而，我国改革开放 36 年来，随着财富的增加和国力的增长，社会的不满意度也在上升，为什么这样呢？改革开放之前，农村、城镇人口相对稳定，大家抬头不见低头见，半个城区都是熟面孔。如今，工业化、城镇化的快速发展，人口流动、异地求学、工作迁徙，使同一小区的邻居互不相识，陌生感产生了不信任感，市场经济增加不确定性。计划经济时期，人们吃大锅饭，大家的情况都差不多，尽管收入低，生活质量差，无需为生活变动而担心，人们的心态相对稳定。当社会出现高速发展的时期，同时出现了一些新情况：一是经济发展的不均衡、不协调；二是收入分配差距不断拉大；三是社会道德水平下降，犯罪率居高不下；四是环境污染，伤害人体健康；五是社会腐败恶性膨胀。由此产生了社会悖逆现象，使人们的幸福感下降了。除此之外，是人的欲望使然。有人把人的欲望与满足进行比较，提出一个公式：幸福 = 满足 / 欲望。指出，幸福的感受与满足成正比，而与欲望成反比。幸福是没有终点的主观心理感受，追求幸福，是人类的基本价值取向。而幸福与个人心理有关。幸福的特征：有个体性、动态性，与心态相关，与价值观相连。一个贪得无厌的人、损人利己的人、心胸狭窄的人和悲观厌世的人，没有幸福感可言。

随着经济社会的发展和人们追求目标的攀升，幸福的感受在不断变化。今天获得幸福的人，明天又感到不幸福了。其主观心理因素主要来自攀比。一是比职位、比房子、比车子、比票子……一味地向上比，比的结果增加了失落与不平，减少了幸福指数。二是过分看重物质。除了赚钱，似乎不知道自己要追求什么，精神缺失导致幸福感打折。三是过分看重生活中的阴影。生活本身是酸、甜、苦、辣、咸五味俱全，社会发展总体是前进的，个别地方也有阴暗面，若不看大局看枝节、不看整体看局部、不看先进看落后，就会觉得生活暗淡无光。四是心理压力大。心浮气躁，烦躁不安，常因小事伤神，处于焦虑状态，感受不到幸福。五是安全感匮乏。媒体传播引发恐慌，微博、微信的大量信息中，负面信息总能抓住大众的眼球。一些"新鲜事"添油加醋，比如大学生跳楼、孩子被拐、司机斗殴、官员"双规"、桃色新闻等，只要曝出一起，接下来就会铺天盖地袭来，造成处处是苦难的错觉。去餐馆吃饭，怕吃到地沟油；出去逛街，怕孩子走丢或被拐走；坐飞机出行，怕雷雨或"马航失联"；结识新友，怕人心不轨；谈恋爱，怕感情不能长久……心里充满了忧虑甚至恐惧。不安全感与日俱增。上述种种情况，悄然成为一种社会心病。

幸福的创造本身也是一种幸福。虽然创造幸福的过程充满艰辛，有时候也有不幸，但创造过程中的那种期望与追求，包含着一种幸福。经历了严寒才知道春天的温暖，经历了痛苦才知道人生的快乐。中华民族用勤劳的双手创造丰收的果实，经过五千多年的奋斗铸就出许多优秀品质，懂得了幸福来之不易，要获得真正的幸福，需要从多方面努力。

首先，要克制过高欲望。人有七情六欲，七情指喜、怒、忧、思、悲、恐、惊；六欲指色欲、听欲、看欲、味欲、触欲、意欲。人要生存，自然嘴要吃，舌要尝，眼要看，耳要听，鼻要闻，心要想，属于人的本能，无师自通。情与欲属于人的正常生理现象，但欲望过高，必然给自己带来烦恼。曾在一座寺庙的墙壁上看到一幅画，画面有一棵果树，一只猫两眼盯着果实，满脸苦相。佛家弟子解释说："猫为什么痛苦呢，是因为它想得到鲜果而够不着。痛苦产生于欲望，解决痛苦之方，是消除欲望，无欲则无求，无求则无苦。按理说，猫有耗子吃应该知足了，可是它还想吃鲜果，树高又够不着，自然就产生了痛苦。"清代学者纪晓岚在其客厅自撰一副对联："事能知足心常泰，人到无求品自高"。每个人若以常人心态，消除过高的欲望，自然就有了幸福感。

二是以平常心适应社会。事物发展的规律是适应者生存，不适应者淘汰。人要适应自然，适应社会，而不是让社会适应自己。这就需有一个良好的心态，正确对待自己，正确对待他人，正确对待社会。社会是纷繁复杂的，人是形形色色的，不可能千篇一律，更不可能整齐划一。因此，不能以自己的好恶标准去看待不同的人和事，应大度、包容、发展地看，向前看才能体会到其中的幸福。郑板桥在他的"难得糊涂"四个大字下面写了一行小字："聪明难，糊涂难，由聪明而转入糊涂更难。放一著，退一步，当下心安，非图后来福报也。"他对"糊涂"的深刻内涵解释得十分明白，对"难得"的作用说得很清楚。凡事若能做到退一步，则当下心安，幸福就在其中了。

三是情趣高雅，以苦中为乐。中唐著名文学家、政治家刘禹锡因参与改革失败，被贬为朗州（今湖南常德）司马。专为他所住的陋室写了一首《陋室铭》："山不在高，有仙则名。水不在深，有龙则灵。斯是陋室，唯吾德馨。苔痕上阶绿，草色入帘青。谈笑有鸿儒，往来无白丁。可以调素琴，阅金经。无丝竹之乱耳，无案牍之劳形。南阳诸葛庐，西蜀子云亭。孔子云：何陋之有？"刘禹锡把这个窗外杂草丛生，墙上布满苔痕，十分简陋的寒舍，看得十分温馨。原因是他认为：山不在高，有仙则有名气，水不在深，有龙则可显灵，居室不论豪华还是简陋，只要有品德高尚的人就散发馨香。此室确是一个陋室，但往来都是一些有知识的大儒，没有那些文化浅薄、品行低下的小人。在这里可以调琴、读经，又没有那些管弦音乐的聒噪和官方文书的搅扰，十分安静。就好比诸葛亮躬耕南阳的茅庐和汉代蜀郡扬雄（字子云）的亭宅。这两处虽为陋室，却因主人有德而扬名于世。正如子欲住在九夷，对孔子说他住一间陋室，孔子回曰："君子居之，何陋之有？"由于主人品德高尚，情志高雅，使所居陋室内蕴华彩，不仅不陋，反而会令人神往。

四要从学问中求幸福。一个人要生活得幸福，或有目标指引，或有情感滋润，或有智能支撑。倘若整天无所事事，往往会心情烦躁，未老先衰。有牵挂，有寄托，有目标的人，会沉浸在人生的快乐里，"不知老之将至"。我国古代诸子百家中长寿者甚多。孔子享年73岁，荀子活了75岁，孟子、庄子、墨子分别为83岁、89岁、92岁。他们除了注重修身养性之外，主要专注学问、潜心所爱。齐白石先生80岁时每天至少画8张画，90岁时每天画5张，他活到97岁，去世前两天还画了两张画；山水大师黄宾虹去世前天天作画，活到了92岁；徐悲鸿身在病中，也坚持作画不辍。绘画读书未必就是案牍劳神，只要合理安排，完全可以让人进入超然洒脱的境界，对养生健身大有裨益。人们常劝朋友不要太累了，其实累不累，看你愿意不愿意，愿意干就不累，不愿干的事，看见就累。现代人浮躁，原因是心神不定，使生命产生了潜在的危机。做学问离不开大脑的思考，大脑的思考可以促进血液的循环，增进诸多人体机能的健全。爱好书法、绘画的人既可聚集精气神，又可以外泄心火。中医理论讲，人的十指有十个重要的穴位，叫十宣，手握毛笔点描勾画的过程，也是十宣穴外泄心火的过程，心火外泄，使身心明快，产生了幸福的感受。

五是心宽天地宽。著名佛学大师赵朴初先生有一首十分有趣的《宽心谣》：

> 日出东海落西山，愁也一天，喜也一天；
>
> 遇事不钻牛角尖，身也舒坦，心也舒坦；
>
> 每月领取养老钱，多也喜欢，少也喜欢；
>
> 少荤多素日三餐，粗也香甜，细也香甜；
>
> 新旧衣服不挑拣，好也御寒，赖也御寒；
>
> 常与知己聊聊天，古也谈谈，今也谈谈；
>
> 内孙外孙同样看，儿也心欢，女也心欢；
>
> 全家老少互慰勉，贫也相安，富也相安；
>
> 早晚操劳勤锻炼，忙也乐观，闲也乐观；
>
> 心宽体健养天年，不是神仙，胜似神仙。

这首自由体诗充满了乐观的态度。以平常的心态面对生活。不问吃好吃赖，钱多钱少，新衣旧衣；不管是忙是闲，是贫是富；不论孙子外甥是男是女，都心情舒畅，像神仙一样沉浸在欢乐的气氛中颐养天年。这与那位皇帝要找的连衬衣都没有的跳舞人完全是一个心态，心里快乐就是幸福。

六是团结和睦幸福多。幸福的密码源于生活细节的点点滴滴，家庭成员之间的融洽相处，机关单位的志同道合，社会环境的团结和谐，是提升幸福指数的必要条件。老百姓口中的民谣对幸福的诠释十分到位："门前车马非为贵，家有儿孙不算贫""家贫和也好，不义富如何"。"儿孙满堂心圆了，担水压得腰弯了。"还有一些民歌，唱出了对幸福的理解："灯瓜瓜点灯半炕炕明，烧酒盅盅挖米不嫌你穷。"一个家庭，不在于穷富，只要和睦就幸福。一个单位，一个社区，大家和和气气互相帮助，互相爱护，其乐融融，自然都有幸福感。

（七）文化益寿

人类诞生以来，逐步认识到：人有生存、享受、发展的需要，长寿则是满足这三类需求的基本前提，生命愈长，愈能更多地享受人生、享受生活，愈能更多地为人类做出贡献。生命的岁月无法轮回，对每个人来说只有一次，因此，方显得弥足珍贵；生命是短暂的，在人类历史的长河中只是瞬间而又微小的影像，因此人们对有限的生命异常尊重与爱惜；生命是脆弱的，在巨大的灾难、疾病面前有时不堪一击，因此人们怀着惊恐之心，百般呵护。古往今来，健康长寿是人类心目中美好的向往，在追求长寿的征途上，人类始终没有停止前进的步伐。世界许多国家和民族由于风俗民情的不同，文化理念的不同，人们对长寿的理解也有一定差异，但不论有多少不同，在追求健康长寿这个问题上目标是　致的。21世纪是以健康为主旋律的世纪，随着科技巨轮的飞速旋转，人类对长寿的认识达到了一定高度，特别是对超尖端生命科学的研究，对基因图谱的破译，使人类掌控生命的能力空前提高。美国某研究机构宣称：到2080年，美国人均寿命将达到97岁。世界各国都在大力提倡健康的生活方式，不断优化人民的生活质量，相信不久的将来，世界上会出现更多的长寿之国、长寿之乡，更多的百岁老人将乐享新时代的幸福生活。而且长寿已经不是单纯地用年龄来衡量，而是更加注重生命的意义，更加注重社会价值和文化价值。

对于长寿的崇拜，可以说是世界性的，很多国家和民族各有自己的长寿图腾。古希腊人因橄榄树有非凡的生命力而奉其为"生命之树"，因蛇可提炼成药，有治病救人之用，奉其为"灵蛇"，进而产生圣树、灵蛇崇拜；古罗马人因菊花凌霜不凋、气韵高洁，誉其为"花中君子"，故而产生菊花崇拜；阿拉伯原始初民认为石头自然天成、坚硬耐久，虽经沧海桑田，仍岿然屹立，有磅礴气势，故产生石头崇拜；中非人因鳄鱼生命力强，它是具有2亿多年生命历史的古代爬行动物，平均寿命150岁，产生鳄鱼崇拜；非洲的尼日利亚生长着一种能活百年的草，当地对这种"长寿草"产生崇拜；印第安人因玉米是印第安主要的粮食作物，是营造他们身体健康长寿的主要物质，将玉米尊为神，产生玉米崇拜；墨西哥是举世闻名的仙人掌之国，仙人掌生在沙漠、半沙漠环境，不仅长寿而且具有顽强生命力，因而产生仙人掌崇拜；还有澳大利亚的长寿鸟崇拜，新西兰的鲸鱼崇拜等等。这些崇拜无不与动、植物的长寿密切相关，可见长寿在人心目中所占的位置是多么重要的。

在中国人的心目中，长寿是幸福的重要标志。中国传统文化中的"五福"，即福、禄、寿、喜、财，代表着中国人的生命价值观和幸福感。五福寿为先，只有生命本体的存在，才能拥有和实现仕途辉煌、财源茂盛、安居乐业、吉祥如意，从而达到幸福之极。因此，长寿不仅是一种生理追求，还是一种文化追求。人们对心康体泰、长生不老、万寿无疆的理解，包含了博大精深的养生文化理念。这些观念与中华民族的传统伦理道德、民风民俗、文学、艺术等密切相关。不同的地域、不同的民族形成了不同的长寿观念。有的地区认为有规律的生活是长寿的基石，有的地区把优雅的环境视为长寿的钥匙；有的地区倡导自然与人文契合的长寿之风；江南水乡标榜山清水秀人增寿；黄土高原夸耀粗茶淡饭更长寿；更多的地方强调勤劳是延年益寿的根本等等。这些观念强调了客观的外在因素，中国人更加注重深入研究内在的主观因素，儒家推出修身养气的长寿哲学，道家主张天道自然的长寿观念，佛家推崇明心见性的长寿禅道。千百年来，这些观念逐步深化，形成了博大精深的生命科学、长寿文化。人们逐渐认识到，强身健体、平衡心态、合理膳食、顺应自然固然是重要的养生之道，而文化的感染和熏陶更能使人愉悦心态，起到延年益寿的功效。

中国自古就有不少有关长寿的神话传说，南极寿星、南斗星座、天庭瑶池王母娘娘的蟠桃宴会，玉皇大帝掌管公德簿和生死簿的彭祖和陈传老祖；送福送寿的麻姑仙子，误吃长生不老药奔月的嫦娥；还有东方朔偷桃、赵颜求寿等等。正是由于受了这些神话传说的诱惑，秦始皇产生了长生不老的念头，统一六国后他到处寻找"长生不老药"。有一位博学多才且精通医学、天象、航海的方士名叫徐福，告诉秦始皇蓬莱、方丈、瀛洲三座仙山上有三位神仙，拥有长生不老药，于是秦始皇命令他携千名童男女入海寻药。徐福等在海上漂流数年，未找到仙山，他恐惧秦始皇惩罚，谎报说：海上有一大鲛鱼骚扰阻挡，若能杀死鲛鱼，长寿药可得。秦始皇急于得到仙药，亲率将士到芝罘海射杀了鲛鱼。徐福趁机带着队伍顺水漂到了日本，而秦始皇从海上返回途中，死于沙丘。无独有偶，汉武帝刘彻打败匈奴后开创了西汉盛世，便开始遍求方士、大炼仙丹，兴师动众巡游蓬莱祈求长生不老之道。后来听到"皇帝封禅遇仙，竟得不死，乘龙升天"的传说，即到泰山封禅。他登上泰山之巅，筑坛祭天，谓之"封"。在山南的梁父山辟场祭地，谓之"禅"，合称"封禅"。"封禅"完毕，汉武帝在泰山脚下接受群臣朝贺，改年号为"元封"，并在山下建官邸，此后又六次驾临泰山封禅。汉朝国都咸阳距泰山遥遥千里，武帝不辞辛苦、不惜财力、物力、人力，其目的是长寿永年，江山永固。

中国的文人墨客把一些生命力旺盛的动植物体作为长寿图腾加以崇拜。文人都崇拜松柏，因松柏树干挺直高人，树枝盘旋如虬龙，树龄长久，四季常青，象征着常青不败。人们常以"岁寒三友""松柏同春""松菊延年"等吉祥图案赠送长者、尊者以贺长寿。鹤是中国稀有的珍禽，飞得高、鸣声高亢响亮，在禽中寿命较长，人们常用"仙鹤千年""松龄鹤寿""松鹤同春""鹤献蟠桃"，表达祝愿长寿的心愿；龟因其腹背有龟甲，头尾和四肢可缩入甲内，耐饥渴、寿命长，人们将它视为一种神秘而蕴藏着丰富文化内涵的动物，与龙、凤、麟并称"四灵"，成为长寿的象征，人们用"龟龄鹤寿"祝人长寿；鹿是草原上常见的动物，因其相貌美丽，身上很多部位可用来做珍贵的药材。在传统的寿画中，鹿常与寿星为伴，鹿与鹤组合，称"六合同春"；绶鸟也称珍珠鸟，因其嘴根有肉绶，能伸缩，会变色，被称为绶鸟。古代帝王将相佩戴绶带，绶鸟与绶带相契，"绶"与"寿"谐音，绶鸟便有了长寿的寓意。国画中常见到绶鸟栖息竹林之中，又有梅花绽放，寓意为德寿齐眉。这些象征与寓意虽是文人墨客

的主管想象，然而千百年来深深印入中华文化之中。

过生日是流传千年的古老习俗。有多层文化含义：一是感激母亲赋予的生命。十月怀胎，备尝艰辛，一朝分娩，喜悦与痛苦并存。一个生命的诞生，使母亲承受了生理和心理上巨大的压力，过生日首先是感恩父母的生育之恩；二是庆祝生命的延续和兴旺。生日是老人对子女的企盼，希望健康成长，有所作为。生日也是子女对老人的祝愿，希望永远健康，益寿延年。三是消灾驱邪。古代医疗条件简陋，产妇常有生命危险，人们将生日看作大人小孩的危险之日，因此要消灾避邪，祈求平安。孩子生日常制红衣、红带、红帽作为庆贺礼物，希望化险为夷，长命百岁。

在民间，祝寿的方式有很多，如九月九重阳节登高、避祸、赏菊、吃糕，以求长寿；除夕夜摸椿树求长寿，中秋夜越晚睡越长寿；端阳节戴香包鬼神不侵，恶疾不染、苍天保佑、祈求长寿；藏族有煨桑祈寿，纳西族有求神赐寿……各个民族多有为花甲之后的老人庆寿的习俗，较多的是六六寿，即66岁之寿，象征"六六大顺"。70岁称"古稀"之寿，77岁称"喜寿"，80岁称"伞寿"（八十组合像伞字），88岁称"米寿"（八十八组合像米字）90岁称"眉寿"（九十岁男士老人大多眉毛长），99岁称"白寿"（白字加一即百），108岁称"茶寿"（茶字二十下边八十八等于一百零八）。民间还有"贺九不贺十"的说法，取"贺九寿九"之意，所以贺寿的时间都安排在整十的前一年，即：69、79、89、99岁时庆70、80、90、100岁大寿。祝寿的形式十分讲究，最简单的祝寿仪式至少要布置寿堂、挂寿字、点寿烛、摆寿桃，烘托出喜气洋洋的氛围。贺寿时，寿星"上座"，子、女、孙、甥分长幼依次给老人拜寿，行传统跪拜大礼。子女中推选一人致辞，感谢寿星的养育之恩，感谢前来祝寿的各位亲朋。亲友中也选派一人致辞，赞美寿星的品德与作为。送来的贺礼、贺信、贺词在仪式上宣读，其中的字画条幅情深义长。如"甲子重新新甲子，春秋几度度春秋"庆贺六十寿诞；"金桂生辉老益健，萱草长春庆古稀"祝贺七十寿诞；"八秋寿筵开萱草眉舒绿，千秋佳节到蟠桃面映红"祝贺八十寿诞；"瑶池果熟三千岁，海屋筹添九十春"祝贺九十寿诞；"五岳同等唯嵩峻极，百年上寿如日方中"祝贺百岁寿星。然后摆开酒席，讲究8人一桌，誉为"八仙庆寿"。期间有寿谜、寿语、寿诗取乐。有条件的开一台寿戏，使庆寿活动进入高潮。

民间有很多寿诞宴席上有趣的故事。酒席上文人撰句作诗，秀才与文盲调侃，增加了喜庆的色彩。传说明代画家唐伯虎应邀在一位老妇人的寿宴上写祝词。开笔第一句："这位婆娘不是人"围观众亲友惊然失色；第二句写"西天王母下凡尘"众人长舒一口气；第三句"生下五男都是贼"厅堂气氛一时紧张；第四句"偷来蟠桃献母亲"宾主顿时笑逐颜开。传说清代画家郑板桥为一位李姓朋友贺寿题诗，起笔时没想好词，于是写了第一句"奈何奈何可奈何"围观者感到纳闷，板桥直起身来想词，无意中望望窗外，此时外面正好大雨倾盆，于是写下第二句"奈何今日雨滂沱"，灵感一来，接着写下三、四句："滂沱雨祝李公寿，寿比滂沱雨更多"。众人拍手叫绝，一首诗使宾主喜气洋洋。在寿诞宴上常常出现藏头诗、回文诗、叠字诗，更加有趣的是那些半文半白且相对粗俗的打油诗、顺口溜，使人开怀大笑、前仰后合。笑一笑十年少，愉悦可以延年益寿，不是空话。

1953 年，北京文化艺术界为齐白石庆贺 90 寿诞，并展览了齐白石的 40 多幅作品，多位文化界名人发表热情洋溢的讲话，高度评价齐白石辉煌的艺术成就，祝他寿如字画永世流芳。1989 年，著名女作家冰心九十大寿时，巴金老人托人送去一只花篮，由 90 朵玫瑰组成。冰心喜欢玫瑰，因玫瑰花带刺，符合她的性格与人格。冰心说：巴金的寿礼是最好的生日礼物。这些看似形式的祝愿之举，对人寿命的延伸确能起到很好的作用。

近年来，有不少养生专家、学者研究健康长寿之道，多从锻炼身体、平衡心态、合理膳食、顺应自然等方面论述，建议将"文化益寿"的理论加进去，就更加全面了。

八、灯火万家旺气升

（一）自然与人生

在远古神话中，宇宙分为三界，即天界、人界及阴曹地府。传说中，天上有个玉皇，地下有个阎王，人间"自从盘古开天地，三皇五帝到如今"由天的儿子"天子"主持。天上众生称为神仙，地下众生称为鬼，人间按性别分为男人、女人，按品行分为"君子""小人"。相传人的最终归宿分为两个走向，属于"君子"类，有可能升天，属于"小人"类，就要下地狱。天上与地下两种截然不同的境遇，上天是美好的，入地是痛苦的，因此，人类应听天的话，服从天上玉皇大帝的旨意。这些神话与人类认识自然的过程是一致的。

人与自然的关系是人类发展史上永恒的主题。自古以来有三种观点，一是自然决定人的命运，二是人决定自然的命运，三是人与自然互为依存。这三种观点大体经历了三个阶段。

第一阶段为"万事由天定，半点不由人。"此阶段是人类的愚昧阶段，对宇宙天体、自然现象认识程度十分浅薄，泛神论的思想流行。游牧民族大多信奉萨满教，认为萨满是天与人的使者，把天的旨意传达到人间，把人间的事情报告于天，万事通过萨满去问天。成吉思汗统一蒙古各部前，身边就有个萨满阔阔出，所有重大决定都要通过这位萨满。蒙古族当年把万事万物视为神，见天拜，见地拜，山川、河流都要拜，认为生长多年的树是神树，一个山包、一块石头都视为神的化身，一切服从神灵安排，人必须服从天意。

第二阶段为人类觉醒阶段。此时人类对宇宙天体有了一些了解，知道了银河、行星、太阳、地球、月亮的运行方式，对自然界的风雨雷电有了解释，于是就骄傲起来了，提出"人定胜天"。在这一思想的激励下，豪

迈地向大自然宣战，有时不顾自然的规律，任性地把山头铲平，河流改道，在草原上开荒种田，在人群聚集的地方办起浓烟滚滚的工厂，结果使得河水断流，水井枯竭，草原沙化、退化，风暴骤起，空气质量下降，严重影响人类的身心健康。

第三阶段是天人合一阶段。人类在长期的生产实践中，认真总结经验教训，得出三个结论，一是人不能完全胜天，人的能力可以改造自然，但不能完全战胜自然；二是自然有其规律性，规律有其不可抗拒性；三是人要改造自然，须认识自然，掌握自然规律，顺从自然规律，按自然规律办事，才能获得成功。树立雄心壮志，发挥人的主观能动作用是对的，但不顾自然规律，过分夸大人的意志是不科学的。两千年前老子就提出了天人合一的思想观点，后人往往没有高度重视，以致走了不少弯路。自改革开放以来，在科学发展思想的指导下，不断调整思路，改正了过去对自然的"冒犯"行为，采取退耕还林、还草，恢复植被，营造生态环境等一系列举措，充分利用和发挥自然资源的作用为人类造福，在人与自然的关系问题上，提出了一系列科学发展的新观点。

首先，对自然为人类提供的资源有了清醒的认识。中国虽然地大物博，但人口众多，人均资源相对不足，人口的增加与能源、土地、矿产、水等资源不足的矛盾越来越尖锐。大河无水小河必然干，对资源必须珍惜，合理开发，才能永续利用。过去兴办的工矿企业多以挖掘出售原料为主，这种方式一是傻大笨粗费力气，二是成本太大效益低，三是资源浪费太严重。科学的发展观就是要资源用得少一点，环境污染小一点，企业效率高一点，人类受益大一点。比如前些年开采出售煤炭1亿吨，可为地方增加20亿元的税收。如果用煤炭来发电，只需开采3500万吨，就可为财政创收20亿元。如果将煤炭转为油，1500万吨煤可生产500万吨油，增加的税收则在20亿—25亿元。这说明搞煤炭深加工，一是节省资源，二是提高附加值，三是可以形成产业链，推动地区相关产业发展。

其次，明白了资源开发是为了满足人的需要，不能牺牲人的利益去搞发展。2003年，我国发生了"非典"，起初有人怕影响发展、影响稳定，将人命关天的事隐瞒不报，使非典蔓延开来，伤害了不少人的生命和健康。生命乃人生第一重要，命都没有了何以谈生。对一个国家、地区来说，民为家国之本，本都没有了，还为谁发展。党中央及时果断地做出重大决策，要求举国上下万众一心，众志成城，不惜一切代价，战胜非典。提出要把人民群众的冷暖安危放在心上，把人民的利益作为一切工作的出发点和落脚点，明确了发展为了人民，着力解决关系人民群众切身利益的突出问题，多为人民办实事，以人民群众赞成不赞成、满意不满意为出发点和归宿，"以人为本"的思想深入人心。

其三，懂得了人类生存最本质的要求有三要素，即太阳、空气和水。而这三要素往往被人们忽视。盖楼房挡了阳光，开工厂污染了水源，二氧化碳排放量剧增，使空气质量下降，产生雾霾，严重伤害了人民身心健康。在工业文明迅猛发展的今天，我们不仅要发展经济，还要发展绿色经济。既要金山、银山，又要秀水、清山。不但要 GDP 的指数，还需要环保指数、幸福指数。当北京和中原大地春意盎然、一片绿色的时候，全中国还有 174 万平方公里的地方没有春天，没有水，没有草，没有树，绿色的生命向人类发出呼唤。我们经常自豪地说，内蒙古有 13 亿亩草场，全中国 13 亿人口每人可到内蒙古分到一亩草场。但由于历史的、自然的、人类掠夺式的索取等多种原因，草场退化、植被破坏、物种减少，日益严重的土地沙化导致沙尘暴天气频繁发生，而且规模越来越大，造成的危害也越来越大。解决好生态问题，就要高度重视生态文明建设，这是科学发展的一个重大课题。要让蓝天常在，清山常在，秀水常在，就要坚持绿色、循环、低碳，三者相互关联，相互促进；就要注重绿色、制度、理念、路径 8 个字。绿色，即推进产业、城镇、生活方式绿色化。制度即严守绿色生态红线、健全保护补偿机制，完善责任追究制度。理念，指构建生态文明主流价值观，提倡要舒适不要奢侈、要消费不要浪费，将生态文明内化于心，外化于行。路径是坚持节约、保护优先方针；坚持绿色、循环、低碳发展途径；坚持深化改革，创新驱动的动力；坚持用生态文化支撑；坚持重点突破和整体推进方式。只有遵从经济、政治、文化、社会、生态文明建设一起抓的"五位一体"发展战略，才能实现天人合一、人与自然和谐相处，才能真正实现科学发展。

（二）岁月与节日

人的寿命是以岁月来计算的，一年 12 个月 365 天为一岁，所谓延年益寿，即延长人生岁月。中华传统文化认为，人类是自然界的一部分，几十万年的阴阳转化，大自然化育了人类。按照自然界春生、夏长、秋收、冬藏的规律，人们把一年分为春、夏、秋、冬四季，每一个季节设定了与自然相适应的农时节令，这些节令又与人的生产、生活密切联系，按天人和谐的精神设立，按时令的顺序排列，循天时而成俗，与大自然的节律呼应，是培育人伦道德的沃土，是教化人类的载体。

一年四季从春开始，"过大年"被称为春节。到正月十五的元宵节狂欢热闹之后，人们开始投入一年新的劳作。春天是草木初生、万物生发的季节，到清明时节，大地生机勃发、春意盎然，进入春种之时。这个时候，人们的踏青活动表达了对春天的热爱和对一年的憧憬。祭祖活动喻含了人类对大自然的敬畏，对祖先的怀念，两项活动将大自然的生机与人类生命的衍承融合在节日之中。

夏季是生命加速生长之时，随着草长蝇飞，枝叶繁茂，百虫也同时孳生。此时，人体的发育生长处于旺盛期，需及时加强养生，注意卫生以求健康。端午节正是迎夏的大节，民间的"熏艾叶""喝雄黄酒"的习俗反映出消毒、除障、驱病、避邪、保安康的意念。

秋季农作物成熟了，人类的生产活动也有了成就。此时人们借"月圆"与"重阳"设立中秋节与重阳节，祈愿人月两圆，九九重阳，祝福家人团聚，老人安详，天人合一，共享天伦之乐。

冬季，天寒地冻，农作物冬藏，此时人也冬闲，安享一年的劳动成果。千百年来北方农村，养成"穷半年富半年，劳动半年坐半年"的习惯，冬季主要是积储能量，协调关系，迎接春阳。到过年时节，"一夜连双岁，五更分二年"，人们把除夕和年初一连在一起，称作"过大年"，寓含承前启后和生命更新之意。

古人认为正月为端月，即开端之月，端月第一天是元日，也叫作元旦，"元"的本义为"头"，引申为"开始"。这一天是一年的头一天，春季的头一天，正月的头一天，故称为"三元"。"旦"为日在一上，象征太阳刚刚从地平线上升起，"元旦"表示一年的第一个早晨。颛顼帝和夏代都以农历正月初一为元旦，汉朝时把二十四节气中的第一个节气立春称"春节"，南北朝时，把整个春季叫"春节"，近代称正月初一为春节。辛亥革命后，议定我国采用公历纪年，把公历一月一日称为元旦，将农历正月初一称春节。辛亥革命胜利后，南京临时政府为了"顺农时"和"便于统计"，规定民间使用农历，政府机关、厂矿、学校、团体中实行公历，公历元月一日为元旦，称为新年；农历正月初一为"春节"。在民间，从腊月初八的腊祭、腊月二十三的祭灶开始，一直到正月十五，都称为春节，以除夕和正月初一为高潮。节日期间，以祭祀神佛、祭奠祖先、除旧布新、迎禧接福、祈求丰年为主，活动内容丰富多彩，带有浓郁的民族特色，人们把春节又称为"过大年"。

"年"字最初的含义是五谷成熟了，五谷皆熟为"有年"，五谷皆大熟为"大有年"，过年的意思就是庆祝五谷丰登。谷物在黄河流域，是一年一熟，皇帝祈祷五谷丰登之处称"祈年殿"。"年"又是时间单位，春、夏、秋、冬周而复始，称为一年。人过一年认一岁，岁首之日要酬谢神灵的保佑、祖先的荫蔽，祈求来年再获丰收，形成了一年一度相对固定的习俗。过年还有个传说：古时候有一种叫"年"的怪兽，头长触角，凶猛异常，长年深居海底，每到除夕爬上岸来，吞食牲畜、伤害人命。"年"的形貌狰狞，生性凶残，人们谈"年"色变。每到除夕这天，村村寨寨的人们扶老携幼逃往深山，以躲避"年"兽的伤害。有一年除夕，寨中来了一位手拄拐杖，臂搭袋囊，银须飘逸，目若朗星的老人。走进村东头老婆婆家，门上贴了大红纸，屋内以烛火照明。当"年"又来到老婆婆家时，院内突然响起"噼噼啪啪"的炸响声，"年"大惊失色，狼狈逃窜了。自此，每至年关，家家户户贴对联、挂红灯、点旺火、燃爆竹，厅堂院落灯火通明，"年"兽不敢再来了。

从正月初一零点开始，民间庆贺活动第一个就是迎接天地诸神下界与民同乐。人们将旺火堆于当院，点着旺火称为发旺火，取意发财、旺盛、红火。发旺火时，孩子们穿上新衣服，围着旺火燃放鞭炮。万里长空响成一片，硝烟中夹杂着松枝、柏叶的芬芳气味，天上人间沉浸在热烈欢乐的气氛之中。此时，家长率领全家，依次给各个神位点灯、敬香、摆供、奠酒、三跪九叩。接神之后，面对列祖列宗的牌位，逐项禀报家中一年来发生的喜庆之事。初一天亮后，先点一个爆竹，从门缝伸出室外爆响，称为开路炮。之后，人们开始互相拜年，恭贺新春，直至拜到正月十五。过年人们有吃饺子的习惯，取意"交子"。子为"十二地支""子丑寅卯辰巳午未申酉戌亥"之子，每晚 11 时至次日 1 时为子时，交子即交替子时，两个年度以子时为界。

宋代名臣、大诗人王安石有一首最著名的春节诗《元日》："**爆竹声中一岁除，春风送暖入屠苏。千门万户曈曈日，总把新桃换旧符。**"短短四句诗文，高度凝练点明春节的三个特征及典型意象：一是爆竹。古人以火焰烧灼竹筒发出的火光和爆响吓唬节日前来侵扰的"山臊恶鬼"和"年"。二是屠苏。一种混合了大黄等多种药草的酒，喝了可以祛病避疫。酒色迎春也体现出春天万物复苏的景象。三是桃符。传说古人相信桃木有驱邪的功能，将桃木削成一个似人的桃木俑，再在桃木板上刻画两个驱鬼的神人，一个称神荼，一个称郁垒，成为门神，春节期间，以此驱散邪恶与鬼怪。门神到五代以后演化为钟馗，到宋代演化为尉迟恭与秦琼。再后来桃木之符被纸替代，成为书写喜庆话的对联。年年春节"总把新桃换旧符"反映了从桃木驱邪到书写春联歌颂、赞美春节的历史演变过程。诗中讲到"千门万户曈曈日"，指的是天刚亮的景象，表明宋代之前两个年度的交接是在天明鸡叫之时，不是现在的午夜子时，故有"一夜连双岁，五更分二年"之说。从这首诗可以看出，古代过年重在接福迎祥、驱鬼神。当今的春节，既沿袭了古代的习俗，又增添了新的内容。

中国是个多民族的国家，少数民族虽有不同的语言、文字，有不同的生活方式和风俗习惯，但大多数都将春节作为重大节日。蒙古族过春节特色鲜明，节前家家户户都备下了美酒、公羊和各种奶制品，除夕之夜，全家人都穿上漂亮的蒙古袍，围坐在蒙古包中央，午夜开始饮酒进餐，迎接新的一年的到来。初一早晨，男女结伴，跨上骏马，依次去各个家蒙古包中，先给长辈叩头问安，然后载歌载舞，欢庆节日。

按照农耕文明的特点，一年设置 24 个节日，此外每个月另有节日，如正月十五、二月二、三月清明、四月八、五月端阳、六月六、七月十五、八月十五、九月九、十月初一、十一月冬至、十二月腊八等，这些节日如一幅自然节候的流程图，也似人类生命的流程图，是自然与生命的节律呼应。比如，农历二月二是一个重要传统节目。因为这个时节，雨水逐渐增多起来，田间的农事活动即将开始，因而人们称它为"春农节""农头节"，有农谚曰："二月二，农抬头，大家小户使耕牛。"由于"龙"与"农"谐音，又有"二月二，龙抬头"之说，民间认为，龙系吉祥物，主管云雨，而"二月二"则是龙欲升天的日子。此时，正值惊蛰节气，我国许多地方已进入雨季，本是自然规律，但古人却认为是"龙"的功劳。而且，龙在中国人的心目中有着极其崇高的地位，认为龙是天子的象征，是祥端之物，更是和风化雨的主宰。其实"龙抬头"指的是"农抬头"，即经过冬眠，万物复苏，预示一年农事活动开始。传说三皇之首伏羲氏非常重视农桑，每年二月二这天，伏羲帝御驾亲耕，皇后娘娘送饭，后来的黄帝、唐尧、夏禹等纷纷效法先王。周武王在位时期更加重视，每逢二月初二，都举行盛大仪式，让文武百官都亲自去耕地。农历九月初九是中国人的重阳节。重阳节源于蔡地（今河南省上蔡县），始于东汉。相传东汉时有个叫费长房的人能预知未来，有一天对他的徒弟桓景说："我观天象，九月九日你家会遇灾，你缝一个布囊，里面装上茱萸，到那天全家人将茱萸系在手臂上，登山、饮菊花酒，此灾可消"桓景照师傅的指点去做了，傍晚当他们全家人回到家中时，家里的鸡、犬、牛、羊全已暴毙。费长房告诉他："这些家畜代人受灾了。"自此，人们每到九月九，形成登山的习惯。唐代诗人王维那首著名诗篇《九月九日忆山东兄弟》"**独在异乡为异客，每逢佳节倍思亲。遥知兄弟登高处，遍插茱萸少一人。**"诗作传开

后，重阳节便有了消灾避祸、思念亲人、登高、赏菊、饮酒、遍插茱萸、祈福老人健康长寿等多重文化内涵。重阳节正是菊花盛开的季节。《本草纲目》中说菊花"备受四气、饱经霜雪、花槁不零、味兼甘苦、性禀平和"又有药用价值，可以延年益寿，是老年人的吉祥物，所以重阳赏菊成为国人的时尚，逐步替代了"遍插茱萸"。一年中，冬至也是一个特别的节日，这天太阳直射南回归线，北半球的日照时间最短，地球吸收太阳的热量最少，昼短夜长达到极限，形成"阴极之至，阳气始生"，意味着旧的气象年度结束，新的气象年度开始。所以春秋时期，冬至有"贺冬""祥岁"习俗，相当于"过年"。直到汉代采用夏历后，才把冬至和过年分开。冬至这天，人们有吃饺子的习惯，据说因天寒容易冻耳朵，医圣张仲景给冻伤耳朵的人喝"祛寒娇耳汤"，民间有"冬至不端饺子碗，冻掉耳朵没人管"的民谣。

与别国的节日相比，我国的传统节日一般都是综合性、多义性的，缺少单项突出的人伦主题。而现代社会有表达单项人伦感情的需要，西方的"母亲节""父亲节""情人节""愚人节"等节日"趁虚而入"广泛流传开来，特别是西方的圣诞节，在我国各地普遍盛行，有些地方的热闹程度超过春节。

圣诞节是基督教庆祝耶稣诞生的一种礼拜仪式。耶稣死而复生，创立基督学说，广收教徒，教化民众，受到西方广泛的尊崇。《圣经》中没有明确记载耶稣诞生日期，起初各地过圣诞节时间各异，到公元440年，由罗马教廷确定每年12月25日为圣诞节，到19世纪，全世界流行。大部分的天主教、基督教堂12月24日过"平安夜"，25日凌晨举行子夜弥撒，俗称圣诞节。而基督教的另一个分支东正教，则在1月7日过圣诞节。这一节日是西方大节，非基督徒也把圣诞节当作一个文化节来看待，在人们心中的分量，压倒其他所有的节日。我们中国过去对圣诞节不屑一顾。而自改革开放30多年来，圣诞节在中国愈过愈盛，但问及身边年轻人为什么过圣诞，竟然说不出子丑寅卯，这就好比：问，"聋子，你笑甚?"答，"你们笑甚我笑甚"。

对于西方的文化，我们较长时间存在偏见，一概排斥。改革开放以来，开始认识到西方的先进技术和管理水平值得学习，世界上一切文明成果都应学习，比如，公元纪年就是向西方学来的。公元纪年又称西元纪年，是基督教的纪年法，意为"主的年代"，基督教认为耶稣生于公元元年。从8世纪以后，先在基督教国家开始应用，到14世纪在世界得到普及。我国是在新中国建立之际的1949年9月全国政协第一届全体会议上，确定采用公元为新中国的纪年。实际证明，这一纪年法要比换一个皇帝改用一个年号进步得多。

过圣诞节原本为一种信仰，而今已成为一种文化现象。这一文化的核心，集中体现为反思、报恩、博爱。西方人圣诞节走进教堂，先在圣主前述说谁是他的恩人，表示报恩的意念，再向圣主报告一年中做了哪些错事，表示忏悔的决心，走出教堂的信徒都要与周围的人一一拥抱，表示一种互爱之情。而中国人没有忏悔的习惯，不少人犯了错误认为别人不知，抱着侥幸心理，仍然心安理得，甚至纪律部门查处也千方百计蒙混过关。中国人讲究"受人滴水之恩，思当涌泉相报"，而这种报恩之举藏在心里，没有西方人在神的面前述说表态之举。教堂门前的拥抱表达一种博爱的象征，这些是西方人过圣诞的实质性内容。而我国过圣诞的形式是张灯结彩、烟花怒放、礼炮齐鸣，聚众狂欢，追求一顿圣诞大餐。一场热闹过后，竟然不知此节为什么过，给谁过，这就失去了过节的意义。

对西方节日文化，我们不能照搬、盲从，要做分析，批判地为我所用。异质文化的节日难于承担传承中华文化传统，我国应设置植根中华文化土壤为主题的中华人伦节日。目前已将春节、中秋、清明、端阳作为国家法定节日，起到了很好的弘扬传统文化的作用。在此基础上还可探讨设置中华情侣节，可以叠加在有深厚文化内涵的牛郎织女相会的七夕节上，将中国的父亲节叠加在九月初九重阳节上，将中国的母亲节叠加在孟母生孟子的日子上，教师节可与孔子的诞辰日叠加在一起。这样做，将更有利于弘扬中华文化传统。

人的一生有岁月与节日相伴，倍觉丰富多彩，每一个节日蕴藏着深厚的历史文化内涵，深刻领会节日的意蕴，可使自身融入众生之间，进入万家灯火之中，不寂寞、不孤独，伴随美好岁月，度过幸福人生。

（三）茶含人生韵

出生塞外草原，对酒文化略知一二，对茶文化却知道甚少。平日里虽也喝茶，但都为了解渴或提神，偶有两次出差，参观江南茶园，搞清了制茶工序，而未对茶进行过考究，没有意识到"茶中有道"。今到福建武夷考察，受到特殊礼遇，两日内，品了六次茶。手捧一个酒盅一样的小杯，一观、二闻、三品尝，且学着当地人慢慢吸出哨音，并现场坐听茶道，似乎感悟出一些味道。

早听说福建省武夷山有一棵神奇的"大红袍"茶树，驱车来到产地九龙窠一睹其风采。九龙窠是一个幽奇深邃的峡谷，两侧长条状单面山，左五右四，九座岩峰漆黑如铁，仿佛九条将要腾飞的巨龙。峡谷里岩石错落，岩缝中渗出细细山泉，汇成小涧清溪，曲折东流。沿峡谷向里，有一片片、一层层的茶园，映衬着竹木花草。武夷岩茶就生长在这峡谷的岩壁上，像盆景一样争奇斗巧、充满生机。当地人们把九龙窠称为"茶树王国"。

在我的印象中，"大红袍"应是一个魁伟茂盛的大树，但走近一看，完全与想象不同。它是生长在九龙窠岩壁上，只有一米多高的小灌木，貌不惊人。难怪导游一进山口就说："不看终身遗憾，看了遗憾终身"。当我细心观察这棵茶树后，感到确有神奇之处。悬崖陡壁，远离地面两丈多高，一个很小的石层上，大概是峭壁的岩缝，终年不断供应富含有机质的泉水，以点滴方式滋润深根。根部扎在包含有机物质的砂岩碎屑之中，四周崖壁耸立，阳光照射适度，空气湿润，气温稳定，加之茶农精心呵护，因而常青不衰。

望着几棵小茶树，导游讲述了"大红袍"的故事：很久以前，有个书生进京赶考，病倒在路上，被天心永乐禅寺的老方丈用神奇之茶叶治愈。临别，将一小包茶叶赠予书生，嘱咐好好保存，日后会有用处。书生进京金榜题名中了状元。一日，皇后腹痛，卧床不起，遍请京城名医，用尽灵丹妙药，都不见效。状元将自己遇老方丈相救、赠茶之事奏与皇上，并拿出那一小包神奇的茶叶献给皇后。皇后喝了茶汤，痛止涨消，玉体康复。皇上龙颜大悦，命状元赶赴武夷山谢茶、赐封。状元来到武夷山，老方丈带他走进九龙窠，亲眼看到救他一命、又为国母治病的神奇茶树，感恩动情，将皇上御赐的大红袍披在茶树上，后来人们就把这棵茶树叫作"大红袍"。现在这棵"大红袍"已有365年的历史，由三丛繁衍为六株，每年产茶2000克左右，1997年，在香港拍卖，以每公斤136万港元之高价出售了25克。2002年，在广州茶叶博览会上，仅20克就卖了18万元。为了满足市场需求，武夷山茶科所经过多年的研究培育，通过人工扦插和籽种繁殖等手段，成功地繁殖培育了大批茶树，使普通百姓也能喝上"大红袍"。

听完故事，我们走上"大红袍"对面岩台茶房，围坐茶桌，欣赏茶艺表演，茶姑一边熟练地操作着眼前的一壶、一碗、一杯，一边向游客解说"大红袍"冲泡之术和品饮之方："头遍为汤，二遍为茶，二遍四遍是精华，五遍有余香，六遍有余味，七遍八遍也不差，九遍又一遍，色香味俱佳。"我等喝了一杯又一杯，不知不觉沉浸在茶香之中。借着茶兴，作了一首小诗。

《武夷大红袍》

岩红水碧貌丹霞，

峡谷幽长望铁崖。

悬壁横观三簇灌，

峭石竖看六盆花。

九龙窠里品茶艺，

永乐禅堂访道家。

状元红袍传佳话，

九州颂赞帝王夸。

品茶间有人提议：民间茶好，寺庙的茶更香，我们何不去品一品"禅茶"。于是众人登上附近的山坡来到天心永乐寺。这是一座建于南唐时期的古寺，当时这里的住持称"扣冰"和尚，是一位造诣高深的佛家，他广招弟子讲学，社会影响极大。闽越王将他召去相见。一进大堂，国王故意厉声喝道："向前一步死，后退一步亡，汝当如何处之？"扣冰慢条斯理回答："我横跨几步又何妨"。国王对他的机敏肃然起敬，随即拜为国师。寺庙传承上千年，香火极盛，这里的僧人兼做茶农，那包为状元和国母治病的茶，大概就出自这里。当我们走进茶室大厅时，一幅醒目字迹映入眼帘："禅茶一味"。就坐后，一位女大学生为我们解读茶艺，在这里受到了"禅道通茶道"的文化熏陶。随后，再登山的高处，会见了现任寺庙住持泽道先生。这位住持学识高深，谈吐不凡，对"茶道"文化、人生哲理更有独到的见解。听他一席话，感悟到禅茶渊源之深，茶文化博大、精深、厚重。从禅堂出来，我对茶产生了浓厚的兴趣。

茶字，上为草，下为木，中间为人，是人与自然结合的构架。从字面上分析，茶者，二十加八十，再加一个八，合为一百零八，茶师解释说，是三十六天罡星，七十二地煞星的结合，表明有天人合一的高境界。中国茶按加工方法，可分为六类：一是绿茶，包括龙井、碧螺春、云雾、毛峰、毛尖等，具有香高、味醇、形美、耐冲泡等特点。绿茶采摘后经过杀青、揉捻、炒、烘、蒸、晒等干燥过程制成。二是红茶，分为祁门、荔枝、滇红等，红茶与绿茶加工方法不同，是经萎凋、揉捻、发酵，使所含的茶多酚氧化，变成红色的化合物。三是青茶，又叫乌龙茶，常见的有铁观音、大红袍、水仙、毛猴等，属半发酵茶，即制作时适当发酵，使叶片稍有红变，有"绿叶红镶边"之特点；四是白茶，加工时不炒不揉，只将细嫩的茶叶晒干或用文火烘干，使叶上白色茸毛完整地保留下来，有"银针""白牡丹""贡眉""寿眉"几种。五是黄茶，经过闷堆渥黄，形成黄叶、黄汤，可分为"黄芽茶"、"黄小茶"、"黄大茶"三类。六是黑茶，原料粗老，发酵时间较长，使叶色呈暗褐色，是藏、蒙古、维吾尔等民族不可缺少的日常必需品，如普洱茶、湖南黑茶、湖北老青茶等品种。

喝茶能静心、静神，有助于陶冶情操、去除杂念，与"清静、恬淡"的东方哲学思想很合拍，也符合佛、道、儒的"内省修行"思想。饮茶被认为是修身养性的一种方式，通过沏茶、赏茶、饮茶，美心修德。古往今来，饮茶十分讲究，唐代诗人卢仝著有《茶谱》，书中有"一碗喉吻润；两碗破孤闷；三碗搜枯肠，惟有文字五千卷；四碗发清汗，平生不平事，尽向毛孔散；五碗肌骨清；六碗通仙灵；七碗吃不得也，唯觉两腋习习清风生"的饮茶感受。卢仝被誉为"茶仙"，与"茶圣"陆羽相提并论。宋代苏东坡有言"与其成仙，不如与卢仝一起饮茶"。

茶道属于东方文化，最早起源于中国。国人在大唐以前，就将茶饮作为一种修身养性之道，当时社会上茶宴流行，"王公朝士无不饮者"，寺院僧众念经坐禅，皆以茶为饮。宾主在文明高雅的社交活动中，品茗赏景，各抒胸臆。南宋末年，南浦昭明禅师来到中国求学取经，将中国的茶道引进日本。到明朝中后期，日本高僧千利休总结出茶道四规，明确提出"和、敬、清、寂"为茶道的基本精神，引导人们通过饮茶去掉自己内心的尘垢和芥蒂，彼此沟通思想，于清寂之中达到和敬的目的。千利休认为和、敬是处理人际关系的准则，饮茶能促使人与人和睦相处、互相敬重，以调节人际关系；清、寂是指环境气氛，以幽雅清静的环境造就一种空灵静寂的心境，给人以熏陶。朝鲜人将中国儒家的中庸思想引入茶礼之中，形成"中正"精神。"中正"指凡事不可过度也不可不及。人的性情暴躁或偏激均不合中正精神。中正精神应存在每个人的人格中，使消极的变成积极的，使悲观的变成乐观的，得此道者，方可称得上"茶人"。由此，韩国人将茶道归结为"清、敬、和、乐"。中国的茶道早于日本、朝鲜，但遗憾的是中国人没有较早地、旗帜鲜明地规范茶道礼仪。到1990年，浙江农业大学一名茶学专家提出中国的茶德应是"廉、美、和、敬"。即推行清廉、勤俭有德；茗品其香、共尝美味；德重茶礼、和诚相处；敬人爱民、助人为乐。另有学者主张中国茶德可用"理、敬、清、融"四字来表述：理者，品茶论理、理智和气；敬者，客来敬茶、以茶示礼；清者，廉洁清白、清心健身；融者，祥和融洽、和睦友谊。台湾学者也提出

"和、俭、静、洁""美、健、性、伦"和"正、静、清、圆"等茶道精神。不少学者专家还认为：中国的茶，可养性、联谊、示礼、传情、育德，可陶冶情操，美化生活。茶之所以能适应各种阶层，众多场合，是因为茶的本性符合中华民族的平凡实在、和诚相处、重情好客、勤俭育德、尊老爱幼的民族精神。各位名家对茶道精神的归纳，虽然不尽相同，但其主要精神是接近的。众多的表述中，重叠最多的是"和"字，涉及天、地、人三个层面，这符合中国"和"文化的核心。

中国人有气度，不干则已，一干惊人。研茶论道虽起步晚，但进展快。在武夷山市中心，有一个偌大的"中华武夷茶博园"，园中书有十个大字"千载儒释道，万古山水茶"。游览茶园，图、文、塑、雕形式多样，可知与茶有关的广泛的内容。从种、采、制、饮等过程，到名人、巨匠、诗杰、茶仙、茶圣等历史文化，一应俱全，俨然走进一个茶的王国和乐园。使人深深感悟道"茶汤里蕴含人生百味，砂壶中深藏宇宙玄机"。茶，源于自然，贵乎人文，根植中国，影响世界，兼备物质性与文化性两大特性，具有经济、社会、文化、生态、养心健身五大功能，是东方生命伦理和生态哲学的集中体现，也是享誉世界的文明象征。

自古以来，中国茶叶与丝绸、瓷器风雨相伴，历经沧桑，携手同行，共结和平、友谊、合作纽带。茶叶自唐代始向西域、日本、朝鲜半岛传播。1610 年茶叶第一次由荷兰人通过海上通道到达欧洲，揭开了中国与欧洲海上茶叶贸易的序幕，1669 年英国东印度公司首次直接输茶入英国。1689 年中俄签订《尼布楚条约》，中俄茶叶官方贸易拉开序幕，1840 年茶叶贸易占中俄贸易总值的 90% 以上。1776 年北美新大陆为反抗英国东印度公司对茶贸易的利润垄断爆发波士顿倾茶案，进而引起反殖民战争，最终导致了新兴国家美国的独立。1840 年英国由于茶叶贸易造成巨大贸易逆差于是向中国大量出口鸦片，大量鸦片进入造成清政府无可用之银与无可用之兵之困境，导致鸦片战争爆发，致使中国茶农业与茶商业日益凋敝。19 世纪以后，中国茶传播再度遍及世界各地并风靡全球。中华茶文化融合了儒、释、道文化的哲学思想，凝聚了中华民族"天人合一""以和为贵""诚信、友善、和谐"的优秀"和"文化精髓，具有包容性、亲和力和凝聚力，是增信释疑、民心相通、和谐共处的特殊润滑剂，是传播中华文化、互鉴交流、增进和平友谊的特别使者。

老百姓常说："开门七件事，柴米油盐酱醋茶"。当今社会，茶已走进寻常百姓家。曾与一位家乡农民聊天，他都能讲出喝茶的诸多益处。记得当时写了一首自由体小诗留给了这位农民朋友。

《品茶》

一杯茶一本书，一个精彩的世界。

两杯茶一盏灯，一对真诚的相知。

三杯茶一圆桌，一段传奇的往事。

一壶茶一壶酒，一桩幸福的回忆。

时下，习近平总书记提出"一带一路"发展战略，是复兴中华茶文化、振兴中国茶产业，建设中国茶业强国新的历史发展机遇，是发展茶科技、繁荣茶经济，传承、弘扬、创新茶文化的大舞台，我们应抓住机遇促使中国茶和茶文化走向世界、走进时代，造福人类。

（四）酒藏人间情

常听家乡的人说这么一段话：再热闹的耍钱（赌博）摊子（场合），也是一个想把另一个的钱装进自己的腰包；再冷淡的喝酒摊子，总是一个敬一个，想让对方多喝一点。耍钱越耍越"薄"，喝酒越喝越"厚"。一段朴素通俗的语言，道出了酒的价值和酒与人的深情厚谊。

1. 酒的起源

酒从野果、剩饭自然发酵生成，到人工酿造，经历了漫长的历史。中华民族与酒结缘有五千年的历史，由以酒敬神、祭祖、帝王饮用，再普及到民间餐桌。"无酒不成宴"逐步成为人们生活的习惯，进而产生了博大精深的酒文化。古代关于酿酒的起源有多种传说。一是仪狄酿酒说。有一部《世本》著作中记载："仪狄始作酒醪，变五味少康作秫酒"说仪狄是酒的创始人。而不少学者不赞同"仪狄始作酒醪"的说法，认为仪狄是将造酒的方法进行了归纳总结，使之流传于后世的。二是杜康酿酒说。《酒诰》一书中记载：杜康"有饭不尽，委之空桑，郁积成味，久蓄气芳，本出于此，不由奇方"。意思是说：杜康将未吃完的饭放置在桑园的树洞里，剩饭在洞中发酵后，溢出芳香的气味。这就是酒的酿造之源，并没有什么奇异的方法。历史上确有杜康其人，清乾隆十九年重修的《白水县志》中，对杜康有过较详细的记载。白水县位于陕北高原南缘与关中平原交界处，因此地出了"四大贤人"而名誉中外：第一位是黄帝的史官，即创造汉字的仓颉，出生于本县阳武村；第二位是生前善制瓷器，死后被封为彭衙土神的雷祥；第三位是我国"四大发明"之一造纸术的发明者东汉人蔡伦；第四位就是酿酒鼻祖的杜康了。杜康总结剩饭发酵成酒的经验，从此以酿酒为业。魏武帝曹操在《短歌行》中"何以解忧、惟有杜康"的诗句，为杜康酿酒传了名。三是上天造酒说。天上"酒星"造酒的说法是一种神话传说，最早见于《周礼》，说先祖能在浩渺的星河中观察到"酒旗星"，人间认为"酒旗星"是上天"主宴飨饮食者"，留下了关于酒旗星的种种记载。"上天造酒"之说并无科学论据，是一种附会之说、文学渲染，但反映出我们祖先丰富的想像力。四是猿猴造酒说。中国有"人猿相揖别"的历史记载，传说在猿没有进化到人的时代就有了酒。猿猴深居山林之中，以野生的水果为主要食物。在水果成熟的季节，猿猴收贮大量水果于"石洼"中，堆积的水果受到自然界中酵母菌的作用而发酵，生成一种醇香的液体，被称为酒。以上这些传说都是古代人根据自然现象、社会发展，又加进人们的判断、分析、想象，均有一定的可信度，但也不是完全准确。

2.酒的酿造

现代科学鉴定：酒里最主要的成分是酒精，学名是乙醇。生物界许多物质都可以通过多种方式转变为酒精。葡萄糖可在微生物所分泌的酶的作用下，转变成酒精。森林中野果的发酵，动物的乳汁自然发酵，成为人类酿酒的开端，果酒和乳酒是人类第一代饮料，大自然本身就具有产生酒精的基础。远在旧石器时代，人们以采集和狩猎为生，水果自然是主食之一。水果中含有较多的糖分，在自然界中，自然发酵生成香气扑鼻、美味可口的果酒。以狩猎为生的先民们意外地从留存的乳汁中得到发酵奶变成的乳酒。这是大自然对人类的恩赐。

中国人是从酿制米酒开始酿造史的。其酿酒技术独树一帜，成为东方酿造业的典型代表和楷模。但古代酒的过滤技术并不成熟，酒是呈混浊状的，当时称为"浊酒"。《三国演义》开篇词中写道："一壶浊酒喜相逢，古今多少事，都付笑谈中"，所说的浊酒是准确的。黄酒是谷物酿造酒的统称，大米酒是白的，高粱酒是红的，而以粮食为原料的酿造酒都可归于黄酒类。传统的黄酒生产技术自宋代有所发展，设备有所改进，绍兴酒代表着黄酒的酿造水平。白酒的酿造是蒸馏技术出现以后才发明的，这一技

术始创于元代。

白酒其实不是白色，而是无色透明的蒸馏水颜色。由于酵母菌在高浓度酒精下不能继续发酵，因此所得到的酒醪或酒液的酒精浓度一般不会超过20%。而采用蒸馏器，利用酒液中不同物质挥发性不同的特点，可以将易挥发的酒精（乙醇）蒸馏出来。蒸馏出来的酒汽酒精含量较高，经冷凝、收集就成为浓度为65%—70%的蒸馏酒。元代蒸馏器的采用使酿酒工业具有划时代意义。明代医学家李时珍在他的《本草纲目》中写道："烧酒非古法也，自元时始创。其法用浓酒和糟，蒸令汽上，用器承取滴露，凡酸坏之酒，皆可蒸。"根据这一古代文献记载，蒸馏酒又称为"烧酒"。我们知道忽必烈称帝建立元朝是在1271年，距今744年，如果加上他爷爷统一蒙古的那一段时间，距今也不过800多年。而现在有些生产白酒的厂家说，他们的烧酒历史有一千几百年，就有点玄乎了。

3. 酒的价值

当代的造酒业十分发达，酒有很多种类，有白酒、黄酒、啤酒、果酒、配制酒。白酒如按香型划分，有以茅台为代表的酱香型、以五粮液为代表的浓香型，以汾酒为代表的清香型，以桂林三花酒为代表的米香型，以陕西西凤酒为代表的凤香型，还有芝麻香、豉香、特香型白酒。这些酒又分为不同的档次，有国家级名酒、国家级优质酒、省部级优质酒和一般酒。因为酒是粮果之精华，都有很高的营养价值。白酒有振奋精神、增进食欲、舒筋活血、祛湿御寒等作用。黄酒素有"液体蛋糕"的美称，含有糖分、糊精、有机酸、氨基酸和各种维生素等，加饭黄酒中含有17种氨基酸，其中有7种是人体必需的而体内又不能合成的氨基酸。由于黄酒是以大米和黍米为原料，经过长时间的糖化、发酵，原料中的淀粉和蛋白质被酶分解成为低分子的糖类，易被人体消化吸收。葡萄酒中除含有维生素B1、B2、C和10多种氨基酸等营养成分外，还含有抗恶性贫血的维生素B12，能直接被人体吸收，可以滋补人体、助消化、利尿和防治心血管病。啤酒是营养性饮料，素有"液体面包"的美称，可生津解渴、消除疲劳、振奋精神、增强食欲、健胃利尿和促进血液循环。

适量饮酒有诸多好处：可增加营养、预防疾病，调节人身体正常的生理代谢、促使人身心愉悦、提高智商。而过度饮酒则有害身体、影响人的判断力，让人失去自主性并造成"酒坏君子"恶果。人们在长期饮酒的过程中，总结出饮酒十八忌讳：忌饮酒过量、忌"一饮而尽"、忌空腹饮酒、忌喝冷酒、忌饮掺混酒、忌酒和汽水同饮、忌酒后受凉、忌酒后看电视、忌酒后喷农药、忌睡前饮酒、忌酒后洗澡、忌带病饮酒、忌孕期饮酒、忌美酒加咖啡、忌啤酒冷冻喝、忌上午饮酒、忌饮雄黄酒、忌酒后马上用药。因此饮酒要把握分寸，量力而行。

贵州人与山西人一直为茅台酒和汾酒孰先孰后、孰师孰徒的问题争论不休。当年蒋介石听了，采取折中的办法，说道："天下名酒是一家，何必分你师你徒，只要好喝就行！"

新中国建立之初，周恩来总理决定将茅台酒作为国宴用酒。1963年，在一次全国性的会议上，周总理听完茅台酒师和汾酒师各自讲述的传统工艺流程后说："琼浆玉液，南北一方；名甲天下，茅台争光；若论先后，数我长江。"他说茅台与汾酒南北两方，不存在师徒关系问题。而论先后，茅台酒在先，平息了长期之争论。周总理曾作出"为确保茅台酒的质量，维护国家民族的荣誉，茅台河上游数十公里不准建化工厂、不准污染茅台酒河水"的重要指示。新中国以来凡举行国宴多用茅台酒招待宾朋。当然，任何事物没有绝对好与坏，酒的种类很多，饮者各有爱好，仁者见仁、智者见智。

4.酒文化

中国的酒文化源远流长、根深叶茂，是文化百花园中的一朵奇葩，芳香独特。民间有一个传说"杜康造酒醉刘伶"：说刘、杜俩人为盟兄弟，一天刘伶到了杜康的酒坊，说他今天想痛痛快快喝一场。杜康吩咐伙计，将上等好酒抬来三大缸，嘱咐刘伶：我生意忙，你就尽情地喝吧。刘伶整整喝了一天，之后蒙头睡去。每过一个时辰杜康来看望一次，过了三个时辰后，刘伶仍然不起，杜康纳闷，上前一摸，刘已闭气身亡。杜康急召刘的三个儿子前来，商讨后事。当时三个儿子虽然悲痛，但对杜表示理

解，由杜出资厚葬了刘伶。三年后，三个儿子不务正业，把刘伶家产变卖殆尽，频繁地去杜康处借款。起初杜康都应诺，可后来觉得太不像话，就严厉教训他们应自食其力过生活。不想三个儿子说："三年前你要了我父亲的命，我们未说什么，今天用你两个钱算啥？"杜康说，"你父亲是喝醉了，又不是喝死了。"三个儿子说："你已把他安葬阴曹地府，还不是喝死吗？"杜说，"他是醉了，现在快醒了。"三个儿子抱着侥幸心理去到坟地，打开棺木，此时的刘伶正在伸拳舒展，口中念念有词："好酒呀！"这就是杜康醉刘伶，一醉三年的故事。而历史上刘伶与杜康不是同一时期的人。史书中有记载：刘伶，魏晋朝人士，字伯伦，"身长六尺，容貌甚陋"，"沉默少言，不妄交游"，与当时的名士嵇康、阮籍等多有往来，曾任西晋的建威将军，但他志不在仕途，而是"唯酒是务，焉知其余"，连出游时也念念不忘喝酒。出游用的"鹿车"上装载着酒，一路走，一路喝，痛快淋漓。车上还备了一把铁锹，嘱咐随从说："我醉死在哪里，就埋藏在哪里。"刘伶喝醉后不拘礼节、放浪形骸，赤身裸体，习以为常，被称为"酒仙"，实为超级酒鬼。民间把本不是一朝之人的杜康与刘伶，连在一起，有点关羽战秦琼的味道。而一个称酒圣，一个称酒仙，两个并列又可以理解，何况都是以一种传说。《封神演义》中描写商周时期，纣王造了个酒池，池大可行船，整日里花天酒地，抱着美女跳进酒池戏饮，最终丢了江山。周武王吸取纣王的教训，颁布《酒诰》，是中国历史上的第一次禁酒令。规定王公诸侯不许非礼饮酒，不准百姓群饮，把酒的用途限定在祭祀上，"酒祭文化"对中国酒文化有开创性的贡献。曹操当政之初，励精图治、下令禁酒。孔融第一个站出来反对，他写了著名的《与曹操论禁酒书》，说治国不能无酒。他列举了"高祖非醉斩白蛇，无以畅其灵""樊哙解厄鸿门，非豕肩厄酒""郦生以高阳酒徒，著功与汉"等论据，列举酒的好处。秦汉年间统治者屡次禁酒，却是屡禁不止。到三国后期，酒已经成为一种较为流行的饮品。东晋永和九年，王羲之与众多名士在会稽山阴之兰亭举行"曲水流觞"的盛会，乘着酒兴写下了《兰亭集序》，成为书法界的千古名篇。唐代出现了辉煌的"酒章文化"。这一时期，酒与诗、词、音乐、书法、美术等相融相兴。诸如："李白斗酒诗百篇"等许多与酒相关的名诗名句都出自这一时期。"酒中八仙"之首的贺知章晚年从长安回到故乡，寓居"鉴湖一曲"，饮酒作诗自娱。张乔《越中赠别》有诗云："东越相逢几醉眠，满楼明月镜湖边。"唐代文人饮酒作诗成为一种时尚。到了元代，忽必烈入主中原，由于领域宽广，不同地域的不同酒俗、酒礼丰富多彩。葡萄酒被元朝统治者用于宴请、赏赐王公大臣，还用于赏赐外国和外族使节。由于葡萄种植业和葡萄酒酿造业的大发展，葡萄酒逐步在平民百姓中开始享用。历代政府为酒的酿造和销售制定了各项法律法规。不同地域的不同民族有多姿多彩的酒礼、酒俗。历代骚人墨客所作的关于酒的诗文词曲，载于各种典籍，广为流传。各类形形色色的酿酒工具和饮酒器皿琳琅满目。还有花样百出醉酒的典故层出不穷："灌夫骂座"，"贵妃醉酒"，汉高祖醉斩白蛇，女词人"沉醉不知归路"，《牡丹亭》满纸醉语，武松十八碗酒醉上景阳岗等。还有越王勾践"箪醪劳师"、楚霸王项羽的鸿门宴、战国时"鲁酒薄而邯郸围"、宋太祖的"杯酒释兵权"等等。这些与酒有关的奇谈典故，构成一个精深博大的酒文化宝库。

总览酒的久远历史，酒与人类的亲密机缘和酒文化的精深博大，我尝试着写了一篇"酒赋"。赋是古代一种时尚文体，盛行于汉魏六朝，是韵文和散文的综合体，用来叙事、抒情、说理，常用"四、六句式"，讲究韵律，相对工整。文章写成后，自觉得与赋体的上述要求尚有一定距离，临时改名为《酒魂》表达了对酒的认识与理解。

《酒魂》

酒与人类结缘，绵延万载，横贯古今。不论帝王将相、才子佳人，达官权贵、草莽绿林，鸿儒雅士、布衣山民，以酒为友，乐在其中。酒集天地之宏厚，日月之皓明，山河之毓秀，禾谷之清馨，可谓涵蕴寰宇、博大精深。

酒是五谷精华，酿为玉液琼浆；酒是中药汤头，医用驱病除伤；酒是水，有火的烈刚，燃烧激情，励志图强；酒是物质，饱含精神，增进友谊，维系情商；酒能催人奋进，亦可诉说衷肠，祭祖敬神祝寿诞，婚丧嫁娶宴宾郎。

英雄饮酒，壮志未酬；凡夫酗酒，借酒浇愁。酒助王者成伟业，酒激智囊献良谋。诸葛劝酒观本性，酒泉名始景桓侯；青梅煮酒论豪杰，温酒瞬斩华雄头；宋祖杯酒兵权释，草圣醉酒显风流。今日同饮庆功酒，甘洒热血写春秋。

杜康酿酒刘伶醉，酒仙酒圣入史坛。李白斗酒诗百篇，贵妃醉酒舞翩跹；折柳相送霸桥上，更进一杯出阳关；风萧萧兮易水寒，我持梭镖望君还。黄河摆渡、长江扬帆，擎杯思远，轻舟已过万重山。草原放歌、茶道追踪，银碗哈达，策马扬鞭跨金鞍。酒喝干，再斟满，酒逢知己彻夜欢；举杯邀明月，把酒问青天，但愿人长久，千里共婵娟。

中原大地，老号名牌千年旺，塞外边疆，酒旗牧歌万户香。酒促经济财源富，酒壮精神人寿长。酒润华夏民康泰，酒暖家园更辉煌！

（五）领悟羊文化

早在一万多年前，羊就生活在亚洲北部的草原上。大量的考古报告表明，在新石器时代，羊已成为人类的伙伴和衣食之来源，人羊结伴从远古走来。

1.羊的自然属性

羊属牛科中的羊亚科，是牛科中分布最广、成员最为复杂的反刍类哺乳动物。羊亚科中又分为绵羊属、山羊属、岩羊属和塔尔羊属。绵羊主要分布在欧亚大陆和北美洲的山地，中国的盘羊是绵羊中体型最大的一种，角大成螺旋形。山羊嘴下有须，主要分布于欧亚大陆山地。岩羊分布于中国西南部及中亚 些山地。塔尔羊分布于南亚和西南亚的山地，在中国西藏最南部有喜马拉雅塔尔羊。世界各地羊有几十个品种，如小尾寒羊，一年两产或三年五产，每胎3—5羔，多的可达8羔，具有成熟早、生长快、体格大、产肉多、裘皮好、遗传性稳定和适应性强等优点，是我国乃至世界著名的肉裘兼用型绵羊品种。其中，高腿小尾寒羊是我国名畜良种，被誉为"中华国宝"、世界"超级羊"。波尔山羊，原产于南非，毛为白色，头颈为红褐色，颈部存有一条红色毛带，体重65—150公斤。近些年中国的很多地方引进了波尔山羊。还有杜泊羊、萨能奶山羊、辽宁绒山羊、内蒙古绒山羊、中卫山羊、长江三角洲白山羊、西藏山羊、济宁青山羊、贵德黑裘皮羊、湖羊、滩羊、雷州山羊、和田羊、大尾寒羊、多浪羊、兰州大尾羊、汉中绵羊、圭山山羊、岷县黑裘皮羊等等。

羊的主要特征：一是合群性。羊喜欢合群，无论放牧还是舍饲，一个群体的成员总喜欢聚在一起，并能和睦相处。领头羊带领全群统一行动，很少单独行动，个别走散的羊往往鸣叫不停，积极主动寻找大群。二是喜洁性。羊在采食前先用鼻子嗅，凡是有异味、沾有粪便、腐败或被践踏过的草都不吃。羊喜饮清洁之水，喜欢干燥、凉爽，厌恶潮湿，即使在羊舍中，总是在较高的地方站立休息。三是适应性。无论高山、平原、森林、沙漠、沿海或内陆，羊都能生存，也能够忍受缺水、高温和寒冷的环境。羊的个性差异明显，绵羊生性老实、温顺、良善，而山羊胆大、活泼、有独立和抗争意识。山羊的觅食能力很强，大部分时间处于走走停停的逍遥运动中，大畜和绵羊不能食用之物，它均可采食。山羊喜攀登陡坡和悬崖，跳跃能力强，羔羊的好动性尤为突出，经常前肢腾空、跳跃嬉戏表演各种姿势。

2.羊的浑身都是宝

羊的皮、毛、绒、肉、血、骨、内脏均为有用之材。皮可做各种皮革制品、服装及床上用品。毛可做毛毡、毛线、毛衣。绒可做各类内衣、服装。羊肉营养丰富，含优质蛋白质、脂肪和矿物质磷、铁以及维生素 B、A，有"补中益气、开胃健力，治虚劳恶寒、五劳七伤"之功效。羊血含血红蛋白、血清球蛋白和少量纤维蛋白，有止血、祛淤之功能。羊骨中含有磷酸钙、碳酸钙、骨胶原等成分，有补肾、强筋的作用。羊肝含有丰富的蛋白质、脂肪、碳水化合物以及维生素 B、C 及钙、磷等成分，有益血、补肝、明目之功效。羊肺可用于提取肝素，有降胆固醇和抗炎作用。羊肾能补肾助阳、生精益脑。羊胆性味苦寒，入肝胆胃经，有清火、明目、解毒之功效。羊肚（羊胃）味甘性温，入胃经，补虚弱、益脾胃。羊奶含丰富脂肪、蛋白质、碳水化合物和钙、铁、磷等多种维生素。羊绒生长在羊的外表皮层，掩在粗毛根部的一层薄薄的细绒。入冬寒冷时长出，开春转暖后脱落，抵御风寒，属于稀有的特种动物纤维。产业界认为出自绵羊身上的叫羊毛，只有出自山羊身上的绒叫羊绒。山羊绒产量仅占世界动物纤维总产量的 0.2%，交易中以克论价，被称为"纤维宝石""纤维皇后"，又被称为"软黄金"。由于亚洲克什米尔地区在历史上曾是向欧洲输出山羊绒的集散地，所以国际上习惯称山羊绒为"克什米尔"，中国用其谐音，称为"开司米"。羊绒纤维中空，形成空气层，可以防御外来冷空气的侵袭，保持体温。羊绒平均细度 14—16mm，长度一般为 35—45mm，由鳞片层和皮质层组成，没有髓质层，鳞片密度约为 60—70 个 /mm，纤维横截面近似圆形，强伸度长、吸湿性好，对酸、碱、热和氧化剂反应敏感。世界上约 70%的羊绒产自中国，分白、青、紫三种颜色，白绒最为珍贵，其质量优于其他国家。用羊绒做内衣优点诸多：一是保暖性好，重量轻；二是吸湿性强，不易褪色，光泽自然、柔和、纯正、艳丽；三是弹性好，手感柔软、丰满，洗涤后不缩水，穿着舒适自然，而且有良好的还原特性。早在唐代，国人就用山羊的绒织布，称之为"绒褐"。19 世纪初，羊绒制品成为西方一种奢华的织物，据说拿破仑三世的妻子推崇羊绒服饰，将羊绒织成"戒指披肩"可以穿过她的婚戒，由此誉为世界精品。羊将自己的全身之宝毫无保留地赠送给人类，真正称得上无私奉献。

3. 草原人牧羊为生

在塞外草原上，人们把养羊作为重要的生财之道，羊已完全融入牧人的生活之中。一户人家一群羊，有的自己放，有的雇用"羊倌"。一个好羊倌，有一套独特的牧羊技术，手中的放羊铲就是指挥棒，随时将石子抛向不听"号令"的散羊，对羊群有很强的威慑作用。"头羊"是他们培养的"群羊领袖"，一般都是正值壮年的母羊。按照羊倌的指示，头羊走在羊群前头，群羊后面跟从，头羊抬头高叫几声，其他的羊就会响应，跟着头羊一起行动。放牧的方式有"一条鞭放牧法"，即牧人在前，头羊在后，引领羊群排起队，形如一条鞭。这种放牧法，壮羊不准抢先，乏羊不准掉队，有着很强的纪律性。"满天星放牧法"，即羊群自由觅食，状似满天星斗，需要集中或转移时，一个哨声，队伍迅速集合。"一张弓放牧法"，是在起伏不平的草地上，牧人在前，羊放两边，拦截中间，羊群形似弯弓，很有秩序。羊群出坡也有讲究，正月里羊群第一次出行之前，先要选择一定的方位烧香、燃放鞭炮，举行仪式，期盼大羊无灾，小羊无病，群羊兴盛。羊既是生活资料，也是生产资料。公羊长大杀肉吃，母羊长大能生产，母羊下母羊，几年一群羊，依靠自然繁殖，不断扩大养殖规模。这种生产方式中，户主以羊的收入养家，羊倌以牧羊工资糊口、娶媳妇、生娃，是典型的羊经济。牧民养羊的另一种形式是栈羊，即用围栏把羊圈起来，利用青草、谷草、玉米秸秆、豆荚之类做饲料，适量喂点粮食，可以迅速增肥。上世纪五十年代初，内蒙古一名下乡干部在草原上见到一个正在牧羊的小伙子，两人有一番有趣地对话："小伙子，放羊为了啥呀？""挣钱。""挣钱为了啥？""娶老婆。""娶老婆为了啥？""生娃。""生娃为了啥？""放羊。"真实地反映了农村牧区以羊为主要经济来源的现实生活。

新中国建立之前，北方农牧民的冬季服装大多从羊身上索取。一领皮袄集皮、毛、绒于一体，"白天穿，黑夜盖，天阴下雪毛朝外"，脚上蹬着用羊毛做的"毡窝子"，里面穿着用羊毛捻织成的毛袜子，家里的铺垫是用羊毛擀成的毛毡，民间顺口溜有"一盘火炕一块毡，生活过得好舒坦"。缝制皮袄、擀制毛毡这种手艺还催生了一种叫"毛毛匠"的职业。这种职业到宋、元时期已经在民间普及，曾在较长时间备受人们尊重和羡慕，但随着社会的发展，席梦思床、机织毛毯出现，传统工艺抵不住现代工业产品的冲击，毛毛匠行道逐步销声匿迹。随着科技的发展，人们生活水平的提高，皮、毛、绒逐步分了家。做皮大衣将毛、绒铲去，一张纯皮剥几层，柔软如棉布。毛用来擀毡，做褥子和蒙古包，高品质的绒成为高档内衣的原料。改革开放特别是加入 WTO 以来，中国成为全球纺织领域中最引人注目的国家。作为纺织行业的分支，羊绒纺织行业在近 20 年突飞猛进，成为纺织行业的重要支柱。中国的羊绒产业得到长足发展，羊绒产品风靡世界，内蒙古更是独占鳌头。

4.民间的崇羊风俗

生产生活方式决定着民风民俗。由于羊与人的关系密切，众多民族都对羊有着难解的情愫，民间习俗中深深印记着羊的烙印。

"全羊待客"是蒙古、哈萨克、柯尔克孜、塔吉克等民族的传统风俗。宴席上，将大块羊肉放入托盘，摆成整羊形状，以羊头举行相应的礼仪。"全羊席"原是伊斯兰的"圣席"，将一只羊的头、脖、颈、上脑、肋条、外脊、磨裆、里脊、三岔、腰窝、腱子、胸口、尾部等十三个部位及内脏分档取料，各自为一道名菜，而且菜名不准露羊，如羊耳的耳梢称"顺风旗"，羊眼叫"凤眼珍珠"，排骨叫"文臣笏板"等。"烤全羊"工艺独特，制作精到，外考造型，内究质鲜，皮脆肉嫩，味香可口，是蒙古族饮食中健康、环保、绿色的美食。在哈萨克、蒙古、塔吉克等民族中还流行"叼羊"的马上游戏。众多骑手抢一只羊，以抢到者为胜。锡伯族民间有"抢羊骨头"的婚俗。迎亲时，在新郎新娘的炕沿上放一块羊大腿骨，双方兄弟姐妹互抢。男方家人抢到，表示新郎勤劳能干，有能力养妻，家庭美满幸福；女方家人抢到，表示新娘会操持家务，能自食其力，家庭和睦兴旺。新疆哈萨克族流行"羊头敬客"的风俗，新友到来，主人以羊头待客，先请客人持刀割肉献给在坐的长者，再割羊耳分给在座的幼者，在位者分发之后，割一块给自己，然后将羊头盘捧还主人。

河北南部流行"送羊"风俗，每年农历七月，舅舅要给小外甥送一只羊，早期是送活羊，后来演变为用白面捏成羊的形状，蒸熟后送给外甥。据说此俗源自"沉香劈山救母"的传说：沉香劈开华山救出生母后，要斩杀虐待其母的舅舅杨二郎。杨二郎为安慰外甥，重修兄妹之好，每年给沉香送一对活羊以示赔理和增进感情，从而在民间留下了送羊之风俗。江苏徐州，历史上属东夷族的腹地，东夷族以"凤"为图腾。秦、汉时期，羌人多次驰马南侵抵达彭城（即现在的徐州），使徐州袭承了异域文化，留下了不少羊图腾的文化遗痕。在徐州汉墓中，有不少羊的石雕，最为典型的是东汉彭城的《祥瑞图》，雕刻着两只瑞兽，右为麒麟，左为羊，显然这是汉、羌文化珠联璧合的生动体现。徐州人有三伏天吃羊肉、喝羊汤的习俗，大街小巷有万人吃羊的壮观。羊汤本为冬季御寒之佳品，而徐州人酷爱在三伏天饮用，其理由是：羊在经过冬春两季的生长，膘肥肉嫩，汤味醇正；三伏天人们体内积热，饮用羊汤，全身冒汗，驱散积热；羊肉具有滋补作用，伏天食用，可补盛夏身体之弱。丽江纳西族是羌族南迁后的一个分支。古羌族以羊为图腾，纳西族妇女的"披星戴月"服饰用羊皮缝制，酷似今日的羊披肩和羊围裙，内含着崇羊的理念，这一风俗在东巴文化中有直接反映。中原河南新乡一带，新婚夫妇初生孩子，女婿要牵羊一只向岳父岳母报喜，女方家长也会送一只羊或相当于一只羊的礼金，以表

同禧。

5. 羊的人化与人的羊化

羊从被驯服那一天起，便与人类结下了不解之缘。羊性情温和，极易驯化，通身为宝，甘于奉献等特质逐渐延伸到人的意识形态，注入人的文化元素，使"物质羊"延伸为"文化羊"。在人的灵魂深处，羊成为人化的羊，进而羊文化注入中国传统文化之中。

以羊为首造汉字

汉字似一副标本，蕴含着极为丰富的信息和"原始记录"，传承着中国古代的历史，成为中华传统文化的载体。在汉字中，有大量的"羊"字部汉字，如：姜、羯、详、祥、羞、佯、義、徉、翔、养、羝、洋、羔、群、美、烊、鲜、羌、庠、羡、羲、蛘、羧、善、咩、羚、恙等。其中"美""祥""善""義"，是中国人心目中最为理想的符号。"美"源于羊，古往今来"羊""大"为"美"。汉代许慎《说文解字》说："美，甘也。从羊从大"。美的本义和审美意识，最早起源于对味觉的崇拜，喜欢吃羊肉、喝羊羹是人类审美活动的源泉。人类逐步对羊的特质有了深刻的认识，在创造文字的过程中，将"羊"字的下面加个"大"字，合成为"美"字。

"羊"与"祥"在古代通假。许慎《说文·羊部》云："羊，祥也"。汉代大儒董仲舒云："羊，祥也，故吉礼用之"。古代"吉祥"也可写作"吉羊"，羊是"祥瑞"的象征。古人年初在门上悬羊头，交往中送羊，以羊作聘礼，都是取其吉祥之意。

"善"，古代"善"与"膳"相通，来源于"膳食"之"膳"，膳字羊下有口，左边是肉（月）字，"用膳"就是吃羊饱肚子。之后，逐步发现羊有角却不伤人，杀之而不悲啼，吸母乳双膝而跪，表明知仁、知礼、知义，这些美德集于一身，因此用"善"表达对羊的评价。

"義"，是由"羊""我"组成的会意字，意为我把羊置于头顶为义（義），义的本意是公正合宜的道理和举动，是道德规范之下的一种威仪。孔子最早提出了"义"，儒家将"礼、义、廉、耻"称为四维，管仲有"四维不张，国乃灭亡"之名言。

以羊为鲜重养生

"养生"的"养",繁体字写作"養",结构为"羊"下一个"食"字,意思是"吃了羊就可养生"。《说文解字》说,"养,治,调养,以五味五谷五药养其病"。《周礼·疾医》说,"养"即"养生之道"。汉语里有养兵、养病、养护、养活、养老、保养等,人生离不开"養"。

食品崇尚鲜。"鲜"字,由"羊"和"鱼"构成。鱼羊合烹,鱼不腥、羊不膻,味道鲜美,是我国先民的饮食认知和总结。明末清初,屈大均在《广东新语》中说:"东南少羊而多鱼,边海之民有不知羊味者,西北多羊而少鱼,其民亦然。二者少而得兼,故字以'鱼'、'羊'合而为'鲜'。""羹"者,"羔""美"也,是小羊和大羊合烹之美。"羹"在上古时指"味和的肉",中古以后指用荤素原料单独或混合烧成的汤。"羹者,五味调和",从"羊羹"中,我们的祖先领悟到调味之精髓。"汤"是从"羹"中分离出来的,饮食之美味源于"羊"。

随着人类对于羊的不断了解,羊的寓意逐渐融入生命文化之中。人们把母体孕育胎儿的胞衣称为"羊膜",供胎儿的液体称为"羊水",羊水、羊膜孕育了生命。成语"三羊(阳)开泰"将"羊"和"阳"融为一体,把二只羊画在一起仰望太阳,表示为"二阳开泰"。二阳开泰的含意为:冬去春来、阴消阳长,万物新生之始。还有海洋的洋是羊字前加了三点水,意指蓄生理之河水,纳百川之精华,孕育生命,调节气温,保证人类生存的环境。羊、阳、洋三者同音,是万物生命之源。

农家视羊为神灵

中国人性格中的羊化特征乃是农耕文明的历史产物。农耕文明有封闭保守、勤劳务实、消极避世、因循守礼的内含,这是构成中国农民心理和行为特征的基础。《春秋繁露》云:"羔食于其母,必跪而受之,类知礼者。"说羔羊吃奶时双膝跪地,彬彬有礼,表现出对母亲的崇敬。被人们赋予了"至孝"和"知礼"。孝敬是做人之本,一个动物能做到孝母、敬母,为人类做出了榜样。牢记父母恩德,不忘祖宗教诲与遗风,是一个人的美德。《朱子治家格言》中有:"祖宗虽远,祭祀不可不诚"名句。在人类的祭祀活动中,"祭"字中的"示"部表示"祭桌",上面摆放"牺牲"。

"三牲"，以羊、牛、猪为主。人们以羊为牲，正是看中了羊有"孝"的品质，以羊祭祀先祖表明晚辈的孝心表里如一，不仅心是诚的，所用之物也是诚的。同时，也表明羊的地位之高。

在古老的神话中，有"五羊衔谷"的传说。公元前800年的西周时代，广州连年灾荒，民不聊生。一天，南海天空出现五朵祥云，上有身穿五色彩衣的五位仙人，分骑五只不同毛色的仙羊，各自手拿一把谷穗，降临楚庭（广州的古称）。仙人把稻穗赠给当地的人民，真诚地祝福："愿此地永无饥荒"，说罢腾空而去。五只依恋人间的仙羊化为石头，永久地留在人间，佑护楚庭风调雨顺、幸福吉祥。广州别名"羊城"、"穗城"、"仙城"，均源于"五羊衔谷"的神话传说。

据传，老子将其《道德经》传授于尹喜，尹喜修道千日后在成都市内建了一座规模庞大的道观，取名"青羊观"，后改名"青羊宫"。现在的成都"青羊宫"为清代重建，宫内供奉一对铜羊。其中一只为单角铜羊，外形似羊，又具鼠耳、牛鼻、虎爪、兔背、龙角、蛇尾、马嘴、鸡眼、狗腹、猪臀，集十二属相于羊一身，另一只羊为双角铜羊。这两只羊被视为神羊，游人到此都要抚摸羊身，祈求吉祥。

图腾崇拜，是原始社会的人将与本氏族有血缘关系的某种动物或自然物认作本氏族的标志。曾活跃于中国西北部的羌族与其族姓"姜"，上端都有羊字。羌和姜的汉字构形均反映了一种首戴羊角的图腾风俗。羌族后裔苗族、瑶族、侗族、纳西族等少数民族，仍保存着有关羊图腾的信仰和习俗。

帝王以羊制法冠

中国传统文化，常把吉祥的动物作为权利的象征，如"鹿"象征帝王之尊，"逐鹿"便成为争夺天下、争夺帝位的代名词。远古时期，羊与鹿一样，也是政权与帝王的象征。奴隶社会的统治者高居上位，总是将他们的意志强加于百姓头上，自认为牧民与牧羊之术是相通的，他们是牧者，百姓是牲畜，故有"牧民"之说。

"法"字繁体写作"灋"，是由"水、廌、去"三字组合而成的。廌，即獬豸，是中国古代传说中的神兽，全身长着浓密黝黑的毛，双目明亮有神，额上长一角。《后汉书·舆服志下》："獬豸，神羊，能辨别曲直"。它勇猛、公正，有很高的智慧，懂人言、知人性，能辨是非曲直，识善、恶、忠、奸，人们普遍认为它像羊，在民间有神羊之称，是"正大光明""清平公正"的象征。相传帝尧的刑官皋陶曾饲有獬豸，治狱以獬豸助辨罪疑，凡遇疑难不决之事，悉着獬豸裁决，均准确无误。春秋战国时期，楚文王曾获一獬豸，照其形制成冠戴于头上，于是上行下效，獬豸冠在楚国成为时尚。秦代执法御史带着这种冠，汉承秦制也一样效仿。到了东汉时期，皋陶像与獬豸图，成了衙门中不可缺少的装饰品，獬豸冠被称为法冠，执法官被称为獬豸。这种习尚一直延续，至清代清王朝的御史和按察使等司法官员都头戴獬豸冠，身穿绣有"獬豸"图案的补服。"澹"中的獬豸，象征法律的神圣与公正，衬托法官的正直与威严，积淀着羊文化的深刻内涵。

颂羊文学丰富多彩

古人以羊为素材，创作了不少诗、词、歌、赋以及成语和民谚，表达了对羊的赞美、怜惜和呵护。最早见于《诗经·小雅》中《无羊》一诗，借牛羊之繁盛，表达出先民对人丁兴旺的向往和祝愿。

"谁谓尔无羊，三百维群。

谁谓尔无牛，九十其犉。

尔羊来思，其角濈濈。"

北朝民歌《敕勒歌》中"天苍苍，野茫茫，风吹草低见牛羊。"李白《将进酒》中有"烹羊宰牛且为乐，会须一饮三百杯。"白居易的《送友人上峡赴东川辞命》中有"羊角风头急，桃花水色浑。"以羊为素材的成语有：爱礼存羊、担酒牵羊、饿虎扑羊、放羊拾柴、羔羊之义、卖狗悬羊、羚羊挂角、驱羊攻虎、如狼牧羊、失马亡羊、顺手牵羊、苏武牧羊、十羊九牧、驼背羊髯、亡羊补牢、问羊知马、悬羊击鼓、羊落虎口、以羊易牛、羊肠小道、羊羔美酒、挂羊头卖狗肉、羊毛出在羊身上、羊群里头出骆驼等等。在漫瀚调文化艺术之乡内蒙古准格尔旗，有很多以羊起兴，歌

颂美好生活和爱情的民歌，如：

荞面圪饦羊腥汤，死死活活相跟上。

手提上羊肉怀揣上刀，我冒上性命往哥哥家里跑。

一碗碗羊肉一疙瘩糕，我一辈子也忘不了妹妹的好。

初一走了十五来，一碗羊肉放的发了酶。

一锅锅羊肉半锅锅油，你哭成格泪人人哥哥我咋走。

考辩"十羊九不全"

任何事物都不是十全十美，羊也曾遭受非议。当人们以自己的价值观审视羊，并向羊的优良品德学习时，人外化为羊化的人，羊也被外化为人化的羊。由此，人的性格和情感特征或多或少带有羊性化的和平、知礼、讲义、仁爱、勤俭等诸多优点。与此同时也有消极的一面，如过分温驯、单纯及缺少斗志等缺点。以谷物为主食决定了农耕者的体格，进而影响其思维方式和行为方式，形成细腻、温和的优良性格，但缺少勇猛、剽悍和强烈的开放心态和竞争意识。肉食为主食养育了游牧民族强健的体格，形成了牧人强悍的秉性和粗犷的文化。中国人从理想主义出发，自古以"龙"为中华民族精神的象征。"龙"表现的是帝王的威严和权力，有刚健有为和昂扬向上的精神，值得人们敬仰。"龙文化"属传统文化中的显性文化，带有祝愿、希望和企盼的主观性。但龙是什么样子，无人见过，只是想象，谈不上体验。而羊存在于现实生活之中，看得见、摸得着，又有切身体会，代表着普通中国人的文化心理。从积极意义上讲，羊文化促进了社会的和谐，从消极方面延伸，产生了"十羊九不全"之说。其原因是羊太过柔弱，人们随意宰杀羊，老羊取皮，小羊食肉，使羊不能保全自身。清朝末年，革命党人为推翻慈禧太后政治统治，从人格上诋毁她。慈禧太后生于道光十五年，即公元1835年，属羊。革命党人有意宣称属羊的命不好，从精神上对慈禧造成打击。这种把羊的悲惨遭遇牵强附会地引用到人生之中，致使人们不愿选择属相为羊，甚至生小孩都不选择羊年，这是一种偏见与误导。在帝王将相、英雄豪杰中，属相为羊者大有人在，如唐太宗李世民、清太祖努尔哈赤、大文豪欧阳修、司马光，以及欧美富商比尔·盖茨、默多克等。他们并没有因为属羊而带来晦气或影响前途与事业，"十羊九不全"之说，是毫无根据的。

6.重塑羊的文化地位

羊的文化内涵，可从六个方面研考：一是注重生态文化，这一点可从先祖那里找到启示。古代蒙古人的意识形态中，天地是父母，水草是衣食。从而形成了天地崇拜、山地崇拜、树木崇拜、水草崇拜等自然崇拜。这是一种与游牧相适应的大生态观。生态平衡是草原的根基，草原是羊族生存发展的基础。羊以草原为依托，倘若草原没有了，羊则无法生存，羊的全身之宝便成为无源之水，无根之木。"皮之不存，毛将焉附"，草场的保护与建设是羊产业最基础的工作。在工业文明迅速发展的今天，我们不仅要发展经济，还要发展绿色经济，既要金山、银山，又要秀水、清山，不但要 GDP 的指数，还需要环保指数、幸福指数。由于历史的、自然的、人类活动等多种原因，内蒙古的草场退化、植被破坏、物种减少，日益严重的土地沙化导致沙尘暴天气频繁发生，一些地区甚至失去了羊的基本生存条件，连人都沦为生态灾民。要从根本上解决羊的发展问题，必须首先治理好生态环境。二是生命力旺盛。羊产业中，无论是肉、毛、皮、绒都是人类生活的必需品，无淡季旺季之分，到了共产主义人也离不开羊。与其他动物相比，羊族是大草原的尤物，有着纯天然、无污染优势，是人们对食品的追求目标。三是注重环保与绿色品位。羊绒在衣用纤维中最适合贴近皮肤，因为羊绒贴在羊身上，是紧贴着羊皮而生的，它细、长、柔、中空，有水分、有光泽，亦暖亦爽。上世纪八十年代，羊绒在人民心目中的形象是"温暖全世界"，而"温暖"一词适应人类追求温饱的时代，当温饱问题解决之后，追求则转向时尚与文化。随着全球性气候转暖，服饰崇尚露、透、雅、爽。相应的皮张追求超薄，纤维追求高支纱，因此经营羊绒的理念也不能停留在"温暖"上，而应追求环保与绿色。四是注重温顺、善良、美丽、吉祥的理念。羊的本质与特征，产生了羊化的人与人化的羊的文化理念，从而产生了爱羊之情，这一理念对于处理人际关系，构建和谐社会意义重大。五是注重物以稀为贵。随着工业化、城镇化的推进，生态环境的保护，草场面积不可再生，羊的数量亦不会大增，和其他的工业品相比，羊产品有量的限制。羊肉的原生态的绿色品牌，羊绒的"软黄金""纤维宝石"的美誉，必然越来越珍贵。六是注重典雅、高贵、时尚、风流，树立"以人为本，质量取胜，重塑品牌，科技创新，适应市场，关注生态，引领时尚，文化为魂"的新思维。在深入研究草原文化、民族文化的基础上，认真研究羊文化，以推动羊产业发展、促进地区经济社会的大发展。

（六）弘扬驼精神

骆驼是生存于大漠草原之上的一种奇特的动物。100 万年前，骆驼的先祖原驼从北美洲以不同线路迁移，在不同条件下，有的进化为驼羊和羊驼，有的进化为单峰驼，有的进化为双峰驼。中国是世界上骆驼主要产地之一，2012 年全国双峰驼总数达到了近 30 万峰，主要分布在内蒙古、新疆、青海、甘肃等省区干旱荒漠草原上。

1. 骆驼的生物特性

骆驼在动物分类上属脊椎动物、亚门哺乳纲、偶蹄目、团蹄亚目、骆驼科，其外貌特征耳小平贴、耳毛丛生、风沙不易进入；眼体突出、视角人，睫毛长密下垂，不易受阳光直射和风沙吹袭；上唇分为两瓣，鼻孔能开闭，启动灵活；牙齿坚硬，咬肌发达，能采食粗硬的灌木或带刺的植物，后背上高耸的双峰是储藏能量的仓库；足垫厚，适合在沙漠中行走；四肢修长，采食范围大；胃有三室，贮藏能力强，可以多日不吃不喝，一旦遇到水草，可以大量饮贮存。这些生理机能使骆驼抗寒耐热、耐饥、耐渴、食量大，贮量多，胃解毒能力强。有一种叫作狼毒草的植物，其他动物吃了都会导致中毒，而骆驼吃了无妨。有一种醉麻草，其他动物吃了两三天便会死亡，而驼可作为主食。大凡动物食高盐都会引起高血压等疾病，骆驼吃盐量大约是牛和羊的 8 倍，方能使身体保持正常的生理活动。一峰成年驼在禁水禁草的情况下，可维持 67 天生命，在禁水不禁草的情况下，可维持 87 天生命，在禁草不禁水的情况下，110 天后才衰竭而死。这些特殊功能任何家畜都无法相比。因此，在未来生物技术发展中有巨大的开发价值。

骆驼具有与环境相适应的独特的生物特性，在长期的进化过程中，形成了适应自然、索取自然，忍耐极端干旱和恶劣环境的独特生理机能。骆驼的采食范围大多在十几、几十平方公里内，采食时一边吃一边选，一般不把植物吃光，而是浅尝辄止，留给植物充分的再生机会。牧民说，"骆驼吃的是走马草，圈得紧了吃不饱"。骆驼将成熟的牧草种子吃进肚里，经过消化道酸碱反应，又随着骆驼粪便的排出，种子仍能发芽并到处传播。戈壁上生长一种冬季变为白色的多刺植物，名为白刺，是骆驼喜欢采食的植物。宋人诗句"酒泉西望玉门道，千山万碛皆白草"，诗中的白草，便是骆驼的冬季饲料。游牧民族在与骆驼打交道的过程中，惊喜地发现骆驼的形状综合了十二生肖的特点，鼠耳、牛蹄、虎胸、兔嘴、龙脖、蛇眼、马头、羊鼻、猴毛、鸡腿、狗肚、猪尾，是草原上的吉祥之物。

2. 骆驼的社会价值

驼肉含蛋白质高、脂肪少、肉膘紫红，细嫩可口。驼峰、驼掌、驼蹄筋经过精细加工，成为宴会上的高档食品。驼乳口感甘甜、黏而浓稠，蛋白质、脂肪的含量比牛乳略高，富含溶菌酶、乳铁蛋白和免疫球蛋白等保护性蛋白及多种生物活性因子，有杀菌、抑菌，调节免疫的能力。富含不饱和脂肪酸、铁、B族维生素和维生素C等多种营养成分，易被人体吸收。酸奶、奶茶、奶酒、乳干酪、驼酥油营养丰富。长期食用骆驼乳可增强体力，提高疾病预防能力，防癌抗癌、延缓衰老。驼绒为我国三大稀有动物纤维中较好的一种，蓬松、轻便、细致、柔软的性能超出同类产品。驼绒的回弹能力强，一条驼绒被能用上百年，主要是绒的结构蓬松，像钢丝一样，压扁了还可回弹，不易板结。驼绒断切面可看到中空结构，吸水性强，一公斤绒可吸3.5公斤水。因此，冬季可保暖，夏季可吸汗，冬暖夏凉。近几年来，有很多生产厂家在羊绒衫原料内加30%优质驼绒，不仅降低了成本，还增加了保暖性能。新开发生产出驼绒内衣、内裤、马甲、围巾、被胎等系列产品，市场十分看好。

骆驼能与荒漠草原和谐共存，它的软蹄对草场踩踏破坏小，采食苦咸植物和带刺灌木，对草场的循环利用很有益处。骆驼身高，只吃植物上面的部位，既不影响小畜采食，又对荒漠植物起到了修剪作用。骆驼根据不同季节，采食不同植物。骆驼能利用其他动物和人类无法利用的水资源，还能吸收空气中的水分和植被水分解渴，是水资源利用率最高的动物之一。有人计算养 50 峰骆驼和种 50 亩玉米的年收入一样，但种地用的水量是养驼的 500 倍。骆驼的适度放牧起到间苗的作用，有利于草原植被的健康生长。骆驼在灌木中行走压塌鼠洞，保护土壤水分蒸发，干扰虫、鼠的生存环境，控制了虫、鼠害的发生。骆驼识途，走出去半月十天，自己回家，不用牧人过分操心。草原是地球的温度调节器，是生态型、经济型、社会型碳汇之库，骆驼保护着草原，对人类的生态文明建设很有贡献。

3.骆驼的历史贡献

人类驯养骆驼的历史约从公元前 1400 年左右开始。公元前五、六世纪，中国丝绸传播到遥远的希腊时，便有游牧民族牵着驼队出现在这条古道上。西汉时期，汉武帝表彰著名战将霍去病北击匈奴的诏书中提到：汉朝在居延海设置了居延县，是当时丝绸之路北线路段。这条道路因横穿戈壁沙漠，骆驼成为穿梭古道的主角。宋代，骆驼是官员、商旅穿越沙漠前往西域地区的重要交通工具。宋朝特使王延德出使高昌，穿越贺兰山北部的乌兰布和沙漠进入阿拉善地区时，写下了"沙深三尺，马不能行，行者皆乘骆驼"的记录。明末后金时期，蒙古分裂为漠南诸部、漠北喀尔喀部、漠西厄鲁特部三个互不统属的区域。1690 年（康熙二十九年），漠西厄鲁特准噶尔部的噶尔丹率强劲骑兵、驼兵 2 万余人，长驱直入，一直攻到距京城只有 700 里的乌兰布通（今赤峰市克什克腾旗境内）。康熙皇帝急命各路清军迅速集结，在乌兰布通摆开战场。噶尔丹把军中一万余峰骆驼集中起来，捆扎卧地，背负木箱，蒙盖湿毡，环列为营，号称"驼城"。殊不知清军以"红衣火炮"猛烈火攻破阵，大获全胜，噶尔丹率残部败退漠北。1696 年（康熙三十五年）噶尔丹卷土重来，纠兵东掠。康熙第一次亲征至克鲁伦河，噶尔丹被追至漠北蒙古昭莫多，主力被歼，残军远遁。当年冬天与第二年康熙又连续两次亲征，使噶尔丹众叛亲离、走投无路服毒自尽。清军在平定噶尔丹的战争中，路途遥远难行，所需大量粮草、军马、军用物资及官兵日用品，主要依靠驼队运输。拉驼人多为山西人，他们吃苦耐劳且头脑灵活，在随军过程中，学会了蒙语、满语，沿途与蒙古民众做起以物易物的买卖，逐步积累了资本，进而开设商号。山西太谷县的王相卿、张杰、史大学三人，始在杀虎口（今山西右玉县）的费扬古部队服役拉骆驼，后随这支部队参加乌兰布通大战。战后在张家口创建"吉盛堂"商号。几年后，又随费扬古部队进入漠北蒙古，在乌里雅苏台（今蒙古国扎布汗省省会）设立了大盛魁商号，又在科布多（今蒙古国科布多省省会）设立了分号，除经商贸易外，还经办军政特需品供应、王公进京纳贡等事务。大约在乾隆年间，总商号迁到归化城（今呼和浩特）。大盛魁经营的货物品种繁多，数额巨大，运输这些货物主要靠骆驼。从归化城走出的"骆驼房子"，到乌里雅苏台，全程计60站，约5320里。到科布多，全程计73站，约6620里。到乌兰巴托，全程计39站，约2870里。除长途运输驼队外，还有流动饲养场。哪里需要骆驼队，就从这里配备，驮运任务完成后，送回饲养场饲养。从清代到民国初年，骆驼是大盛魁等众多晋商的主要运输工具。直到1923年北京到包头的火车开通后，驼运业逐步走向衰落。

1951年，西藏和平解放后，国家曾组成大型骆驼运输队向西藏运输货物，由于自然条件恶劣，每行进1公里，就有十几峰骆驼死亡。1953年初，西北局组织西藏总运输队，翻越唐古拉山，给进藏部队运送粮食和补给。数万名英勇战士和民工，牵着浩浩荡荡的驼队，从海拔2800米的格尔木出发，到海拔4767米的昆仑山口时，大批的骆驼不适应高原反应，倒在途中。到风火口时，驼队疲惫不堪，夜晚降起大雪，第二天有600多峰骆驼冻死在雪地里。我国的酒泉卫星发射基地为新中国航天事业做出巨大贡献，从最初的选址、勘探、物资的运输，大部分靠骆驼完成。建成后很长一段时间内，基地所需的很多战略物资和生活用品，也由骆驼从外界运进。"无边瀚海人难度，端赖驼力代客船。"骆驼用它宽大的脚掌踩出了"丝绸之路""草原茶路"，连接起东西南北不同地域的友谊与文明。著名文学评论家雷达曾经在他的散文《乘沙漠车记》中写道："想想骆驼，着实伟大，不负沙漠之舟的美称，倘若世无骆驼，人类面对广袤无垠的沙漠，就只能发苦海无舟之叹。丝路文明作为人类伟大的文化奇迹，少了骆驼恐怕不能成立。"全国人大常委会原副委员长郭沫若曾有一首著名的《骆驼》诗，饱含深情赞美了骆驼。

《骆驼》

骆驼，你沙漠的船，

你，有生命的山！

在黑暗中，你昂头天外，

导引着旅行者走向黎明的地平线。

暴风雨来时，旅行者紧紧依靠着你，

渡过了艰难。

高贵的赠品呵，

生命和信念，

忘不了的温暖。

春风吹醒了绿洲，贝拉树垂着甘果，

到处是草茵和醴泉。

优美的梦，像粉蝶翩跹，

看到无边的漠地化为了良田。

看呵，璀璨的火云已在天际弥漫，

长征不会有歇脚的一天，

纵使走到天尽头，天外也还有乐园。

骆驼，你星际火箭，

你，有生命的导弹！

你给予了旅行者以天样的大胆。

你请导引着向前，永远，永远！

4.弘扬骆驼的精神

长期以来，游牧民族与骆驼患难与共，结下了深厚的感情。牧人视骆驼为忠诚可靠的朋友，用真情养育着骆驼。蒙古族对有功勋的骆驼系上彩带，视为神物，放归草原，终身不准侵犯和宰杀。骆驼有通人性的特异功能，牧民与骆驼对话多用礼貌、客气的语言。祭驼是游牧民族一种集宗教信仰、传统生产、人文思想为一体的民间活动，寄托着牧民美好的心愿。祭公驼一般在寺庙集中举行，祭母驼和祭驼群则以相邻牧户为片，分散进行。赛驼是牧民生产、生活中一种传统竞技活动，具有广泛的群众性。赛驼会上，敖包银装素裹，毡包披红挂彩，驼阵千峰，如百万雄兵，昂首云天。一声令下，蹄驰如旋，踏雪飞花，龙腾虎跃，风驰电掣，人声鼎沸，鼓乐齐鸣。赛驼的青壮小伙子雄姿英发，男女孩童衣衫艳目，分外妖娆。赛驼会上，宗教艺术、蒙古族服饰、骆驼佩饰、民歌赞词等民间文化得到集中展示。特别是驼具制作工艺是一项传统手工制作技能，渗透着文化的独特元素，积淀着民族的生存智慧，展示出牧驼人敦厚务实的生活态度。

内蒙古阿拉善是中国北疆一块神奇的地方，面积 27 万平方公里。这里特殊的地理环境和历史人文条件，造就了骆驼的诸多优越性。没有阿拉善的驼铃，就没有北段草原丝绸之路；没有阿拉善驼队的运脚，就没有东风航天城及酒泉卫星发射基地的壮观；没有千里边防线上的驼影，就没有中国天然盐湖的风景；没有驼沿沙峰的探险，就不知有神奇大漠的秘境。阿拉善双峰驼因其抗逆性强，适合荒漠草原生存的特点，享誉国内外，成为一个古老的原始品种。20 世纪 80 年代双峰驼总数发展到 25 万峰，创造了中国养驼业之最。勤劳勇敢的阿拉善人对骆驼特别崇尚，2012 年 11 月，中国畜牧业协会在阿拉善盟召开"首届中国骆驼大会暨中国畜牧业协会骆驼分会成立大会"，"中国骆驼之乡·阿拉善"正式命名。今天的阿拉善，骆驼仍然穿行于大漠戈壁之上，畅游于居延贺兰的胡杨、梭梭林之间。清脆悦耳的驼铃声承载着悠远的历史文化，在这片古老的草原上回荡。长期生产、生活在阿拉善的牧民常以展示骆驼雄姿为乐趣。每逢婚宴、敖包盛会、寺庙经会等重要集会，散居大漠的牧民都要驾驼相会。盟、旗、乡三级每年都要举办内容丰富的骆驼文化节，借以宣扬骆驼的功劳与美德。阿拉善人提出了"发扬骆驼精神，建设美丽神奇的阿拉善"口号，将"宽厚包容、持重友善、坚韧不屈、负重奋进"的"骆驼精神"作为全盟人民的奋斗精神。我曾在这个地区工作六年，对骆驼产生了崇爱之情，告别时曾作一首古风。

《骆驼赞》

马头兔嘴羊鼻腔，

鼠耳猴毛虎胸膛。

蛇眼牛蹄猪尾短，

龙脖狗肚鸡腿长。

舟行瀚海丝绸道，

脚踏沙峰险峻梁。

十二生肖全聚首，

无私奉献美名扬。

（七）善识千里马

"伯乐识马"的典故在我国流传久远，几乎家喻户晓。这个典故主要讲的是对个体的马的评价与认识，并告知人们"千里马常有而伯乐不常有"的道理。而如何认识马族群体的价值与作用，尚未看到经典专著，需深入探讨研究。马是人类最早驯养的家畜之一，它善奔跑、能负重、可乘骑，挽车、驾辕，处处大显身手。从游牧民族的骑马狩猎，到赵武灵王的胡服骑射，马在军事上屡建奇功。随着社会的发展进步，马的速度成为力量与神行的代表，跃入经济、政治、民族、文化等各个领域。马极富灵性和善解人意，使它成为人类的忠实朋友。马是阳刚、威武、健康、善良、勇敢、豁达的象征，显现了中华民族不屈不挠、锐意进取的民族精神及道德品质。马克思曾在《资本论》中指出，生产力的决定因素有三：劳动者、劳动工具、劳动对象。在没有机械自动化的时代，马与工具的结合，是社会生产力水平的标志，这种标志贯穿于整个冷兵器时代，成为人类文明进步的助推力。当今社会，马的经济、军事作用虽然逐步减弱，但它的精神、文化价值值得传承与发扬。

1. 马的自然属性

从生物学的角度讲，马为哺乳纲·奇蹄目·马科，属于食草性动物，居六畜之首。早在 6000 万年前的新生代第三纪初期，就出现了马的祖先，它们被称为原蹄兽，后称始祖马，繁衍生息在热带森林之中。此时的马很像狐狸，在茂密森林中生存，以多汁的灌木和嫩叶为食。进入中新世以后，由于干燥草原代替了湿润灌木林，马的生理机能和身体结构发生了变化，体格增大，四肢变长，前后足由四只脚趾变为三趾，牙齿变硬。经过渐新马、中新马和上新马等进化阶段，到100万年前第四纪更新世，逐步演化为现代马，不再吃树上叶子，开始咀嚼地上的青草，成为草原上的高级动物。

人类在对马的长期驯化过程中，发现马有独特的生理特征：马的汗腺发达，利于调节体温，对气候的适应性强，因此不论严寒酷暑都能生存。马的胸廓深广，心肺发达，适于长途奔跑和强烈劳动。马虽食道狭窄，单胃，无胆囊，但大肠、盲肠、胆管发达，牙齿咀嚼力强，消化功能较好。马的两眼距离宽，视野重叠部分小，眼的焦距调节力虽弱，但可视面广，眼底视网膜外层感光力强，夜间也能看到周围的物体。马的味觉感知能力一般，因此采食面宽。发达的嗅觉是马进化的成功之处。马的耳朵位于头的最高点，耳翼大，耳肌发达，动作灵敏，旋转变动角度大，因此无需改变体位和转动头部，靠耳廓的运动就能判断声源方向，分辨声音频率、音色。人们通过口令或哨音建立马的反射行为，利用马的听力来进行调教、训练和使役，对军马的卧倒、站立、前进、后退、攻击等动作都可以通过语言口令下达。马睡觉的方式独特，不一定非在晚上睡，也不是一觉睡醒，通常情况下，如没人打搅，站着、卧着、躺着都能睡，有时一天能睡八、九次，加起来差不多有六个小时。野马为了及时逃避敌害，从不敢高枕无忧地睡觉，始终保持高度警惕态势，站着打盹，以防不测，家马继承了野马的这些生活习性。

2. 马助人屡建奇功

在河西走廊和内蒙古的峡壁山崖上，雕刻有大量的岩画。这些岩画中包括大量远古先民的狩猎图和作战图，考古学家认为大概刻于四千至一万年前，是远古游牧部落的文化遗存。由此可以说明，北方游牧民族是驯养马匹的先民。匈奴是最早建立游牧国家的民族，他们有效地驯养牲畜，使游牧业成为一大产业。乌桓部落善骑射，善做马具、兵器。《三国志》中记载，乌桓骑兵曾在曹操的统一大业中发挥了重要作用。鲜卑人制作的各种马具，不仅在中华各民族中发挥了作用，还对朝鲜、日本产生了重大的影响。突厥汗王拥有数十万骑兵，数百万战马，在与中原王朝互市贸易中，以突厥马改良了中原马种，提高了中原养马技术。其马具、兵器锻制技术在那个时代处领先水平。唐朝时，回纥骑兵曾帮助唐肃宗平定了"安史之乱"，唐王朝为感谢回纥，允许双方互市，进行绢马与茶马贸易。在契丹民族的传说中，有神人骑白马"浮土河而东"，天女驾青牛车"泛潢水而下"，至木叶山，二水合流，神人与天女结为夫妻，生八子，繁衍为契丹八部。这些历史和传说都表明游牧民族与马的不解之缘。

在我国中原大地，最早与马如影相随的是车。相传车是黄帝发明的，马车在商、周时期被广泛用于狩猎、运输及军事战争。历史上，武王伐纣时，有"戎车三百辆，虎贲三千人"，说明当时马拉战车作战已较为普遍。由于马"寓兵于农，隐武于国"，周代首次把掌握军政的官称为"司马"。战国以前，车与马是相连的，没有无车的马，也没有无马的车。所谓御车也就是御马，乘马也就是乘车。驾二马为"骈"，驾三马为"骖"，驾四马为"驷"。一车四马为一乘，按车乘的多少可区分国之大小，天子是万乘之国，诸侯是千乘之国。到了战国时代，赵武灵王整军经武，克服中原人宽袍大袖、重甲循兵、只善车战之短，学习胡人穿短装、习骑射之长，开了骑马作战之风。骑兵的出现是一场武装革命，改变了作战形式，同时，骑马技术也有了明显提高。秦始皇统一中国后，在边郡地区大力发展官营马场，兴建官马厩，并采取了多种鼓励民间养马的措施，以至出现了"众庶街巷有马，阡陌之间成群"的景象。当时官僚贵族、豪强巨富及名儒都拥有大量马车，出行时，常有众多的马驾车辆随行，成为当时社会地位和财富的一种象征。到了汉代，马业发展空前繁荣昌盛，汉朝中央设"太仆"为专管皇帝马的长官，"散骑"一职则是皇帝的骑从。在京城附近有"天子六厩"，"马皆万匹"，在边郡有官营牧场，在民间出现了大量的私人养马。张骞出使西域后，西域良马输入中原，汉武帝组建了庞大的骑兵，指挥骑兵的有"骠骑将军""车骑将军"，相当于三公九卿的地位。唐代统治者认为马是"甲兵之本，国之大用"，因此重马之风更甚，在稳定双边关系、促进民族融合的互市贸易中，马被视为主角。茶马互市贸易自中唐开始出现，到宋代发展成为国家一项重要的经济政策并被制度化。宋王朝清醒地看到，北方游牧民族，食肉饮酪，需用茶助消化、解油腻，

"腥肉之食，非茶不消，青稞之热，非茶不解"。塞外有民谚："宁可三日无油盐，不可一日无茶"，婚丧喜庆和祭祀活动都少不了茶。宋朝官府注重以茶来激励养马，规定买马的茶价低于专卖的价格，品质好的名茶，专用于博马，在博马任务没有完成之前，禁止商人贩运。这些规定受到游牧民族的欢迎和拥护，西南的吐蕃因此接受了宋王朝的统治。茶马贸易之策推动了中原王朝马业的发展，促进了草原与中原地区经济文化交流，并维护了边疆地区的安宁。

3.马伴人身心愉悦

公元 4 世纪后，拓跋鲜卑人开始使用马镫，被西方研究马文化者称为"中国鞋"，它的发明在人类历史上具有划时代意义。马镫发明以后，乘骑之术得到长足发展，在军事上大显神威，在马球、马术、马的体育竞技艺术中普遍运用。马镫使骑在马背上的人解放了双手，能够完成各种体育技艺和左劈右砍的军事动作。马术运动备受喜欢和推崇的当数马球。马球状小如拳，以草原、旷野为场地，游戏者乘马分两队，手持球杖，共击一球，以打入对方球门为胜。运动员头戴马球帽，腿裹皮护膝，脚蹬棕色皮靴，身穿白色马裤和霓彩衣衫，装束威武艳丽。比赛中的热烈场面和高超技艺令人惊叹。公元 3 世纪，曹植的《名都篇》里有两句诗："连骑击鞠壤，巧捷惟万端。"这个"击鞠"说的就是马球表演。到了唐代，马球运动成了上自"天子"下至"庶黎"人人爱好的一项体育运动，而且还出现了专门的马球场。五代时期，在皇宫中打马球是宫女们的主要娱乐活动。宋徽宗赵佶在位期间，宫廷女子打马球成为时尚，她们不仅乘骑、服饰十分华丽，球场也铺上了草坪，相当讲究，频繁的演练、比赛成为皇城中备受青睐的体育娱乐活动。马球运动集速度、策略、技术、思考和团队精神为一体，是在运动与消遣中锻炼"领导智能"的巧妙方法。因而一直被视为帝王的运动。19 世纪 50 年代英国人将马球运动从印度带到欧洲，制定并加以完善了比赛规则，之后很快就传播到全世界。在欧洲，历代皇室、贵族成员从小就练习此项运动。1900 年，在法国巴黎举行的第二届奥运会上，马球比赛正式被纳入参赛项目，到 1936 年柏林奥运会时，马球比赛共举办过 5

次。第二次世界大战的爆发后，世界经济一蹶不振，马球运动也随之退出了奥运会。时至今日，全球经济飞速发展，约有八十多个国家开展马球运动，均是富豪名流云集。人在马上如履平地的功夫与马镫的发明密不可分。马镫从中国流传到欧亚大陆之后，使世界马术技能大为改观。

历史上与马相关的娱乐活动丰富多样，中国古代的游戏中就有"打马之戏"。宋代女词人李清照写过一篇《打马赋》，引用了大量与马和博戏有关的典故。《史记》中有一则田忌赛马的故事，讲述了齐威王与大臣田忌赛马，第一局两人各出三匹马，比赛结果田忌三战三败。第二局军事家孙膑为田忌出了个主意，让田忌以其上马对彼中马，以其中马对彼下马，以其下马对彼上马，结果田忌以一败两胜，战胜齐威王。这个故事表明马的技能与人的智慧相结合才能取胜。现在草原上的蒙古人，每年都要举行庆贺丰收的传统"那达慕"大会，其中必有骑马射箭和精彩的马术表演。2007 年，内蒙古自治区成立 60 周年大庆前夕，锡林郭勒赛马场启用并举办马术比赛。目睹赛场锦旗飘扬，骑士扬鞭，群马飞蹄，欢声雷动的场面，我即兴赋诗以贺：

民族自治六十年，
骏马驰骋过草原。
盟府披红开赛事，
元和结彩聚群贤。
神驹甩蹬英男慕，
骑士扬鞭少女恋。
鼓乐齐鸣歌盛世，
天人交响奏和谐。

4. 马有灵性忠主人

在与马朝夕相处的过程中，人们惊喜地发现，马不仅有灵气、还通人性，马的可贵精神表现在：一是在刀光剑影、炮火纷飞的战场上，纵横飞蹄，无比英勇；二是不论在绵延不断的山岭中，还是在浩瀚无垠的草原上，机警识途，不迷方向，记忆力惊人；三是时时事事呵护着主人，对主人忠贞不二。当主人摔下马背面临危急之时，马能将缰绳及时送到手中，使之迅速脱离险境。故民间有"狗有湿草之恩，马有垂缰之义"之说，因此人与马历来是亲密无间的朋友。

蒙古人是在马背上长大的，从小就练就了马上功夫。婴儿襁褓时，长辈们就把他扶上马背，三岁以后就自行拽紧马鬃随众奔跑。四至五岁，上马下马已经娴熟。到七、八岁时，就开始进行乘马射箭和操刀砍杀等训练。公元13世纪初，成吉思汗统一了蒙古诸部，创立了强大的蒙古帝国，紧接着挥师西进，大批战马随军出征。这些战马由哪里来？成吉思汗规定，千户子弟的乘马，从千户属下的马群中带来，百户子弟的乘马，从百户属下的马群中带来，牌子头子弟的乘马，从牌子头属下的马群中带来，且均为无偿征用。这个征马制度有效地增强了蒙古军队的战斗力。之后的蒙元统治者为了发展马业，划拨水草丰美之地为官牧场，并规定了各牧场饲养马匹的规模和质量，要求广建棚圈，改善马匹饲养的环境，要求服兵役须自备马匹，实行"以畜代税"的税收政策，鼓励民间广种牧草，官府以发行盐票的办法向农民换取饲草，建立了比较完善的马政管理制度。

在中世纪，蒙古骑兵是一支训练有素、纪律严明、战术灵活、智勇兼备，不畏艰难困苦，不图安逸舒适，令人生畏的旋风部队。雄才大略的铁木真就是依靠这支军队，建立了不朽的功勋。蒙古骑兵的蒙古马具有灵活、疾速和忍耐力强的特点，理解骑士意图并能与主人跨越险境攻坚克难。据传，成吉思汗西征部队的兵力人数不过24万。后来征服俄罗斯和整个东欧地区的军队只有15万。而能够做到"横扫千军如卷席"，其中包括马的功劳。蒙古人世世代代生活在草原上，不论是生产劳动、行军作战，都与马为伴，天生跟马有着兄弟般的深厚情感。马与其他牲畜不同，有"孝"与"仁"的品格，公马从不与自己的直系亲缘交配，民间有"羊羔跪乳，马不欺母"之说。蒙古人认为马是苍天之神派往人间的神灵，肩负着人类与"苍天"之间心灵沟通的使命，因此对马十分体恤。制作马鞍、马锤、马绊、鞍鞯、鞍鞴、马笼头等十分考究，出门携带马汗板、马刷子随时为乘骑刷洗身子、舒筋活血、放松肌肉、消除疲劳，定期打理马鬃，为马装饰打扮。在蒙古族的史诗中，英雄与马以整体形象出现，史诗《江格尔》中英雄的坐骑，集兽性、神性和人性于一体，马同英雄一样勇敢、坚强，具有高超的智慧，而且善解人意，对主人忠贞不二，在关键时刻，临危救主。蒙古人把马作为自己的朋友，视马头如人首一样尊贵，打马不准打头，教训不准辱骂。牧人为马设计了许多节日，如：赛马节、马驹节、马奶节、神马节等等。鄂尔多斯高原上的成吉思汗陵，奉养着成吉思汗的神马，每年农历三月二十一日，国内外前来祭祀的人们，祭陵之后还要祭祀神马。2010 年 8 月，我陪同一批境外游客参观成陵，站在高处再次观赏成吉思汗出征雕塑群，即兴作了一首律诗。

《铁马飞蹄》

纛麾风掣望西天，

车驾穹庐动野烟。

铁马飞蹄穿大漠，

犍牛牵帐越金山。

刀光剑影长风烈，

骏骑骁兵皓月寒。

横扫千军如卷草，

气吞欧亚奏凯旋。

5. 马文化底蕴深厚

马在为人类社会发挥作用的同时，马文化应运而生，成为中华文化的重要组成部分，其主要特点表现在六个方面：

一是历史传承悠久。从中华民族传统文化诞生之时，马文化随之产生。从猎马食肉到野马驯服，从饲养骑乘、劳作，到运输、战争、通信等运用，马文化始终与中华传统文化相随。陕西省临潼县出土的秦兵马俑，被誉为"世界第八大奇迹"。俑坑内的陶马，造型生动，比例匀称，栩栩如生，以威武雄壮的阵容展示出博大精深的气韵和刚毅勇猛的神采。1969年在甘肃武威县雷台发掘出土的东汉铜铸"马踏飞燕"，堪称古代造型术的杰作精品。进入唐代，马文化达到了登峰造极的地步。

二是颇具传奇色彩。在中国历史上，人们传颂着很多名马的传奇故事。《三国演义》中，刘备的坐骑名"的卢"，在一次危难之时，马跃檀溪，带着主人逃出险境；唐太宗李世民南征北战、驰骋沙场时，他的六匹战马特勒骠、青骓、什伐赤、飒露紫、拳毛騧和白蹄乌都有赫赫战功。李世民为纪念它们，将每匹战马的形象雕刻在自己陵墓的石屏上，这就是有名的"昭陵六骏"；戎马生涯打天下的毛泽东，一生中喜爱的坐骑有两匹，其中一匹小黄马陪伴他参加了红军的多次反"围剿"战斗，又随毛泽东走上万里长征路，到延安后病死，被安葬在延河畔，毛泽东特意在墓旁木板上写上："对革命有功的小黄马之墓"。

三是内容丰富多彩。马文化显现在中华文化的各个方面，文学、艺术中反映马的内容举不胜举。马的名称有骒马、骟马、骠马、骝马、骅马、骊马、骐马、骓马、龙马等多种称谓。马的诗词有："大漠沙如雪，燕山月似钩。何当金络脑，快走踏金秋。""昔日龌龊不足夸，今朝放荡思无涯。春风得意马蹄疾，一日看尽长安花。""老骥伏枥，志在千里。"等等。马的成语有："一马当先""千军万马""龙马精神""金戈铁马""青梅竹马""马到成功""汗马功劳""一言既出，驷马难追"等等。与马有关的音乐有，二胡曲《赛马》《草原赛马》，小提琴曲《马刀舞曲》，乐曲《骏马奔驰在千里草原》，马头琴曲《归来的马》《万马奔腾》、古筝曲《草原骏马》《饿马摇铃》等等。

四是影响领域宽广。凡人类涉及的诸多活动，如生产、生活、交通、运输、通信、军事、医疗、教育、科研等各个领域，都与马和马文化有着紧密的联系。历朝历代的帝王们骑马、爱马，因此制定了多项有利于发展马业的政策，对社会发展起到了积极的推动作用。历代文人骚客写诗、吟歌、填词、作赋颂扬马，使马文化得以拓展和升华。元朝皇帝每年会在元上都驻夏期间举行诈马宴，"诈马"是波斯语，意为"衣服"。宗王、戚里、宿卫、大臣等，每位都要穿上颜色一致的服装，带着自己打扮得非常漂亮的马来赴宴。其间有盛装的武士们在御殿前进行摔跤、射箭、放走等各种竞技活动和杂戏表演助兴，这样盛大场面延续三天才结束。此外，从

流行于民间的饮食、服饰文化和工艺美术技艺中也可以看到马的影子。酸马奶是草原人民日常生活中最常见的天然绿色保健品。蒙古族把马奶当作圣洁、避邪之物，当亲朋、子女远行时，老母亲用勺子把马奶洒向天空，祝福他（她）们一路平安。民间流行着许多以马为名的服饰，如马甲，即坎肩；马褂，指清代满族男子上衣；马尾帽，流行于贵州，由马尾加工编制而成；马靴，蒙古族传统靴子，流行于蒙古地区；马蹄袖，清代满族一种礼服袖头样式等等。蒙古画《无畏》《八骏图》是大草原上游牧生活的生动写照。国画大师徐悲鸿一生画马，不论天马行空、立马斜阳，还是驰骋奔腾之马都寄托着画家的爱国主义情怀。马头琴首以马为标志，琴箱蒙以马皮，弓弦用马鬃、马尾做成，可生动地演奏出马的嘶、鸣、哀、叹等各种声音，被誉为"蒙古族音乐的象征"。蒙古族舞蹈中的许多动作来源于马，如"牧马舞""祭马舞"采用的大部分是模仿马的各种姿态，动作轻盈舒缓、飞奔腾越。

五是象征神圣吉祥。在草原人民的心目中，马是一个神圣的动物，老牧民说马有灵性，一定要好生善待。人们以马的"吉祥"语言祝福父辈、激励晚生，最典型的一句成语"马到成功"。尘世间成千上万的动物，只有马到了，才能成功，可以看出马在人们心中的分量。2010年夏，我去山西省临汾市吉县黄河壶口瀑布参观，听当地领导介绍，当年八路军一个文工团演出队路经壶口，震撼的瀑布激发了他们的豪情，一位诗人当下写了一首诗。著名音乐家冼星海在这首诗的基础上创作了史诗性大型音乐套曲《黄河大合唱》。歌词中"风在吼，马在叫，黄河在咆哮……"写出了中华民族的气势。返程途中，我作律诗一首，其中也表达了对马的赞美。

《壶口瀑布》

黄河滚滚临吉县，

万丈深涛卷巨澜。

水拍坚石雷震雨，

浪击峭壁气生烟。

游龙狂舞千只爪，

虹幔飞腾万种欢。

风吼马嘶河在哮，

中华魂破九重天。

千百年来，中国人的生产、生活、休闲娱乐、艺术鉴赏、健康医疗等都受到马文化的影响。中国是世界上最早建立马政机构，最早实行邮驿制度，最早出版相马著作，最早发明马镫的国家。现在的中国，科学技术迅猛发展，机械设备层出不穷，先进装备应用到生产生活的各个领域，而马政体系逐步解体，马业开始衰败。虽然喜欢马、玩马、骑马、养马、赌马、买卖马的也不乏其人，但把马作为一种产业进行谋划，当成一种文化来研究，视作一种精神来传颂和继承的人越来越少了。投入少、创作少、报道少、专门的研究机构和社会组织少……这些都与源远流长、博大精深的中国马文化极不相称。而在西方，马文化象征着骑士精神和道德，象征着名誉、礼仪、虔诚、坚毅和骄傲，是上层社会的贵族文化精神。它积淀着欧洲民族远古的尚武精神。传承到现在，代表的是绅士风范和高雅。西方人视马术为互动运动，灵性与灵性的对话运动，享受与健康相结合的一种世界顶级品位的运动。拥有一匹或几匹高贵的纯种名马，是一种身份的象征。在他们眼里，马已超越了其现实存在，成为高雅的文化象征，最具代表性的是英国的马业，它拥有三百多年的历史，现已发展成为英国最重要的产业之一。不仅对农业、畜牧业的发展起着重要的作用，而且在生物工程学科、兽医学科及围绕马业的其他学科和技术方面都取得了世人瞩目的成绩。

与国外马产业、马文化蓬勃发展的态势相比，我国的马产业与马文化态势相形见绌，在许多地方日渐消沉，濒于崩溃。因此，弘扬马文化，促进马产业发展，应该被重新提到振兴民族产业，弘扬民族精神的议事日程。首先应把马产业的发展纳入国家和地方经济社会发展的总体规划；其次要在工业化、城镇化快速推进的前提下，在马的经济作用日渐减弱的情态下，将马的实用价值与精神价值相结合，努力挖掘现有的马业发展方向与潜力；三是要从文化产业的角度深入探讨马文化的发展途径，以文化理念促进产业发展，以产业实施推动文化振兴，以求达到双赢共辉；四是要增强"速度"意识，牢记"马到成功"，发扬"龙马精神"，再建"汗马功劳"。

（八）甘为孺子牛

出生塞外农村，从小就与牛打上了交道。上小学的时候，每逢暑假，都要为生产队放牛。三个小朋友，拉链着九头牛，早晨出工，抓着牛角，抱住牛的脖子，爬在牛背上，骑一个链两个，走几里路，到了草场，顺着牛脖子跳下来，解开缰绳，让牛自由地去吃草。放牛娃只需看着牛不使牛进入庄稼地，便可以自由地玩。到中午把牛赶回生产队的饲养院，拴在槽头。下午三时再出工，晚上回来，把牛交给饲养员，一天的牧牛工作结束了。一个假期与牛成为好友，几个假期，与牛的情感越处越深，从牛的身上发现很多的优点。

牛是反刍动物，体质强壮，脚有4趾，走路缓慢，但很稳健，奔跑起来，很有劲头。它的门牙和大齿已退化，破碎食物的功能较差，但胃在进化中形成瘤胃、蜂巢胃、瓣胃、腺胃五个室，食物进胃后，可以"反刍"，农牧民称为"倒咬"，弥补了"嘴咬"不力的缺陷。牛对生活的要求不高，有草即可，加点料就更加满足。牛对各种环境、各种气候都能适应，白天干活，晚上休息，不论有无棚圈，往地下一卧就睡着了。

牛的分布很广，世界各地都有牛，以巴西、美国、印度、中国为多。牛的种类有普通牛、牦牛、野牛、水牛、黄牛等，字典上看到的"牯""犊""犀""犋"等指的是不同类型的牛。野牛驯化以后，经过不断地选育和杂交、改良，逐步向专业化方向发展，分别成为肉牛、奶牛、乳肉兼用的牛。被称为黄牛和水牛的牛，主要帮助人类耕田、种地。不同品种的牛，外貌、体格、毛色等各有不同，习性不尽相同。小的时候对这些情况不大关注，只喜欢与自己为伴的老黄牛。

老黄牛在所有动物中，性格是最好的。它温顺、善良、厚道、实在，不藏奸、不耍赖，不张扬、不表白、不自夸、不浮躁、不骄不躁、不卑不亢，总是那么一个劲埋头苦干。只要主人吩咐，不论多么艰难一往无前，无怨无悔，挨了主人鞭打，也不计较，自认为是一种"鞭策"。顽皮的孩童从它身上爬上爬下恶作剧，老牛毫不在意，任由其便。人们只要不是刻意找麻烦惹恼它，牛绝不会找人的麻烦。但牛也有倔强的一面，一旦真的生起"牛性子""牛脾气"将会横冲直撞，难以阻拦。

随着年龄的增长，对牛的了解逐渐增多，对牛产生了一种敬仰。牛自古在交通和军事上发挥过重要作用。《尚书·武成》中记载，周武王灭商后，"乃偃武修文，归马于华山之阳，放牛于桃林之野，示天下弗服"。意为战争结束，参战的马和牛被放归山南和桃林之野，以此召告天下。战国时期齐国曾用过火牛阵，西汉时曾征用十万头牛以补充兵力，东汉光武帝兵伐王莽，起初是骑牛作战，后汉三国的栈道运粮主要是用牛。在整个农耕文明时代，牛是农业生产的主力，直到新中国建立之初，广大农民的生活还是靠"三十亩土地一头牛，老婆娃娃热炕头。"在没有机械化的年代，假使没有牛的帮助，人类的农耕劳作则更加艰难。牛一生辛勤耕耘，死后将肉体作为美餐送上人的餐桌，牛皮制成皮衣、皮鞋、皮包，牛角制成工艺品，体内生成的牛黄更是贵重的中药材。奶是生命的源泉，哺乳动物的必须品，牛奶成为世界人民最崇尚的食品，日本人因牛奶改变了自身的体魄形象。牛排成为中外餐桌上的一道名菜，当年不可一世的希特勒曾提出："让德国每一户人家的餐桌上有牛排和面包"，赫鲁晓夫也曾把苏联的共产主义目标简称为"土豆烧牛肉"。西方文化中，牛是财富的象征。在美国纽约华尔街上，有一条铜牛的雕像，展示了这座城市的财富。牛在中国人心目中的位置十分重要，远古先民曾有牛的图腾崇拜，人类造字，将物字的偏旁写作"牛"，解释为"万物也，牛为大物，天地之数，起于牵牛"。

中国自古以农业立国，历朝历代重视农业，新中国成立之后，仍强调农业是国民经济的基础。牛在中国历史上始终是稼穑之本。牛一生风餐露宿，仅以蒿草为食。虽无奔跑之特长，却有重荷跋涉之壮志。在南方，牛踏稻水田，在北方，牛耕黄土地，一步一个脚印，忠于职守，兢兢业业，辛勤耕耘，把奉献洒满人间。牛有着朴实无华的外表，谦逊低调，一心耕作，心无旁骛，尽管吃的是草，但挤出的是奶。由于牛的特长和品格，人与牛由搭档、帮手成为亲密的伙伴。中国的古老农村，家家户户都有耕牛，建有牛舍，人牛朝夕相处，情深谊长。牛劳作一天，主人用上好草料慰劳，牛生病，主人如同自己孩子般焦急，请兽医治疗。生了孩子起名：牛娃、牛哥、黑牛。人们把牛奉为六畜之首，逢年过节，家门上的对联写"一门五福"，牛圈上的对联写"六畜兴旺"，并用喜庆的语言赞美牛，"一年春为首，六畜牛为先"。人们祭祀先祖的供品，称为"牺牲"，这两个字的部首均为"牛"字，可见"牛"在人们的心目中亦人亦神，是崇高的。

　　由于牛的可贵，文化中的牛被传为佳话，编为神话，进入风俗、成语、典故、诗词、歌赋、绘画、雕塑，在民间广为流传。中国成语词汇中有：气壮如牛、吴牛喘月、对牛弹琴、庖丁解牛、汗牛充栋、牛骥同皂、牛刀小试、牛鼎烹鸡、牛头马面、牛肥马壮、牛鬼蛇神、牛衣对泣、初生牛犊不怕虎、杀鸡焉用牛刀、风马牛不相及等等。以牛为题材的戏剧有：《天仙配》《火牛阵》《卧牛山》《金牛关》《斗牛官》《小放牛》及二人台《牧牛》等等。牛的艺术雕塑是中华文化的瑰宝。出土文物中，有新石器时代安徽望江遗址出土的陶牛首；辽宁东沟县后洼遗址出土的石雕牛头；商朝后期湖南衡阳出土的铜牛觥；西周中期陕西岐山县贺家村出土的铜牛尊；战国时期江苏武进淹城遗址出土的铜牛牺簋；战国后期陕西兴平豆马村出土的铜犀牛尊；汉代长沙河西出土 10 件陶牛；汉墓宁夏出土的夹牛；东汉墓甘肃武威出土的木牛、木车；东汉时河南偃师李家村出土的鎏金铜牛；唐代河南洛阳出土的五件彩陶牛；甘肃秦安杨家沟一号唐墓出土的三彩牛；唐开元十二年（公元 724 年）为修建黄河蒲津桥铸造的八尊大铁牛，长三米多，最重的一头四万五千公斤，其中的四尊铁牛已于 1991 年在山西永济出土。现代的牛雕塑作品更是种类繁多，琳琅满目。画家齐白石早年的竹根雕牧童牛，雕塑家钱绍武的牛狼斗，中国军事博物馆雕塑家刘林的犟牛，韩美林在深圳蛇口四海公园雕塑的《盖世金牛》，为迎接香港回归西藏雕塑的《雪城神牛》，深圳邓小平雕像作者、雕塑家滕文金雕塑的《立牛》，广东著名雕塑家潘鹤为深圳创作的《孺子牛》等等。国画中的牛画很多，在中国绘画史上被誉为十大传世珍宝的唐代韩滉《五牛图》知名度最高。近现代最有代表性的是著名画家李可染的《归牧图》，上有作者的题词："**力大无穷俯首孺子不逞强，终生劳瘁事农而不居功，其为牛乎**"。赞美牛的诗、词、歌、赋就更多了，最欣赏的有两首，一首是宋代李纲的《病牛》"**耕犁千亩实千箱，力尽筋疲谁复伤。但得众生皆得饱，不辞羸病卧残阳。**"另一首是当代诗人臧克家的《老黄牛》"**块块荒田水和泥，深翻细作走东西。老牛亦解韶光贵，不待扬鞭自奋蹄。**"伟大的文学家鲁迅先生没有专门写牛的诗，而在他的《自嘲》诗中，一句"横眉冷对千夫指，俯首甘为孺子牛。"一下站在时代的制高点，成为赞牛的千古名句。

为什么古往今来人们都喜欢牛，是因牛有很好的品德精神，是人的楷模。在我看来，牛的精神主要体现在六个方面：

一是朴实善良的本性。老黄牛体格健壮，形象威武朴实、忠厚；皮毛丰美温暖，心地清静坦诚。与人相处，谦逊温和，不分男女老少，一视同仁，给人以稳重与靠得住的真情实感。

二是吃苦耐劳的品格。牛是勤勤恳恳、脚踏实地埋头苦干、实干家的化身。它从早到晚辛勤耕耘，不知疲倦、不走捷径，任劳任怨，从不叫苦叫累、不偷奸取巧；

三是顽强坚韧的毅力。牛看似温顺，而内心十分坚定，有大智若愚的风度。不屈不挠的性格被憨厚的外貌掩饰，聪明与智慧被沉默寡言掩盖。看似循规蹈矩、墨守成规，但自信而不妥协，以自己的行动维护着自己的坚实的原则和尊严。

四是开拓奋进的志气。牛有勇于拓荒的勇气，敢于拼搏的斗志，不论路上有多少坎坷，不论面前有多少荆棘，依然负重奋进，义无反顾，不达目标不回头。从斗牛的场面可以看到被激怒的牛有另一面性格，它有火的脾性，有不怕牺牲的精神，有征服对方的必胜信心，是强者的象征。

五是力量、吉祥的象征。在西方，牛是财富的象征，在中国牛是力量的象征、"真、善、美"的象征。中华人民共和国于 1949 年牛年成立，中国香港于 1997 年牛年回归祖国，虽为巧合，亦呈现出盛意与吉祥。

六是无私奉献的精神。"吃的是草，挤出的是牛奶"是牛的真实写照。它忍辱负重、大公无私、不讲名利得失，不求索取，忠实地为人类服务，直到"鞠躬尽瘁"，死后再度献出自身躯体而善终，在所有的动物中可谓是最伟大的生灵。

鲁迅先生"横眉冷对千夫指，俯首甘为孺子牛"表达了对牛的崇敬，也说出了中国人的心声。毛泽东曾指出："**一切共产党员，一切革命家，一切革命的文艺工作者，都应该学鲁迅的榜样，做无产阶级和人民大众的'牛'，鞠躬尽瘁，死而后已。**"今天，中国人正在奋力建设中国特色的社会主义，为了中华民族的伟大复兴，为了人类的美好明天，要大力倡导"老黄牛"精神，每一位中华儿女都应"俯首甘为孺子牛"。

责任编辑：娜　拉　舒　月

图书在版编目（CIP）数据

品味人生／伏来旺　著．—北京：人民出版社，2016.10
ISBN 978 - 7 - 01 - 016876 - 0

I.①品…　II.①伏…　III.①回忆录 - 作品集 - 中国 - 当代　IV.①I251

中国版本图书馆 CIP 数据核字（2016）第 244429 号

品味人生
PINWEIRENSHENG

伏来旺　著

人 民 出 版 社 出版发行
（100706　北京市东城区隆福寺街 99 号）

北京市昌平百善印刷厂印刷　新华书店经销

2016 年 10 月第 1 版　2016 年 10 月北京第 1 次印刷
开本：710 毫米 × 1000 毫米 1/16　印张：20.25
字数：350 千字

ISBN 978 - 7 - 01 - 016876 - 0　定价：65.00 元

邮购地址 100706　北京市东城区隆福寺街 99 号
人民东方图书销售中心　电话：（010）65250042　65289539